HEYNE <

Das Buch

Die 36-jährige Hope Anderson steht vor unangenehmen Entscheidungen. Sie ist bereits seit sechs Jahren mit ihrem Partner Josh zusammen, weiß aber nicht, ob er wirklich die Liebe ihres Lebens ist. Zusätzlich wurde bei ihrem Vater vor Kurzem eine tödliche Krankheit diagnostiziert, was schwierige Fragen für ihre eigene Zukunft aufwirft. Eine Woche im idyllischen Strandhaus der Familie will Hope dazu nutzen, wieder Klarheit in ihr Leben zu bringen.

Dort, in Sunset Beach, trifft sie den sympathischen Safari-Guide Tru Walls, und plötzlich ist alles anders. Beide verlieben sich Hals über Kopf ineinander, erkennen sich als wahre Seelenverwandte. Aber können sie den zahlreichen familiären Verpflichtungen standhalten, die an ihnen zerren? Sie haben nur wenige Tage des Glücks, bevor Tru nach Simbabwe zurückreisen wird. Und bevor Hope eine Entscheidung für ihr Leben treffen muss.

Der Autor

Nicholas Sparks, 1965 in Nebraska geboren, lebt in North Carolina. Mit seinen Romanen, die ausnahmslos die Bestsellerlisten eroberten und weltweit in über 50 Sprachen erscheinen, gilt Sparks als einer der meistgelesenen Autoren der Welt. Mehrere seiner Bestseller wurden erfolgreich verfilmt. Alle seine Bücher sind bei Heyne erschienen. Ein ausführliches Werkverzeichnis finden Sie am Ende dieses Buchs.

Große Autorenwebsite unter: www.nicholas-sparks.de

NICHOLAS

SPARKS

WO WIR UNS FINDEN

ROMAN

Aus dem Amerikanischen
von Astrid Finke

WILHELM HEYNE VERLAG
MÜNCHEN

Die Originalausgabe erschien unter dem Titel
EVERY BREATH bei Grand Central Publishing/
Hachette Book Group USA, New York

FSC www.fsc.org
MIX
Papier aus verantwortungsvollen Quellen
FSC® C014496

Verlagsgruppe Random House FSC® N001967

Vollständige deutsche Taschenbuchausgabe 03/2020

Neumarkter Str. 28, 81673 München
Redaktion: Lüra – Klemt & Mues GbR
Umschlaggestaltung: zero-media.net, München,
unter Verwendung eines Fotos
von Tim Dahl/Alamy Stock Photo
Satz: Leingärtner, Nabburg
Druck und Bindung: GGP Media GmbH, Pößneck
ISBN 978-3-453-42345-9

www.heyne.de
www.nicholas-sparks.de

Für Victoria Vodar

Seelenverwandte

Es gibt Geschichten, die geheimnisvolle, unbekannte Ursprünge haben, und andere, die entdeckt werden, die ein Geschenk sind. Eine solche ist diese. An einem kühlen und böigen Tag gegen Ende des Frühlings 2016 fuhr ich nach Sunset Beach, North Carolina, einem Städtchen auf einer von vielen kleinen Inseln zwischen Wilmington und der Grenze zu South Carolina. Ich parkte meinen Pick-up in der Nähe des Piers und wanderte zum Strand hinunter zu einem unbewohnten Naturschutzgebiet, einem Teil von Bird Island. Einheimische hatten mir erzählt, es gebe dort etwas, das ich sehen müsse; vielleicht finde der Ort sogar Eingang in einen meiner Romane. Ich solle Ausschau nach einer amerikanischen Flagge halten. Als ich diese also in der Ferne ausmachte, wusste ich, dass es nicht mehr weit war.

Daraufhin sah ich mich aufmerksam um. Ich suchte nach einem Briefkasten mit der Aufschrift »Seelenverwandte« (Kindred Spirits). Den Briefkasten – montiert auf einen Pfosten aus verwittertem Treibholz nahe einer von Dünengras bewachsenen Düne – gibt es seit 1983, er gehört allen und niemandem. Jeder darf einen Brief oder eine Postkarte dort hinterlegen, und jeder darf lesen, was er in dem Kasten findet. Tausende tun das auch jedes Jahr. Im Laufe der Zeit wurde »Seelenverwandte« zu einem Hort der Hoffnungen und Träume in schriftlicher Form ... und immer sind dort Liebesgeschichten zu finden.

Der Strand war leer. Als ich mich dem Briefkasten näherte, entdeckte ich daneben eine Holzbank. Es war der perfekte Rastplatz, ein Ort der Besinnung.

In dem Briefkasten fand ich zwei Postkarten, etliche bereits geöffnete Briefe, ein Rezept für einen Brunswick-Eintopf, ein offenbar auf Deutsch verfasstes Tagebuch und einen dicken braunen DIN-A4-Umschlag. Es gab Stifte und Briefpapier, vermutlich für jeden, der sich angeregt fühlte, den vorhandenen Geschichten seine eigene hinzuzufügen. Ich setzte mich auf die Bank und las die Postkarten und das Rezept, bevor ich mich den Briefen zuwandte. Schon bald fiel mir auf, dass niemand Nachnamen nannte. In manchen Berichten wurden die Handelnden beim Vornamen genannt, in anderen standen nur Anfangsbuchstaben, und einige waren gänzlich anonym gehalten, was ihre mysteriöse Ausstrahlung noch unterstrich.

Anonymität ermöglicht offenbar aufrichtiges Besinnen. Ich las von einer Frau, die nach einem Kampf gegen den Krebs in einem christlichen Buchladen dem Mann ihrer Träume begegnet war, aber befürchtete, nicht gut genug für ihn zu sein. Ich las von einem Kind, das eines Tages Astronaut zu werden hoffte. Es gab einen Text von einem jungen Mann, der vorhatte, seiner Liebsten in einem Heißluftballon einen Antrag zu machen, und einen weiteren von einem, der sich aus Angst vor Zu-

rückweisung nicht traute, seine Nachbarin zum Essen einzuladen. Ein Brief stammte von jemandem, der kürzlich aus dem Gefängnis entlassen worden war und sich nichts sehnlicher wünschte, als sein Leben neu beginnen zu können. Das letzte Schreiben war von einem Mann, dessen Hund Teddy vor nicht langer Zeit eingeschläfert worden war. Er trauerte immer noch, und ich betrachtete das Foto von einem schwarzen Labrador mit freundlichen Augen und ergrauter Schnauze, das mit in dem Umschlag steckte. Der Mann hatte mit A. K. unterschrieben, und ich hoffte unwillkürlich, dass er einen Weg finden werde, die durch Teddys Fehlen entstandene Leere zu füllen.

Inzwischen wehte der Wind stetig, und die Wolken verdunkelten sich. Ein Gewitter war im Anmarsch. Ich legte das Rezept, die Postkarten und die Briefe in den Kasten zurück und überlegte, ob ich den großen braunen Umschlag öffnen sollte. Sein Volumen deutete auf eine beträchtliche Anzahl von Seiten hin, aber ich hatte eigentlich keine Lust, auf dem Rückweg zum Auto nass zu werden. Während ich noch nachdachte, drehte ich den Umschlag um und entdeckte, dass jemand außen auf das Papier geschrieben hatte: Die tollste Geschichte aller Zeiten!

Eine Bitte um Anerkennung? Eine Herausforderung? Vom Verfasser oder von jemandem, der sich mit dem Inhalt befasst hatte? Ich war nicht sicher, aber wie konnte ich da widerstehen?

Ich öffnete die Klappe. In dem Umschlag befanden sich ungefähr zehn Blätter, Kopien von drei Briefen und von einigen Zeichnungen von einem Mann und einer Frau, die sehr ineinander verliebt aussahen. Diese legte ich beiseite und widmete mich der Geschichte. Die erste Zeile ließ mich kurz innehalten.

Am meisten wird das Leben eines Menschen durch die Liebe bestimmt.

Der Ton las sich anders als der in den bisherigen Berichten, er verhieß etwas Besonderes, schien mir. Ich begann zu lesen. Nach einer Seite verwandelte sich Neugier in Interesse, nach einigen weiteren konnte ich den Text nicht mehr aus der Hand legen. In der nächsten halben Stunde lachte ich und spürte gleichzeitig einen Kloß im Hals. Ich kümmerte mich nicht um die fast schon pechschwarzen Wolken. Blitz und Donner hatten bereits das gegenüberliegende Ende der Insel erreicht, als ich staunend die letzten Sätze las.

In dem Moment hätte ich gehen sollen. Ich sah eine Regenwand über die Wellen auf mich zu wandern, aber stattdessen las ich die Geschichte ein zweites Mal. Jetzt konnte ich die Stimmen der Figuren klar und deutlich im Kopf hören. Während ich auch die Briefe las und die Zeichnungen betrachtete, nahm allmählich die Idee Gestalt an, irgendwie den Urheber der Seiten aufzuspüren und ihn darauf anzusprechen, dass man aus seiner Geschichte ein Buch machen könnte.

Allerdings würde es nicht einfach sein, diesen Menschen zu finden. Die meisten Ereignisse hatten sich vor langer Zeit zugetragen, vor einem Vierteljahrhundert, und es wurden keine Namen genannt, nur Anfangsbuchstaben. Selbst in den Briefen waren die Namen vor dem Kopieren geschwärzt worden. Nichts deutete darauf hin, wer der Verfasser oder Zeichner gewesen sein mochte.

Wobei – ein paar Anhaltspunkte gab es doch. In dem Teil, der 1990 spielte, wurde ein Restaurant mit einer Terrasse und einem Kamin erwähnt, den eine angeblich von Blackbeards Schiffen stammende Kanonenkugel zierte. Außerdem kam ein Cottage auf einer Insel vor der Küste North Carolinas vor, und zwar in Laufweite des Restaurants. Und auf den offenbar zuletzt geschriebenen Seiten wurde von Renovierungen an einem Strandhaus auf einer ganz anderen Insel gesprochen. Ich hatte keine Ahnung, ob der Bau inzwischen fertiggestellt war, aber irgendwo würde ich anfangen müssen. Obwohl Jahre vergangen waren, hoffte ich, dass die Zeichnungen mir letztlich halfen, die Beteiligten zu identifizieren. Und natürlich gab es noch den Briefkasten, neben dem ich gerade saß und der eine zentrale Rolle in der Geschichte spielte.

Mittlerweile sah der Himmel geradezu bedrohlich aus. Ich schob die Blätter zurück in den Umschlag, legte ihn in den Kasten und hastete zu meinem Wagen. Ich erreichte ihn gerade noch, bevor der Wolkenbruch alles unter Wasser setzte, und obwohl die Scheibenwischer auf höchster Stufe liefen, konnte ich kaum die Straße erkennen. Ich fuhr nach Hause, kochte mir ein spätes Mittagessen und starrte aus dem Fenster, in Gedanken immer noch bei dem Pärchen, von dem ich gelesen hatte.

Abends wusste ich bereits, dass ich zum Briefkasten zurückkehren und den Bericht noch einmal genau durchforsten wollte, doch das Wetter und eine Geschäftsreise hinderten mich fast eine Woche lang daran.

Als ich es endlich schaffte, waren die anderen Briefe, das Rezept und das Tagebuch noch da, der braune Umschlag aber nicht mehr. Ich fragte mich, was wohl damit geschehen war. War ein anderer Besucher ebenso bewegt davon gewesen wie ich und hatte ihn mitgenommen? Oder gab es vielleicht eine Art Verwalter, der den Briefkasten hin und wieder ausmistete? Doch ich fragte mich auch, ob dem Verfasser Bedenken gekommen waren und er den Umschlag selbst wieder abgeholt hatte.

Diese Entwicklung steigerte meinen Wunsch, mit ihm zu reden, sogar noch, allerdings hielten mich Familie und Arbeit einen weiteren Monat auf Trab, sodass ich erst im Juni die Zeit fand, meine Suche zu beginnen. Ich möchte nicht mit den ganzen Einzelheiten langweilen – jedenfalls investierte ich annähernd eine Woche, zahllose Telefonate, Besuche bei mehreren Handelskammern und Landratsämtern, in denen Baugenehmigungen registriert waren, und Hunderte von Kilometern im Auto. Da der erste Teil der Geschichte Jahrzehnte her war, gab es einige der Orientierungspunkte schon längst nicht mehr. Es gelang mir immerhin, den Standort des damaligen Restaurants ausfindig zu machen – nun ein schickes Fischlokal mit weißen Tischdecken –, und von dort aus unternahm ich Erkundungstouren, um ein Gefühl für die Gegend zu bekommen. Im Anschluss folgte ich der Spur der Baugenehmigungen, suchte eine Insel nach der anderen auf und hörte eines Tages bei einer meiner vielen Strandwanderungen ein Hämmern und Bohren – keine Seltenheit bei den von Salz und Witterung angegriffenen Häusern an der Küste. Als ich aber einen älteren Mann auf einer von der Düne zum Strand hinunterführenden Rampe arbeiten sah, durchfuhr mich ein Ruck. Ich erinnerte mich an die Zeichnungen und ahnte selbst aus einiger Entfernung, dass ich eine Figur der Geschichte gefunden hatte.

Ich ging auf ihn zu und stellte mich vor. Von Nahem war ich mir noch sicherer, dass er es war. Ich bemerkte an ihm die stille Eindringlichkeit, von der ich gelesen hatte, und genau die aufmerksamen blauen Augen, von denen in einem der Briefe die Rede war. Zudem schätzte ich ihn auf Ende sechzig, also passte auch sein Alter. Nach etwas Small Talk fragte ich ihn unumwunden, ob er die Geschichte geschrieben habe, die ich im Briefkasten gefunden hatte. Daraufhin wandte er bedächtig das Gesicht dem Meer zu und schwieg für viele Sekunden. Als er mich wieder ansah, sagte er, er werde meine Frage am Nachmittag des nächsten Tages beantworten, aber nur, wenn ich bereit sei, ihm bei seiner Arbeit zur Hand zu gehen.

An nächsten Morgen erschien ich mit einem Werkzeugkasten, der sich schnell als überflüssig erwies. Denn der Mann ließ mich Sperrholzplatten, Kanthölzer und druckimprägnierte Balken vom Haus über die Düne zum Strand schleppen. Der Stapel an Material war riesig, und durch das anstrengende Gehen im Sand erschien mir jede Ladung doppelt so schwer. Ich brauchte fast den ganzen Tag, und abgesehen von Anweisungen, wo ich das Holz abzulegen hatte, sprach der Mann nicht mit mir. Den ganzen Tag lang bohrte und nagelte und rackerte er unter der sengenden Frühsommersonne, mehr an der Qualität seiner Arbeit als an meiner Anwesenheit interessiert.

Kurz nachdem ich die letzte Ladung an den Strand getragen hatte, bedeutete er mir, mich auf die Düne zu setzen, und öffnete eine Kühlbox. Aus einer Thermoskanne goss er zwei Plastikbecher voll mit Eistee.

»Ja«, sagte er schließlich. »Das habe ich geschrieben.«

»Ist die Geschichte denn wahr?«

Er blinzelte, als wollte er mich einschätzen.

»Manches davon ja«, räumte er ein. Er sprach mit dem Akzent, der in der Geschichte beschrieben worden war. »Der ein oder andere mag die Tatsachen bestreiten, aber bei Erinnerungen geht es eben nicht immer um Tatsachen.«

Ich erklärte ihm, dass ich glaube, die Geschichte könne ein faszinierendes Buch ergeben, und setzte zu einer leidenschaftlichen Argumentation an. Wortlos und mit undurchdringlicher Miene lauschte er mir. Aus unerfindlichen Gründen war ich nervös, versuchte beinahe verzweifelt, ihn zu überzeugen. Nachdem ich geendet hatte, entstand eine unbehagliche Stille, während der er meinen Vorschlag abzuwägen schien. Schließlich sprach er. Er sei bereit, die Idee zu besprechen und vielleicht sogar meiner Bitte nachzugeben, allerdings nur unter der Bedingung, dass er das Manuskript als Erster lesen dürfe. Sollte es ihm nicht gefallen, dürfe ich es nicht ver-

öffentlichen. Ich wand mich. Einen Roman zu schreiben bedeutet monatelange, wenn nicht gar jahrelange Anstrengung – doch er ließ nicht locker. Am Ende willigte ich ein. Um ehrlich zu sein, konnte ich seinen Wunsch nachvollziehen. Wäre ich an seiner Stelle gewesen, hätte ich dasselbe verlangt.

Daraufhin gingen wir in das Haus. Ich stellte Fragen und bekam Antworten. Erneut erhielt ich eine Kopie der Schilderung und durfte mir die originalen Zeichnungen und Briefe ansehen, die die Vergangenheit noch lebendiger machten.

Der Mann erzählte die Geschichte weiter und sparte sich sogar das Beste bis zum Schluss auf. Gegen Abend zeigte er mir ein mit Liebe zusammengestelltes Erinnerungsstück, durch das ich mir die Ereignisse so detailliert und klar vorstellen konnte, als wäre ich selbst Zeuge gewesen. Ich sah sogar nach und nach schon die Worte vor mir, wie sie auf dem Papier erscheinen würden, so als schriebe die Geschichte sich selbst und meine Rolle bestünde lediglich darin, sie auf Papier festzuhalten.

Bevor ich ging, bat er mich noch, keine echten Namen zu verwenden. Er hatte nicht den Wunsch, berühmt zu werden, da er ein eher zurückhaltender Mensch war. Vor allem aber wusste er, dass die Geschichte alte und neue Wunden aufreißen konnte. Einige Beteiligte lebten noch, und mancher wäre vielleicht aufgebracht oder bestürzt über die Enthüllungen. Dieser Bitte habe ich entsprochen, weil die Geschichte meiner Ansicht nach eine höhere Bedeutung besaß.

Bald nach jenem ersten gemeinsamen Abend begann

ich mit der Arbeit an dem Roman. Wann immer ich im folgenden Jahr Fragen hatte, rief ich den Mann an oder fuhr vorbei. Ich besichtigte die Schauplätze, zumindest diejenigen, die noch existierten. Ich durchsuchte Zeitungsarchive und prüfte mehr als fünfundzwanzig Jahre alte Fotos. Um mehr Details ausarbeiten zu können, verbrachte ich eine Woche in einer Pension in einem Küstenstädtchen im Osten North Carolinas und flog sogar nach Afrika. Mein Glück war, dass die Zeit in beiden Gegenden langsamer voranzuschreiten scheint; es gab Augenblicke, in denen ich das Gefühl hatte, tatsächlich tief in die Vergangenheit gereist zu sein.

Mein Aufenthalt in Simbabwe war besonders hilfreich. In diesem Land war ich noch nie gewesen, und ich war überwältigt von der spektakulären Tierwelt. Früher einmal wurde Simbabwe die Kornkammer Afrikas genannt, aber zur Zeit meines Besuchs war, hauptsächlich aus politischen Gründen, ein Großteil der landwirtschaftlichen Infrastruktur verfallen, und die Ökonomie war zusammengebrochen. Ich lief an baufälligen Bauernhäusern und brachliegenden Äckern vorbei und konnte mir nur vorstellen, wie grün das Land einst, als die Geschichte begann, gewesen war. Außerdem verbrachte ich drei Wochen auf verschiedenen Safaris, wo ich alles um mich herum aufsaugte. Ich unterhielt mich mit Guides und Fahrern, informierte mich über ihre Ausbildung und ihren Alltag. Ich begriff, wie schwierig es für sie sein musste, ein Familienleben zu haben, da sie den Großteil ihrer Zeit im Busch verbringen. Ich muss gestehen, dass ich Afrika extrem verführerisch fand. Seit diesen Reisen habe ich oft den Drang gespürt zurückzukehren, und das werde ich auch bestimmt bald tun.

Trotz all dieser Recherche bleibt weiterhin vieles im Ungewissen. Siebenundzwanzig Jahre sind eine lange Zeit, und ein längst vergangenes Gespräch zwischen zwei Menschen im Wortlaut zu rekonstruieren ist unmöglich. Unmöglich, jeden Schritt eines Menschen exakt nachzuvollziehen oder die Konstellation der Wolken am Himmel oder den Rhythmus der ans Ufer schlagenden Wellen. Was ich sagen kann, ist, dass der folgende Text angesichts dieser Einschränkungen das Beste ist, was ich hervorzubringen vermochte. Da ich zum Schutz der Privatsphäre der Beteiligten noch weitere Änderungen vorgenommen habe, kann ich dieses Buch guten Gewissens als Roman bezeichnen und nicht als Tatsachenbericht.

Seine Entstehung gehört zu den unvergesslichsten Erfahrungen meines Lebens. In mancherlei Hinsicht hat es meine Einstellung zur Liebe verändert. Ich vermute, dass die meisten Menschen hin und wieder überlegen: »Was, wenn ich meinem Herzen gefolgt wäre?«, und die wahre Antwort darauf wird man nie erfahren. Denn ein Leben ist ja letzten Endes eine Abfolge kleiner Leben, von einem Tag nach dem anderen, und jeder einzelne Tag verlangt Entscheidungen und hat Konsequenzen. Stück für Stück formen diese den Menschen, der man wird.

Wenn es um Liebe geht, wird es immer Zweifler geben. Sich zu verlieben ist der einfache Teil; die Gefühle trotz der unterschiedlichen Herausforderungen des Lebens dauerhaft zu gestalten bleibt für viele ein schwer zu erfüllender Traum. Aber wenn Sie diese Geschichte mit dem gleichen Staunen lesen, das ich beim Schreiben empfand, dann wird Ihr Glaube an die unheimlichen Kräfte, die die Liebe auf das Leben von Menschen ausüben kann, vielleicht wieder gestärkt. Möglicherweise machen Sie sich sogar eines Tages selbst auf den Weg zum Briefkasten »Seelenverwandte«, mit einer eigenen Geschichte … einer, die die Macht besitzt, das Leben eines anderen auf eine Art und Weise zu verändern, die Sie nie für möglich gehalten hätten.

Nicholas Sparks, 2. September 2017

Teil 1

Tru

Am Morgen des 9. September 1990 trat Tru Walls vor die Tür und betrachtete forschend den Morgenhimmel, der in der Nähe des Horizonts die Farbe von Feuer hatte. Die Erde unter seinen Füßen war rissig und die Luft trocken, es hatte seit über zwei Monaten nicht geregnet. Staub hüllte seine Stiefel ein, als er zu dem Pick-up lief, den er schon über zwanzig Jahre lang besaß. Wie seine Schuhe war auch der Wagen eingestaubt, von außen und innen. Hinter einem Elektrozaun zerrte ein Elefant Zweige von einem am frühen Morgen umgestürzten Baum. Tru beachtete ihn nicht. Er gehörte zur Landschaft seines Geburtsortes – seine Vorfahren waren vor über einhundert Jahren aus England eingewandert – und war für ihn dementsprechend nicht aufregender als ein Hai, den ein Fischer beim Einholen des täglichen Fangs entdeckte.

Tru war schlank und hatte dunkle Haare und Falten in den Augenwinkeln, die einem in der Sonne verbrachten Leben geschuldet waren. Mit seinen zweiundvierzig Jahren fragte er sich manchmal, ob er sich den Busch zum Leben ausgesucht hatte oder der Busch ihn.

Es war still im Camp, die anderen Guides – einschließlich seines besten Freundes Romy – waren früh am Morgen zur Haupt-Lodge aufgebrochen, von wo aus sie Gäste aus aller Welt in den Busch führten. Seit zehn Jahren arbeitete Tru im Hwange-Nationalpark. Davor hatte er eher ein Nomadenleben geführt und etwa alle zwei Jahre den Arbeitsplatz gewechselt, um Erfahrungen zu sammeln. Nur die Lodges, in denen Jagd gestattet war, hatte er aus Prinzip gemieden, was sein Großvater nicht verstanden hätte. Denn sein Großvater, den alle nur den »Colonel« nannten, obwohl er nie beim Militär gewesen war, behauptete von sich, in seinem Leben über dreihundert Löwen und Geparden getötet zu haben, um das Vieh der riesigen Farm in der Nähe von Harare zu schützen, auf der Tru aufgewachsen war. Und sein Stiefvater und seine Halbbrüder näherten sich stetig der gleichen Anzahl. Neben der Rinderzucht betrieb seine Familie auch Ackerbau und erntete mehr Tabak und Tomaten als jede andere Farm im Land. Kaffee ebenfalls. Sein Urgroßvater hatte einst beim legendären Cecil Rhodes – dem Bergbau-Magnaten, Politiker und Symbol des britischen Imperialismus – gearbeitet und Ende des neunzehnten Jahrhunderts Land, Geld und Macht angehäuft, die er seinem Sohn vererbte.

Als der das Unternehmen von seinem Vater bekam, florierte es bereits, nach dem Zweiten Weltkrieg aber wuchs es exponentiell und machte die Walls zu einer der wohlhabendsten Familien des Landes. Trus Wunsch, dem Geschäftsimperium und dem Leben im

Luxus zu entfliehen, hatte der Colonel nie nachvollziehen können. Vor seinem Tod, als Tru sechsundzwanzig war, besuchte er einmal ein Naturschutzgebiet, in dem Tru gerade arbeitete. Obwohl er nicht im Camp schlief, sondern in der Haupt-Lodge, war es für den alten Mann ein Schock, Trus Unterkunft zu sehen. Für ihn wirkte sie vermutlich nur wenig besser als ein Schuppen, ohne Isolierung oder Telefon. Eine Petroleumlampe sorgte für die Beleuchtung, und ein kleiner Gemeinschaftsgenerator betrieb einen Minikühlschrank. Kein Vergleich zu dem Haus, in dem Tru aufgewachsen war, aber mehr als diese karge Umgebung brauchte Tru nicht, besonders nicht, wenn abends ein Sternenmeer über ihm erschien. Gegenüber seinen vorherigen Arbeitsplätzen war es sogar schon ein Fortschritt, denn in zweien davon hatte er in einem Zelt geschlafen. Dort gab es wenigstens fließendes Wasser und eine Dusche, wenn auch in einem Gemeinschaftsbad, was er selbst fast als Luxus betrachtet hatte.

An diesem Morgen hatte Tru seine Gitarre in dem verbeulten Kasten dabei, eine Thermoskanne und eine Plastikdose, ein paar Zeichnungen, die er für seinen Sohn Andrew angefertigt hatte, und einen Rucksack mit Wäsche zum Wechseln für ein paar Tage, Kulturbeutel, Zeichenblöcken, Bunt- und Kohlestiften und seinen Pass. Obwohl er eine Woche lang verreiste, ging er davon aus, dass er nicht mehr benötigen würde.

Sein Wagen stand unter einem Affenbrotbaum.

Einige seiner Kollegen mochten die trockene, breiige Frucht und mischten sie sich morgens unter ihr Porridge, aber Tru hatte sich nie dafür erwärmen können. Jetzt warf er seinen Rucksack auf den Beifahrersitz und sah schnell hinten auf der Ladefläche nach, ob dort auch nichts lag, was gestohlen werden konnte. Zwar würde er den Pick-up auf der Farm seiner Familie parken, aber dort gab es über dreihundert Feldarbeiter, die alle sehr wenig verdienten. Gutes Werkzeug löste sich gern mal in Luft auf, selbst unter den wachsamen Augen seiner Verwandtschaft.

Er klemmte sich hinters Steuer und setzte die Sonnenbrille auf. Bevor er den Schlüssel herumdrehte, vergewisserte er sich noch einmal, dass er nichts vergessen hatte. Viel gab es ja nicht, abgesehen von Rucksack und Gitarre hatte er den Brief und das Foto aus Amerika bei sich, dazu die Flugtickets und seine Brieftasche. In dem Gestell hinter ihm stand ein geladenes Gewehr, falls er eine Autopanne hatte und in der Dunkelheit durch den Busch laufen musste – immer noch einer der gefährlichsten Orte auf der Welt, vor allem nachts und selbst für jemanden, der so erfahren war wie er. Er tastete nach dem Zelt unter dem Sitz, ebenfalls für den Notfall. Es war kompakt genug, um auf die Ladefläche seines Pick-ups zu passen. Das half zwar gegen Raubtiere nicht besonders viel, war aber immer noch besser, als auf dem Boden zu schlafen. Also gut, dachte er. Es konnte losgehen.

Es wurde bereits warm, und im Wagen war es schon heiß. Er würde die natürliche Klimaanlage nutzen:

maximalen Durchzug bei heruntergekurbelten Fenstern. Viel brachte das nicht, doch Tru war an die Hitze gewöhnt. Er krempelte sich die Ärmel seines hellbraunen Hemdes hoch. Dazu trug er seine übliche Trekkinghose, die im Laufe der Jahre weich und bequem geworden war. Die Gäste am Pool der Lodge hatten wahrscheinlich Badesachen und Flipflops an, aber in dieser Aufmachung hatte er sich noch nie wohlgefühlt. Außerdem hatten ihm die Stiefel und die lange Hose einmal, als er einer wütenden Schwarzen Mamba begegnet war, das Leben gerettet. Ohne die richtige Kleidung hätte das Gift ihn in weniger als dreißig Minuten umgebracht.

Er sah auf die Uhr. Kurz nach sieben, und er hatte zwei lange Tage vor sich. Er ließ den Motor an, setzte zurück und fuhr los. Am Tor sprang er aus dem Wagen, zog es auf, ließ den Pick-up durchrollen und schloss es wieder. Das Letzte, was seine Kollegen brauchten, war, bei ihrer Rückkehr ein Löwenrudel vorzufinden, das es sich im Camp gemütlich gemacht hatte. So etwas war schon vorgekommen, wenn auch nicht in diesem, sondern in einem anderen Camp, in dem er gearbeitet hatte, im Südosten. Das war ein chaotischer Tag gewesen. Niemand hatte so recht gewusst, was tun, außer abzuwarten, bis die Löwen sich entschieden hatten, was sie ihrerseits zu tun gedachten. Zum Glück waren die Tiere später am Nachmittag auf die Jagd gegangen, aber seitdem überprüfte Tru immer das Tor, auch wenn er nicht selbst fuhr. Einige der Guides waren noch neu, und er wollte kein Risiko eingehen.

Schließlich legte er den Gang wieder ein und lehnte sich zurück, um die Fahrt so angenehm wie möglich zu gestalten. Die ersten einhundertfünfzig Kilometer führten über unbefestigte Straßen voller Schlaglöcher, erst im Naturschutzgebiet, dann an einer Reihe kleiner Dörfer vorbei. Dieser Teil dauerte bis zum frühen Nachmittag, und da er die Strecke gut kannte, ließ er seinen Gedanken freien Lauf, während er die Welt betrachtete, die er seine Heimat nannte.

Die Sonne glitzerte durch Federwölkchen über den Baumwipfeln auf eine Gabelracke, die sich gerade links von Tru aus den Ästen erhob. Vor ihm kreuzten zwei Warzenschweine die Straße und trotteten an einer Pavianfamilie vorbei. Er hatte diese Tiere schon Tausende Male gesehen, und wieder staunte er, wie sie, umringt von so vielen Raubtieren, überleben konnten. Tiere, die sich weit unten in der Nahrungskette befanden, bekamen mehr Nachwuchs. Weibliche Zebras zum Beispiel waren bis auf neun oder zehn Tage pro Jahr trächtig. Löwinnen dagegen, so die Schätzung, mussten sich für jedes Junge, das sein erstes Lebensjahr vollendete, über eintausendmal paaren. Es war evolutionäres Gleichgewicht in Reinkultur, und obwohl Tru das jeden Tag erlebte, empfand er es immer noch als außergewöhnlich.

Gäste fragten ihn oft nach seinen aufregendsten Erlebnissen bei Safaris. Dann erzählte er, wie es war, von einem Spitzmaulnashorn attackiert zu werden, oder dass er einmal Zeuge gewesen war, wie eine Giraffe sich wild aufgebäumt hatte, bis sie schließlich explosionsartig und mit überraschender Geschwindigkeit ihr Junges zur Welt brachte. Er hatte einen jungen Jaguar ein Warzenschwein, das beinahe doppelt so groß wie er selbst war, hoch auf einen Baum schleppen sehen, nur Zentimeter vor einem Rudel knurrender Hyänen, die seine Beute gerochen hatten. Einmal war er einem von seinem Rudel ausgestoßenen Wildhund gefolgt, der sich einer Schakalgruppe angeschlossen hatte – derselben Schakalgruppe, die er früher gejagt hatte. Die Geschichten nahmen kein Ende.

War es möglich, überlegte er, eine Tour zweimal auf die gleiche Art zu erleben? Die Antwort lautete Ja und Nein. Man konnte in derselben Lodge wohnen, mit denselben Guides arbeiten, zur selben Zeit aufbrechen und dieselben Straßen bei genau demselben Wetter in derselben Jahreszeit abfahren, und trotzdem waren die Tiere immer an anderen Stellen und verhielten sich anders. Sie wanderten zu Wasserlöchern oder davon fort, horchten und beobachteten, fraßen und schliefen und paarten sich, waren alle schlicht und einfach damit beschäftigt, einen weiteren Tag zu überleben.

Etwas seitlich entdeckte er eine Impalaherde. Die Guides scherzten gern, dass Impalas das McDonald's des Buschs seien, Fast Food im Überfluss. Sie standen auf dem Speisezettel jedes Raubtiers, und die Gäste wurden es normalerweise schon nach einer einzigen Fahrt überdrüssig, sie zu fotografieren. Tru allerdings ging vom Gas und beobachtete, wie eins nach dem anderen unfassbar hoch und anmutig über einen Baumstamm sprang. Es sah aus wie choreografiert. Auf ihre eigene Art, dachte er, waren sie so besonders wie die großen Fünf – Löwe, Leopard, Nashorn, Elefant und Wasserbüffel – oder die großen Sieben, zu denen zusätzlich Geparden und Hyänen zählten. Das waren die Tiere, die Besucher am liebsten sehen wollten, die Arten, die am meisten Aufregung hervorriefen. Dabei war Löwen zu finden nicht sonderlich schwierig, zumindest wenn die Sonne schien. Diese Tiere schliefen achtzehn bis zwanzig Stunden am Tag, und normalerweise lagen sie im Schatten. Einen sich bewegenden Löwen zu entdecken hingegen kam selten vor, außer nachts. Tru hatte auch schon in Lodges gearbeitet, die Abendtouren anboten. Einige waren haarsträubend verlaufen, und oft hatte man kaum etwas erkennen können vor Staub, den Hunderte von Büffeln oder Gnus oder Zebras auf der Flucht vor Löwen aufwirbelten, sodass Tru gezwungen gewesen war, den Jeep anzuhalten. Zweimal hatte sich der Wagen genau zwischen dem Löwenrudel und seiner Beute befunden, was Trus Adrenalinspiegel jäh in die Höhe getrieben hatte.

Die Straße wurde stetig holpriger, und Tru fuhr noch langsamer und in Schlangenlinien. Sein Ziel heute war Bulawayo, die zweitgrößte Stadt des Landes, wo seine Exfrau Kim und sein Sohn Andrew wohnten. Er besaß dort ein Haus, das er nach seiner Scheidung gekauft hatte. Rückblickend war offensichtlich, dass er und Kim nicht gut zueinander gepassst hatten. Sie hatten sich damals in einer Bar in Harare kennengelernt, wohin Tru zwischen zwei Jobs gekommen war. Später erzählte Kim ihm, dass er auf sie exotisch gewirkt hatte, was in Kombination mit seinem Nachnamen ausreichte, um ihr Interesse zu wecken. Sie war acht Jahre jünger und schön, mit einem lässigen und gleichzeitig selbstbewussten Charme. Eins führte zum anderen, und letzten Endes verbrachten sie die nächsten sechs Wochen zusammen. Dann zog es Tru schon wieder in den Busch, und er wollte die Beziehung beenden, doch Kim teilte ihm mit, sie sei schwanger. Also heirateten sie, Tru nahm die Stelle in Hwange an, weil es relativ nah an Bulawayo lag, und bald darauf kam Andrew.

Obwohl sie gewusst hatte, womit Tru sein Geld verdiente, war Kim davon ausgegangen, dass er sich, wenn das Kind da war, einen Job suchen würde, für den er nicht wochenlang fort sein musste. Doch er arbeitete weiter als Guide, Kim lernte einen anderen Mann kennen, und keine fünf Jahre später war ihre Ehe vorbei. Keiner war dem anderen böse, im Gegenteil, ihr Verhältnis hatte sich seit der Scheidung im Grunde verbessert. Wenn Tru Andrew abholte, unterhielten er und Kim sich ein Weilchen, erzählten sich ihre Neuigkeiten wie alte Freunde, die sie ja auch waren. Sie war wieder verheiratet und hatte mit ihrem zweiten Mann Ken eine Tochter, und bei seinem letzten Besuch hatte sie Tru erzählt, dass sie erneut schwanger war. Ken arbeitete bei Air Zimbabwe in der Buchhaltung. Er trug einen Anzug zur Arbeit und war jeden Abend zum Essen zu Hause. Das hatte Kim sich gewünscht, und Tru freute sich für sie.

Was Andrew anging …

Sein Sohn war inzwischen zehn und das großartigste Ergebnis ihrer Ehe. Wie es das Schicksal wollte, hatte Tru sich ein paar Monate nach Andrews Geburt mit den Masern angesteckt, wodurch er unfruchtbar geworden war, aber er hatte nie das Bedürfnis nach einem weiteren Kind gespürt. Für ihn war Andrew mehr als genug, und er war auch der Grund, warum Tru jetzt einen Umweg über Bulawayo machte, statt direkt zur Farm zu fahren. Mit seinen blonden Haaren und braunen Augen ähnelte Andrew seiner Mutter, und in Trus Hütte hingen Dutzende von Zeichnungen von ihm. Im Laufe der Jahre waren auch Fotos hinzugekommen, denn bei jedem Besuch bekam er welche von Kim – unterschiedliche Versionen seines Sohns verschmolzen miteinander, entwickelten sich zu jemand gänzlich Neuem. Mindestens einmal pro Woche skizzierte Tru etwas, das er im Busch gesehen hatte, meistens ein Tier, aber zusätzlich zeichnete er sich und Andrew, als Erinnerung an seinen jeweils letzten Besuch.

Familie und Beruf unter einen Hut zu bringen war schwierig gewesen, besonders nach der Scheidung. Immer sechs Wochen am Stück arbeitete Tru im Camp. Kim hatte das Sorgerecht und er keinerlei Anteil am Leben seines Sohnes, keine Anrufe, keine Besuche, keine spontanen Fußballspiele oder Ausflüge zur Eisdiele. Im Anschluss übernahm Tru zwei Wochen lang die Betreuung und spielte die Rolle des Vollzeitvaters. Dann wohnte Andrew mit ihm in dem Haus, Tru brachte ihn zur Schule, schmierte Butterbrote, kochte und half bei den Hausaufgaben. An den Wochenenden machten sie, was Andrew sich wünschte, und in jedem einzelnen Augenblick staunte Tru, wie es möglich war, seinen Sohn so sehr zu lieben, selbst wenn er nicht immer da war und es zeigen konnte.

Rechts von ihm kreisten zwei Truthahngeier. Vielleicht hatten die Hyänen gestern Abend etwas übrig gelassen, oder ein Tier war frühmorgens verendet. In letzter Zeit hatten viele Tiere zu kämpfen gehabt. Es herrschte wieder einmal Dürre, und die Wasserlöcher in dieser Region des Schutzgebiets waren ausgetrocknet.

Das war nicht überraschend. Nicht weit von hier Richtung Westen, in Botswana, lag die riesige Kalahari-Wüste, Heimat der legendären San. Deren Sprache galt als eine der ältesten noch existierenden, mit vielen Klick- und Schnalzlauten, und klang für Außenstehende beinahe außerirdisch. Obwohl sie fast keine materiellen Güter besaßen, scherzten und lachten sie mehr als jede andere Volksgruppe, der Tru je begegnet war. Wobei er sich fragte, wie lange sie ihre Lebensweise noch aufrechterhalten konnten. Die Moderne drang immer weiter vor, und es gab Gerüchte, die botswanische Regierung wolle eine allgemeine Schulpflicht erlassen, auch für die San. Das bedeutete vermutlich über kurz oder lang das Ende einer jahrtausendealten Kultur.

Doch Afrika veränderte sich ohnehin ständig. Tru war noch in Rhodesien geboren, einer britischen Kolonie. Als Halbwüchsiger hatte er miterlebt, wie das Land von Unruhen erschüttert wurde, sich schließlich von Großbritannien abspaltete und letztlich zu Simbabwe und Sambia wurde. Wie in Südafrika – wegen der Apartheid immer noch ein Paria unter den Ländern der Welt – konzentrierte sich ein Großteil des simbabwischen Wohlstands in den Händen einiger weniger, und zwar fast ausschließlich Weißer. Tru bezweifelte, dass das ewig so bleiben würde, aber Politik und soziale Ungerechtigkeit diskutierte er mit seiner Familie nicht mehr. Sie gehörten immerhin zu ebenjener privilegierten Gruppe, und wie alle privilegierten Gruppen glaubten sie, ihr Reichtum und ihre Macht stünden ihnen zu, egal wie brutal sie einst erworben wurden.

Als Tru die Grenze des Naturschutzgebiets erreichte, passierte er das erste kleine Dorf, Heimat für etwa einhundert Bewohner. Wie das Camp der Guides war es sowohl zum Schutz der Menschen als auch der Tiere umzäunt. Tru trank einen Schluck aus seiner Thermoskanne und stützte den Ellbogen auf den Fensterrahmen. Er überholte eine Frau auf einem mit Gemüsekisten beladenen Fahrrad und einen Mann, der zu Fuß unterwegs war, vermutlich zum nächsten Dorf in knapp zehn Kilometern Entfernung. Tru hielt an, der Mann schlenderte zum Wagen und stieg ein. Für eine Unterhaltung reichten Trus Sprachkenntnisse aus, alles in allem beherrschte er sechs Sprachen einigermaßen fließend, zwei davon indigene. Die anderen waren Englisch, Französisch, Deutsch und Spanisch. Das war einer der Gründe, warum er als Angestellter in den Lodges begehrt war.

Nach einer Weile setzte er den Mann wieder ab und fuhr weiter, bis er schließlich eine asphaltierte Straße erreichte. Am Mittag machte er Rast auf der Ladefläche seines Pick-ups, im Schatten einer Akazie. Die Sonne stand mittlerweile hoch am Himmel, und um ihn herum war es still, kein Tier in Sicht.

Von dort aus kam er schneller voran. Die Dörfer wichen kleinen Städten, dann größeren, und am späten Nachmittag erreichte er die Außenbezirke Bulawayos. Er hatte Kim seine Ankunftszeit brieflich mitgeteilt, allerdings konnte man sich auf die simbabwische Post nicht unbedingt verlassen. Normalerweise kamen die Briefe zwar an, aber nicht immer rechtzeitig.

Als er in die Straße einbog, sah er Kims Wagen und parkte dahinter. Er ging zur Tür, klopfte, und Sekunden später wurde geöffnet. Kim hatte eindeutig auf ihn gewartet. Während sie einander umarmten, hörte Tru bereits die Stimme seines Sohnes. Andrew stürzte die Treppe herunter und sprang ihm auf den Arm. Tru wusste, dass Andrew sich schon bald für viel zu alt für solche Liebesbekundungen halten würde, deshalb drückte er ihn noch fester. Konnte irgendeine Freude jemals diese übertreffen?

*

»Mummy hat erzählt, dass du nach Amerika fliegst«, sagte Andrew am Abend zu ihm. Sie saßen vor dem Haus auf einer niedrigen Mauer, die als Zaun zwischen Kims Haus und dem des Nachbarn diente.

»Stimmt. Aber ich bleibe nicht lange. Nächste Woche komme ich zurück.«

»Ich wünschte, du müsstest nicht weg.«

Tru schlang den Arm um seinen Sohn. »Ich weiß. Ich werde dich auch vermissen.«

»Und warum fährst du dann?«

Das genau war die Frage. Warum war nach all den Jahren dieser Brief eingetroffen? Mit einem Flugticket?

»Ich treffe meinen Vater«, antwortete Tru schließlich.

Andrew blinzelte, seine blonden Haare leuchteten im Mondlicht. »Du meinst Papa Rodney?«

»Nein. Meinen leiblichen Vater. Ich bin ihm noch nie begegnet.«

»Möchtest du ihn denn kennenlernen?«

Ja, dachte Tru, dann, nach weiterem Nachdenken, *nein, eigentlich nicht.* »Weiß ich nicht«, gab er zu, denn er war sich nicht sicher.

»Und warum fährst du dann?«

»Weil in seinem Brief steht, dass er bald stirbt«, sagte Tru.

*

Nachdem er sich von Andrew verabschiedet hatte, fuhr Tru zu seinem Haus. Zuerst öffnete er die Fenster zum Lüften, dann packte er seine Gitarre aus und spielte und sang eine Stunde, bevor er schließlich ins Bett ging.

Am nächsten Morgen brach er früh auf. Im Gegensatz zu den Straßen des Naturschutzgebiets waren die in die Hauptstadt in relativ gutem Zustand, dennoch brauchte er fast den ganzen Tag. Erst nach Einbruch der Dunkelheit traf er bei der Farm ein, und es brannte schon Licht in dem herrschaftlichen Gebäude, das sein Stiefvater Rodney nach dem Brand wieder aufgebaut hatte. Nicht weit entfernt standen drei weitere Häuser, jeweils eins für seine beiden Halbbrüder, sowie das Haupthaus, in dem der Colonel früher gewohnt hatte. Dieses gehörte ihm theoretisch, dennoch lief Tru zu einem kleineren Gebäude in der Nähe des Zauns. Vor langer Zeit hatte darin der Koch mit seiner Frau gewohnt, später dann, als Jugendlicher, hatte Tru es für sich eingerichtet. Als der Colonel noch lebte, hatte er dafür gesorgt, dass es mehr oder weniger regelmäßig geputzt wurde, aber das war vorbei. Überall lag Staub, und Tru musste die Käfer und Spinnen aus seinem Bettzeug schütteln, ehe er sich hinlegte. Es machte ihm nicht viel aus, er hatte schon unzählige Male unter schlechteren Bedingungen geschlafen.

Am Morgen ging er seiner Familie aus dem Weg und ließ sich von Tengwe, dem Vorarbeiter, zum Flughafen bringen. Tengwe war grauhaarig und drahtig und konnte dem Boden noch unter den härtesten Bedingungen Leben entlocken. Seine sechs Kinder arbeiteten auf der Farm, und seine Frau Anoona kochte für Rodney. Nach dem Tod seiner Mutter war Trus Verhältnis zu den beiden enger gewesen als das zum Colonel, und sie waren die Einzigen auf der Farm, die er vermisste.

Die Straßen in Harare waren mit Autos und Lastwagen, Karren und Fahrrädern und Fußgängern verstopft, und am Flughafen ging es noch chaotischer zu. Tru bestieg zunächst eine Maschine nach Amsterdam, dann flog er über New York und Charlotte weiter nach Wilmington, North Carolina.

Mit Aufenthalten war er annähernd einundzwanzig Stunden unterwegs, bevor er zum ersten Mal Fuß auf amerikanischen Boden setzte. Als er in Wilmington an der Gepäckausgabe ankam, entdeckte er einen Mann, der ein Schild mit seinem Namen hielt, darunter stand der Name eines Limousinenservices. Der Fahrer war verblüfft über das wenige Gepäck und erbot sich, den Gitarrenkasten und den Rucksack zu tragen. Tru schüttelte den Kopf. Draußen war es sehr schwül, und Tru spürte, wie sein Hemd an seinem Rücken zu kleben begann, als sie zum Wagen liefen.

Die Fahrt verlief ereignislos, aber die Welt hinter den Scheiben schien ihm fremd. Die Landschaft dehnte sich flach, üppig und grün in alle Richtungen aus. Er sah Palmen zwischen Eichen und Kiefern, und das Gras hatte die Farbe von Smaragden. Wilmington war eine kleine Stadt mit einer Mischung aus Filialen großer Ladenketten und einheimischen Geschäften am Rand und einem historischen Viertel mit Häusern, die mindestens zweihundert Jahre alt aussahen. Der

Fahrer zeigte Tru den Cape Fear River, auf dessen brackigem Wasser diverse Fischerboote dümpelten. Um sich herum bemerkte er Limousinen und SUVs und Minivans, und niemand fuhr bedächtig, um notfalls Karren und Tieren ausweichen zu können. Niemand fuhr Fahrrad oder ging zu Fuß, und fast alle Menschen waren weiß. Die Welt, die er hinter sich gelassen hatte, schien ihm so fern wie ein Traum.

Eine Stunde später überquerten sie eine Pontonbrücke und hielten vor einem dreistöckigen Haus, das sich in einem Ort namens Sunset Beach, auf einer Insel unweit der Küste und nahe der Grenze zu South Carolina, an eine flache Düne schmiegte. Tru brauchte einen Moment, um zu begreifen, dass das gesamte Erdgeschoss aus Garagen bestand. Das Gebäude wirkte beinahe grotesk im Vergleich zu dem viel kleineren nebenan, vor dem ein Schild *Zu verkaufen* stand. Er überlegte, ob der Fahrer sich geirrt haben konnte, aber der überprüfte die Adresse noch einmal und versicherte ihm, sie stimme. Als der Wagen wegfuhr, hörte Tru das tiefe, rhythmische Geräusch von auf die Küste treffenden Meereswellen. Er versuchte sich zu erinnern, wann er es zuletzt gehört hatte. Mindestens zehn Jahre war das her, schätzte er, während er die Treppe in den ersten Stock hinaufstieg.

Der Fahrer hatte ihm einen Umschlag mit dem Hausschlüssel ausgehändigt, und jetzt trat er durch den Flur in einen riesigen Raum mit Dielenboden und Holzbalken unter der Decke. Die Einrichtung sah aus wie aus einer Zeitschrift, jedes Kissen und jede Decke war mit geschmackvoller Präzision angeordnet. Große Fenster boten einen Blick auf die Terrasse und dahinter Seegras und Dünen bis zum Meer. An dieses Zimmer schloss sich ein geräumiger Essbereich an, und die Designerküche war mit Einbaumöbeln, Marmorflächen und hochwertigen Geräten ausgestattet.

Ein Zettel auf der Arbeitsfläche informierte ihn darüber, dass Kühlschrank und Speisekammer gefüllt seien und er bei Bedarf den Fahrservice anrufen könne. Falls er an Freizeitaktivitäten interessiert sei, finde er ein Surfboard und Angelausrüstung in der Garage. Laut dieser Nachricht hoffte Trus Vater, am Samstagnachmittag einzutreffen. Er entschuldigte sich dafür, es nicht früher zu schaffen, gab aber keine Erklärung für die Verzögerung ab. Als Tru den Zettel beiseitelegte, kam ihm der Gedanke, dass sein Vater möglicherweise genauso unschlüssig hinsichtlich dieser Begegnung war wie er selbst … was die Frage aufwarf, warum er überhaupt das Flugticket geschickt hatte. Na ja, er würde es bald erfahren.

Es war Dienstag, was bedeutete, Tru hatte ein paar Tage für sich, womit er nicht gerechnet hatte. Zunächst machte er sich mit dem Haus vertraut. Das Schlafzimmer lag hinter der Küche den Flur hinunter, und dort stellte er seine Habseligkeiten ab. Im oberen Stock gab es noch weitere Schlaf- und Badezimmer, die alle makellos und unbenutzt wirkten. Im unteren Schlafzimmer fand er frische Handtücher neben Seife, Shampoo und Spülung, also gönnte er sich eine schöne lange Dusche.

Seine Haare waren noch feucht, als er auf die Terrasse trat. Es war nach wie vor warm, doch die Sonne sank bereits, und der Himmel hatte unzählige Schattierungen von Gelb und Orange angenommen. Als Tru die Augen zusammenkniff, konnte er in der Ferne eine Gruppe von Tümmlern ausmachen, die in den Wellen spielten. Durch ein Tor mit einem Riegel gelangte er auf Stufen, die zu einem Fußweg aus Holzplanken über den Sand führten. Er wanderte bis zur letzten Düne und entdeckte dort eine Treppe zum Strand hinunter.

Es waren nur wenige Leute da. Weit entfernt sah er eine Frau, die offenbar hinter einem kleinen Hund herschlenderte, und auf der anderen Seite trieben ein paar Surfer auf ihren Brettern neben einem Pier, der wie ein ausgestreckter Zeigefinger ins Meer ragte. In diese Richtung wandte Tru sich und lief auf dem festen Sand am Wasserrand entlang. Bis vor Kurzem hatte er noch nie von Sunset Beach gehört, er war nicht einmal sicher, ob er sich überhaupt schon je mit North Carolina befasst hatte. Kurz überlegte er, ob im Laufe der Jahre irgendwelche Safari-Gäste aus diesem Staat gestammt hatten, konnte sich aber nicht erinnern. Eigentlich spielte es auch keine Rolle.

Am Pier stieg er die Treppe hinauf und spazierte bis zum Ende. Die Arme auf das Geländer gestützt, blickte er aufs Wasser, das sich bis zum Horizont erstreckte. Der Anblick, die ungeheure Weite überstiegen beinahe sein Fassungsvermögen. Das machte ihm deutlich, dass es jenseits von Simbabwe noch eine weite Welt zu erkunden gab, und er fragte sich, ob er jemals dazu käme. Vielleicht konnte er mit Andrew, wenn der älter war, ein paar Reisen unternehmen.

Nach einer Weile ging der Mond am dunkelblauen Himmel auf, was Tru zum Anlass nahm zurückzugehen. Er vermutete, dass das Haus seinem Vater gehörte. Natürlich konnte es auch gemietet sein, aber dafür war die Einrichtung eigentlich zu edel, außerdem hätte er Tru dann auch einfach in einem Hotel unterbringen können. Wieder dachte er über die Verzögerung bis Samstag nach. Warum hatte sein Vater ihn so viel früher anreisen lassen? Wenn der Mann tatsächlich im Sterben lag, konnte es natürlich medizinische Gründe haben, und in dem Fall gab es auch für Samstag keine Garantie.

Aber was passierte, wenn sein Vater doch erschien? Er war ein Fremder, und daran würde ein einzelnes Treffen nichts ändern. Dennoch hoffte Tru, Antworten auf ein paar Fragen zu erhalten, was der einzige Grund für ihn gewesen war, überhaupt herzukommen.

Im Haus holte er ein Steak aus dem Kühlschrank. Er musste einige Schränke öffnen, bis er eine gusseiserne Pfanne gefunden hatte, aber der Herd, so schick er auch war, funktionierte ähnlich wie der zu Hause. Es gab außerdem einige Lebensmittel aus einem Laden namens Murray's Deli, und Tru tat etwas, das wie Krautsalat aussah, sowie einen Klecks Kartoffelsalat auf einen Teller. Nach dem Essen wusch er das Geschirr von Hand ab und ging mit seiner Gitarre auf die Terrasse. Eine Stunde lang spielte und sang er leise vor sich hin, während hin und wieder eine Sternschnuppe über ihm hinwegschoss. Er dachte an Andrew und Kim, an seine Mutter und seinen Großvater, bis er endlich müde genug war, um ins Bett zu gehen.

Am nächsten Morgen machte er einhundert Liegestütze und einhundert Sit-ups und versuchte dann, sich Kaffee zu kochen, leider vergeblich. Er schaffte es einfach nicht, die Maschine in Gang zu setzen. Zu viele Knöpfe, zu viele Optionen, und er hatte keine Ahnung, wo man das Wasser eingießen musste. Schließlich entschied er sich, zum Strand zu gehen, in der Hoffnung, dort irgendwo eine Tasse Kaffee zu bekommen.

Wie am Abend vorher hatte er den Strand fast für sich allein. Wie angenehm, einfach spontan einen Spaziergang machen zu können, dachte er. In Hwange ging das nicht, jedenfalls nicht ohne Gewehr. Als er den Sand erreichte, atmete er tief ein, schmeckte Salz in der Luft, fühlte sich so fremd, wie er war. Er steckte die Hände in die Taschen und lief los. Nach etwa fünfzehn Minuten sah er auf der Düne eine Katze hocken, neben einer Terrasse, die gerade repariert wurde und deren Stufen zum Strand hinunter noch nicht fertiggestellt waren. Auf der Farm hatte es drei in der Scheune lebende Katzen gegeben, aber diese hier wirkte, als verbrächte sie die meiste Zeit im Haus. Genau in dem Moment raste ein kleiner weißer Hund an ihm vorbei auf einen Möwenschwarm zu, der daraufhin explosionsartig in die Luft stieg. Irgendwann bog der Hund Richtung Düne ab, entdeckte die Katze und schoss erneut los wie eine Rakete. Die Katze sprang auf die Terrasse, dicht gefolgt von dem Hund, und beide verschwanden außer Sicht. Eine Minute später glaubte Tru, in einiger Entfernung das Quietschen von Autoreifen und im Anschluss das Aufjaulen und Winseln eines Hundes zu hören.

Er warf einen Blick über die Schulter. Weiter unten am Strand stand eine Frau, sicherlich die Besitzerin des Hundes, und blickte unverwandt aufs Meer. Tru vermutete, dass es dieselbe war, die er am Abend vorher bemerkt hatte, aber sie war zu weit entfernt, um gesehen oder gehört zu haben, was passiert war.

Nach kurzem Zögern lief Tru dem Hund nach und erklomm im rutschigen Sand die Düne. Oben folgte er dem Fußweg bis zu ein paar Stufen, die zu der Terrasse eines Hauses führten. Er lief seitlich an dem Haus vorbei, dann kletterte er über eine niedrige Stützmauer und gelangte zur Straße. Kein Auto weit und breit. Keine hysterischen Menschen, auch kein auf dem Asphalt liegender Hund. Das war schon mal gut. Aus Erfahrung wusste er, dass verletzte Tiere sich oft einen Unterschlupf suchten, um dort versteckt vor Fressfeinden gesund werden zu können.

Also lief er den Straßenrand auf einer Seite ab und hielt unter Büschen und Bäumen Ausschau. Nichts zu sehen. Dann überquerte er die Straße, suchte auf der anderen Seite und entdeckte schließlich den Hund. Er stand an einer Hecke, ein Hinterlauf zuckte auf und ab. Das Tierchen keuchte und zitterte, ob vor Schmerz oder Schreck, konnte Tru nicht beurteilen. Er überlegte, ob er zurück zum Strand gehen und die Frau holen sollte, hatte aber Angst, der Hund würde in der Zwischenzeit davonlaufen. Deshalb setzte er die Sonnenbrille ab, ging in die Hocke und streckte langsam die Hand aus.

»Hallo, du«, sagte er mit ruhiger Stimme. »Alles gut?«

Der Hund legte den Kopf schief, und Tru schob sich etwas näher und redete dabei leise weiter. Als er nah genug war, reckte der Hund die Schnauze, um Trus Hand zu beschnüffeln, und wagte sich ein paar zaghafte Schritte vor. Schließlich schien er hinlänglich überzeugt von Trus guten Absichten und entspannte sich. Tru streichelte ihm den Kopf und suchte ihn nach Blut ab. Nichts. Am Halsband hing eine Marke, auf der *Scottie* stand.

»Hallo, Scottie«, sagte er. »Komm, wir bringen dich zum Strand zurück, okay? Na los.«

Er musste ihn noch ein Weilchen locken, dann aber folgte Scottie Tru Richtung Düne. Er humpelte nur schwach, deshalb glaubte Tru nicht, dass er sich etwas gebrochen hatte. Als Scottie vor der Stützmauer anhielt, bückte Tru sich, nahm ihn behutsam auf den Arm und trug ihn an dem Haus entlang, die Stufen hinunter bis auf den Fußweg und schließlich über die Düne. Am Strand entdeckte er die Frau, sie war jetzt viel näher gekommen und schien durch den sonnengelben Stoff ihres im Wind flatternden ärmellosen Oberteils geradezu zu leuchten.

Während der Abstand zwischen ihnen schrumpfte,

musterte Tru sie. Trotz ihres verwirrten Gesichtsausdrucks war sie wunderschön, mit ungezähmtem rotbraunem Haar und Augen in der Farbe von Türkisen. Und fast unmittelbar regte sich etwas in seinem Inneren, etwas, das ihn leicht nervös machte, wie es immer in Gegenwart einer attraktiven Frau geschah.

Hope

Hope stieg von der Terrasse auf den Fußweg, der über die Düne führte, und bemühte sich, ihren Kaffee dabei nicht zu verschütten. Scottie, ihr passend getaufter Scottish Terrier, zerrte an der Leine, weil er unbedingt an den Strand wollte.

»Zieh nicht so«, sagte sie.

Der Hund ignorierte sie. Scottie war ein Geschenk von ihrem Freund Josh gewesen, und er gehorchte schon an guten Tagen kaum. Seit ihrer Ankunft im Cottage am Vortag gebärdete er sich geradezu wie wild. Hope nahm sich vor, mit ihm noch einmal ein paar Stunden bei einem Hundetrainer zu buchen, obwohl sie bezweifelte, dass es etwas nutzen würde. Er war schon bei den ersten beiden Kursen mit Pauken und Trompeten durchgefallen. Scottie war der niedlichste und süßeste Hund der Welt, aber leider nicht sonderlich helle, der Gute. Oder aber er war einfach störrisch.

Da Labor Day vorbei war, war es am Strand recht leer, und die meisten der eleganten Häuser lagen dunkel da. In der Ferne sah Hope jemanden joggen, auf der anderen Seite ein Paar am Wasser entlangschlendern. Sie bückte sich, stellte ihren Styroporbecher im

Sand ab und hakte Scotties Leine los. Wen sollte es schon stören, wenn er frei herumlief?

Hope marschierte los und trank einen Schluck Kaffee. Sie hatte nicht gut geschlafen. Normalerweise schläferte sie das immer gleichbleibende Geräusch der Wellen sofort ein, aber nicht letzte Nacht. Sie hatte sich von einer Seite auf die andere gewälzt, war immer wieder aufgewacht und hatte es schließlich aufgegeben, als die Sonne ins Zimmer zu scheinen begann.

Wenigstens war das Wetter perfekt – blauer Himmel und eine Temperatur, die typisch für den Frühherbst war. In den Nachrichten waren für das Wochenende Gewitter vorhergesagt worden, und ihre Freundin Ellen war halb durchgedreht vor Sorge. Ellen heiratete am Samstag, und sowohl die Hochzeit als auch das Fest sollten im Wilmington Country Club im Freien stattfinden, irgendwo beim achtzehnten Grün. Zwar ging Hope fest davon aus, dass es einen Plan B gab – sicherlich durften sie das Clubhaus nutzen –, dennoch hatte Ellen gestern Abend am Telefon beinahe geweint.

Hope hatte sich Mühe gegeben, teilnahmsvoll zu sein, was ihr allerdings nicht leichtfiel. Ellen war momentan derart mit ihren eigenen Sorgen beschäftigt, dass sie nicht einmal gefragt hatte, wie es Hope ging. In gewisser Hinsicht war das sogar gut, denn das Letzte, worüber Hope gerade reden wollte, war Josh. Wie sollte sie erklären, dass er bei der Hochzeit durch Abwesenheit glänzen würde? Oder dass es, so enttäuschend eine verregnete Hochzeit auch sein mochte, eindeutig Schlimmeres gab?

Momentan fühlte Hope sich vom Leben im Allgemeinen etwas überfordert, und die Woche allein im Cottage zu verbringen half auch nicht gerade. Nicht nur, weil Josh nicht da war, sondern weil es vermutlich ihre letzte Woche hier war. Ihre Eltern hatten im Sommer einen Makler mit dem Verkauf des Häuschens beauftragt und vor zehn Tagen ein Angebot angenommen. Hope konnte sie verstehen, aber ihr würde das Cottage fehlen. Als Kind hatte sie fast jede Ferien hier verbracht, und in jedem Winkel und jeder Nische hingen Erinnerungen. Sie konnte sich noch gut erinnern, sich abends den Sand mit dem Gartenschlauch von den Füßen abgewaschen, Gewitter vom Küchenfenster aus beobachtet oder den Duft von Fisch oder Steaks auf dem Grill gerochen zu haben. Ihre Schwestern und sie hatten sich nachts in ihrem gemeinsamen Zimmer Geheimnisse erzählt, und hier hatte sie auch zum allerersten Mal einen Jungen geküsst. Damals war sie zwölf gewesen, und er hieß Tony. Jahrelang hatten seine Eltern das Cottage drei Grundstücke weiter besessen. Hope war schon den Großteil des Sommers in ihn verknallt, und nachdem sie sich ein Marmeladenbrot geteilt hatten, hatte er sie in der Küche geküsst, während ihre Mutter auf der Terrasse die Pflanzen goss. Wenn sie daran dachte, musste sie immer noch lächeln, und sie fragte sich, was die neuen Eigentümer wohl mit ihrem Cottage vorhatten. Gern hätte sie geglaubt, dass sie nichts verändern würden, aber sie war nicht naiv. Früher hatte es an diesem Küstenabschnitt viele ähnliche Häuschen gegeben, aber jetzt waren nur noch wenige so, wie sie ursprünglich gebaut worden waren. In den letzten Jahren war Sunset Beach von den Reichen entdeckt worden, und sehr wahrscheinlich würde das Cottage abgerissen und ein neues, viel größeres Haus gebaut werden, wie das dreistöckige Monstrum nebenan. So war es eben auf der Welt. Dennoch war Hope zumute, als würde auch ein Teil von ihr abgerissen. Sie wusste, dass das ein verrückter Gedanke war – und etwas zu theatralisch –, und sie schalt sich dafür. Die Märtyrerin zu spielen passte nicht zu ihr, bis vor Kurzem hatte sie sich eher für den Typ »halb *volles* Glas« gehalten. Und warum auch nicht? In vielerlei Hinsicht hatte sie im Leben Glück gehabt. Sie besaß liebevolle Eltern und zwei wunderbare ältere Schwestern. Sie war Tante von drei Jungen und zwei Mädchen, mit denen sie sich prima verstand und die ihr viel Freude bereiteten. Sie hatte in der Schule gut abgeschnitten und mochte ihre Arbeit als Krankenschwester auf der Unfallstation des Wake County Medical Center. Abgesehen davon, dass sie gern ein paar Pfunde leichter gewesen wäre, war sie gesund. Sie und Josh, ein Orthopäde, waren seit sechs Jahren zusammen, also seit Hope dreißig war, und sie liebte ihn. Sie hatte gute Freunde und besaß eine Wohnung in Raleigh, nicht weit von ihren Eltern entfernt. Von außen betrachtet war alles rosig.

Warum also stand sie so neben sich?

Weil es einfach ein *weiteres* Problem in einem ohnehin schon schwierigen Jahr gab, angefangen mit der Diagnose ihres Vaters, dieser niederschmetternden Hiobsbotschaft im April. Ihr Vater war als Einziger nicht über den Befund überrascht gewesen. Er hatte gewusst, dass etwas nicht stimmte, weil ihm die Energie fehlte, im Wald hinter dem Haus zu joggen.

Seit sie denken konnte, joggte ihr Vater in diesem Wald. Trotz der zunehmenden Bebauung in Raleigh war dieser Bereich zum Grüngürtel erklärt worden, einer der Gründe, warum ihre Eltern ihr Haus überhaupt gekauft hatten. Im Laufe der Jahre hatten etliche Bauunternehmer versucht, den Beschluss der Stadt rückgängig zu machen, hatten Arbeitsplätze und Steuereinnahmen versprochen, aber ohne Erfolg, und zwar auch, weil ihr Vater sich ihnen bei jeder Stadtratssitzung entgegengestellt hatte.

Ihr Vater liebte diesen Wald. Nicht nur ging er dort morgens laufen, sondern nutzte ihn nach der Schule auch zu langen Spaziergängen. Als Hope noch ein Kind war, ging sie oft mit, jagte Schmetterlinge oder warf Stöcke oder suchte in dem Bächlein, das dem Pfad an mehreren Stellen nahe kam, nach Flusskrebsen. Ihr Vater war ein frommer Christ und Biologielehrer an der Highschool und kannte die Namen sämtlicher Büsche und Bäume. Wenn er seiner Tochter den Unterschied zwischen einer Roteiche und einer Färbereiche erklärte, waren die Bäume in dem Moment für sie so klar zu erkennen wie die Farbe des Himmels. Später allerdings, wenn sie es noch einmal allein probierte, purzelte in ihrem Kopf alles durcheinander. Das Gleiche passierte, wenn sie Sternbilder betrachteten. Ihr Vater zeigte ihr Adler, Schwan oder Leier, und sie nickte staunend, und eine Woche später blinzelte sie verwirrt in den Himmel und konnte sich nicht erinnern, welches was gewesen war.

Lange Zeit hatte sie ihren Vater für den klügsten Mann der Welt gehalten. Wenn sie ihm das sagte, lachte er immer und meinte, wenn das stimmen würde, wüsste er, wie man eine Million Dollar verdiente. Ihre Mutter war ebenfalls Lehrerin, in der zweiten Klasse, und erst als Hope nach dem College anfing, ihre Rechnungen selbst zu bezahlen, begriff sie, wie schwierig es finanziell gewesen sein musste, eine fünfköpfige Familie zu ernähren, selbst mit zwei Einkommen.

Zusätzlich hatte ihr Vater sowohl die Bahn- als auch die Crossläufer trainiert. Er war dabei nie laut geworden, und dennoch hatte er seine Teams zu zahlreichen Meisterschaften geführt. Wie ihre Schwestern hatte auch Hope in der Schule beide Sportarten betrieben, und sie joggte heute noch mehrmals die Woche. Ihre Schwestern gingen ebenfalls drei- oder viermal pro Woche laufen, und seit zehn Jahren nahm Hope gemeinsam mit ihnen und ihrem Vater am jährlichen Truthahnlauf an Thanksgiving teil. Zwei Jahre zuvor hatte ihr Vater sogar in seiner Altersgruppe gewonnen.

Jetzt aber würde er nie wieder joggen.

Es hatte begonnen mit gelegentlichen Zuckungen und einer leichten, aber dauerhaften Erschöpfung. Seit wann das so war, wusste Hope nicht genau, sie schätzte ungefähr seit zwei Jahren. In den folgenden zwölf Monaten wurde aus dem Sprinten im Wald ein Traben und schließlich ein Gehen.

Das Alter, vermutete sein Internist, und das leuchtete durchaus ein. Mittlerweile war ihr Vater Ende sechzig, seit vier Jahren in Rente und hatte Arthritis in Hüfte und Füßen. Obwohl er sich sein Leben lang viel bewegt hatte, nahm er Medikamente gegen einen etwas zu hohen Blutdruck. Dann, im vergangenen Januar, erkältete er sich. Eine ganz normale Erkältung, aber nach einigen Wochen hatte er immer noch Schwierigkeiten beim Atmen.

Hope begleitete ihn zu einem weiteren Termin beim Internisten. Mehr Tests wurden durchgeführt, Blutproben in Labors geschickt. Er wurde zu einem anderen Arzt überwiesen und zu noch einem anderen. Eine Muskelbiopsie wurde vorgenommen, und als das Ergebnis vorlag, deutete es auf ein neurologisches Leiden hin. Von diesem Zeitpunkt an machte Hope sich allmählich Sorgen.

Nach weiteren Untersuchungen hörte sie schließlich zusammen mit ihren Eltern und Schwestern die Diagnose: Amyotrophe Lateralsklerose. Die Krankheit, die auch Stephen Hawking damals in den Rollstuhl gezwungen hatte. Die Muskeln wurden nach und nach geschwächt, was zum Verlust der Mobilität sowie der Schluck- und Sprechfähigkeit führte. Und schließlich zum Verlust der Atmung. Es war kein Heilmittel bekannt.

Ebenso wenig konnte vorausgesagt werden, wie

schnell die Krankheit voranschritt. In den Monaten seit der Diagnose hatte ihr Vater sich körperlich wenig verändert. Er unternahm immer noch seine Spaziergänge im Wald, hatte immer noch dieselbe sanfte Art und seinen unerschütterlichen Glauben an Gott, hielt immer noch Händchen mit ihrer Mutter, wenn die beiden abends auf dem Sofa saßen und fernsahen. Das gab Hope die Hoffnung, dass er an einer langsam voranschreitenden Variante der Krankheit litt, dennoch machte sie sich unentwegt Gedanken. Wie lange blieb er noch mobil? Wie lange konnte ihre Mutter ihn ohne Hilfe versorgen? Mussten bald Rampen und ein Duschgeländer eingebaut werden? Mussten sie sich, da es für die besten Einrichtungen Wartelisten gab, jetzt schon über Betreutes Wohnen informieren? Und wie sollten sie das bezahlen? Ihre Eltern waren nicht gerade reich. Sie hatten zwar ihre Renten und etwas Erspartes, außerdem besaßen sie ihr Haus und das Cottage am Strand, aber würde das reichen, nicht nur für die medizinische Versorgung ihres Vaters, sondern auch für die ihrer Mutter verbleibenden Jahre? Und wenn nicht, was dann?

Zu viele Fragen, auf die es kaum Antworten gab. Ihre Eltern schienen die Ungewissheit zu akzeptieren, und ihre Schwestern ebenfalls, aber Hope hatte schon immer gern mehr vorausgeplant. Sie war der Typ, der nachts wach lag, diverse Möglichkeiten durchdachte und hypothetische Entscheidungen über so ziemlich alles traf. Das gab ihr das Gefühl, irgendwie besser auf bestimmte Situationen vorbereitet zu sein. Der

Nachteil war, dass dadurch manchmal eine Sorge zur nächsten führte. Und genau das passierte, wenn sie an ihren Vater dachte.

Doch es ging ihm nicht schlecht, redete sie sich gut zu. Und so konnte es auch noch drei oder fünf oder sogar zehn Jahre weitergehen, das war nicht kalkulierbar. Vorgestern, bevor sie zum Strand gefahren war, hatten sie sogar noch einen Spaziergang gemacht, wie früher. Gut, sie waren kürzer und langsamer unterwegs gewesen als sonst, aber ihr Vater konnte immer noch alle Pflanzennamen aufzählen. Einmal hatte er sich gebückt und ein Blatt aufgehoben, das den nahen Herbst ankündigte.

»Was ich unter anderem an Blättern so toll finde«, hatte er gesagt, »ist, dass sie einen daran erinnern, so gut zu leben, wie man kann, und zwar so lange, wie man kann, bis es schließlich Zeit wird, loszulassen und mit Würde davonzuschweben.«

*

Die Worte ihres Vaters gefielen ihr. Also … in gewisser Weise. Hope wusste, dass sowohl Wahrheit als auch Gewicht darin lagen, aber war es wirklich möglich, dem Tod ohne jede Angst entgegenzutreten? Einfach mit Würde davonzuschweben?

Nun, wenn irgendjemand dies konnte, dann wahrscheinlich ihr Vater. Er war der ausgeglichenste und friedlichste Mensch, den sie kannte – vermutlich einer der Gründe dafür, warum er seit fünfzig Jahren mit ihrer Mutter verheiratet war und immer noch ihre Hand hielt und sie küsste, wenn er glaubte, dass die Mädchen nicht hinsahen. Hope staunte oft, wie es den beiden gelang, Liebe so intensiv und zugleich mühelos wirken zu lassen.

Das brachte sie in eine Zwickmühle. Na ja, weniger ihrer Eltern als Joshs wegen. Sosehr sie ihn liebte, sie hatte sich nie an das ewige On-Off in ihrer Beziehung gewöhnt. Momentan waren sie wieder einmal getrennt, weshalb Hope auch die Woche allein mit Scottie im Cottage verbrachte, ohne irgendwelche Pläne außer einer Pediküre, einem Friseurtermin und dem Abendessen mit den Hochzeitsbeteiligten am Freitag. Eigentlich hätte Josh sie begleiten sollen, und je näher die Reise gerückt war, desto überzeugter war Hope gewesen, dass sie etwas Zeit füreinander brauchten. Seit neun Monaten versuchten sie in der Praxis, in der er arbeitete, zwei weitere Chirurgen einzustellen, um des wachsenden Patientenansturms Herr zu werden, doch ohne Erfolg. Was bedeutete, dass Josh siebzig bis achtzig Wochenstunden arbeitete und ständig Bereitschaftsdienst hatte. Schlimmer noch, seine freien Tage fielen nicht immer mit ihren zusammen, und in letzter Zeit schien er zudem stärker als sonst das Bedürfnis zu haben, auf seine Weise Dampf abzulassen. An freien Wochenenden zog er es deshalb vor, sich mit seinen Freunden zu treffen und entweder Boot oder Wasserski zu fahren oder auch nach einer Kneipentour in Charlotte zu übernachten, statt sich mit Hope zu treffen.

Es war nicht das erste Mal, dass Josh eine solche Phase durchmachte, in der Hope sich überflüssig vorkam. Er war noch nie der Typ gewesen, der Blumen schickte, und die zärtlichen Gesten, die ihre Eltern jeden Tag austauschten, kamen ihm wahrscheinlich zutiefst befremdlich vor. Er hatte außerdem, besonders in Zeiten wie diesen, etwas von Peter Pan an sich, und Hope grübelte, ob er wohl jemals erwachsen würde. Seine Wohnung voller Ikea-Möbel, Baseball-Wimpel und Filmposter wirkte passender für einen Studenten, was insofern nicht verwunderte, als er seit Unizeiten nicht mehr umgezogen war. Seine Freunde, von denen er die meisten aus dem Fitnessstudio kannte, waren Ende zwanzig oder Anfang dreißig, Singles und genauso attraktiv wie Josh. Er wirkte auch jünger, als er war – dass er in wenigen Monaten vierzig wurde, sah man ihm nicht an. Dennoch konnte Hope einfach nicht nachvollziehen, warum er immer noch Lust hatte, sich mit Freunden, die höchstwahrscheinlich nur Frauen kennenlernen wollten, in Kneipen herumzutreiben. Aber was sollte sie sagen? Ich möchte nicht, dass du dich mit deinen Kumpels triffst? Sie und Josh waren nicht verheiratet, nicht einmal verlobt, und er hatte ihr von Anfang an gesagt, dass er sich eine Partnerin wünschte, die ihn nicht zu verändern versuchte. Er wollte so akzeptiert werden, wie er war.

Das verstand sie. Sie wollte ja auch so akzeptiert werden, wie sie war. Was war also schlimm daran, dass er gern mit seinen Freunden durch die Bars zog?

Dass wir momentan rein theoretisch nicht zusammen

sind und alles passieren kann, hörte sie eine Stimme in ihrem Kopf antworten. *Während der bisherigen Trennungsphasen war er ja auch nicht immer treu, oder?*

Ach ja. *Die Sache.* Es war in der zweiten und in der dritten Beziehungspause passiert. Beide Male hatte Josh gebeichtet und ihr alles erzählt – Frauen, die ihm nichts bedeutet hatten, schreckliche Fehler –, und nach dem zweiten Mal hatte er geschworen, dass es nie wieder vorkäme. Beide hatten sie sich bemüht, darüber hinwegzukommen, und Hope hatte auch geglaubt, sie hätten es geschafft, aber ... Jetzt waren sie wieder getrennt, und sie spürte die alten Ängste aufkommen. Schlimmer noch, Josh war gerade mit seinen Freunden in Las Vegas, und zweifellos tobten sie sich so richtig aus und machten, was Männer dort eben so machten. Was genau zu einem Jungs-Wochenende in Las Vegas gehörte, wusste Hope nicht, aber zu dem Thema fielen einem zum Beispiel sofort Strip-Klubs ein. Sie bezweifelte stark, dass Josh oder die anderen sich um Karten für Siegfried und Roy anstellten. Las Vegas trug seinen Spitznamen *Sin City* nicht umsonst.

Die ganze Situation ärgerte sie immer noch. Nicht nur, dass er sie diese Woche allein ließ, sondern auch, dass die Trennung, selbst wenn sie vorübergehend sein sollte, so unnötig gewesen war. Paare stritten sich, so war das nun mal. Und hinterher sprach man darüber, lernte aus seinen Fehlern, versuchte zu verzeihen und sah nach vorn. Aber das schien Josh nicht zu kapieren, was Hope vor die Frage stellte, ob ihre Beziehung überhaupt noch eine Zukunft hatte.

Manchmal war sie nicht sicher, warum sie immer noch mit ihm zusammen sein wollte, aber tief drinnen kannte sie die Antwort. So wütend sie auf ihn war und so frustrierend sie einige seiner Eigenschaften auch fand, er war blitzgescheit und so gut aussehend, dass er ihr Herz zum Hüpfen brachte. Selbst nach all den Jahren konnte Hope sich noch in seinen dunklen, veilchenblauen Augen verlieren. Und trotz seiner Wochenenden mit den Jungs wusste sie, dass er sie liebte. Als Hope ein paar Jahre zuvor einen Autounfall gehabt hatte, war Josh sofort gekommen und hatte zwei Tage lang durchgehend an ihrem Krankenhausbett ausgeharrt. Als ihr Vater eine Überweisung zum Neurologen brauchte, hatte er das in die Hand genommen und sich dadurch die Dankbarkeit ihrer gesamten Familie verdient. Er kümmerte sich auf unauffällige Art um sie, brachte ihren Wagen zum Ölwechsel oder montierte neue Reifen, und hin und wieder bekochte er sie. Bei Familienfesten oder bei ihren Freundinnen merkte er sich, was ihm erzählt wurde, und er hatte eine angenehme Art, durch die alle sich wohlfühlten.

Außerdem hatten er und Hope gemeinsame Interessen. Sie gingen beide gern zum Wandern und zu Konzerten und hatten den gleichen Musikgeschmack. In den letzten sechs Jahren waren sie zusammen nach New York gefahren, nach Chicago, Cancun und auf die Bahamas, und jede dieser Reisen hatte Hopes Gründe für die Beziehung mit ihm bestätigt. Wenn das Leben mit Josh gut lief, hatte sie das Gefühl, nie mehr etwas anderes zu wollen. Wenn es allerdings gerade nicht gut lief, musste sie zugeben, war es furchtbar. Vermutlich hatte dieses dramatische Auf und Ab einen gewissen Suchtfaktor, aber ganz genau konnte sie das nicht einschätzen. Sie wusste nur, dass sie sich, so unerträglich sie das Leben mit ihm manchmal empfand, ein Leben ohne ihn auch nicht recht vorstellen konnte.

Vor ihr schnüffelte Scottie herum und scheuchte ab und zu Seeschwalben auf. Doch dann rannte er plötzlich ohne ersichtlichen Grund Richtung Düne. Wenn sie ins Cottage zurückkamen, würde er wahrscheinlich den restlichen Vormittag komatös verschlafen. Man musste auch für Kleinigkeiten dankbar sein.

Hope nahm noch einen Schluck Kaffee. Wäre ihr Leben doch etwas einfacher! Bei ihren Eltern wirkte die Ehe so unkompliziert, und ihre Schwestern waren aus demselben Holz geschnitzt. Selbst die Beziehungen ihrer Freundinnen schienen völlig reibungslos vor sich hin zu plätschern, während Hope und Josh entweder himmelhoch jauchzend oder zu Tode betrübt waren. Und warum war ihr jüngster Streit der schlimmste überhaupt gewesen? Rückblickend hatte sie wohl genauso viel Schuld daran wie er. Er war wegen der Arbeit gestresst gewesen und sie zugegebenermaßen wegen … na ja, offen gestanden wegen ihrer gemeinsamen Zukunft. Aber statt Trost in der Gesellschaft des anderen zu finden, hatte sich die Missstimmung im Laufe von Monaten langsam verstärkt, bis es schließlich zum Ausbruch kam. Hope konnte sich nicht mehr erinnern, wie der Streit angefangen hatte, außer, dass sie Ellens bevorstehende Hochzeit erwähnt hatte und Josh still geworden war. Es war klar, dass er sich über etwas ärgerte, aber als sie ihn fragte, was los sei, sagte er: »Nichts.«

Nichts.

Sie hasste dieses Wort. Damit wurde ein Gespräch beendet, nicht begonnen, und vielleicht hätte sie nicht nachhaken sollen. Hatte sie aber, und aus unerfindlichen Gründen war die bloße Erwähnung der Hochzeit in Schimpfen und Schreien ausgeartet, und bald darauf war Josh aus dem Haus gestürmt, um bei seinem Bruder zu übernachten. Am nächsten Tag hatte er Hope mitgeteilt, dass er glaube, eine Pause zum Nachdenken zu brauchen, und wieder ein paar Tage später hatte er sie wissen lassen, dass er mit seinen Freunden nach Las Vegas fuhr.

Das war nun fast einen Monat her. Seitdem hatten sie ein paarmal telefoniert, aber diese Gespräche hatten Hope wenig trösten können, und seit einer knappen Woche hatte er sich überhaupt nicht mehr gemeldet. Sie wünschte, sie könnte die Uhr zurückdrehen und noch einmal neu anfangen, aber was sie eigentlich wollte, war, dass Josh das genauso empfand. Und dass er sich bei ihr entschuldigte. Seine Reaktion auf den Streit war so übertrieben gewesen, als hätte es nicht gereicht, ihr das Messer ins Herz zu stoßen, nein, er hatte es auch noch umdrehen müssen. Solche Dinge ließen langfristig nichts Gutes ahnen. Würde er sich je ändern? Und wenn nicht, was war dann mit ihr? Sie war sechsunddreißig Jahre alt, unverheiratet, und das Letzte, was sie wollte, war, sich noch einmal neu in den Beziehungsmarkt zu stürzen. Das mochte sie sich gar nicht vorstellen. Was sollte sie tun – in Kneipen herumsitzen, während Männer wie Joshs Freunde sie anquatschten? Nein danke. Außerdem war sie sechs Jahre mit Josh zusammen gewesen, sie wollte einfach nicht glauben, dass das Zeitverschwendung gewesen war. So schlimm sie sich manchmal seinetwegen fühlte, er hatte doch sehr viele gute Seiten.

Hope trank ihren Kaffee aus. Weiter vorn lief ein Mann dicht am Wasser entlang. Scottie rannte gerade an ihm vorbei auf einen weiteren Möwenschwarm zu. Hope versuchte, den Blick aufs Meer zu genießen, und beobachtete die im Morgenlicht von Gelb zu Gold changierenden Wellen. Die Brandung war schwach und die See ruhig. Ihr Vater würde jetzt sagen, dass das auf einen baldigen Sturm hindeutete, aber Hope beschloss, ihrer Freundin Ellen das zu verschweigen, sollte sie noch einmal anrufen. Ellen wollte es bestimmt nicht hören.

Hope strich sich mit einer Hand durch die Haare und klemmte sich ein paar Strähnen hinters Ohr. Am Horizont hingen Wolkenfetzen, die sich wahrscheinlich im Laufe des Vormittags auflösen würden. Später wäre dann ein perfekter Nachmittag für ein Glas Wein, vielleicht etwas Käse mit Crackern oder sogar Austern. Dazu Kerzen und sinnlicher R & B und …

Seufzend konzentrierte sie sich auf die Wellen und dachte daran, dass sie als kleines Mädchen stundenlang darin gespielt hatte. Manchmal lag sie auf einem

Bodyboard, dann wieder tauchte sie unter der Brandung durch. Oft gesellte ihr Vater sich ein Weilchen zu ihr, und diese Erinnerung brachte einen Hauch von Traurigkeit mit sich.

Bald schon, dachte sie, konnte ihr Vater nie wieder ins Meer gehen.

❋

Während sie aufs Wasser starrte, stellte Hope fest, dass sie im Grunde auf hohem Niveau klagte. Es war schließlich nicht so, als wüsste sie nicht, ob sie heute etwas zu essen oder einen sicheren Schlafplatz bekäme. Das Wasser, das sie trank, barg nicht die Gefahr einer Cholera- oder Ruhrinfektion, sie verfügte über Kleidung und eine Ausbildung, und die Liste ließ sich endlos fortsetzen. Ihr Vater würde nicht wollen, dass sie sich seinetwegen Sorgen machte. Und was Josh betraf, der würde sich schon wieder einkriegen. Keine ihrer bisherigen Trennungen hatte länger als sechs Wochen gedauert, und jedes Mal war er es gewesen, der vorschlug, es noch einmal miteinander zu probieren. Hope war der unverrückbaren Meinung, dass man niemanden einsperren durfte. Wenn jemand einen liebte, kam er freiwillig zu einem zurück, das sagte ihr der gesunde Menschenverstand.

Jetzt wandte sie dem Wasser den Rücken zu und spazierte wieder durch den Sand. Sie schirmte ihre Augen gegen die Sonne ab und suchte nach Scottie, konnte ihn aber nicht entdecken. Auch hinter ihr war er nicht. Außer ihr war niemand am Strand, und sie spürte ein leichtes Aufflackern von Sorge. Manchmal brauchte sie ein paar Sekunden, um ihn zu finden, aber er war eigentlich kein Hund, der einfach weglief. Vielleicht hatte er ein paar Vögel ins Wasser gejagt und war dabei in eine Unterströmung geraten. Wobei er normalerweise nicht ins Wasser ging. Trotzdem, er war weg.

In dem Moment bemerkte Hope, dass jemand in einiger Entfernung über die Düne lief. Ihr Vater hätte sich furchtbar darüber aufgeregt. Dünen waren empfindlich, und man sollte immer die öffentlichen Fußwege benutzen ... Egal. Sie hatte gerade andere Sorgen.

Sie sah sich nach allen Seiten um, dann fiel ihr Blick wieder auf den Mann. Er war jetzt am Strand angelangt, und sie beschloss, ihn zu fragen, ob er Scottie gesehen hatte. Vermutlich nicht, aber sie wusste nicht, was sie sonst tun sollte. Beiläufig nahm sie wahr, dass er etwas auf dem Arm hielt. Was auch immer es war, es hob sich von seinem weißen Hemd kaum ab, weshalb sie einen Moment lang brauchte, um zu begreifen, dass er Scottie trug. Sie beschleunigte ihren Schritt.

Beinahe mit der Anmut einer Raubkatze lief der Mann auf sie zu. Er war in ausgeblichene Jeans und ein weißes Hemd gekleidet, die Ärmel bis zum Ellbogen aufgekrempelt. Als er näher kam, stellte sie fest, dass die obersten Hemdknöpfe geöffnet und darunter Brustmuskeln sichtbar waren, die auf körperliche Bewegung und ein aktives Leben hindeuteten. Er hatte dunkelblaue Augen, wie der Himmel am Spätnachmittag, und pechschwarze Haare, abgesehen von einigen ergrauten Strähnen rings um die Ohren. Als er verlegen lächelte, fielen ihr das Grübchen in seinem Kinn und eine unerwartete Vertrautheit in seiner Miene auf, die ihr das seltsame Gefühl gab, ihn schon ihr ganzes Leben lang zu kennen.

Sunset Beach

Tru hatte keine Ahnung, was Hope dachte, als sie auf ihn zuging, aber er konnte den Blick nicht von ihr abwenden. Sie trug eine ausgewaschene Jeans und eine gelbe ärmellose Bluse mit tiefem V-Ausschnitt. Mit ihrer glatten, leicht gebräunten Haut, ihrem roten Haar und ihren hohen Wangenknochen zog sie ihn magisch an. Als sie schließlich atemlos vor ihm anhielt, weiteten sich ihre Augen – vor Erleichterung? Dankbarkeit? Überraschung? Da sie beide offenbar nicht wussten, was sie sagen sollten, musterten sie einander schweigend, bis Tru sich schließlich räusperte.

»Ich nehme an, das ist Ihr Hund?« Er hielt ihr Scottie entgegen.

Hope hörte einen Akzent, der für sie irgendwie englisch oder australisch klang, aber beides nicht so ganz. Es reichte, um den Bann zu brechen, und sie streckte die Hände nach ihrem Hund aus.

»Warum haben Sie ihn auf dem Arm?«

Er erklärte, was passiert war, und beobachtete dabei Scottie, der ihr winselnd vor Aufregung die Finger ableckte.

Mit leicht panischem Tonfall fragte sie: »Heißt das, er wurde von einem Auto angefahren?«

»Ich weiß nur, was ich gehört habe. Und er hat ein Bein angezogen und gezittert, als ich ihn gefunden habe.«

»Aber haben Sie einen Wagen gesehen?«

»Nein.«

»Das ist ja seltsam.«

»Vielleicht wurde er nur gestreift. Und weil er weggelaufen ist, dachte der Fahrer, er sei nicht verletzt worden.«

Behutsam untersuchte Hope ein Bein des Hundes nach dem anderen. Scottie jaulte nicht, sondern wedelte fröhlich mit dem Schwanz. Immer noch leicht besorgt, setzte sie das Tier schließlich auf den Boden und betrachtete es forschend, als es davontapste.

»Jetzt humpelt er nicht«, stellte sie fest. Aus dem Augenwinkel bemerkte sie, dass der Mann Scottie ebenfalls beobachtete.

»Sieht nicht so aus.«

»Glauben Sie, ich muss mit ihm zum Tierarzt?«

»Schwer zu sagen.«

Da entdeckte Scottie den nächsten Möwenschwarm. Er schoss los und sprang nach einem Vogel. Anschließend trabte er mit auf den Boden gesenkter Nase Richtung Cottage.

»Macht den Eindruck, als ginge es ihm gut«, murmelte Hope mehr zu sich selbst als zu ihm.

»Jedenfalls hat er ganz schön viel Energie.«

Sie machen sich ja keine Vorstellung, dachte sie. »Vielen Dank, dass Sie sich um ihn gekümmert und ihn zurückgebracht haben.«

»Gern geschehen. Bevor Sie gehen … Sie wissen nicht zufällig, ob ich hier irgendwo einen Kaffee bekommen kann?«

»Ich fürchte, in der Nähe gibt es nichts. In diese Richtung stehen nur Wohnhäuser. Ein Stückchen hinter dem Pier kommt ein Lokal namens Clancy's, das macht aber erst mittags auf, glaube ich.«

Sie konnte seine Enttäuschung verstehen. Ein Morgen ohne Kaffee war schrecklich, und hätte sie Zauberkräfte, gäbe es den bloßen Gedanken daran nicht. Scottie entfernte sich gerade wieder ziemlich weit, und Hope deutete auf ihn. »Ich behalte besser meinen Hund im Auge.«

»Ich war auch gerade in diese Richtung unterwegs, bevor ich abgelenkt wurde.« Er wandte sich ihr zu. »Stört es Sie, wenn ich mitkomme?«

Sobald er die Frage aussprach, spürte Hope ein leichtes Erschauern. Sein Blick, der Klang seiner tiefen Stimme, seine entspannten und doch anmutigen Bewegungen brachten in ihrem Inneren etwas zum Schwingen. Vor Schreck war ihr erster Impuls abzulehnen. Die alte Hope, die Hope, die sie immer gewesen war, hätte das automatisch getan. Doch im nächsten Augenblick schaltete sich etwas anderes ein, ein Instinkt, der ihr neu war.

»Aber nein, es stört mich nicht«, antwortete sie.

Sie war nicht ganz sicher, warum sie eingewilligt hatte. Und noch Jahre später verstand sie es nicht. Es wäre leicht gewesen, es auf die Sorgen zu schieben, die sie damals plagten, doch sie wusste, dass das nicht ganz stimmte. Vielmehr kam sie im Laufe der Zeit zu dem Schluss, dass er, obwohl sie sich gerade erst begegnet waren, etwas bisher Unbekanntes in ihr wachgerufen hatte, einen fremden Urtrieb.

Er nickte. Falls ihre Reaktion ihn überraschte, merkte man es ihm nicht an. Er lief nicht unangenehm dicht neben ihr, aber dicht genug, dass sie sehen konnte, wie sein volles, dunkles Haar von der Brise zerzaust wurde. Vor ihnen erkundete Scottie weiter den Strand, und Hope spürte das Knacken winziger Muscheln unter ihren Füßen. Auf einer Terrasse flatterte eine hellblaue Flagge im Wind. Warmes Sonnenlicht strömte auf sie herab. Da sie allein am Strand waren, kam es ihr seltsam intim vor, neben ihm herzulaufen, als wären sie gemeinsam auf einer leeren Bühne.

»Übrigens, ich heiße Tru Walls«, sagte er schließlich.

Hope betrachtete ihn von der Seite, bemerkte die Falten in seinen Augenwinkeln, die auf viele in der Sonne verbrachte Stunden deuteten. »Tru? Den Namen habe ich noch nie gehört, glaube ich.«

»Die Abkürzung von Truitt.«

»Freut mich, Tru. Ich bin Hope Anderson.«

»Ich glaube, ich habe Sie schon gestern Abend spazieren gehen sehen.«

»Das kann gut sein. Wenn ich hier bin, gehe ich mehrmals am Tag mit Scottie raus. Ich habe Sie aber nicht bemerkt.«

Er deutete mit dem Kinn zum Pier. »Ich war in der Richtung unterwegs. Musste mir die Beine vertreten. Es war ein langer Flug.«

»Woher sind Sie denn gekommen?«

»Simbabwe.«

»Wohnen Sie da?« Ihr Erstaunen war unübersehbar.

»Schon mein ganzes Leben.«

»Entschuldigen Sie meine Unkenntnis, aber wo genau in Afrika liegt das?«

»Im Süden. Es grenzt an Südafrika, Botswana, Sambia und Mosambik.«

Südafrika war ständig in den Nachrichten, aber die anderen drei Länder kannte sie nur vom Namen her. »Da sind Sie aber weit weg von zu Hause.«

»Das stimmt.«

»Sind Sie zum ersten Mal hier?«

»Zum ersten Mal in den Vereinigten Staaten. Eine andere Welt.«

»Inwiefern?«

»In jeder Hinsicht ... die Straßen, die Infrastruktur, Wilmington, der Verkehr, die Menschen.«

Hope hatte keinen Vergleich, deshalb nickte sie einfach. Tru steckte eine Hand in die Tasche.

»Und Sie?«, fragte er. »Sie erwähnten, dass Sie nicht immer hier leben?«

»Nein, ich wohne in Raleigh.« Dann fiel ihr auf, dass er wahrscheinlich keine Ahnung hatte, wo das lag. »Mit dem Auto zwei Stunden nordwestlich. Weiter im Landesinneren, also mehr Bäume und kein Strand.«

»Ist es dort so flach wie hier?«

»Gar nicht, eher hügelig. Es ist auch eine relativ große Stadt, in der es viel zu unternehmen gibt. Wie

Ihnen wahrscheinlich aufgefallen ist, kann es hier ziemlich still sein.«

»Ich habe mir tatsächlich vorgestellt, dass es am Strand voller ist.«

»Ist es im Sommer auch manchmal, und wahrscheinlich werden heute Nachmittag ein paar mehr Leute unterwegs sein. Aber sehr viel ist um diese Jahreszeit nie los. Wen man jetzt sieht, der wohnt vermutlich hier.«

Hope strich sich die Haare zurück, um die Strähnen aus ihrem Gesicht zu halten, aber ohne Spange war es sinnlos. Als sie einen Blick zur Seite warf, entdeckte sie an seinem Handgelenk ein Lederarmband. Es war abgewetzt und mit einem Muster bestickt, das sie nicht ganz erkennen konnte. Aber es passte irgendwie zu ihm.

»Ich glaube nicht, dass ich schon mal jemanden aus Simbabwe kennengelernt habe.« Sie sah ihn mit zusammengekniffenen Augen an. »Machen Sie hier Urlaub?«

Er ging ein paar Schritte, und selbst im Sand war sein Gang geschmeidig. »Ich soll hier jemanden treffen.«

»Ach so.« Seine Antwort klang für Hope, als ginge es um eine Frau, und obwohl sie das eigentlich nichts anging, empfand sie ein Aufblitzen von Enttäuschung. Albern, schimpfte sie sich und verdrängte das Gefühl.

»Was ist mit Ihnen?« Er zog eine Augenbraue hoch. »Was führt Sie her?«

»Eine gute Freundin von mir heiratet am Samstag in Wilmington. Ich bin eine der Brautjungfern.«

»Hört sich nach einem schönen Wochenende an.«

Nur, dass Josh stattdessen in Las Vegas ist und ich niemanden an meiner Seite habe. Und ich werde eine Million Fragen über ihn gestellt bekommen, die ich nicht gern beantworten möchte, selbst wenn ich könnte.

»Auf jeden Fall eine große Feier«, sagte sie. Dann: »Darf ich Sie mal was fragen?«

»Aber selbstverständlich.«

»Wie ist das Leben in Simbabwe? Ich war noch nie in Afrika.«

»Das hängt davon ab, wo man sich aufhält, denke ich.«

»Ist es wie Amerika?«

»Bisher nicht im Geringsten.«

Sie lächelte. »Vielleicht ist das eine dumme Frage, aber haben Sie schon mal einen Löwen gesehen?«

»Ich sehe fast jeden Tag welche.«

»Aus dem Fenster?« Hope riss die Augen auf.

»Ich bin Guide in einem Naturschutzgebiet. Safaris.«

»Eine Safari wollte ich schon immer mal machen.«

»Viele der Leute, die ich führe, sagen hinterher, es sei die Reise ihres Lebens gewesen.«

Für Hope war das schwer vorstellbar. Vor ihr würden sich die Tiere wahrscheinlich verstecken, wie früher im Zoo, als sie noch ein kleines Mädchen war. »Wie kommt man denn zu so einem Beruf?«

»Das ist eine Art staatliche Ausbildung. Es gibt Kurse, Prüfungen, eine praktische Lehrzeit und schließlich eine Zulassung. Danach fängt man erst als Späher an und wird nach einer gewissen Zeit Guide.«

»Was meinen Sie mit Späher?«

»Viele Tiere können sich ziemlich geschickt tarnen, deshalb sind sie manchmal schwer zu entdecken. Der Späher sucht nach ihnen, damit der Guide ungestört fahren und Fragen beantworten kann.«

Hope betrachtete ihn mit wachsender Neugier. »Wie lange machen Sie das schon?«

»Lange. Über zwanzig Jahre«, gab er lächelnd zurück.

»Immer in derselben Gegend?«

»In vielen unterschiedlichen Camps.«

»Sind die nicht alle gleich?«

»Ganz im Gegenteil. Manche sind teuer, andere weniger. Je nachdem, wo im Land man ist, verteilen sich die Tiere unterschiedlich. Zum Beispiel werden die Migration und die Konzentration bestimmter Spezies davon beeinflusst, wie feucht oder trocken eine Region ist. Manche Camps präsentieren sich als Luxuscamps, andere werben mit Sterneköchen, und wieder andere bieten nur das Grundlegende, also Zelte, Pritschen und abgepacktes Essen. Und das Wildtiermanagement ist auch nicht bei allen gleich gut.«

»Wie ist das Camp, in dem Sie jetzt arbeiten?«

»Das gehört zur Oberklasse. Hervorragende Unterkünfte und gutes Essen, hervorragendes Wildtiermanagement und viele unterschiedliche Spezies.«

»Würden Sie es empfehlen?«

»Unbedingt.«

»Es muss unglaublich sein, die Tiere ständig zu sehen. Aber für Sie ist das wahrscheinlich ganz normal.«

»Überhaupt nicht. Jeder Tag ist anders.« Er musterte sie, der Blick seiner blauen Augen war durchdringend, aber warm. »Und Sie? Was arbeiten Sie?«

Aus unerfindlichen Gründen hatte sie nicht damit gerechnet, dass er fragte. »Ich bin Krankenschwester in der Notaufnahme.«

»Bekommen Sie da auch Schusswunden zu sehen?«

»Manchmal. Aber hauptsächlich Autounfälle.«

Mittlerweile waren sie fast bei dem Haus angelangt, in dem Tru untergebracht war, und er bog langsam vom Meer ab.

»Ich wohne im Cottage meiner Eltern dort drüben«, erzählte Hope und zeigte darauf. »Und Sie?«

»Gleich nebenan. In dem hohen Gebäude.«

»Ach«, sagte sie.

»Ist das schlimm?«

»Es ist … groß.«

»Ja, stimmt.« Er lachte. »Aber es ist nicht meins. Der Mann, mit dem ich mich hier treffe, hat diese Unterkunft für mich organisiert. Ich gehe davon aus, dass das Haus ihm gehört.«

Der *Mann*, mit dem er sich trifft, wiederholte Hope im Geiste. Das freute sie, obwohl es, wie sie sich ermahnte, überhaupt keine Rolle spielte. »Es ist nur so, dass es uns am Spätnachmittag die Sonne auf der Terrasse nimmt. Und besonders mein Vater findet es ziemlich hässlich.«

»Kennen Sie den Eigentümer?«

»Ich habe ihn noch nie gesehen«, antwortete Hope. »Warum? Sie auch nicht?«

»Nein. Bis vor ein paar Wochen hatte ich noch nie von ihm gehört.«

Sie wollte nachfragen, nahm aber an, dass er seine Gründe hatte, so vage zu bleiben. Sie hielt nach Scottie Ausschau und entdeckte ihn weiter vorn auf der Düne schnüffelnd, in der Nähe der Stufen, die zum Fußweg und dem Cottage führten. Wie üblich war er voller Sand.

Tru wurde langsamer und blieb schließlich an seiner Treppe stehen. »Dann trennen sich hier wohl unsere Wege.«

»Nochmals vielen Dank, dass Sie sich um Scottie gekümmert haben. Ich bin erleichtert, dass ihm nichts passiert ist.«

»Ich auch. Und gleichzeitig enttäuscht über den Kaffeemangel in dieser Gegend.« Er grinste.

Es war lange her, dass Hope ein solches Gespräch geführt hatte, erst recht mit einem Mann, den sie gerade erst kennengelernt hatte. So zwanglos und locker, ohne Erwartungshaltung. Sie wollte nicht, dass es schon vorbei war, stellte sie fest und deutete mit dem Kopf auf das Cottage. »Ich habe vorhin eine Kanne Kaffee gekocht. Möchten Sie eine Tasse?«

»Ich will nicht aufdringlich sein.«

»Das sind Sie nicht! Immerhin haben Sie meinen Hund gerettet. Außerdem bin ich allein hier, also würde ich wahrscheinlich den Rest nur wegschütten.«

»Wenn das so ist, nehme ich die Einladung sehr gern an.«

»Dann kommen Sie doch mit.«

Hope ging voraus auf die Terrasse. Scottie stand bereits schwanzwedelnd am Tor und sauste zur Tür, sobald sie es geöffnet hatte.

Als Tru zu dem Haus schielte, in dem er wohnte, musste er ihr recht geben. Es war wirklich ziemlich hässlich. Das Cottage dagegen wirkte heimelig mit seinem weißen Anstrich, den blauen Läden und den Blumenkästen. Neben der Tür stand ein Holztisch mit fünf Stühlen, vor dem Fenster flankierten zwei Schaukelstühle ein weiteres, wettergegerbtes Tischchen. Obwohl Wind, Regen und Salz dem Haus sichtlich zugesetzt hatten, strahlte es Gemütlichkeit aus.

Hope ging zur Tür. »Ich hole Ihnen den Kaffee, aber Scottie muss noch kurz auf der Terrasse bleiben, bis ich ihn abgetrocknet habe, sonst kann ich den ganzen Nachmittag putzen«, sagte sie über die Schulter. »Setzen Sie sich doch. Dauert nicht lange.«

Die Fliegengittertür schlug hinter ihr zu, und Tru ließ sich am Tisch nieder. Vor ihm lag ruhig und einladend das Meer. Vielleicht würde er am Nachmittag schwimmen gehen.

Durch das Fenster konnte er in die Küche sehen, wo Hope gerade, ein Handtuch über die Schulter gelegt, um die Ecke bog und zwei Becher aus dem Schrank nahm. Sie interessierte ihn. Dass sie schön war, daran bestand kein Zweifel, aber das war es nicht allein. Ihr Lächeln barg eine Verletzlichkeit und Einsamkeit, als mache ihr etwas Schlimmes zu schaffen.

Er drehte sich wieder um und ermahnte sich, dass ihn das nichts anging. Sie kannten einander nicht, und er fuhr in ein paar Tagen wieder nach Hause. Vielleicht würde man sich noch ein paarmal von einer Terrasse zur anderen zuwinken, aber es war vermutlich das erste und zugleich das letzte Mal, dass er mit ihr sprach.

Hinter sich hörte er ein Klopfen. Sie stand erwartungsvoll an der Tür, zwei Becher in der Hand. Tru stand auf und öffnete. Sie kam heraus und stellte beide Becher auf dem Tisch ab.

»Brauchen Sie Milch oder Zucker?«

»Nein danke.«

»Bitte, fangen Sie doch schon an. Ich trockne nur schnell Scottie ab.«

Sie zog sich das Handtuch von der Schulter, ging vor dem Hund in die Hocke und rubbelte ihn kräftig ab.

»Sie glauben nicht, wie viel Sand in seinem Fell hängen bleibt«, sagte sie. »Er ist wie ein Sandmagnet.«

»Aber er leistet bestimmt nett Gesellschaft.«

»Und wie.« Zärtlich gab sie dem Hund einen Kuss auf die Schnauze. Im Gegenzug leckte Scottie ihr fröhlich das Gesicht ab.

»Wie alt ist er denn?«

»Vier. Mein Freund Josh hat ihn mir geschenkt.«

Tru nickte. Er hätte wissen müssen, dass sie mit jemandem zusammen war. Unsicher, was er sagen sollte, griff er nach seinem Becher und beschloss, keine Fragen mehr zu stellen. Er trank einen Schluck und stellte fest, dass der Kaffee anders schmeckte als der, den seine Familie anbaute. Weniger weich, irgendwie. Aber er war stark und heiß, genau, was er jetzt brauchte.

Schließlich hängte Hope das Handtuch zum Trocknen über das Geländer und kam an den Tisch. Als sie sich setzte, fiel der Schatten ihr halb über das Gesicht, was ihren Zügen etwas Geheimnisvolles verlieh. Sie blies zart auf ihren Kaffee, bevor sie nippte, eine seltsam fesselnde Geste.

»Erzählen Sie mir doch von dem bevorstehenden Fest«, sagte Tru nach einer Weile.

»Ach, das. Es ist nur eine Hochzeit.«

»Die einer guten Freundin, sagten Sie?«

»Ellen und ich kennen uns seit dem College. Wir waren in derselben Studentinnenvereinigung – gibt es so was in Simbabwe überhaupt?«, unterbrach sie sich. Auf seine ratlose Miene hin fuhr sie fort: »Das sind so eine Art Frauenklubs an Colleges oder Unis. Man ist auch in einem Wohnheim zusammen untergebracht. Jedenfalls waren wir Brautjungfern alle in derselben Vereinigung, deshalb wird es zugleich ein kleines Klassentreffen. Abgesehen davon ist es eine normale Hochzeit. Fotos, Torte, Live-Band, Brautstraußwerfen und so weiter. Sie wissen schon, wie Hochzeiten eben sind.«

»Abgesehen von meiner eigenen war ich noch nie auf einer.«

»Ach, Sie sind verheiratet?«

»Geschieden. Aber die Hochzeit war überhaupt nicht wie hier in den Staaten. Wir wurden von einem Standesbeamten getraut und sind von da aus direkt zum Flughafen gefahren. Die Flitterwochen haben wir in Paris verbracht.«

»Das klingt romantisch.«

»War es auch.«

Ihr gefiel die Sachlichkeit seiner Antwort, gefiel, dass er offenbar nicht das Bedürfnis hatte, weiter auszuführen oder zu romantisieren. »Woher wissen Sie dann über amerikanische Hochzeiten Bescheid?«

»Aus Filmen. Und von Gästen. Safaris sind beliebte Flitterwochenziele. Jedenfalls klingt das, was sie erzählen, immer sehr kompliziert und stressig.«

Dem würde Ellen definitiv zustimmen, dachte Hope. Um das Thema zu wechseln, fragte sie: »Wie ist es, in Simbabwe aufzuwachsen?«

»Ich kann nur über meine eigenen Erfahrungen sprechen. Simbabwe ist ein großes Land, es ist für jeden anders.«

»Wie war es für Sie?«

Er wusste nicht, was oder wie viel er erzählen sollte, also blieb er beim Allgemeinen. »Meine Familie besitzt seit Generationen eine Farm in der Nähe von Harare. Deshalb habe ich als Kind in der Landwirtschaft geholfen. Mein Großvater glaubte, das würde mir guttun. Als ich klein war, habe ich Kühe gemolken und Eier gesammelt, als Jugendlicher dann schwerere Arbeiten verrichtet, Reparaturen vor allem: Zäune, Dächer, Bewässerungsanlagen, Pumpen, Motoren, alles, was kaputt war. Neben der Schule natürlich.«

»Und wie sind Sie zu den Safaris gekommen?«

Er zuckte mit den Achseln. »Im Busch habe ich

mich schon von klein auf wohlgefühlt. Wann immer ich freie Zeit hatte, bin ich allein losgezogen. Und nach Beendigung der Schule habe ich meiner Familie dann mitgeteilt, dass ich gehe. Und damit war ich weg.«

Beim Reden spürte er ihren Blick auf sich ruhen. Sie wirkte skeptisch, als sie erneut nach ihrem Kaffee griff.

»Nun, ich habe das Gefühl, dass noch mehr hinter der Geschichte steckt.«

»Es steckt immer mehr hinter einer Geschichte.«

Sie lachte, und es klang überraschend herzhaft und unbefangen. »Das stimmt. Dann erzählen Sie mir doch das Aufregendste, was Sie bisher auf Safaris erlebt haben.«

Er unterhielt sie mit denselben Erlebnissen, die er Gästen schilderte, wenn sie darum baten. Hin und wieder hatte sie Fragen, aber größtenteils hörte sie einfach zu. Als er fertig war, war sein Becher leer, und die Sonne brannte ihm auf den Nacken. Er stellte den Becher auf den Tisch zurück.

»Möchten Sie noch Kaffee? Es ist noch welcher in der Kanne.«

»Einer reicht«, sagte er. »Und ich habe schon genug von Ihrer Zeit in Anspruch genommen. Vielen Dank.«

»Das war das Mindeste, was ich tun konnte.« Sie erhob sich ebenfalls und begleitete ihn zum Tor. Tru zog es auf, sich ihrer Nähe deutlich bewusst. Als er von den Stufen auf den Fußweg trat, drehte er sich noch einmal um und winkte kurz.

»Hat mich gefreut, Tru!«, rief sie mit einem Lächeln. Während er zum Strand lief, fragte er sich, ob sie ihm wohl weiterhin nachsah. Aus unerfindlichen Gründen kostete es ihn sehr viel Willenskraft, nicht über die Schulter zurückzusehen.

Herbstnachmittage

Später im Haus wusste Tru nichts mit sich anzufangen. Er hätte gern Andrew angerufen, fühlte sich aber unwohl dabei, den Anschluss seines Vaters zu benutzen. Ferngespräche waren teuer, und außerdem war Andrew vermutlich noch nicht zu Hause. Nach der Schule spielte er in seinem Jugendklub Fußball; Tru sah ihm immer gern beim Training zu. Andrew war zwar von Natur aus nicht so sportlich wie andere Kinder aus der Mannschaft, aber er war ein entspannter und geborener Anführer, ähnlich seiner Mutter.

Der Gedanke an seinen Sohn trieb Tru schließlich dazu, seine Zeichenutensilien zu holen und sich damit auf die Terrasse zu begeben. Er stellte fest, dass Hope ins Haus gegangen war, wenngleich das Handtuch, mit dem sie Scottie abgetrocknet hatte, noch über dem Geländer hing. Tru setzte sich auf den Stuhl und überlegte, was er zeichnen sollte. Andrew hatte noch nie das Meer gesehen, zumindest nicht in echt, deshalb entschied Tru sich, die ungeheure Weite des Anblicks vor sich abzubilden, vorausgesetzt, das war überhaupt möglich.

Wie immer begann er mit einem groben Umriss des Motivs, in diesem Fall dem Ufer, der Brandung, dem Pier und einem sich bis zum Horizont erstreckenden Meer. Beim Zeichnen konnte er in der Regel gut nachdenken, und auch jetzt ließ er seine Gedanken schweifen. Er überlegte, was an Hope sein Interesse so stark geweckt hatte. Es war ungewöhnlich für ihn, auf Anhieb derart von jemandem angetan zu sein, aber er redete sich ein, dass es eigentlich nicht wichtig war. Er war aus anderen Gründen in North Carolina, und unwillkürlich musste er an seine Familie denken.

Seit fast zwei Jahren hatte er nicht mit seinem Stiefvater Rodney oder seinen Halbbrüdern Allen und Alex gesprochen. Die Gründe lagen in der Vergangenheit, und Geld hatte die Entfremdung noch vertieft. Zusätzlich zum Familiennamen hatte Tru nämlich auch einen Anteil an der Farm und dem Unternehmen geerbt. Die Gewinne waren beträchtlich, wobei er in seinem Alltag wenig Bedarf an Geld hatte. Alles, was er verdiente, ging deshalb auf ein Schweizer Anlagekonto, das der Colonel schon für ihn eingerichtet hatte, als Tru noch ein Kleinkind war. Dort vermehrte es sich seit Jahren, aber Tru überprüfte selten den Kontostand. Er überwies regelmäßig eine Summe an Kim und bezahlte Andrews Schule, und das war, abgesehen vom Erwerb des Hauses in Bulawayo, alles. Er hatte bereits in die Wege geleitet, dass sein Sohn mit fünfunddreißig einen Batzen überschrieben bekam. Vermutlich fand Andrew einmal mehr Verwendung dafür als er.

In jüngerer Zeit ärgerten seine Halbbrüder sich

zunehmend über seine finanzielle Beteiligung, und da ihr Verhältnis immer distanziert gewesen war, kam das nicht ganz unerwartet. Tru war neun Jahre älter als die Zwillinge, und als sie alt genug gewesen waren, um sich an ihn zu erinnern, verbrachte er schon den Großteil seiner Zeit im Busch, so weit von der Farm entfernt wie möglich. Mit achtzehn war er ganz ausgezogen. Deshalb waren sie einander immer fremd gewesen.

Mit Rodney war die Sache noch komplizierter. Trus Anteil an der Firma hatte schon seit dem Tod des Colonels dreizehn Jahre zuvor Probleme verursacht, in Wahrheit allerdings war ihr Verhältnis da längst zerrüttet gewesen. Und zwar aus Trus Sicht seit dem Brand. 1959, als er elf Jahre alt war, war ein Großteil des Anwesens in Flammen aufgegangen. Tru hatte sich mit knapper Not durch einen Sprung aus dem ersten Stock gerettet. Rodney hatte Allen und Alex in Sicherheit gebracht, ihre gemeinsame Mutter Evelyn hatte es jedoch nicht geschafft.

Schon vor dem Brand hatte Rodney seinen Stiefsohn nie liebevoll oder nett behandelt, im Prinzip hatte er Tru nur geduldet. Danach jedoch kümmerte er sich praktisch überhaupt nicht mehr um ihn. Seine Trauer zu bewältigen, zwei Kleinkinder zu betreuen und die Farm zu führen überforderte ihn einfach. Rückblickend verstand Tru das. Damals war alles nicht so leicht gewesen, und der Colonel hatte auch nicht viel Unterstützung geboten. Nach dem Tod seines einzigen Kindes versank er in einer schweren Depression, die ihn in einer Gruft des Schweigens einzusperren schien. Oft saß er neben den verrußten Ruinen des Anwesens und starrte auf die Trümmer, und als der Schutt abgeholt und der Bau des neuen Hauses begonnen wurde, beobachtete er wortlos die Arbeiten. Hin und wieder setzte Tru sich zu ihm, aber der Colonel murmelte dann nur wenige Worte.

Es gab Gerüchte – Gerüchte über seinen Großvater, das Geschäft und den wahren Grund für den Brand. Doch damals wusste Tru noch nichts davon, er wusste nur, dass niemand aus seiner Familie mit ihm zu sprechen oder ihn auch nur in den Arm zu nehmen bereit war. Ohne Tengwe und Anoona hätte Tru den Verlust seiner Mutter möglicherweise nicht überlebt. Das Einzige, woran er sich aus dieser Zeit erinnerte, war, dass er sich regelmäßig in den Schlaf geweint hatte und nach der Schule und seinen Aufgaben auf der Farm allein über das Anwesen spaziert war. Inzwischen begriff er, dass das damals die ersten Schritte auf dem Weg zu seinem Leben im Busch gewesen waren. Wäre seine Mutter nicht gestorben – nun, er hatte keine Ahnung, was *dann* aus ihm geworden wäre.

Aber dies war nicht die einzige Veränderung gewesen, die der Tod seiner Mutter mit sich brachte. In der Zeit danach bat Tru Tengwe, ihm Papier und Stifte zu besorgen. Da er sich daran erinnerte, seine Mutter zeichnen gesehen zu haben, begann er ebenfalls damit.

Er hatte keine Übung und wenig angeborenes Talent, es dauerte also Monate, bis er etwas so Einfaches wie einen Baum auch nur annähernd realistisch abbilden konnte. Doch es war eine Methode, mit deren Hilfe er seinen Gefühlen und der stillen Verzweiflung, die auf der Farm stets in der Luft lag, entfliehen konnte.

Er sehnte sich danach, seine Mutter zu zeichnen, aber ihre Gesichtszüge verflüchtigten sich schneller, als seine Fähigkeiten sich entwickelten. Jedes Bild von ihr kam ihm irgendwie falsch vor, es war nicht die Mutter, an die er sich erinnerte, selbst wenn Tengwe und Anoona widersprachen. Manche Versuche ähnelten ihr mehr als andere, aber nicht ein Mal vollendete er eine Zeichnung von seiner Mutter, die ihr seinem Empfinden nach voll und ganz gerecht wurde. Am Ende warf er sämtliche Entwürfe fort und fand sich mit diesem weiteren Verlust ab, wie mit allen anderen Verlusten in seinem Leben.

Wie dem seines Vaters.

Als Kind war es Tru manchmal vorgekommen, als habe es den Mann nie gegeben. Seine Mutter erzählte wenig von ihm, selbst wenn Tru sie drängte, und der Colonel weigerte sich strikt, überhaupt von ihm zu sprechen. Im Laufe der Zeit schwand Trus Neugier fast vollständig. Es konnten Jahre vergehen, ohne dass er an den Mann auch nur dachte. Und dann, vor einigen Monaten, traf aus heiterem Himmel ein Brief in Hwange ein. Tengwe hatte ihn von der Farm, wohin er ursprünglich adressiert gewesen war, weitergeleitet, aber Tru öffnete ihn nicht sofort. Als er ihn schließlich las, hielt er das Ganze erst für einen schlechten Scherz, trotz der Flugtickets. Erst als er das verblasste

Foto genauer betrachtete, erkannte er, dass der Brief vermutlich echt war.

Das Bild zeigte einen jungen, gut aussehenden Mann, der den Arm um eine junge Frau gelegt hatte, die nur Trus Mutter sein konnte. Auf dem Foto war Evelyn noch keine zwanzig – sie war neunzehn, als Tru auf die Welt kam –, und es kam ihm unwirklich vor, dass er inzwischen mehr als doppelt so alt war wie sie damals. Vorausgesetzt natürlich, dass es sich tatsächlich um sie handelte.

Aber ja. Tief im Herzen wusste er das.

Wie lange er das Bild an jenem ersten Abend angestarrt hatte, konnte er nicht sagen, aber auch in den nächsten Tagen musste er es immer wieder in die Hand nehmen. Es war das einzige Foto von seiner Mutter, das er besaß. Alle anderen waren ebenfalls dem Brand zum Opfer gefallen, in dem sie umgekommen war, und seine Mutter jetzt nach so vielen Jahren zu sehen löste eine ganze Flut von Erinnerungen aus: sie auf der Terrasse beim Zeichnen, ihr Gesicht über seinem, wenn sie ihn abends zudeckte, sie in einem grünen Kleid in der Küche, ihre Hand in seiner, als sie zu einem Brunnen liefen. Ob diese Ereignisse wirklich stattgefunden hatten oder nur seiner Fantasie entsprangen, wusste er nicht.

Und dann war da natürlich noch der Mann auf dem Bild …

In dem Brief hatte er sich als Harry Beckham bezeichnet, Amerikaner. Er sei Jahrgang 1914 und habe Trus Mutter Ende 1946 kennengelernt. Im Zweiten

Weltkrieg habe er im U.S. Army Corps of Engineers gedient, und nach dem Krieg sei er nach Rhodesien gezogen, wo er in der Goldmine Bushtick in Matabeleland gearbeitet habe. Er sei Trus Mutter in Harare begegnet, und die beiden hätten sich ineinander verliebt. Weiterhin behauptete er, nichts von ihrer Schwangerschaft gewusst zu haben, als er nach Amerika zurückging, was Tru aber nicht ganz glaubte. Denn wenn er nichts davon geahnt hatte, warum sollte er sich dann überhaupt auf die Suche nach einem verlorenen Kind gemacht haben?

Lange musste er wohl nicht mehr auf die Antwort warten.

*

Für ein paar Stunden mühte Tru sich mit seiner Zeichnung ab und hörte erst auf, als er dachte, dass sie Andrew so gefallen werde.

Als er ins Haus trat, spielte er mit dem Gedanken, angeln zu gehen. Er angelte gern und hatte in den vergangenen Jahren kaum Zeit dazu gehabt, doch nach dem stundenlangen Sitzen verspürte er das Bedürfnis, seinen Kreislauf anzuregen. Morgen vielleicht, dachte er und zog sich stattdessen die einzigen Shorts an, die er besaß. In einem Schrank fand er Handtücher, schnappte sich eins und lief zum Strand. Dort warf er das Tuch in den trockenen Sand und watete ins Wasser, überrascht, wie warm es war. Nachdem er durch die sanfte Brandung gestapft war, reichte es ihm bis an die Brust. Schließlich stieß er sich kraftvoll ab und schwamm los, in der Hoffnung, es zum Pier und zurück zu schaffen.

Es dauerte ein Weilchen, bis er seinen Rhythmus fand, trotz der glatten Wasseroberfläche. Da er seit Jahren keine größeren Distanzen mehr geschwommen war, kam er sich langsam vor. Er kämpfte sich an einem Haus vorbei und dann am nächsten. Beim fünften ermüdeten seine Muskeln schon allmählich. Als er endlich den Pier erreichte, war er erschöpft, aber er war niemand, der schnell aufgab. Statt also an Land zu waten, wendete er und begann den noch zäheren Weg zurück zu seinem Ausgangspunkt zu schwimmen.

Als er schließlich wieder an seinem Haus ankam, zitterten seine Beinmuskeln, und er konnte kaum noch die Arme bewegen. Dennoch war er zufrieden. In Hwange war er im Wesentlichen auf Fitnessübungen beschränkt, wobei er auch joggte, wenn möglich – mehrmals die Woche rannte er eine halbe Stunde lang im Kreis um das Camp herum, die langweiligste Laufstrecke auf dem Planeten. Immerhin bekam er an den meisten Tagen etwas Bewegung, denn in seiner Lodge erlaubten die Guides den Gästen, aus dem Jeep auszusteigen und in den Busch zu wandern, solange der Führer bewaffnet war. Manchmal war das die einzige Möglichkeit, sich selteneren Tieren wie Spitzmaulnashörnern oder Geparden so weit zu nähern, dass man sie erkennen konnte.

Im Haus angekommen, duschte er sich ausgiebig, wusch seine Hose im Waschbecken aus und aß ein Sandwich. Danach wusste er nicht, was er noch tun sollte. Es war lange her, dass er einen Nachmittag lang überhaupt nichts vorgehabt hatte, und es machte ihn unruhig. Wieder nahm er seinen Block zur Hand, begutachtete die Zeichnung, die er für Andrew gemacht hatte, und bemerkte, dass er noch einige Änderungen vornehmen wollte. So war es immer. Da Vinci hatte einmal gesagt, Kunst sei nie fertig, nur aufgegeben, und das leuchtete Tru absolut ein. Er beschloss, sich am nächsten Tag noch einmal mit dem Bild zu befassen.

Jetzt nahm er seine Gitarre mit auf die Terrasse. Mittlerweile glühte der Sand in der Sonne weiß, und das Wasser war seltsam glatt hinter der Brandung. Perfekt. Und während er das Instrument stimmte, wurde ihm bewusst, dass er keine Lust hatte, den restlichen Tag beim Haus zu verbringen. Er wusste, dass er sich einen Wagen rufen konnte, nur schien ihm das sinnlos. Er hatte schließlich keine Ahnung, wohin er fahren sollte. Da fiel ihm ein, dass Hope ein Restaurant hinter dem Pier erwähnt hatte, und er nahm sich vor, dort später essen zu gehen.

Als die Gitarre gestimmt war, spielte er eine Weile, bis er sein gesamtes Repertoire erschöpft hatte. Wie beim Zeichnen konnte er sich dabei gut geistig entspannen, und erst als sein Blick irgendwann auf das Cottage nebenan fiel, landeten seine Gedanken wieder bei Hope. Er fragte sich, warum sie, obwohl sie einen Freund hatte und in ein paar Tagen die Hochzeit einer engen Freundin stattfand, allein nach Sunset Beach gekommen war.

*

Hope wünschte, ihren Friseur- und Pediküretermin schon an diesem Tag zu haben statt am nächsten, Hauptsache, es gab eine Ausrede, das Haus zu verlassen. So aber verbrachte sie den Vormittag damit, einige Kisten mit alten Sachen im Cottage durchzusehen. Ihre Mutter hatte vorgeschlagen, dass sie schon mal alles vorsortierte, unter dem unausgesprochenen Vorbehalt, dass sie auch die Wünsche ihrer Schwestern berücksichtigte. Sowohl Robin als auch Joanna kamen in den nächsten Wochen auch noch mal in das Haus, um beim Aussortieren zu helfen, und alle drei waren nicht zum Egoismus erzogen worden.

Dennoch dauerte jede einzelne Kiste länger als erwartet. Nachdem sie den Müll entsorgt hatte (was den Hauptteil ausmachte), blieben eine Schwimmbrille übrig, eine zerlesene Ausgabe von *Wo die wilden Kerle wohnen*, ein Bugs-Bunny-Schlüsselanhänger, ein Stoff-Pu-Bär, drei fertiggestellte Malbücher, Postkarten aus unterschiedlichen Urlaubsorten ihrer Familie und ein Medaillon mit einem Foto ihrer Mutter. Jeder dieser Gegenstände brachte sie aus dem einen oder anderen Grund zum Lächeln und war allein deshalb bewahrenswert, und Hope nahm an, dass ihre Schwestern es genauso sehen würden. Höchstwahrscheinlich würde alles, was sie behielten, in einem anderen Karton auf irgendeinem Dachboden landen. Was die Frage aufwarf, warum sie sich überhaupt die Mühe machten, alles zu sichten, doch tief im Inneren kannte Hope die Antwort. Das alles unbesehen wegzuwerfen kam ihr einfach nicht richtig vor. Sie brauchte das Gefühl, dass diese Dinge noch da waren, auch wenn es verrückt schien.

Sie wäre im Übrigen die Erste gewesen, die zugegeben hätte, dass sie in letzter Zeit etwas durch den Wind war. Allein schon die Idee, vor der Hochzeit herzukommen, war im Nachhinein nicht besonders gut, aber der Urlaub war schon eingereicht und bewilligt gewesen, und wie lautete denn die Alternative? Ihre Eltern zu besuchen und sich Sorgen um ihren Vater zu machen? Oder in Raleigh zu bleiben, wo sie genauso allein war, nur überall von Erinnerungen an Josh umgeben? Natürlich hätte sie auch woanders hinfahren können, aber wohin? Die Bahamas? Key West? Paris? Auch dort wäre sie allein gewesen, ihr Vater wäre trotzdem krank und Josh trotzdem in Las Vegas, und sie musste trotzdem am Wochenende zu einer Hochzeit.

Ach ja, die Hochzeit. Obwohl Hope es nur extrem ungern zugab, wollte sie eigentlich gar nicht hingehen, und das nicht nur, weil es sicher keinen großen Spaß machte zu erklären, dass Josh sie wieder mal abserviert hatte. Auch nicht wegen Ellen. Hope freute sich aufrichtig für sie, und normalerweise konnte sie es kaum erwarten, ihre besten Freundinnen zu treffen. Sie wussten alles übereinander und hatten immer Kontakt gehalten. Sie waren auch alle bei den Hochzeiten der anderen Brautjungfern gewesen, angefangen bei Jeannie und Linda. Beide hatten ein Jahr nach dem College-Abschluss geheiratet und hatten insgesamt schon fünf Kinder. Sienna trat zwei Jahre später vor den Traualtar und hatte mittlerweile vier Kinder. Angie schloss mit dreißig den Bund fürs Leben und hatte dreijährige Zwillingstöchter. Susan war seit zwei Jahren verheiratet, und am kommenden Samstag wurde auch Ellen zur Ehefrau.

Es hatte Hope nicht überrascht, als Susan sie kürzlich anrief, um ihr mitzuteilen, dass sie im dritten Monat war. Aber auch Ellen? Ellen, die Colson erst im letzten Dezember kennengelernt hatte? Ellen, die einst geschworen hatte, nie zu heiraten oder Kinder zu bekommen? Ellen, die bis Ende zwanzig ein wildes Leben geführt hatte und am Wochenende regelmäßig nach Atlantic City zu ihrem damaligen Freund gefahren war, einem Kokain-Dealer? Nicht nur hatte Ellen jemanden gefunden, der sie heiraten wollte, und zwar keinen Geringeren als einen gottesfürchtigen Investmentbanker, nein, vor zwei Wochen hatte sie Hope auch noch anvertraut, dass sie ebenfalls in der zwölften Woche schwanger war. Sie und Susan bekämen ihre Kinder ungefähr zur gleichen Zeit, und bei dieser Erkenntnis fühlte sich Hope plötzlich wie eine Außenseiterin in ihrem engsten Freundinnenkreis. Alle waren entweder bereits in eine neue Lebensphase eingetreten oder standen kurz davor, und Hope hatte keine Ahnung, wann oder auch nur ob sie jemals so weit käme. Besonders im Hinblick auf Kinder.

Das machte ihr Angst. Lange Zeit hatte sie gedacht, die ganze Sache mit der »tickenden biologischen Uhr« sei nur Gerede. Natürlich nicht die Tatsache, dass es mit zunehmendem Alter schwieriger war, schwanger zu werden. Jede Frau wusste das. Aber sie hatte nicht geglaubt, dass es auch sie betreffen würde. Kinder zu bekommen hatte sie als selbstverständlich betrachtet, sie war davon ausgegangen, dass es zum richtigen Zeitpunkt einfach geschah. So war sie eben gestrickt, schon immer. Keine Kinder zu haben war für sie unvorstellbar, und erst auf dem College hatte sie erfahren, dass nicht jede Frau so empfand. Als ihre Zimmergenossin Sandy ihr erzählte, dass sie lieber Karriere machen als Kinder bekommen wollte, war Hope die Vorstellung so fremd, dass sie anfangs dachte, es sei ein Scherz. Nachdem sie dann mit Sandy jahrelang keinen Kontakt gehabt hatte, lief sie ihr vor einigen Jahren zufällig im Einkaufszentrum über den Weg, ihr Kind im Schlepptau. Hope vermutete, dass Sandy sich an das Gespräch im Wohnheim nicht mehr erinnerte, und sie sprach sie auch nicht darauf an. Aber sie war damals weinend nach Hause gegangen.

Wieso hatte Sandy ein Kind und Hope nicht? Und ihre Schwestern Robin und Joanna? Und mittlerweile auch all ihre engsten Freundinnen, oder sie waren zumindest kurz davor. Hope verstand es einfach nicht. Seit sie sich erinnern konnte, malte sie sich aus, schwanger zu sein, dann ihre Neugeborenen im Arm zu halten, ihr Wachstum zu bestaunen und zu überlegen, wessen Eigenschaften sie wohl geerbt hatten. Hätten sie ihre Nase oder die großen Füße ihres Vaters? Oder die roten Haare, die sie von ihrer Oma geerbt hatte? Die Mutterschaft schien ihr immer vorherbestimmt.

Andererseits war Hope ja immer eine Planerin gewesen, schon mit fünfzehn hatte sie ihr gesamtes Leben im Voraus skizziert. Gute Noten bekommen, College abschließen, mit vierundzwanzig examinierte Krankenschwester sein, sich im Job anstrengen und befördert werden. Nebenbei wollte sie sich natürlich auch amüsieren – man war ja nur ein Mal jung, oder? Sich mit Freundinnen treffen, ein paar Beziehungen haben, ohne etwas zu ernst werden zu lassen. Dann, vielleicht wenn sie auf die dreißig zuging, den *Richtigen* treffen. Sich verlieben, irgendwann heiraten und nach ein oder zwei Jahren das erste Kind bekommen. Zwei wären perfekt, idealerweise einen Jungen und ein Mädchen, wobei sie sicherlich nicht enttäuscht wäre, wenn das nicht klappte. Also, solange sie mindestens ein Mädchen bekam.

Einen Punkt nach dem anderen hatte sie, was diesen Plan anging, abgehakt. Und dann kam Josh, genau pünktlich. Nicht im Traum hätte sie geglaubt, sechs Jahre später immer noch Single und kinderlos zu sein, und sie begriff nicht so recht, was eigentlich schiefgelaufen war. Josh hatte ihr erzählt, er wünsche sich ebenfalls eine Ehe und Kinder, was hatten sie also die ganze Zeit gemacht? Wo waren die sechs Jahre hin?

Eins konnte sie mit Sicherheit sagen: Sechsunddreißig zu sein war völlig anders als fünfunddreißig. Das hatte sie an ihrem Geburtstag im letzten April gemerkt. Ihre Familie war da, Josh war da, und es hätte ein fröhliches Ereignis sein sollen, aber sie hatte einen Blick auf den Kuchen geworfen und gedacht, *Meine Güte, sind das viele Kerzen!* Sie auszublasen hatte eine gefühlte Ewigkeit gedauert.

Es war nicht das Alter an sich, das ihr zu schaffen machte. Auch nicht, dass sie jetzt näher an der Vierzig als an der Dreißig war. Im Geiste fühlte sie sich eher wie fünfundzwanzig, aber am nächsten Tag – als hätte Gott sie ziemlich unsanft daran erinnern wollen – war eine Sechsunddreißigjährige in die Notaufnahme gekommen, weil sie sich beim Zwiebelnhacken in den Finger geschnitten hatte. Es hatte stark geblutet, die Frau hatte mit örtlicher Betäubung genäht werden müssen und gescherzt, sie wäre ja gar nicht gekommen, wenn sie nicht bereits als Spätgebärende gelte.

Natürlich kannte Hope diesen Begriff aus ihrer Ausbildung, aber in der Notaufnahme wurden nur wenige Schwangere behandelt.

»Das ist wirklich kein schöner Ausdruck«, bemerkte Hope. »So alt sind Sie nun wirklich nicht.«

»Nein, aber verlassen Sie sich drauf, es ist völlig anders, als unter dreißig schwanger zu sein.« Die Frau grinste. »Ich habe schon drei Jungs, aber wir wollten so gern auch ein Mädchen.«

»Und?«

»Noch ein Junge.« Sie verdrehte die Augen. »Wie viele Kinder haben Sie?«

»Ach«, antwortete Hope. »Keine. Ich bin nicht verheiratet.«

»Keine Sorge. Sie haben ja noch Zeit. Wie alt sind Sie, achtundzwanzig?«

Hope hatte sich ein Lächeln abgerungen, immer noch das Wort *Spätgebärende* im Kopf. »Nicht ganz«, hatte sie erwidert.

*

Angeödet von ihren Gedanken – und *echt* angeödet von ihrer Selbstmitleidsorgie –, kam Hope zu dem Schluss, dass Ablenkung angesagt war. Da sie auf dem Weg zum Cottage nicht eingekauft hatte und unbedingt mal aus dem Haus musste, fuhr sie als Erstes zu einem Gemüsestand. Er lag kurz hinter der Insel an der Straße, und es gab ihn schon, seit sie sich erinnern konnte. Sie füllte einen Korb mit Zucchini, Kürbis, Salat, Tomaten, Zwiebeln und Paprika und besorgte dann auf einer Nachbarinsel etwas frischen Wahoo und Makrele. Als sie am Mittag zurückkam, stellte sie allerdings fest, dass sie gar keinen Hunger hatte.

Sie öffnete die Fenster, räumte die Einkäufe weg, goss sich ein Glas Wein ein und sah die nächsten Sachen durch. Sie trug weiteres Aussortiertes zu den Mülltonnen, zufrieden mit ihrem Werk. Scottie war ihr nach draußen gefolgt, und sie blieb mit ihm vor dem Haus, weil sie ihn nicht erneut an den Strand jagen wollte.

Nach einem Blick auf die Uhr verkniff sie sich, Josh anzurufen. Er wohnte im Caesars Palace, aber er kannte schließlich die Telefonnummer des Cottage, falls er mit ihr reden wollte. Stattdessen beschloss sie, ein Nickerchen zu machen, um den Schlafmangel der vergangenen Nacht aufzuholen. Sie legte sich im Wohnzimmer auf die Couch … und plötzlich war es später Nachmittag. Durch die offenen Fenster hörte sie leise jemanden Gitarre spielen und singen.

Zwischen den Stäbchen des Geländers hindurch erhaschte sie einen Blick auf Tru. Sie lauschte der Musik, während sie die Küche aufräumte, und trotz ihrer düsteren Gedanken von vorhin musste sie lächeln. Sie wusste gar nicht mehr, wann sie sich zuletzt von jemandem sofort so angezogen gefühlt hatte. Und dann hatte sie ihn auch noch zum Kaffee eingeladen! Hope konnte immer noch nicht fassen, dass sie das getan hatte.

Nachdem sie die Arbeitsfläche abgewischt hatte, beschloss sie, dass es Zeit für ein ausgiebiges Bad war. Sie liebte es, in der Wanne zu liegen, aber in der Hektik des Alltags war Duschen einfacher, deshalb waren Schaumbäder eher ein Luxus. Nach und nach spürte sie die Spannung aus ihrem Körper weichen.

Anschließend kuschelte sie sich in einen Bademantel und suchte ein Buch aus dem Regal, einen alten Krimi von Agatha Christie. Als Jugendliche hatte sie die geliebt, also konnte sie es doch noch mal damit versuchen. Hope machte es sich auf der Couch gemütlich und begann zu lesen. Es war leichte Lektüre, aber die Handlung war auch nicht schlechter als das, was man heutzutage im Fernsehen vorgesetzt bekam, und sie war schon bei der Hälfte angelangt, ehe sie das Buch schließlich weglegte. Mittlerweile sank die Sonne am Horizont tiefer, und Hope stellte fest, dass sie jetzt Hunger hatte, aber keine Lust zu kochen. Sie wollte die entspannte Stimmung des Nachmittags bewahren. Also zog sie sich eine Jeans an, dazu Sandalen und eine ärmellose Bluse, schminkte sich nur ganz flüchtig und band die Haare zu einem unordentlichen Pferdeschwanz. Sie fütterte Scottie, ließ ihn kurz in den Garten – er war sichtlich enttäuscht, als er merkte, dass er nicht mitdurfte – und schloss die Haustür ab. Dann ging sie über die Terrasse zum Strand hinunter. Immer wenn die Familie in Sunset Beach war, aßen sie mindestens ein Mal bei Clancy's, und diese Tradition aufrechtzuerhalten erschien an einem Abend wie dem heutigen nur passend.

Ein Abend auf der Terrasse

Das Clancy's lag kurz hinter dem Pier, und Tru gefiel das Lokal schon, bevor er vom Strand zur Terrasse hinaufgestiegen war. Er hörte leise Musik, begleitet von Unterhaltungen und Gelächter. Über der Treppe war auf einem mit einer Lichterkette geschmückten Holzbogen in verblassten Buchstaben der Name des Restaurants zu lesen.

Fackeln flackerten in der Brise. Am Geländer standen Stehtische, deren Farbe bereits abblätterte, und nicht zusammenpassende Barhocker, in der Mitte einige Holztische, etwa die Hälfte davon frei. Im Inneren gab es weitere Sitzgelegenheiten. Links lag die Küche, und der nur spärlich besetzte Thekenbereich beherbergte eine Jukebox, wie Tru interessiert bemerkte. Es gab auch einen Kamin, auf dessen Sims eine Kanonenkugel lag, und die Wand war mit maritimen Gegenständen dekoriert, einem uralten Steuerrad – zu Ehren Blackbeards – und Schiffsflaggen. Während Tru noch seine Umgebung inspizierte, trat eine Kellnerin von etwa Mitte fünfzig mit einem Essenstablett durch eine Schwingtür.

»Setzen Sie sich gern hin, wo Sie wollen, draußen oder drinnen!«, rief sie. »Ich bringe Ihnen die Karte.«

Der Abend war zu schön, als dass Tru drinnen sitzen wollte, also wählte er einen der hohen Tische am Rand mit Blick aufs Meer. Der Mond schwebte knapp über dem Horizont und brachte das Wasser zum Glitzern, und wieder dachte er, wie unterschiedlich doch dieser Ort und die Welt, die er kannte, waren, selbst wenn es auch Ähnlichkeiten gab. Nachts war der Busch dunkel und geheimnisvoll, es wimmelte dort von verborgenen Gefahren, und das Meer erschien ihm hier genauso. Tagsüber konnte er darin schwimmen, nachts hielt ihn eine Urangst davon ab.

Die Kellnerin brachte eine Speisekarte vorbei und hastete zurück in die Küche. Aus der Jukebox ertönte ein Lied, das er nicht erkannte. Daran war er gewöhnt. Oft sprachen Gäste von Filmen und Fernsehsendungen, von denen er noch nie gehört hatte, und das Gleiche galt für Bands und Songs. Er kannte die Beatles – wer nicht? –, und ihre Stücke spielte er am liebsten auf der Gitarre, neben dem ein oder anderen von Bob Dylan, Bob Marley, Johnny Cash, Kris Kristofferson, den Eagles und Elvis Presley, je nach Stimmung. Das Lied aus der Jukebox war sehr eingängig, auch wenn der Synthesizer für seinen Geschmack etwas zu übermächtig war.

Angenehm überrascht stellte er beim Überfliegen der Karte fest, dass es neben den erwartbaren Burgern und Pommes auch eine gute Auswahl an Gerichten mit Fisch und Meeresfrüchten gab. Leider war das meiste davon frittiert. Am Ende kamen gegrillter Thunfisch und gebratener Zackenbarsch in die engere

Wahl, und Tru klappte die Karte zu und wandte sich wieder Richtung Meer.

Minuten später brachte die Kellnerin ein Tablett Getränke an einen Nachbartisch und ging wieder, ohne auch nur einen Blick in seine Richtung geworfen zu haben. Im Geiste zuckte er die Achseln; er hatte nichts vor und den ganzen Abend Zeit für das Essen.

Da bemerkte er aus dem Augenwinkel eine Bewegung und sah zu seinem Erstaunen Hope auf die Terrasse treten. Wahrscheinlich waren sie gleichzeitig am Strand gewesen, und ganz kurz fragte er sich, ob sie ihn bemerkt hatte und ihm gefolgt war. Schnell verwarf er den Gedanken wieder, er wusste gar nicht, wie er überhaupt darauf gekommen war. Um nicht beim Starren erwischt zu werden, drehte er sich erneut zum Wasser um, aber vor seinem inneren Auge lief unwillkürlich noch einmal ihre morgendliche Begegnung ab.

Ihr Lächeln. Wie sie lächelte, hatte ihm sehr gefallen.

*

Hope stellte fest, dass sich nur wenig an dem Lokal verändert hatte. Unter anderem deshalb mochte ihr Vater das Clancy's so, früher sagte er immer zu ihr, je mehr die Welt sich verändere, desto wohler fühle er sich hier. Allerdings wusste sie, dass er vor allem gern kam, weil es im Clancy's den besten Zitronen-Baiser-Kuchen der Welt gab. Angeblich hatte die Mutter des Eigentümers das Rezept vor Jahrzehnten perfektioniert und auf sechs Landwirtschaftsschauen in Folge den ersten Preis dafür gewonnen. Ob das nun stimmte oder nicht, Hope musste zugeben, dass ein Stück von diesem Kuchen oft den perfekten Abschluss für einen Abend am Strand darstellte. Die Mischung von süß und herb war einfach immer genau richtig.

Sie sah sich auf der Terrasse um. In all den Jahren, die sie das Restaurant kannte, hatte sie noch nie drinnen gegessen, und auch jetzt kam sie gar nicht auf die Idee. Rechts am Geländer waren drei von den hohen Tischen besetzt, links waren noch einige frei. Automatisch ging sie in diese Richtung und blieb unvermittelt stehen, als sie Tru erkannte.

Als sie ihn so allein am Tisch sah, fragte sie sich erneut, was ihn wohl hierhergeführt hatte. Er hatte erwähnt, dass er den Mann, den er hier treffen wollte, nicht kannte, aber die Anreise aus Simbabwe war lang, und selbst Hope war klar, dass Sunset Beach nicht gerade ein international begehrtes Touristenziel war. Wer konnte also so wichtig sein, dass er den weiten Weg auf sich nahm?

Genau in dem Moment hob er zum Gruß die Hand. Sie zögerte, dachte, *Ich muss wenigstens Hallo sagen,* und lief zu seinem Tisch. Von Nahem fielen ihr wieder das abgetragene Lederarmband und das bis zur Brust aufgeknöpfte Hemd auf. In genau solcher Aufmachung konnte man sich ihn gut im Busch vorstellen.

»Hallo, Tru. Mit Ihnen hatte ich hier nicht gerechnet.«

»Ich mit Ihnen auch nicht.«

Sie erwartete, dass er noch mehr sagte, aber er blieb

stumm. Stattdessen sah er ihr eine Sekunde zu lang in die Augen, und Hope spürte überraschend ein nervöses Kribbeln. Offenbar störte ihn das Schweigen weniger als sie, und sie warf sich den Pferdeschwanz über die Schulter, um mehr Gelassenheit auszustrahlen, als sie empfand.

»Wie war Ihr Tag?«

»Relativ ereignislos. Ich war schwimmen. Und Sie?«

»Ich hab ein bisschen eingekauft und im Haus rumgeräumt. Ich glaube, ich hab Sie vorhin Gitarre spielen hören.«

»Hoffentlich haben Sie sich nicht belästigt gefühlt.«

»Überhaupt nicht«, sagte sie. »Mir hat Ihre Liederauswahl gefallen.«

»Das ist gut, denn höchstwahrscheinlich werden Sie immer wieder dieselben hören.«

Hope sah sich an den anderen Tischen um und deutete mit dem Kopf auf seine Speisekarte. »Warten Sie schon lange?«

»Nein. Die Kellnerin hat wohl ziemlich viel zu tun.«

»Der Service war hier schon immer etwas langsam. Freundlich, aber langsam. Wie alles andere in der Gegend.«

»Das hat durchaus seinen Charme.« Er zeigte auf den Hocker ihm gegenüber. »Möchten Sie sich zu mir setzen?«

Sobald er fragte, merkte sie, dass es ein besonderer Moment war. Dem Nachbarn eine Tasse Kaffee anzubieten, nachdem er den Hund gerettet hatte, war das eine; ein gemeinsames Abendessen hingegen etwas komplett anderes. Spontan oder nicht, das hier ähnelte stark einem Date, und Hope nahm an, dass Tru genau wusste, was ihr durch den Kopf ging. Doch sie antwortete nicht sofort, sondern musterte ihn im flackernden Licht. Sie dachte an ihren Spaziergang und das Gespräch auf ihrer Terrasse, und sie dachte an Josh und Las Vegas und den Streit, der dazu geführt hatte, dass sie allein am Meer war.

»Sehr gern«, sagte sie schließlich und stellte fest, dass sie das ernst meinte. Tru stand auf und half ihr mit dem Barhocker. Als er zu seinem Platz zurückkehrte, fühlte sich Hope wie ein anderer Mensch. Was sie hier gerade machte, brachte sie leicht aus dem Gleichgewicht, und wie um sich zu erden, griff sie nach der Speisekarte. »Darf ich?«

»Natürlich.«

Sie klappte die Karte auf und spürte dabei seinen Blick auf sich. »Was nehmen Sie?« Small Talk würde vielleicht die Schmetterlinge in ihrem Bauch bändigen, dachte sie.

»Entweder den Thunfisch oder den Zackenbarsch. Ich wollte die Kellnerin fragen, was besser ist, aber vielleicht wissen Sie es auch?«

»Der Thunfisch ist immer köstlich. Den bestellt meine Mutter normalerweise. Sie haben hier einen Deal mit den örtlichen Fischern, deshalb ist er jeden Tag frisch.«

»Dann also Thunfisch«, sagte er.

»Den sollte ich auch bestellen. Aber die Krebsküchlein sind auch super. Nur leider frittiert.«

»Und?«

»Das ist nicht so gut für mich. Oder meine Oberschenkel.«

»Darüber müssen Sie sich doch keine Gedanken machen. Sie sehen zauberhaft aus.«

Hope entgegnete nichts. Sie spürte in dem Bewusstsein, dass eine weitere Linie überschritten wurde, das Blut in ihre Wangen steigen. So geschmeichelt sie war, jetzt fühlte es sich definitiv wie ein Date an. Das hatte sie unmöglich vorhersehen können, und sie versuchte, sich auf die Essensauswahl zu konzentrieren, doch die Worte hüpften ihr im Kopf herum, und schließlich legte sie die Karte beiseite.

»Ich nehme mal an, Sie haben sich für die Krebsküchlein entschieden?«, fragte er.

»Woher wissen Sie das?«

»Gewohnheit und Tradition lassen Veränderung oft wenig wünschenswert erscheinen.«

Seine Antwort erweckte vor ihrem geistigen Auge einen adligen Engländer in einer holzgetäfelten Bibliothek auf seinem Landsitz – ein Bild, das so gar nicht zu dem Mann ihr gegenüber passen wollte.

»Sie haben wirklich eine ungewöhnliche Ausdrucksweise«, stellte sie lächelnd fest.

»Ach ja?«

»Man merkt jedenfalls, dass Sie kein Amerikaner sind.«

Das schien ihn zu erheitern. »Wie geht es Scottie? Immer noch auf den Beinen?«

»So ungestüm wie eh und je. Aber ich glaube, er

war sauer, dass ich nicht noch mal mit ihm an den Strand gegangen bin. Zumindest enttäuscht.«

»Er jagt offenbar sehr gern Vögel.«

»Solange er keine fängt … Wenn doch, wüsste er wahrscheinlich nicht, was er damit anstellen soll.«

Die Kellnerin kam, sie wirkte weniger gehetzt als vorher. »Wissen Sie schon, was Sie trinken wollen?«, fragte sie.

Tru sah Hope an, und sie nickte. »Wir würden gern bestellen.« Er nannte ihr die beiden Gerichte und erkundigte sich nach Bieren vom Fass.

»Sorry, Schätzchen«, gab die Kellnerin zurück. »Wir haben nichts Schickes und nichts vom Fass. Nur Budweiser, Miller und Coors, aber dafür eiskalt.«

»Dann probiere ich ein Coors«, sagte er.

»Und Sie?«, fragte sie an Hope gewandt.

Es war Jahre her, dass sie ein Bier getrunken hatte, aber aus irgendeinem Grund klang es in diesem Moment reizvoll. Und sie musste unbedingt etwas gegen ihre Nervosität unternehmen. »Ich auch.«

Mit einem Nicken ließ die Kellnerin sie allein. Hope legte sich die Serviette auf den Schoß.

»Wie lange spielen Sie schon Gitarre?«

»Hätten Sie etwas dagegen, wenn wir uns duzen? Das Sie ist so schrecklich förmlich.«

»Aber nein, überhaupt nicht.«

»Wie schön! Also, mit der Gitarre habe ich angefangen, als ich die Ausbildung zum Guide gemacht habe. Einer meiner Kollegen spielte immer abends im Camp. Er bot an, mir Unterricht zu geben. Den Rest habe ich mir über die Jahre angeeignet. Spielst du auch ein Instrument?«

»Nein. Als Kind hatte ich eine Zeit lang Klavierstunden, aber das war es auch. Meine Schwester kann spielen.«

»Du hast eine Schwester?«

»Zwei. Robin und Joanna.«

»Seht ihr euch oft?«

Sie nickte. »So oft wie möglich. Die ganze Familie wohnt in Raleigh, aber inzwischen ist es außer an Feiertagen oder Geburtstagen richtig schwierig, alle zusammenzutrommeln. Robin und Joanna sind verheiratet und arbeiten, und ihre Kinder halten sie ständig auf Trab.«

»Mein Sohn Andrew ist genauso.«

Die Kellnerin stellte ihnen zwei Bierflaschen von einem vollen Tablett auf den Tisch. Überrascht legte Hope den Kopf schief.

»Ach, du hast einen Sohn?«

»Ja, er ist zehn. Wegen meiner Arbeitszeiten wohnt er meistens bei seiner Mutter.«

»Was ist denn mit deinen Arbeitszeiten?«

»Ich arbeite immer sechs Wochen am Stück und fahre dann zwei Wochen nach Hause.«

»Das muss für euch beide schwer sein.«

»Manchmal schon«, sagte er. »Gleichzeitig kennt er es nicht anders, also rede ich mir ein, dass es ihm nichts ausmacht. Und wir haben viel Spaß, wenn wir zusammen sind. Er war nicht so begeistert, dass ich jetzt eine Woche weggefahren bin.«

»Hast du schon mit ihm telefoniert, seit du hier bist?«

»Nein, aber morgen rufe ich ihn mal an.«

»Wie ist er denn so?«

»Neugierig. Klug. Hübsch. Aber ich bin befangen.« Grinsend trank Tru einen Schluck Bier.

»Logisch. Er ist dein Sohn. Will er später auch mal Guide werden?«

»Er sagt Ja, und er ist genauso gern im Busch wie ich. Andererseits will er auch Rennfahrer werden. Und Tierarzt. Und vielleicht ein verrückter Professor.«

Sie lächelte. »Was meinst du?«

»Letzten Endes wird er seine eigene Entscheidung treffen, wie wir alle. Als Guide zu arbeiten bedeutet, ein unkonventionelles Leben zu führen, und das ist nichts für jeden. Es ist auch einer der Gründe, warum meine Ehe in die Brüche gegangen ist. Ich war einfach nicht oft genug da. Kim hat etwas anderes verdient.«

»Scheint, als würdest du dich mit deiner Ex gut verstehen.«

»Ja. Aber mit ihr ist auch leicht auszukommen, und sie ist eine wundervolle Mutter.«

Hope griff nach ihrer Bierflasche, beeindruckt von der Art und Weise, wie er über seine Exfrau sprach. Ihrer Meinung nach sagte das genauso viel über ihn aus wie über sie.

»Wann fährst du zurück?«

»Montagmorgen. Und du?«

»Irgendwann am Sonntag. Ich muss am Montag arbeiten. Wann ist denn deine Verabredung?«

»Samstagnachmittag.« Er trank einen Schluck, dann

stellte er langsam die Flasche auf den Tisch. »Ich werde meinem Vater begegnen.«

»Du meinst, ihn besuchen?«

»Nein«, gab er zurück. »Ich meine, ihm zum ersten Mal begegnen. Laut dem Brief, den ich bekommen habe, ist er vor meiner Geburt aus Simbabwe weggezogen und hat erst vor wenigen Jahren von meiner Existenz erfahren.«

Hope öffnete den Mund und schloss ihn wieder. Nach einer Weile sagte sie zaghaft: »Ich kann mir gar nicht vorstellen, meinen Vater nicht zu kennen. Dir muss ja der Kopf schwirren.«

»Ich gebe zu, es sind ungewöhnliche Umstände.«

Immer noch verstört, schüttelte Hope den Kopf. »Ich wüsste gar nicht, wie ich ein Gespräch anfangen sollte. Oder was ich ihn überhaupt fragen soll.«

»Ich schon.« Zum ersten Mal wandte Tru das Gesicht ab. Als er weitersprach, war seine Stimme über dem Rauschen der Wellen kaum zu hören. »Ich würde ihn gern nach meiner Mutter fragen.«

Damit hatte sie nicht gerechnet, und sie wusste nicht, was seine Worte bedeuteten. Hope glaubte, Traurigkeit herausgehört zu haben, aber als er sich wieder zu ihr umdrehte und weitersprach, war sie fort. »Scheint, als hätten wir beide ein denkwürdiges Wochenende vor uns«, sagte er.

Sein Wunsch, das Thema zu wechseln, war eindeutig, und Hope respektierte es, trotz ihrer wachsenden Neugier. »Ich hoffe nur, es regnet nicht. Sonst bricht Ellen vermutlich in Tränen aus.«

»Und du bist Brautjungfer?«

»Genau. Zum Glück ist das Kleid einigermaßen schick.«

»Hast du es denn nicht selbst ausgesucht?«

»Alle Brautjungfern tragen die gleichen Kleider, ausgesucht von der Braut. Und manchmal hat die Braut nicht unbedingt den besten Sinn für Stil.«

»Das hört sich an, als sprächest du aus Erfahrung.«

»Das ist mein achtes Mal als Brautjungfer.« Sie seufzte. »Sechs Freundinnen und beide Schwestern. Und mir haben ungefähr zwei Kleider gefallen.«

»Was passiert, wenn einem das Kleid nicht gefällt?«

»Nichts. Nur, dass man sich wahrscheinlich den Rest seines Lebens über die Fotos ärgert. Wenn ich jemals heirate, suche ich vielleicht extra hässliche Kleider aus, nur um mich zu rächen.«

Er lachte, und der Klang gefiel ihr – tief und grollend, wie der Beginn eines Erdbebens.

»Das würdest du niemals tun.«

»Vielleicht doch. Eins der Kleider war knallgrün. Mit Puffärmeln. Das war sogar bei meiner Schwester Robin. Joanna und ich ziehen sie heute noch damit auf.«

»Wie lange ist sie denn schon verheiratet?«

»Neun Jahre«, sagte sie. »Ihr Mann Mark ist Versicherungsmakler, und er ist eher still, aber sehr nett. Sie haben drei kleine Jungs. Joanna ist seit sieben Jahren mit Jim verheiratet. Er ist Anwalt, und sie haben zwei Mädchen.«

»Es scheint so, als hättet ihr ein enges Verhältnis.«

»Ja, und wir wohnen wie gesagt auch nicht weit voneinander weg. Je nach Verkehr kann es natürlich trotzdem mit dem Auto zwanzig Minuten dauern. Wahrscheinlich völlig anders als da, wo du herkommst.«

»In den großen Städten wie Harare und Bulawayo gibt es auch Staus. Du wärst überrascht.«

Sie versuchte, sich diese Städte vorzustellen, aber es gelang ihr nicht.

»Es ist mir peinlich, das zuzugeben, aber wenn ich an Simbabwe denke, sehe ich immer nur diese Tiersendungen vor mir. Elefanten und Giraffen und so. Was du jeden Tag erlebst. Ich weiß, dass es dort auch Städte gibt, aber vermutlich habe ich ein völlig falsches Bild davon.«

»Sie sind wie überall, denke ich. Es gibt schöne Viertel und andere, in die man lieber nicht geht.«

»Hast du einen Kulturschock, wenn du vom Busch in die Stadt fährst?«

»Jedes Mal. Ich brauche immer ein bis zwei Tage, um mich an den Lärm und den Verkehr und die vielen Menschen zu gewöhnen. Wobei das zum Teil auch daran liegt, dass ich auf einer Farm aufgewachsen bin.«

»War deine Mutter Farmerin?«

»Mein Großvater war Farmer.«

»Wie wird ein Kind von einer Farm Safari-Guide?«

»Die Geschichte ist lang und kompliziert.«

»Das sind gute Geschichten oft. Hast du Lust, sie zu erzählen?«

Gerade da kam die Kellnerin mit ihrem Essen. Tru hatte sein Bier ausgetrunken und bestellte sich ein zweites, und Hope tat es ihm nach. Das Essen roch köstlich, und dieses Mal war die Kellnerin schnell und kehrte mit zwei Flaschen zurück, ehe sie auch nur einen Bissen probiert hatten. Tru erhob sein Bier, um mit Hope anzustoßen.

»Auf zauberhafte Abende«, sagte er schlicht.

Vielleicht lag es an der Förmlichkeit eines Toasts inmitten der Ungezwungenheit des Clancy's, aber Hope stellte fest, dass ihre Nervosität gänzlich verschwunden war. Sie nahm an, dass es mit Trus Authentizität zu tun hatte, und das verstärkte noch ihren Verdacht, dass zu viele Menschen ihr ganzes Leben lang eine Rolle spielten, die sie glaubten, spielen zu müssen, anstatt einfach zu sein, wie sie waren.

»Zurück zu deiner Frage. Ich habe nichts dagegen, über das Thema zu sprechen, aber nicht unbedingt beim Essen. Später vielleicht?«

»Klar.« Sie zuckte die Achseln. Dann schnitt sie ein Stück Krebsküchlein ab und steckte es sich in den Mund. Wunderbar, wie immer. »Wie ist dein Essen?«, fragte sie Tru.

»Sehr gut. Und deins?«

»Es wird schwer, nicht beide zu essen. Aber ich muss am Wochenende in mein Kleid passen.«

»Schließlich gehört es zu den schöneren.«

Es schmeichelte ihr, dass er sich alles zu merken schien, was sie ihm erzählte. Beim Essen unterhielten sie sich weiter angeregt. Hope erzählte ihm von Ellen und beschrieb einige ihrer Nach-mir-die-Sintflut-Abenteuer, wobei sie die schlimmsten Episoden ausließ, zum Beispiel den Drogendealer-Ex. Sie sprach auch über ihre anderen Freundinnen und landete schließlich bei ihrer Familie. Sie berichtete, wie es gewesen war, mit zwei Lehrern aufzuwachsen, die beide darauf bestanden, dass ihre Kinder die Hausaufgaben ohne elterliche Einmischung erledigten, und verlieh ihrer Bewunderung Ausdruck, wie geschickt ihr Vater seine Töchter beim Lauftraining betreut hatte. Auch von ihrer Arbeit sprach sie, vom straffen Tempo in der Notaufnahme und von den Patienten und Angehörigen, die sie emotional berührten. Obwohl es durchaus Momente gab, in denen Bilder von Josh aufblitzten, waren es erstaunlich wenige.

Unterdessen breiteten die Sterne sich langsam am ganzen Himmel aus. Wellen glitzerten im Mondlicht, und die Brise frischte wie üblich etwas auf und trug den Salzgeruch des Meeres zu ihnen. Die Fackeln warfen einen orangefarbenen Schein auf die Tische, während weitere Gäste kamen und gingen. Im Laufe des Abends wurde die Atmosphäre ruhiger, gedämpfter, die Gespräche nur von halblautem Lachen und den immer gleichen Liedern aus der Jukebox unterbrochen.

Nachdem die Kellnerin ihre Teller abgeräumt hatte, brachte sie zwei Stücke Zitronen-Baiser-Kuchen, und Tru merkte beim ersten Bissen, dass Hope mit ihrer Lobeshymne nicht übertrieben hatte. Während des Nachtischs erzählte hauptsächlich er. Von den unterschiedlichen Camps, in denen er gearbeitet hatte, von seinem Freund Romy und dass der ihn manchmal drängte, Gitarre zu spielen, wenn sie einen ihrer langen Tage hinter sich hatten. Er erzählte auch etwas mehr über seine Scheidung von Kim und sehr viel über Andrew. Hope hörte ihm an, dass er bereits Sehnsucht nach ihm hatte, und das führte ihr erneut vor Augen, wie sehr sie sich eigene Kinder wünschte.

Sie stellte fest, dass Tru zwar eine Grundzufriedenheit darüber verspürte, wer er war und welches Leben er sich ausgesucht hatte, die jedoch beeinträchtigt wurde durch eine ehrliche Unsicherheit, ob er sich seinem Sohn gegenüber richtig verhielt. Das war vermutlich normal, aber seine Aufrichtigkeit in Bezug auf dieses Thema schien die Intimität zwischen ihnen zu vertiefen. Daran war sie nicht gewöhnt, vor allem nicht bei Fremden. Mehr als ein Mal beugte sie sich unwillkürlich über den Tisch, um ihn besser hören zu können, und setzte sich hastig wieder aufrecht hin, als sie es merkte. Später, als er lachend erzählte, wie viel Angst er gehabt hatte, als sie Andrew aus dem Krankenhaus mit nach Hause nahmen, wallte in ihr eine unerwartete Wärme auf. Einen Moment lang konnte sie sich dieses Gespräch leicht als den Beginn eines Lebens voller nie endender Gespräche vorstellen.

Etwas verschämt verdrängte sie den albernen Gedanken. Sie waren vorübergehend Nachbarn, mehr nicht. Aber das Gefühl von Wärme hielt an, und Hope war sich bewusst, dass sie häufiger als üblich errötete.

Als die Rechnung kam, griff Tru automatisch danach. Hope bot an, sich den Betrag zu teilen, aber er schüttelte den Kopf und sagte schlicht: »Darf ich, bitte?«

Mittlerweile hatte sich im Osten eine Wolkenwand gebildet, die zum Teil den Mond verdeckte. Aber sie unterhielten sich weiter, während das Lokal sich leerte. Als sie schließlich aufstanden, warf Hope einen Seitenblick auf Tru, überrascht, wie entspannt sie war. Gemeinsam schlenderten sie zum Tor, und als Tru es für sie aufhielt, war sie plötzlich sicher, dass ein Abendessen mit ihm der perfekte Abschluss eines der überraschenderen Tage ihres Lebens war.

Ein nächtlicher Spaziergang

Durch den Umgang mit Tausenden von Gästen hatte Tru sich im Laufe der Jahre eine gute Menschenkenntnis angeeignet. Als Hope sich am Strand zu ihm umdrehte, bemerkte er eine Zufriedenheit an ihr, die am Anfang, als ihre Blicke sich im Restaurant begegnet waren, noch gefehlt hatte. Da hatte er Vorsicht und Unsicherheit erkannt, vielleicht sogar Sorge, und obwohl es für ihn einfach gewesen wäre, es bei einer freundlichen Begrüßung bewenden zu lassen, hatte er anders reagiert. Denn er hatte geahnt, dass sie die Dämonen, mit denen sie kämpfte, nicht besiegen würde, wenn sie allein saß.

»Woran denkst du?«, fragte sie jetzt mit ihrem schleppenden Akzent, den er als melodiös empfand. »Du sahst gerade so abwesend aus.«

»An unsere Unterhaltung vorhin.«

»Ich hab bestimmt zu viel geredet.«

»Überhaupt nicht.« Genau wie am Morgen liefen sie nebeneinanderher, jetzt sogar noch gemächlicher. »Es hat mir Spaß gemacht, mehr aus deinem Leben zu erfahren.«

»Warum? So aufregend ist es doch gar nicht.«

Weil du mich interessierst, dachte er, behielt es aber

für sich. Stattdessen sprach er das Thema an, das sie den ganzen Abend nicht erwähnt hatte. »Wie ist dein Freund so?«

Ihr Gesichtsausdruck verriet ihm, dass sie von der Frage aus dem Konzept gebracht wurde. »Woher weißt du, dass ich einen Freund habe?«

»Du hast erzählt, dass er dir Scottie geschenkt hat.«

»Ach ja. Stimmt.« Sie schob kurz die Lippen vor. »Was möchtest du denn wissen?«

»Alles, was du erzählen willst.«

Sie spürte ihre Sandalen im Sand versinken. »Er heißt Josh und ist Orthopäde. Er ist klug und erfolgreich und … ein netter Kerl.«

»Wie lange seid ihr schon zusammen?«

»Sechs Jahre.«

»Klingt nach was Ernstem.«

»Ja«, erwiderte sie, doch für seine Ohren klang es eher so, als wollte sie sich selbst überzeugen.

»Dann kommt er also auch zur Hochzeit?«

Sie lief ein paar Schritte weiter, bevor sie antwortete. »Nein. Das sollte er eigentlich, aber er ist mit Freunden in Las Vegas.« An ihrem etwas schiefen Lächeln erkannte Tru ihre Traurigkeit. »Momentan sind wir nicht so richtig zusammen, aber das wird schon wieder. Bestimmt.«

Was erklärte, warum sie beim Essen kein Wort über ihn verloren hatte. Dennoch.

»Tut mir leid, das zu hören. Und das Thema angesprochen zu haben.«

Sie nickte.

Im nächsten Moment sah Tru etwas unmittelbar vor sich durch den Sand huschen. »Was war das denn?«

»Eine Geisterkrabbe«, sagte Hope, offenbar froh über die Ablenkung. »Nachts kommen sie aus ihren Sandhöhlen. Die sind ganz harmlos.«

»Gibt es hier viele davon?«

»Würde mich nicht wundern, wenn wir von hier bis zum Cottage hundert sehen.«

»Gut zu wissen.« Vor ihnen lag der Pier einsam und verlassen in der Dunkelheit. Auf dem Meer bemerkte Tru in der Ferne die Lichter eines Fisch-Trawlers, von der Küste getrennt durch einen breiten Streifen schwarzen Wassers.

»Darf ich dir jetzt auch eine persönliche Frage stellen?«

»Aber natürlich«, gab er zurück.

»Warum willst du mit deinem Vater über deine Mutter sprechen? Hängt das damit zusammen, warum du Guide geworden bist?«

Ihre Scharfsinnigkeit brachte ihn zum Lächeln. »Ja, genau so ist es.« Tru steckte eine Hand in die Tasche, überlegte, wo er anfangen sollte, und entschied sich dann, einfach gleich zum Wesentlichen zu kommen. »Weil mir klar geworden ist, dass ich sie gar nicht richtig kannte. Was sie gemocht, was sie glücklich oder traurig gemacht, wovon sie geträumt hat. Ich war erst elf, als sie gestorben ist.«

»Das ist ja furchtbar«, hauchte Hope.

»Sie war noch sehr jung. Bei meiner Geburt war sie erst neunzehn. Wäre sie ein paar Jahre später schwanger geworden, wäre es wahrscheinlich ein Skandal gewesen. Aber es war kurz nach dem Krieg und sie nicht die einzige junge Frau, die sich in einen Soldaten verliebt hat. Außerdem waren wir auf unserer Farm ziemlich abgeschnitten von der Zivilisation, deshalb wusste vermutlich abgesehen von den Arbeitern lange Zeit niemand überhaupt von mir. Mein Großvater zog es vor, nicht darüber zu reden. Irgendwann haben die Leute es natürlich erfahren, aber da war die Sache ja schon nicht mehr interessant. Außerdem war meine Mutter immer noch jung und schön und als Tochter eines wohlhabenden Mannes ziemlich begehrenswert. Trotzdem, ich habe, wie gesagt, nicht das Gefühl, sie gekannt zu haben. Sie hieß Evelyn, und die anderen haben nach ihrem Tod in meinem Beisein nie über sie geredet oder auch nur ihren Namen erwähnt.«

»Die anderen?«

»Mein Großvater. Und Rodney, mein Stiefvater.«

»Warum denn nicht?«

Eine weitere Geisterkrabbe flitzte über den Sand. »Tja, um die Frage vernünftig zu beantworten, muss ich ein bisschen weiter ausholen.« Tru seufzte, als Hope ihn erwartungsvoll ansah. »Als ich noch ein kleiner Junge war, grenzte eine andere Farm an unsere, eine mit viel fruchtbarem Land und gutem Zugang zu Wasser. Damals entwickelte sich gerade Tabak sehr schnell zur einträglichsten Nutzpflanze, und mein

Großvater war fest entschlossen, so viel von der Produktion zu kontrollieren wie möglich. In geschäftlichen Dingen war er skrupellos. Wie skrupellos, erfuhr der Nachbar am eigenen Leib, als er dessen Angebot ablehnte, seine Farm zu kaufen, woraufhin mein Großvater eine Menge Wasser vom Land des Nachbarn auf sein eigenes umleitete.«

»Das klingt illegal.«

»War es vermutlich auch, aber mein Großvater kannte die richtigen Leute in der Regierung, deshalb kam er ungeschoren davon. Allein das machte die Lage für den Nachbarn schon unendlich viel schwieriger. Aber er hatte zudem einen hervorragenden Gutsverwalter, der, wie allgemein bekannt, an meiner Mutter interessiert war. Also machte mein Großvater dem Verwalter eines Tages ein Angebot, das er nicht ablehnen konnte – eine Beteiligung an unserer Farm und unmittelbare Nähe zu meiner Mutter –, und so wechselte er zu uns. Sein Name ist Rodney.«

»Dein späterer Stiefvater.«

Tru nickte. »Unsere Tabakernte verdoppelte sich fast sofort. Gleichzeitig bot mein Großvater dem Nachbarn, als dessen Farm kaum noch etwas abwarf, ein Darlehen an, was sonst niemand getan hätte. Dadurch wurde das Unausweichliche natürlich nur hinauszögert, am Ende hat mein Großvater zwangsvollstreckt und den Grund praktisch umsonst bekommen. Danach hat er das Wasser wieder in seinen ursprünglichen Verlauf gelenkt, was ihn noch reicher gemacht hat, als er ohnehin schon war. Das alles dauerte ein paar Jahre, und in der Zwischenzeit verfiel meine Mutter Rodneys Charme. Sie heirateten und bekamen Zwillinge, Allen und Alex. Alles ist genauso gelaufen, wie mein Großvater und Rodney es geplant hatten. Bald darauf allerdings ging unser Familienanwesen in Flammen auf. Ich bin aus dem ersten Stock gesprungen, und Rodney hat die Zwillinge gerettet, aber meine Mutter hat es nicht geschafft.«

Er merkte, dass Hope die Luft angehalten hatte. »Deine Mutter ist dabei gestorben?«, fragte sie atemlos.

»Die Ermittlungen deuteten auf Brandstiftung.«

»Der Nachbar«, sagte sie.

»So lautete das Gerücht. Ich habe erst Jahre später davon erfahren, aber ich glaube, mein Großvater und Rodney wussten Bescheid und haben sich schuldig gefühlt. Immerhin kann es gut sein, dass sie indirekt für den Tod meiner Mutter verantwortlich waren. Danach wurde über sie geschwiegen, und weder Rodney noch mein Großvater schienen etwas mit mir zu tun haben zu wollen, also fing ich an, mein eigenes Ding zu machen.«

»Ich kann mir gar nicht vorstellen, wie schwer das war. Es muss eine unglaublich traurige und einsame Zeit für dich gewesen sein.«

»Ja, war es.«

»Und der Nachbar ist einfach davongekommen?«

Tru bückte sich nach einem kaputten Schneckenhaus, inspizierte es und warf es wieder weg.

»Er ist ein Jahr später selbst bei einem Brand umgekommen. Damals wohnte er in einer Baracke in Harare, völlig mittellos. Auch das habe ich aber erst Jahre später erfahren. Mein Großvater hat es eines Abends beiläufig erwähnt, nachdem er etwas getrunken hatte. Er meinte, der Mann habe bekommen, was er verdiente. Damals arbeitete ich schon als Guide.«

Er konnte an ihrem Gesicht erkennen, wie sie die Puzzlestücke zusammenfügte.

»Hat jemals jemand deinen Großvater verdächtigt?«

»Bestimmt. Aber wenn man in Rhodesien weiß und reich war, konnte man die Justiz kaufen. Heute vielleicht nicht mehr in dem Maße, damals schon. Mein Großvater ist als freier Mann gestorben. Jetzt führen Rodney und meine Halbbrüder die Farm, und ich halte Abstand, so gut ich kann.«

Hope schüttelte den Kopf, während sie das alles zu verarbeiten versuchte.

»Meine Güte«, sagte sie dann. »Ich glaube, so eine Geschichte habe ich noch nie gehört. Jedenfalls kann ich verstehen, warum du gegangen bist. Und warum du mir das vorhin nicht erzählen wolltest. Das ist ganz schön heftig.«

»Ja, ist es.«

»Bist du sicher, dass der Mann, den du am Wochenende treffen sollst, dein richtiger Vater ist?«

»Nein, aber es könnte gut sein.« Tru erzählte ihr von dem Brief mit dem Foto und den Flugtickets.

»Sieht die Frau auf dem Bild deiner Mutter ähnlich?«

»Soweit ich mich erinnere, aber ganz sicher bin ich mir natürlich nicht. Alle Fotos von ihr sind damals verbrannt, und ich möchte Rodney nicht danach fragen.«

Hope musterte ihn eingehend, mit neuem Respekt. »Du hattest ein hartes Leben.«

»In mancherlei Hinsicht.« Er zuckte die Achseln. »Aber ich habe auch Andrew.«

»Hast du denn mal darüber nachgedacht, noch mehr Kinder zu bekommen? Als du noch verheiratet warst?«

»Kim wollte gern, aber ich habe mich mit Masern angesteckt und war danach unfruchtbar, also ging es nicht.«

»Hat das bei der Scheidung eine Rolle gespielt?«

Er schüttelte den Kopf. »Nein, wir waren einfach zu unterschiedlich. Wahrscheinlich hätten wir gar nicht erst heiraten dürfen, aber Kim war schwanger, und ich wusste ja, wie es ist, ohne Vater aufzuwachsen. Das wollte ich für Andrew nicht.«

»Du hast schon gesagt, dass du dich nicht gut an deine Mutter erinnerst, aber was weißt du denn überhaupt noch von ihr?«

»Dass sie gern auf der Veranda saß und zeichnete. Das weiß ich allerdings nur, weil ich auch bald nach ihrem Tod damit angefangen habe.«

»Du zeichnest?«

»Wenn ich nicht Gitarre spiele.«

»Und sind deine Bilder gut?«

»Andrew gefallen sie.«

»Hast du welche dabei?«

»Heute Morgen habe ich eins angefangen. Und in meinem Block sind noch andere.«

»Die würde ich gern mal sehen. Wenn du nichts dagegen hast.«

Mittlerweile lag der Pier weit hinter ihnen, und sie näherten sich dem Cottage und dem Haus, in dem er untergebracht war. Hope war still geworden, und Tru wusste, dass sie über all das nachdachte, was er ihr erzählt hatte. So mitteilsam zu sein war untypisch für ihn, normalerweise verriet er nur wenig über sich, und er fragte sich, warum er an diesem Abend so gesprächig war.

Aber tief drinnen wusste er, dass seine Reaktion ausschließlich mit der Frau neben ihm zu tun hatte. Als sie die Stufen zum Cottage erreichten, begriff er, dass er ihr hatte zeigen wollen, wer er wirklich war – und wenn nur, weil er das Gefühl hatte, sie bereits zu kennen.

✻

Nach allem, was er ihr über seine Kindheit erzählt hatte, kam es Hope nicht richtig vor, das Gespräch so abrupt zu beenden. Sie deutete auf ihre Terrasse. »Möchtest du vielleicht noch auf ein Glas Wein mitkommen? Es ist so ein schöner Abend, und ich würde gern noch ein bisschen draußen sitzen.«

»Das hört sich gut an«, sagte er.

Hope ging voran, und auf der Terrasse zeigte sie auf zwei Schaukelstühle am Fenster. »Ist Chardonnay in Ordnung? Ich habe vorhin eine Flasche aufgemacht.«

»Aber sicher.«

»Bin gleich wieder da.«

Was mache ich denn hier?, dachte sie beim Hineingehen. Noch nie hatte sie einen Mann auf einen Schlummertrunk eingeladen, und sie hoffte, sie sendete keine missverständlichen Signale aus oder vermittelte ihm den falschen Eindruck. Die Vorstellung, was er von ihr denken konnte, brachte sie völlig durcheinander.

Scottie war ihr durch die angelehnte Tür ins Haus gefolgt und wollte sie unbedingt schwanzwedelnd begrüßen. Sie bückte sich, um ihn zu streicheln.

»So schlimm ist es nicht, oder?«, flüsterte sie. »Er weiß, dass ich nur freundlich bin, stimmt's? Und ich lade ihn ja nicht ins Haus ein.«

Schlaftrunken sah Scottie sie an.

»Du bist echt keine Hilfe!«

Hope holte zwei langstielige Gläser aus dem Schrank und goss beide halb voll. Kurz überlegte sie, das Außenlicht anzuschalten, kam aber zu dem Schluss, das wäre zu hell. Kerzen wären perfekt, würden aber definitiv den falschen Eindruck erwecken. Also knipste sie die Küchenlampe an, sodass etwas Licht durch das Fenster auf die Terrasse fiel. Besser.

Da sie die Gläser in den Händen hielt, schob sie die Tür mit dem Fuß auf. Scottie raste vor ihr hinaus zum Tor, weil er zum Strand wollte.

»Jetzt nicht, Scottie. Wir gehen morgen wieder, einverstanden?«

Wie üblich ignorierte der Hund sie. Als Hope Tru sein Glas reichte, streiften ihre Finger sich, was ihr einen kleinen Stromschlag durch den Arm jagte.

»Danke«, sagte er.

»Bitte«, murmelte sie, immer noch unter Schock wegen der Berührung.

Während sie sich setzte, blieb Scottie weiterhin am Tor stehen, als wollte er sie an ihren wahren Lebenszweck erinnern. Hope war froh über die Ablenkung.

»Ich hab doch gesagt, wir gehen morgen. Warum legst du dich nicht mal hin?«

Erwartungsvoll wedelnd blickte Scottie zu ihr auf. »Ich glaube nicht, dass er mich versteht«, sagte Hope zu Tru. »Oder er versucht, mich umzustimmen.«

Tru lächelte. »Er ist ein süßer Hund.«

»Außer wenn er wegläuft und sich von Autos anfahren lässt. Stimmt's, Scottie?«

Beim Klang seines Namens wackelte sein Schwanz noch heftiger.

»Ich hatte auch mal einen Hund«, erzählte Tru. »Nicht lange, aber er war ein netter Gefährte.«

»Was ist mit ihm passiert?«

»Das willst du lieber nicht wissen.«

»Sag schon.«

»Er wurde von einem Leoparden gefressen. Was noch übrig war, habe ich in den Ästen eines Baums gefunden.«

Mit großen Augen starrte Hope ihn an. »Du hattest recht. Das wollte ich lieber nicht hören.«

»Unterschiedliche Welten.«

»Das kann man wohl sagen«, erwiderte sie mit einem amüsierten Kopfschütteln. Eine Weile lang nippten sie nur an ihrem Wein und schwiegen. Am Küchenfenster tanzte eine Motte, ein Windsack flatterte in der sanften Brise. Wellen rollten ans Ufer, sie klangen wie Kieselsteine in einem Glas. Obwohl Tru den Blick aufs Meer gerichtet hielt, hatte Hope das Gefühl, dass er sie beobachtete. Seine Augen, dachte sie, schienen alles wahrzunehmen.

»Wirst du es vermissen?«, fragte er schließlich.

»Was vermissen?«

»Das Cottage, wenn deine Eltern es verkaufen. Ich habe gestern das Schild vor dem Haus gesehen.«

Natürlich. »Ja, schon. Ich glaube, wir alle werden es vermissen. Wir hatten es lange, und ich hätte mir nie vorgestellt, dass es uns einmal nicht mehr gehört.«

»Warum verkaufen sie?«

Sobald er gefragt hatte, waren ihre Sorgen wieder präsent. »Mein Vater ist krank«, sagte sie. »Er hat ALS. Weißt du, was das ist?« Auf Trus Kopfschütteln hin erklärte sie es und ergänzte dann, dass Staat und Krankenkasse nur einen Teil der Kosten übernahmen. »Sie verkaufen, was sie können, um genug Geld für einen Umbau oder für häusliche Pflege zu haben.«

Bevor sie weitersprach, drehte sie das Glas zwischen den Fingern. »Das Schlimmste ist die Ungewissheit. Ich habe Angst um meine Mutter, ich weiß nicht, was sie ohne ihn anfangen wird. Momentan tut sie so, als hätte mein Vater gar nichts, aber ich befürchte, dass es dadurch später umso schlimmer wird.

Mein Vater dagegen scheint sich mit der Diagnose abgefunden zu haben, vielleicht tut er aber auch nur so, damit es uns anderen besser geht. Manchmal kommt es mir vor, als wäre ich die Einzige, die sich Sorgen macht.«

Tru sagte darauf nichts, sondern lehnte sich in seinem Schaukelstuhl zurück und betrachtete sie.

»Du denkst über das nach, was ich gesagt habe«, mutmaßte Hope.

»Stimmt.«

»Und?«

Er sprach leise. »Ich weiß, dass es schwer ist, aber wenn du dir solche Sorgen machst, hilft das weder deinen Eltern noch dir. Winston Churchill hat Sorgen mal als Angstrinnsal beschrieben, das durch den Kopf sickert und im Laufe der Zeit ein tiefes Bett gräbt, durch das sämtliche anderen Gedanken abfließen.«

Sie war beeindruckt. »Wie kommst du ausgerechnet auf Churchill?«

»Einer der Helden meines Großvaters. Er hat den Mann ständig zitiert. Aber da ist wirklich was dran.«

»Machst du dir denn zum Beispiel in Bezug auf Andrew nie Sorgen?«

»Natürlich.«

Sie musste lachen. »Wenigstens bist du ehrlich.«

»Manchmal fällt es einem bei Fremden leichter, ehrlich zu sein.«

Sie wusste, dass er sie genauso meinte wie sich selbst. Ein Seitenblick an ihm vorbei an den Nachbargebäuden entlang verriet ihr, dass alle anderen Häuser dunkel waren, als wäre Sunset Beach eine Geisterstadt. Sie trank einen Schluck Wein und spürte, wie plötzlich eine Art Frieden durch ihre Gliedmaßen strömte und nach außen abstrahlte wie der Schein einer Lampe.

»Ich kann gut nachvollziehen, warum dir das hier fehlen wird«, sagte er in die Stille. »Es ist ziemlich friedlich.«

Ihre Gedanken wanderten in die Vergangenheit. »Wir haben früher fast jeden Sommer hier verbracht. Als Kinder waren meine Schwestern und ich praktisch nur im Wasser. Da hinten beim Pier habe ich surfen gelernt. So richtig gut bin ich nie geworden, aber ganz okay. Stundenlang habe ich draußen im Wasser auf dem Brett gesessen und auf gute Wellen gewartet. Und ich habe interessante Tiere gesehen: Haie, Delfine, sogar zwei Wale. Keinen besonders nah, aber einmal, als ich ungefähr zwölf war, schwamm da was, das ich zuerst für einen Baumstamm gehalten habe, bis es nur ein paar Meter entfernt plötzlich aufgetaucht ist. Ich hab das Gesicht und die Schnurrhaare gesehen und bin völlig erstarrt. Vor Angst konnte ich nicht mal schreien, weil ich nicht wusste, wie lange es schon da war oder was es überhaupt war. Es sah aus wie ein Nilpferd oder vielleicht ein Walross. Als ich endlich begriff, dass es mir nichts tun will, habe ich es einfach beobachtet. Ich bin sogar neben ihm her gepaddelt. Das gehört immer noch zum Tollsten, was ich je erlebt habe.«

»Was war es denn?«

»Eine Seekuh. In Florida kommen die häufiger vor, aber auch hier werden immer mal welche gesichtet. Allerdings bin ich nie wieder einer begegnet. Meine Schwester Robin glaubt mir bis heute nicht, sie behauptet, ich hätte das nur gesagt, um Aufmerksamkeit zu bekommen.«

Tru lächelte. »Ich glaube dir. Und die Geschichte gefällt mir.«

»Das kann ich mir denken. Weil ein Tier darin vorkommt. Es gibt übrigens etwas wirklich Nettes, was du dir ansehen solltest, solange du hier bist. Und bevor es regnet.«

»Nämlich?«

»Du solltest morgen zu ›Seelenverwandte‹ gehen. Das ist ein ganzes Stück den Strand entlang nach Westen. Zwischendurch muss man einen Wasserlauf überqueren, aber das ist bei Ebbe gut zu Fuß möglich. Wenn du die amerikanische Flagge siehst, biegst du Richtung Dünen ab. Ist nicht zu verfehlen.«

»Und was ist es denn?«

»Lass dich überraschen. Das siehst du dann schon.«

»Verstehe ich nicht.«

»Wart's ab.« Sie sah ihm an, dass sie seine Neugier erregt hatte.

»Eigentlich wollte ich morgen angeln. Falls ich irgendwo Köder auftreiben kann.«

»In dem Laden am Pier gibt es bestimmt welche, aber du schaffst beides«, versicherte sie ihm. »Ebbe ist, glaube ich, gegen vier Uhr nachmittags.«

»Ich überlege es mir. Was hast du denn morgen vor?«

»Haare und Nägel machen, für die Hochzeit. Und ich will mir ein Paar Schuhe kaufen.«

Er nickte und nippte an seinem Glas, und wie schon zuvor entstand ein angenehmes Schweigen. Eine Zeit lang schaukelten sie entspannt nebeneinander und bewunderten den herrlichen Nachthimmel. Doch als Hope ein Gähnen unterdrücken musste, wusste sie, dass es Zeit wurde, sich zu verabschieden. Mittlerweile hatte Tru seinen Wein ausgetrunken, und wieder schien er ihre Gedanken lesen zu können.

»Ich gehe dann mal«, sagte er. »Es war ein langer Tag. Danke für den Wein.«

Obwohl es sicherlich richtig war, empfand Hope eine leichte Enttäuschung.

»Danke für das Essen.«

Er gab ihr das Glas und ging zum Tor, sie folgte ihm mit ein paar Schritten Abstand. Am Geländer drehte er sich um. Sie konnte die Energie, die er verströmte, beinahe spüren, und dennoch klang seine Stimme ganz sanft.

»Du bist eine unglaubliche Frau, Hope«, sagte er. »Und ich bin überzeugt davon, dass es mit dir und Josh klappen wird. Er ist ein Glückspilz.«

So überrascht sie über seine Worte war, sie wusste, dass er sie freundlich meinte, ohne Wertung oder Erwartungen.

»Wir kriegen das schon hin«, bestätigte sie, an sich wie an Tru gerichtet.

Er öffnete das Tor und trat auf die Treppe. Hope stieg ebenfalls ein paar Stufen hinunter und blieb dann stehen. Mit verschränkten Armen sah sie ihm nach. Nach einer Weile wandte er sich noch einmal um und winkte. Sie winkte zurück, und als er etwas weiter weg war, kehrte sie langsam ins Haus zurück. Sie stellte die Gläser ins Spülbecken und ging ins Schlafzimmer.

Dort zog sie sich aus und stellte sich vor den Spiegel. Ihr erster Gedanke war, dass sie wirklich ein paar Kilo abnehmen musste. Alles in allem aber war sie zufrieden mit ihrem Aussehen. Natürlich wäre es schön gewesen, so schlank zu sein wie die Frauen in den Fitnesszeitschriften, aber so war sie eben nicht gebaut. Schon als Mädchen hatte sie sich gewünscht, ein paar Zentimeter größer zu sein oder ebenso groß wie ihre Schwestern.

Doch als sie sich jetzt im Spiegel betrachtete, erinnerte sie sich daran, wie Tru sie angesehen hatte, erinnerte sich an sein Interesse an allem, was sie gesagt, und an die Komplimente, die er ihr gemacht hatte. Lange hatte sie sich nicht mehr in der Aufmerksamkeit eines Mannes gesonnt, die nicht nur als Einleitung zu Sex durchschaubar war. Gleichzeitig wusste sie, dass das gefährliche Gedanken waren.

Sie wandte sich vom Spiegel ab, ging ins Bad und wusch sich das Gesicht. Dann zog sie das Gummiband aus ihrem Pferdeschwanz und bürstete sich die Haare. Als sie einen Pyjama aus dem Koffer geholt hatte, zögerte sie plötzlich. Sie legte ihn zurück und nahm stattdessen eine zusätzliche Decke aus dem Schrank.

Sie hasste es, nachts zu frieren. Nackt legte sie sich ins Bett, schloss die Augen und fühlte sich sinnlich und merkwürdig zufrieden.

Sonnenaufgang

Am nächsten Morgen schlenderte Tru an Hopes Cottage vorbei, in der Hand die Angeltasche, über der Schulter eine Rute. Mit einem Seitenblick stellte er fest, dass die Farbe an einigen Fenster- und Türrahmen bereits abblätterte und das Geländer zum Teil morsch war, dennoch gefiel es ihm nach wie vor besser als das Haus, in dem er untergebracht war. Zu groß und definitiv zu modern, außerdem bekam er die Kaffeemaschine immer noch nicht in Gang. Wenigstens eine Tasse wäre schön gewesen, aber offenbar sollte es einfach nicht sein.

Es war eine Stunde nach Sonnenaufgang, und er fragte sich, ob Hope schon wach war. Auf der Terrasse sah er sie jedenfalls nicht. Er dachte an ihren Freund und schüttelte den Kopf. Was sollte das bloß? Obwohl Tru hauptsächlich im Busch lebte, wusste sogar er, dass die Hochzeit einer engen Freundin ein absoluter Pflichttermin für den Partner war. Egal, wie sie sich gerade vertrugen oder ob sie momentan nicht so richtig zusammen waren, wie sie es formuliert hatte.

Unwillkürlich stellte er sich vor, wie sie morgens aussah, bevor sie sich für den Tag zurechtmachte. Selbst mit zerzausten Haaren und geschwollenen Augen war sie bestimmt schön. Wenn sie lächelte, strahlte sie eine Sanftheit aus, und in ihrem Akzent konnte man sich leicht verlieren. Er war weich und melodiös, wie ein Schlaflied, und als sie von ihrer Freundin Ellen oder von ihrem Abenteuer im Wasser erzählt hatte, hätte er ihr ewig zuhören können.

Trotz der Bewölkung war es wärmer als am Vortag, und auch die Luftfeuchtigkeit war höher. Es wehte ein kräftigerer Wind, was wohl hieß, dass Hope recht hatte mit den möglichen Gewittern am Wochenende. In Simbabwe fühlte es sich vor Regentagen sehr ähnlich an.

Am Pier standen bereits einige Männer und angelten, und Tru sah, dass einer von ihnen gerade seine Schnur einholte. Einzelheiten konnte er nicht erkennen, aber er nahm das als gutes Zeichen. Eigentlich hatte er auch nicht vor zu behalten, was er fing, denn der Kühlschrank war ohnehin zu voll. Außerdem riss er sich nicht darum, Fische zu putzen, zumal das Messer in der Tasche stumpf aussah. Dennoch, etwas an der Angel zu haben war immer aufregend.

In den Regalen des Ladens am Pier standen Knabberzeug und Getränke, weiter hinten wurde warmes Essen angeboten. Zusätzlich gab es diverses Angelzubehör und eine Kühltruhe mit Ködern. Tru suchte sich zwei Päckchen Garnelen aus und brachte sie an die Kasse. Nachdem er außerdem eine Tageskarte für den Pier erworben hatte, spazierte er aus dem Geschäft, an einer Telefonzelle vorbei und den Steg entlang. Die Sonne brach vorübergehend durch die Wolkendecke und funkelte gleißend auf dem Wasser.

Die meisten Leute drängten sich ganz am Ende, und da er davon ausging, dass sie sich besser auskannten als er, stellte er sich in die Nähe. Die Angelrute war so gut wie neu, und nachdem er die Schnur mit Köder und Blei versehen hatte, warf er sie aus.

In einer Ecke des Piers lief ein Radio, Countrymusik. Seltsamerweise war Andrew ein Fan von Garth Brooks und George Strait, obwohl Tru keine Ahnung hatte, woher er sie kannte. Als sein Sohn ein paar Monate zuvor zum ersten Mal die Namen erwähnte, hatte er ihn nur fragend angesehen, woraufhin Andrew seinem Vater unbedingt »Friends in Low Places« hatte vorspielen wollen. Es war eingängig, das musste er zugeben, dennoch konnte nichts Trus Treue gegenüber den Beatles erschüttern.

Ob bewusst oder unbewusst, er hatte sich die Seite des Piers ausgesucht, die ihm einen Blick auf Hopes Cottage gestattete. Noch einmal rief er sich das gemeinsame Essen und den Spaziergang ins Gedächtnis und stellte fest, dass der gesamte Abend mit ihr vollkommen ungezwungen gewesen war. Trotz ihrer heftigen gegenseitigen Anziehung hatte er das bei Kim nur selten empfunden, viel zu häufig hatte er das Gefühl gehabt, sie zu enttäuschen. Und auch wenn sie jetzt befreundet waren, gab es immer noch Momente, in denen er glaubte, ihre Erwartungen nicht zu erfüllen, vor allem, wenn es um die mit Andrew verbrachte Zeit ging.

Auch hatte ihm gut gefallen, wie Hope über Freunde und Verwandte sprach. Es war eindeutig, dass sie ihr alle viel bedeuteten. Sie war von Natur aus einfühlsam, nicht nur verständnisvoll, und solche Menschen gab es seiner Einschätzung nach selten. Sogar als sie sich über Andrew unterhielten, war es zu spüren gewesen.

Bei dem Gedanken an seinen Sohn wünschte er sich, später hierhergereist zu sein, da er seinen Vater nun ja erst am Samstag traf. Aber es ärgerte Tru eigentlich nur wegen seines Sohnes. Morgens beim Aufwachen hatte er ihn vermisst und sich vorgenommen, ihn unterwegs von einer Telefonzelle aus anzurufen. Es ginge nur als R-Gespräch, die Kosten wären beträchtlich, und Kim ließe ihn sicherlich das Geld erstatten, wenn er wieder in Simbabwe war. Bis Andrew aus der Schule zurück war und Hausaufgaben gemacht hatte, musste Tru wegen der Zeitverschiebung noch etwa zwei Stunden warten. Und er freute sich jetzt schon auf den Heimflug am Montag.

Außer …

Wieder hob er den Blick Richtung Cottage und musste lächeln, als er Hope und Scottie über den Fußweg laufen sah. Am Strand bückte sie sich und ließ den Hund von der Leine, woraufhin er sofort losraste. Auch wenn momentan keine Möwen in der Nähe waren, fand er bestimmt bald welche, daran hatte Tru keinen Zweifel. Während er Hope beobachtete, fragte er sich, ob sie auch an ihn dachte, und hoffte, dass sie den gemeinsamen Abend genauso genossen hatte wie er.

Mit jedem Schritt entfernte sie sich weiter, wurde immer kleiner. Er sah ihr trotzdem so lange nach, bis er ein Zupfen an seiner Schnur bemerkte. Schnell riss er die Rute nach oben, um den Fisch zu haken, und auf einmal verstärkte sich das Ziehen. Daraufhin senkte er die Rutenspitze ab und kurbelte, um die Schnur unter Spannung zu halten. Wieder einmal staunte er, wie stark Fische waren, egal welcher Größe. Sie bestanden nur aus Muskeln. Früher oder später allerdings würde das Tier ermüden, also spielte er mit.

Nach einigem Kurbeln tauchte ein seltsam aussehender Fisch an seiner Schnur aus dem Wasser auf. Etwas ratlos warf Tru ihn auf den Pier. Er war flach und oval, mit zwei Augen auf dem Rücken. Mit der Schuhspitze hielt er vorsichtig den zappelnden Fisch fest, holte einen Handschuh und eine Zange aus der Angeltasche und versuchte, den Haken zu entfernen, ohne das Maul zu beschädigen. Da hörte er eine Stimme neben sich.

»Das ist ja eine Mordsflunder. Die sollten Sie behalten.«

Tru schaute nach oben und sah einen älteren Mann mit Baseballkappe vor sich, dessen Kleider ein paar Nummern zu groß waren. Statt der Schneidezähne hatte er eine Lücke, und sein Akzent war schwer zu verstehen.

»So heißt der Fisch?«

»Sag bloß nicht, du hast noch nie eine Flunder gesehen.«

»Meine erste.«

Der Mann blinzelte. »Wo kommst du denn her?«

Da Tru nicht sicher war, ob der Mann schon jemals von Simbabwe gehört hatte, sagte er nur: »Aus Afrika.«

»Afrika! So siehst du gar nicht aus.«

Mittlerweile hatte Tru den Haken gelöst und wollte den Fisch gerade zurück ins Wasser werfen, als der Mann rief: »Was machst du denn da?«

»Ich lasse ihn frei.«

»Kann ich ihn haben? Ich hatte gestern und heute noch nicht viel Glück. So 'ne Flunder zum Abendessen könnte ich gut brauchen.«

Tru überlegte kurz und zuckte dann die Achseln. »Klar.«

Der Mann nahm ihm den Fisch ab, ging zurück auf die andere Pierseite und ließ ihn in einer kleinen Kühlbox verschwinden.

»Danke!«, rief er.

»Gern geschehen.«

Tru präparierte seine Schnur neu und warf ein zweites Mal aus. Hope war inzwischen nur noch ein verschwommener Fleck in der Ferne.

*

Hope bewachte Scottie streng und rief ihn, wann immer er sich der Düne näherte. Nicht, dass er sich darum kümmerte. Zu hoffen, dass der Hund plötzlich gehorchte, war natürlich sinnlos. Was wunderbar dazu passte, wie der Morgen sich bisher entwickelt hatte.

Gleich nachdem sie aufgewacht war, hatte das Telefon in der Küche geklingelt. Hope hatte sich in die Decke wickeln müssen, um dranzugehen, und sich dabei in ihrer Hast den Zeh gestoßen. Sie glaubte, es wäre vielleicht Josh, erinnerte sich aber im selben Moment an die Zeitverschiebung, in dem sie Ellen am anderen Ende der Leitung weinen hörte. Schluchzen, genauer gesagt, und anfangs verstand Hope überhaupt nichts. Nur hin und wieder konnte ihre Freundin ein paar Worte hervorstoßen. Erst dachte Hope, die Hochzeit sei abgesagt worden, und es dauerte ein Weilchen, bis sie heraushörte, dass Ellen wegen des Wetters weinte. Es sollte später am Tag schon regnen, und am Wochenende werde es so gut wie sicher gewittern.

Insgeheim fand Hope die Reaktion ihrer Freundin etwas übertrieben, aber Ellen blieb untröstlich, egal, was Hope sagte. Nicht, dass sie viel zu Wort kam. Das Telefonat glich eher einem tränenreichen vierzigminütigen Monolog über die Ungerechtigkeit des Lebens. Während ihre Freundin jammerte und jammerte, lehnte Hope sich mit verschränkten Beinen und immer noch pochendem Zeh an den Küchenschrank und überlegte, ob Ellen es überhaupt bemerken würde, wenn sie den Hörer kurz weglegte, um zur Toilette zu gehen. Sie musste wirklich dringend, und als sie endlich auflegen konnte, warf sie die Decke von sich und humpelte so schnell wie möglich ins Bad.

Danach ging, als hätte irgendeine höhere Macht Hope auf dem Kieker, ihre Kaffeemaschine kaputt. Das Licht leuchtete auf, aber das Wasser wurde nicht erhitzt. Während Hope noch überlegte, ob sie selbst Wasser kochen und das Pulver damit aufgießen sollte, stand Scottie an der Tür, und es war klar, wenn sie ihn nicht bald hinausließ, hatte sie eine Schweinerei wegzuputzen. Also zog sie sich rasch etwas über und ging mit ihrem Hund an der Strand, in der Hoffnung, den Morgen durch einen entspannenden Spaziergang zu retten. Was Scottie leider unmöglich machte. Zweimal rannte er oben auf die Düne und auf fremde Terrassen – entweder, um die Katze wiederzufinden oder um Hope vorsätzlich in den Wahnsinn zu treiben –, und sie musste ihm nachlaufen. Natürlich hätte sie ihn auch anleinen können, aber dann hätte er vermutlich abwechselnd versucht, ihr den Arm auszureißen, und geschmollt, und auf beides hatte sie keine große Lust.

Trotz alledem …

Während sie telefonierte, hatte sie Tru mit seiner Angelausrüstung an ihrem Haus vorbei Richtung Pier laufen sehen und unwillkürlich lächeln müssen. Immer noch konnte sie kaum fassen, dass sie wirklich mit ihm den Abend verbracht hatte. Ihre Gedanken wanderten zu ihrer Unterhaltung zurück, und sie staunte erneut, wie angenehm und zwanglos alles verlaufen war, wie unverkrampft.

Sie fragte sich, ob er ihren Tipp befolgen und nach dem Angeln zu dem Briefkasten gehen würde. Wegen der kommenden Gewitter war es morgen wahrscheinlich zu spät, was allerdings auch für sie selbst galt. Nach ihren Terminen blieb ihr eigentlich noch genug

Zeit, um einen Abstecher zu »Seelenverwandte« zu machen, und kurz entschlossen nahm sie sich genau das vor.

Jetzt aber musste sie sich beeilen. Der Friseurtermin war um zehn Uhr in Wilmington, die Pediküre um zwölf. Außerdem wollte sie nach einem Paar Schuhe für die Hochzeit suchen, denn die dunkelroten Pumps, die Ellen für die Brautjungfern ausgesucht hatte, drückten schrecklich, und Hope wollte nicht den ganzen Abend leiden. Da um diese Uhrzeit sicherlich viel Verkehr war, kehrte sie um und rief nach Scottie. Bald darauf sauste er mit heraushängender Zunge an ihr vorbei. Sie sah ihm nach und warf dabei einen Blick auf den Pier. Dort drängten sich mehrere Leute, aber man erkannte nur Schatten. Ob Tru wohl Glück hatte?

Zu Hause trocknete sie Scottie ab und duschte kurz. Danach zog sie sich Jeans, Bluse und Sandalen an, mehr oder weniger das Gleiche, was sie am Vortag getragen hatte, doch im Spiegel wirkte sie verändert, fand sie. Hübscher vielleicht oder sogar begehrenswerter, und sie begriff, dass sie sich so sah, wie ein Fremder sie möglicherweise sah. Wie Tru sie gestern Abend gesehen hatte. Auf diese Erkenntnis folgte eine weitere Entscheidung. Sie wühlte in der Schublade unter dem Telefon und fand dort alles, was sie benötigte. Nachdem sie die Nachricht geschrieben hatte, verließ sie das Haus durch die Terrassentür, ging zum Nachbargebäude und klebte den Zettel ans Gartentor, wo Tru ihn nicht übersehen konnte.

Danach holte sie ihre Handtasche aus dem Cottage, und als sie in den Wagen stieg, atmete sie tief aus und fragte sich, was wohl jetzt passierte.

*

Tru war nicht sicher, was Hope gemacht hatte.

Ungefähr dreißig Minuten, nachdem sie von ihrem Spaziergang mit Scottie zurückgekommen war, hatte er sie auf die Terrasse treten und zu seinem Haus hinübergehen sehen. Bei dem Gedanken, dass sie zu ihm wollte, empfand er einen Stich der Enttäuschung, weil er nicht dort war, aber sie blieb am Gartentor stehen. Möglicherweise überlegte sie, ob sie an der Terrassentür klopfen sollte. Doch kurz darauf verschwand sie dann wieder im Cottage ihrer Eltern. Seitdem hatte er sie nicht gesehen.

Seltsam.

Er bekam sie nicht aus dem Kopf. Leicht hätte man das Ganze als Schwärmerei abtun können oder gar als willkürliche Wahl. Dem hätte Kim sicher zugestimmt. Seit der Scheidung fragte seine Ex ihn gelegentlich, ob er jemanden kennengelernt habe. Wenn er dann verneinte, sagte sie gern im Scherz, er sei so außer Übung, dass er sich wahrscheinlich Hals über Kopf in die erste Frau verlieben werde, die ihn auch nur von der Seite ansehe.

Das traf es aber nicht. Er schwärmte nicht für Hope, und er suchte auch nicht um jeden Preis eine Frau, vielmehr faszinierte sie ihn, wie er sich eingestehen musste. Seltsamerweise hatte es sogar etwas mit Kim zu tun. Denn schnell hatte er damals erkannt, dass Kim genau wusste, wie attraktiv sie war, und dass sie schon ihr Leben lang übte, es zu ihrem Vorteil zu nutzen. Hope schien das genaue Gegenteil zu sein, obwohl sie nicht weniger schön war, und das sprach ihn auf der gleichen intuitiven Ebene an wie eine fertiggestellte Zeichnung, die exakt so war, wie sie sein sollte.

Er wusste, dass er solche Gedanken nicht haben durfte, allein schon, weil es zu nichts führen konnte. Nicht nur flog er am Montag nach Hause, auch Hope kehrte am Sonntag zu ihrem Leben zurück, einem Leben, zu dem der Mann gehörte, den sie zu heiraten plante, selbst wenn es momentan ein paar Schwierigkeiten geben mochte. Außerdem war Tru nicht sicher, ob er Hope überhaupt noch einmal traf.

Erneut spürte er ein Zupfen an der Angelschnur. Wie vorher begann er zu kurbeln, und nach einem überraschend zähen Kampf zog er einen Fisch heraus, den er ebenfalls nicht kannte. Wieder kam der ältere Mann mit der Kappe auf ihn zu, während Tru den Haken entfernte.

»Das ist eine Mordsäsche«, sagte der Mann.

»Äsche?«

»Eine Meeräsche. Kann man was Leckeres draus kochen. Falls du vorhattest, sie zurückzuwerfen, meine ich.«

Tru gab ihm den Fisch, der ebenfalls in der Kühlbox verschwand.

Den restlichen Vormittag hatte er kein Glück mehr,

und dann wurde es Zeit, Andrew anzurufen. Tru packte seine Sachen, ließ sich im Geschäft am Pier Geld wechseln und ging zur Telefonzelle. Es dauerte ein Weilchen, bis er verbunden wurde, doch schließlich hörte er das vertraute Tuten.

Als Kim abhob, willigte sie ein, die Gebühren zu übernehmen, und Andrew kam an den Apparat. Sein Sohn hatte alle möglichen Fragen über Amerika, die sich hauptsächlich auf Filme bezogen, die er gesehen hatte. Er wirkte enttäuscht, dass es nicht ständig Schießereien auf offener Straße, Menschen in Cowboyhüten und Filmstars an jeder Ecke gab. Danach unterhielten sie sich über andere Dinge, und Tru ließ sich von Andrew berichten, was er in den vergangenen Tagen erlebt hatte. Beim Klang seiner Stimme empfand Tru es als schmerzlich, dass sie so weit voneinander entfernt waren. Er beschrieb seinem Sohn den Strand und die beiden Fische, die er gefangen hatte, und erzählte auch von Scottie und seinem Unfall. Sie unterhielten sich fast zwanzig Minuten, bis Kim ihren Sohn daran erinnerte, dass er noch Hausaufgaben zu erledigen hatte. Am Ende übernahm sie noch einmal den Hörer.

»Er vermisst dich«, sagte sie.

»Ja, ich ihn auch.«

»Hast du deinen Vater schon gesehen?«

»Nein.« Er erzählte ihr, dass das Treffen für Samstagnachmittag geplant war.

Kim räusperte sich. »Was habe ich da von einem Hund gehört? Er wurde von einem Auto angefahren?«

»So schlimm war es nicht«, antwortete Tru und wiederholte seine Geschichte noch einmal. Dabei machte er den Fehler, Hope mit Namen zu erwähnen, und Kim sprang sofort darauf an.

»Hope?«

»Ja.«

»Eine Frau?«

»Was denn sonst?«

»Ich nehme mal an, dass ihr zwei euch gut verstanden habt.«

»Wie kommst du darauf?«

»Weil du ihren Namen kennst, was bedeutet, dass ihr euch länger unterhalten habt. Was du sonst kaum noch machst. Erzähl mir von ihr.«

»Da gibt's nicht viel zu erzählen.«

»Seid ihr ausgegangen?«

»Warum ist das wichtig?«

Statt einer Antwort lachte Kim. »Ich fasse es nicht! Endlich triffst du eine Frau, und dann ausgerechnet in Amerika! War sie schon mal in Simbabwe?«

»Nein …«

»Ich will alles über sie erfahren. Dafür brauchst du mir das Geld für das Telefonat auch nicht zurückzugeben.«

Kim blieb noch zehn Minuten am Apparat, und Tru gab sich alle Mühe, seine Gefühle für Hope herunterzuspielen, konnte aber Kim am anderen Ende der Leitung beinahe grinsen hören. Als er schließlich auflegte, war er ziemlich durcheinander und ließ sich auf dem Rückweg über den Strand viel Zeit. Unter einer

Wolkendecke, die langsam die Farbe von Blei annahm, grübelte er, wie Kim ihm so schnell auf die Schliche gekommen war. Selbst wenn er sich damit abfand, dass sie ihn besser als fast jeder andere kannte, war es dennoch unheimlich.

Frauen waren tatsächlich das mysteriöse Geschlecht.

Kurz darauf erklomm er die Stufen zur Terrasse und entdeckte einen weißen Zettel am Gartentor. Er musste von Hope sein, begriff er, deshalb war sie vorhin kurz da gewesen. Er las die Nachricht.

Hallo! Ich will heute zu »Seelenverwandte«. Wenn du Lust hast, mich zu begleiten, treffen wir uns um vier am Strand.

Er zog eine Augenbraue hoch. Eindeutig das mysteriöse Geschlecht.

Da er sich erinnerte, dass sie Termine hatte und ihr Auto noch nicht wieder in der Einfahrt stand, schrieb er eine Antwort und klemmte sie in den Türrahmen des Cottage.

Danach machte er etwas Gymnastik und aß einen Happen. Während er am Tisch saß, sah er aus dem Fenster auf den immer dunkler wirkenden Himmel und hoffte, dass der Regen noch auf sich warten ließ, zumindest bis zum Abend.

*

Ellen hatte nicht nur den Salon in Wilmington empfohlen, sondern auch die Friseurin Claire. Als Hope sich setzte, beäugte sie im Spiegel die Frau mit den diversen Ohrlöchern, einem schwarzen Nietenhalsband und schwarzen Haaren mit lila Strähnen. Sie trug eine enge schwarze Hose und ein schwarzes ärmelloses Oberteil.

Wie sich herausstellte, hatte Claire vorher in Raleigh gearbeitet, und Ellen war seit damals ihre treue Kundin. Obwohl Hope immer noch nicht richtig überzeugt war, lehnte sie sich mit einem stillen Stoßgebet zurück. Claire erkundigte sich, welche Länge und welchen Schnitt sie sich vorstellte, und plauderte im Anschluss entspannt über dies und das. Beim Anblick einer ungefähr sieben Zentimeter langen abgeschnittenen Strähne schnappte Hope erschrocken nach Luft, doch Claire versprach ihr, sie werde begeistert sein, und nahm ihr vorheriges Gesprächsthema wieder auf.

Während der gesamten Verwandlung blieb Hope nervös, musste allerdings nach dem Föhnen und Stylen zugeben, dass Claire viel Talent besaß. In Hopes von Natur aus rötlich braunem Haar leuchteten jetzt hellere Strähnchen, als hätte sie den Sommer größtenteils in der Sonne verbracht, und der Schnitt rahmte ihr Gesicht so vorteilhaft ein, wie Hope es nicht für möglich gehalten hätte. Sie gab Claire ein großzügiges Trinkgeld und ging zum Nagelstudio auf der anderen Straßenseite, genau pünktlich zu ihrem Termin. Die Nagelpflegerin, eine Vietnamesin mittleren Alters, sprach nur wenig Englisch, deshalb zeigte Hope auf einen weinroten Lack, der zu ihrem Kleid passte, und las eine Zeitschrift, während ihre Zehen verschönert wurden.

Hinterher hielt sie an einem Kaufhaus an, um eine neue Kaffeemaschine zu erstehen, und wählte das günstigste Modell. Da ihre Eltern das Cottage ohnehin verkauften, lohnte sich eine hohe Ausgabe nicht, aber eine Tasse Kaffee gehörte für Hope eben zum Morgen dazu. Und sie konnte die Maschine ja am Samstag einpacken und Ellen zur Hochzeit schenken, mit einem Zettel, sie habe nur kleine Gebrauchsspuren. *War ein Witz*. Bei der Vorstellung musste Hope kichern. Danach stöberte sie in den nahe gelegenen Geschäften, bis sie zu ihrer großen Freude ein Paar bequeme hochhackige Sandalen fand, das genau zu ihrem Brautjungfernkleid passte. Sie waren ziemlich teuer, in Anbetracht der Kürze der Zeit aber ein Glücksfall. Dazu gönnte sie sich noch ein Paar weiße, mit Perlen verzierte Sandalen als Ersatz für ihre schon ziemlich abgetragenen. Schließlich ging sie noch auf einen Sprung in die Boutique nebenan. Ein wenig shoppen zur Aufmunterung konnte nie schaden, und am Ende erwarb sie ein geblümtes Sommerkleid, das zufällig auch noch heruntergesetzt war. Der Ausschnitt war rund und etwas tiefer, um die Taille hatte es einen Gürtel, und der Saum endete knapp über dem Knie. Es war nicht die Art von Kleid, die sie normalerweise trug – offen gestanden kaufte sie überhaupt selten Kleider. Aber es war fröhlich und feminin, und sie konnte nicht widerstehen, obwohl sie keine Ahnung hatte, wo oder wann sie es anziehen sollte.

Die Rückfahrt verlief glatter, es herrschte weniger Verkehr, und sie hatte überwiegend grüne Welle. Die Straße führte durch ebenes Ackerland, bis Hope schließlich an die Abfahrt nach Sunset Beach gelangte, und ein paar Minuten später bog sie in ihre Einfahrt ein.

Mit ihren Einkäufen stieg sie die Stufen zum Haus hinauf und entdeckte einen Zettel neben der Türklinke. Es war dasselbe Stück Papier, auf das sie Tru vorhin die Nachricht geschrieben hatte, und zuerst dachte sie, er hätte es einfach kommentarlos zurückgebracht. Erst als sie den Zettel umdrehte, bemerkte sie, dass er geantwortet hatte.

Ich bin um vier am Strand. Freue mich auf schöne Gespräche und das Lüften des Geheimnisses um »Seelenverwandte«. Mit dir als Führerin mache ich mich auf Überraschungen gefasst.

Hope blinzelte. Der Mann konnte schreiben. Die Formulierung hatte etwas Romantisches, was die leichte Rötung noch vertiefte, die ihr beim Lesen seiner Zusage in die Wangen gestiegen war.

Schwanzwedelnd begrüßte Scottie sie, als sie die Tür aufschloss. Während der Hund draußen sein Geschäft machte, stellte sie die neue Kaffeemaschine auf. Die anderen Tüten brachte sie ins Schlafzimmer und sah, dass sie noch eine Stunde Zeit hatte. Und zur Vorbereitung auf den Spaziergang brauchte sie nur eine Kapuzenjacke aus dem Koffer bereitzulegen.

Was bedeutete, dass sie nichts zu tun hatte, als sich abwechselnd auf die Couch zu setzen und aufzustehen, um sich im Spiegel zu begutachten, in dem Bewusstsein, dass die Zeit endlos langsam verstrich.

Ein Liebesbrief

Um zehn vor vier verließ Tru das Haus. Es war deutlich kühler als noch am Vormittag, stellte er fest. Der Himmel war grau, und ein stetiger Wind wühlte das Meer auf. Schaum wehte über den Sand wie die Steppenläufer in den Western, die er sich als Kind manchmal im Fernsehen angeschaut hatte.

Er hörte Hope, bevor er sie sah. Sie schimpfte mit Scottie, weil er so an der Leine zog. Als sie näher kam, bemerkte er, dass sie eine leichte Jacke trug und ihre Haare nicht nur kürzer waren, sondern auch schimmerten. Der Hund zerrte sie hinter sich her.

»Hallo«, grüßte sie. »Wie war dein Tag bisher?«

»Ruhig.« Er fand, dass ihre normalerweise türkisfarbenen Augen jetzt das Grau des Himmels spiegelten, was ihnen etwas beinahe Ätherisches verlieh. »Ich war vorhin angeln.«

»Weiß ich. Ich hab dich losgehen sehen. Was gefangen?«

»Ein bisschen«, gab er zurück. »Und du? Hast du alles geschafft, was du dir vorgenommen hattest?«

»Ja, aber es war ganz schön stressig.«

»Deine Haare sind übrigens schön.«

»Danke. Sie hat mehr abgeschnitten, als ich wollte,

ich bin froh, dass du mich überhaupt noch erkennst.« Hope zog den Reißverschluss ihrer Jacke zu, bückte sich und ließ Scottie von der Leine. »Brauchst du keine Jacke? Es ist ein bisschen frisch, und wir werden eine Weile unterwegs sein.«

»Nein, geht schon so.«

»Muss das simbabwische Blut in deinen Adern sein.«

Sobald der Hund frei war, rannte er los, dass der Sand nur so aufspritzte. Die beiden folgten ihm.

»Du findest wahrscheinlich, dass er völlig unerzogen ist«, sagte sie. »Dabei war ich mit ihm sogar in der Hundeschule. Aber er hat einfach einen Dickschädel.« Sie lachte und wechselte das Thema. »Hattest du Gelegenheit, mit Andrew zu telefonieren?«

»Ja. Ich habe den Eindruck, dass ich ihn stärker vermisse als er mich.«

»Ist das nicht typisch für Kinder? Wenn ich ins Ferienlager gefahren bin, hatte ich vor lauter Ablenkung gar keine Zeit, an meine Eltern zu denken.«

»Gut zu wissen.« Tru sah sie von der Seite an. »Hast du schon mal darüber nachgedacht, ob du selbst Kinder bekommen möchtest?«

»Oft«, gab sie zu. »Ich kann mir nicht vorstellen, keine zu haben.«

»Nein?«

»Ach, ich wünsche mir einfach eine Familie, das volle Programm. Ich meine, ich arbeite gern, aber für mich geht es im Leben nicht ausschließlich darum. Ich weiß noch, als meine Schwester ihr erstes Baby bekommen hat und ich es halten durfte, dass ich einfach … dahingeschmolzen bin. Als hätte ich darin den Sinn meines Lebens gefunden. Wobei das für mich eigentlich schon immer so war.« Ihre Augen leuchteten. »Als kleines Mädchen habe ich mir ein Sofakissen unters T-Shirt gestopft und so getan, als wäre ich schwanger.« Sie lachte bei der Erinnerung. »Ich habe mich immer als Mutter gesehen. Einen Menschen in sich wachsen zu spüren, ihn auf die Welt zu bringen und mit einer Art Urkraft zu lieben kommt mir irgendwie so … so natürlich vor. Ich gehe nicht mehr oft in die Kirche, aber meine Gefühle sind bei diesem Thema doch ziemlich spirituell, denke ich.«

Tru beobachtete, wie sie sich eine Strähne hinters Ohr klemmte, als versuche sie, eine schmerzliche Wahrheit zu verdrängen, und angesichts ihrer Verletzlichkeit sehnte er sich danach, sie in den Arm zu nehmen. »Leider klappt nicht immer alles so, wie man es sich vorstellt, stimmt's?«

Da es eine rhetorische Frage war, gab er keine Antwort. Nach ein paar Schritten fuhr Hope fort: »Ich weiß, dass das Leben nicht gerecht ist, und ich kenne das alte Sprichwort, dass der Mensch denkt und Gott lenkt, aber ich hätte nie damit gerechnet, in meinem Alter noch Single zu sein. Es ist, als wäre in meinem Leben auf Pause gedrückt worden. Alles lief gut, ich hatte einen wunderbaren Mann kennengelernt, wir schmiedeten Pläne und dann: nichts. Wir sind an exakt dem gleichen Punkt wie vor sechs Jahren. Wir wohnen nicht zusammen, wir sind nicht verheiratet, nicht mal verlobt.« Sie schüttelte den Kopf.

»Entschuldige. Wahrscheinlich interessiert dich das nicht gerade brennend.«

»Doch.«

»Warum?«

Weil du mich interessierst, dachte er, sagte aber: »Weil man manchmal einfach jemanden zum Zuhören braucht.«

Darüber schien sie nachzudenken, während sie weiter durch den Sand liefen. Scottie war weit vor ihnen, bereits hinter dem Pier, und jagte einen Möwenschwarm nach dem anderen, so energiegeladen wie üblich.

»Wahrscheinlich hätte ich nicht davon anfangen sollen.« Hope zuckte niedergeschlagen mit den Achseln. »Momentan bin ich einfach enttäuscht von Josh, und das bringt mich ins Grübeln, wie unsere Zukunft aussehen soll. Oder ob es überhaupt eine gibt. Aber da spricht die Wut aus mir. Hättest du mich darauf angesprochen, wenn es gerade gut zwischen uns läuft, würde ich endlos erzählen, wie toll er ist.«

Als sie verstummte, fragte Tru: »Weißt du, ob er heiraten will? Oder Kinder haben?«

»Das ist das Komische – er sagt Ja. Zumindest früher. In letzter Zeit haben wir nicht viel darüber geredet, und als ich das Thema dann mal wieder anschnitt, gab es sofort Stress. Deshalb ist er auch nicht hier bei mir. Wir haben uns furchtbar gestritten, und jetzt ist er, statt mit mir zur Hochzeit zu gehen, mit seinen Kumpels in Las Vegas.«

Tru verzog das Gesicht. Selbst in Simbabwe wusste

man über Las Vegas Bescheid. Hope sprach unterdessen weiter. »Ich weiß auch nicht … Vielleicht liegt es an mir. Ich hätte es vermutlich geschickter anstellen können, und ich weiß, dass ich ihn total egoistisch darstelle. Das ist er nicht. Nur manchmal glaube ich, dass er noch nicht ganz erwachsen ist.«

»Wie alt ist er denn?«

»Fast vierzig. Wie alt bist du übrigens?«

»Zweiundvierzig.«

»Und wann hast du dich erwachsen gefühlt?«

»Mit achtzehn, als ich zu Hause ausgezogen bin.«

»Das überrascht mich nicht. Bei allem, was du durchgemacht hast, hattest du ja keine andere Wahl, als früh erwachsen zu werden.«

Mittlerweile hatten sie den Pier erreicht, und Tru stellte fest, dass viele der Stützpfeiler aus dem Wasser ragten. Ebbe, wie Hope gesagt hatte.

»Und was hast du jetzt vor?«

»Ich weiß es nicht«, sagte sie. »Im Moment glaube ich, dass wir wieder zusammenkommen und da weitermachen, wo wir aufgehört haben.«

»Willst du das denn?«

»Ich liebe ihn. Und er liebt mich. Ich weiß, dass er sich momentan ziemlich blöd verhält, aber meistens ist er … wirklich sehr nett.«

Obwohl Tru mit diesen Worten gerechnet hatte, wünschte er sich halb, sie hätte sie nicht gesagt. »Daran habe ich keinen Zweifel.«

»Wie kommst du darauf?«

»Weil du seit sechs Jahren mit ihm zusammen bist«,

gab er zurück. »Und soweit ich dich bisher kenne, hättest du das nicht durchgehalten, wenn er nicht zahlreiche bewundernswerte Wesenszüge hätte.«

Hope bückte sich nach einer bunten Muschel, die sich aber bei näherer Begutachtung als zerbrochen herausstellte. »Mir gefällt, wie du Dinge formulierst. Du klingst oft sehr britisch. Ich habe noch nie jemanden sagen hören, ein Mensch habe ›zahlreiche bewundernswerte Wesenszüge‹.«

»Das ist aber schade.«

Lachend warf sie die Muschel fort. »Möchtest du wissen, was ich glaube?«

»Gern!«

»Ich glaube, Kim hat einen Fehler gemacht, als sie dich gehen ließ.«

»Nett von dir, dass du das sagst. Aber es stimmt nicht. Ich bin nicht sicher, ob ich überhaupt zum Ehemann tauge.«

»Heißt das, du wirst nie wieder heiraten?«

»Darüber habe ich noch nicht oft nachgedacht. Neben meiner Arbeit und Andrew jemanden kennenzulernen steht ziemlich weit unten auf meiner Prioritätenliste.«

»Wie sind die Frauen in Simbabwe denn so?«

»In meiner Welt, meinst du? Alleinstehende Frauen?«

»Klar.«

»Nun, es gibt nicht so viele. Die meisten Frauen, denen ich begegne, sind verheiratet und mit ihren Männern auf Reisen.«

»Vielleicht solltest du in ein anderes Land ziehen.«

»Simbabwe ist meine Heimat. Und Andrew ist dort. Ich könnte ihn nie verlassen.«

»Nein«, sagte sie. »Das geht nicht.«

»Was ist mit dir? Hast du je überlegt, aus den Vereinigten Staaten auszuwandern?«

»Nein, nie. Und jetzt ist es erst recht unmöglich, weil mein Vater krank ist. Aber auch für die Zukunft weiß ich nicht, ob ich es könnte. Meine Familie ist hier, meine Freunde sind hier. Wobei ich hoffe, eines Tages mal in ein afrikanisches Land reisen zu können. Zu einer Safari.«

»Falls es klappt, pass mit den Guides auf. Einige sind extrem charmant.«

»Ja, ich weiß.« Spielerisch stupste sie ihn mit der Schulter an, ehe sie das Thema wechselte und fragte: »Bist du bereit für ›Seelenverwandte‹?«

»Ich weiß immer noch nicht, was das ist.«

»Ein Briefkasten am Strand«, sagte sie.

»Und wem gehört er?«

Sie zuckte die Achseln. »Allen, würde ich sagen.«

»Soll ich einen Brief schreiben?«

»Wenn du möchtest. Als ich das erste Mal da war, habe ich einen geschrieben.«

»Wann war das denn?«

Sie überlegte. »Vor fünf Jahren ungefähr?«

»Ich hatte angenommen, du würdest schon seit Kindertagen hingehen.«

»So lange gibt es ihn noch nicht. Ich glaube, mein Vater hat mir erzählt, dass er 1983 aufgestellt wurde, aber da kann ich mich auch irren. Ich war erst ein paarmal da. Auch am zweiten Weihnachtsfeiertag letztes Jahr, was ein bisschen verrückt war.«

»Warum?«

»Weil ungefähr vierzig Zentimeter hoch Schnee lag. Das war das einzige Mal, dass ich Schnee am Strand gesehen habe. Als wir nach Hause kamen, habe ich neben der Treppe einen Schneemann gebaut. Ich glaube, im Cottage liegt irgendwo ein Foto davon.«

»Ich habe noch nie Schnee gesehen.«

»Echt?«

»In Simbabwe schneit es nicht, und in Europa war ich nur im Sommer.«

»In Raleigh schneit es auch selten, aber meine Eltern waren früher öfter mit uns in Snowshoe in West Virginia zum Skifahren.«

»Fährst du gut?«

»Ganz okay. Ich bin noch nie gern schnell gefahren. Ich bin nicht so der risikofreudige Typ und fahre nur aus Spaß.«

Am Horizont über dem Meer flackerten die Wolken. »Sind das Blitze?«

»Wahrscheinlich.«

»Heißt das, wir sollten umkehren?«

»Ach, es ist noch ziemlich weit weg«, sagte sie. »Ich würde es riskieren, wenn du auch willst.«

»Also gut.« Er nickte, und sie gingen weiter. Der Pier hinter ihnen wurde immer kleiner. Schließlich sahen sie die amerikanische Flagge vor sich und wandten sich Richtung Düne.

✻

»Es ist ein Briefkasten.« Tru starrte die Blechkiste an.

»Hab ich doch gesagt.«

»Ich dachte, es wäre vielleicht eine Metapher.«

»Nein. Ein echter Briefkasten.«

»Wer kümmert sich darum?«

»Keine Ahnung. Mein Vater könnte dir das vermutlich sagen, aber ich nehme mal an, jemand, der hier in der Nähe wohnt. Komm schon.«

Im Gehen sah Hope unauffällig zu Tru und bemerkte wieder das kleine Grübchen in seinem Kinn und die vom Wind zerzausten Haare. Aus dem Augenwinkel bemerkte sie, dass Scottie mit hängender Zunge an der Düne schnüffelte, müde von seinen nie enden wollenden Bemühungen, Vögel aufzuscheuchen. »Wahrscheinlich nimmst du die Idee mit nach Simbabwe und stellst mitten im Busch einen Briefkasten auf. Das wäre doch cool!«

Er schüttelte den Kopf. »Die Termiten würden den Pfosten in weniger als einem Monat auffressen. Außerdem kann ja niemand einen Brief reinlegen oder sich hinsetzen, um einen zu lesen. Zu gefährlich.«

»Gehst du auch mal allein in den Busch?«

»Nur bewaffnet. Und nur wenn ich sicher bin, dass mir nichts passieren kann, weil ich weiß, welche Tiere in der Nähe sind.«

»Welche Tiere sind denn eigentlich am gefährlichsten?«

»Das hängt von der Tageszeit und dem Ort und der Laune des Tiers ab«, antwortete er. »Wenn man im oder am Wasser ist, im Allgemeinen Krokodile und

Nilpferde. Tagsüber im Busch Elefanten, vor allem, wenn sie brunftig sind. Nachts Löwen. Und Schwarze Mambas zu jeder Tageszeit. Das ist eine Schlange. Sehr giftig. Ihr Biss ist fast immer tödlich.«

»Bei uns in North Carolina gibt es Wassermokassinottern. Auch Kupferköpfe. Einmal kam ein Kind mit einem Biss in die Notaufnahme. Aber wir hatten das passende Gegengift vorrätig, deshalb wurde es wieder gesund. Wie sind wir noch mal auf das Thema gekommen?«

»Du hast vorgeschlagen, so einen Briefkasten im Busch aufzustellen.«

»Ach ja.« Sie hatte schon die Hand auf den Griff gelegt. »Bist du bereit?«

»Gibt es irgendwelche Regeln zu beachten?«

»Aber sicher. Erst springt man zehn Hampelmänner, dann singt man ›Auld Lang Syne‹, außerdem muss man eigentlich Schwarzwälder Kirschtorte mitbringen und als Opfergabe auf die Bank stellen.«

Als Tru sie mit großen Augen ansah, kicherte sie. »Nein, keine Regeln. Man liest einfach, was im Briefkasten liegt. Und wenn man will, schreibt man etwas.«

Hope zog die Klappe auf und nahm den gesamten Stapel mit zur Bank. Als sie ihn neben sich ablegte, setzte Tru sich ebenfalls, so nahe, dass sie seine Körperwärme spüren konnte.

»Wie wäre es, wenn ich zuerst lese und dann an dich weitergebe?«

»Ganz wie du meinst«, erwiderte er. »Bitte, nach dir.«

Sie verdrehte die Augen. »Bitte, nach dir«, wiederholte sie. »Du kannst auch einfach *okay* sagen.«

»Okay.«

»Hoffentlich ist ein guter Brief dabei. Ich habe schon wirklich tolle gelesen.«

»Erzähl mir von dem, an den du dich am besten erinnerst.«

Hope dachte einen Moment lang nach. »Ein Mann hat nach einer Frau gesucht, die er in einem Restaurant kennengelernt hatte. Sie haben sich an der Theke ein paar Minuten lang unterhalten, dann kamen ihre Freunde, und sie ist an den Tisch gegangen. Aber er wusste, dass sie die Richtige für ihn war. Da stand so ein wunderschöner Satz über ›Sternenkollisionen und Lichtschimmer, die durch seine Seele jagten‹. Jedenfalls hinterließ dieser Mann den Brief, weil er hoffte, jemand wüsste, wer die Frau war, und er könnte ihr mitteilen, dass er sie wiedersehen wollte. Er hat sogar Namen und Telefonnummer notiert.«

»Obwohl er nur ein paar Worte mit ihr gewechselt hatte? Klingt ja regelrecht manisch.«

»Du hättest lesen müssen, wie er das geschrieben hat«, sagte sie. »Es war sehr romantisch. Manchmal weiß man es einfach.«

Sie nahm eine Postkarte vom Stapel, auf der die *USS North Carolina* abgebildet war, ein Schlachtschiff aus dem Zweiten Weltkrieg. Als sie fertig gelesen hatte, reichte sie die Karte kommentarlos weiter.

Tru überflog sie. »Das ist eine Einkaufsliste für ein Grillfest.«

»Ja.«

»Ich bin nicht ganz sicher, warum mich das interessieren sollte.«

»Es muss dich gar nicht interessieren. Deshalb ist es ja so aufregend: Man weiß nie, was in dem Briefkasten liegt. Aber jedes Mal hofft man, den Rohdiamanten zu finden. Und wer weiß?« Sie nahm einen Brief in die Hand. »Vielleicht ist es der hier.«

Tru legte die Postkarte beiseite und wartete, bis Hope ihm den Brief weiterreichte. Er stammte von einem kleinen Mädchen und enthielt ein Gedicht über seine Eltern. Es erinnerte Tru an das, was Andrew früher für ihn geschrieben hatte. Während des Lesens spürte er Hopes Bein an seinem, und er fragte sich, ob ihr bewusst war, dass sie einander berührten, oder ob sie so vertieft in die Texte anonymer Verfasser war, dass sie es gar nicht bemerkte. Hin und wieder vergewisserte sie sich, dass Scottie noch in der Nähe war. Da es hier keine Vögel gab, hatte er sich am Rand des Wassers niedergelassen.

Nach einem Stapel aus einem Notizbuch gerissener Blätter kamen eine weitere Postkarte und ein paar Fotos mit Kommentaren auf der Rückseite. Anschließend las er den Brief eines Vaters an seine Kinder, mit denen er selten sprach. Darin schwangen eher Bitternis und Vorwürfe mit als Traurigkeit über das zerrüttete Verhältnis. Tru hatte das Gefühl, dass der Mann überhaupt keine Verantwortung für das übernahm, was passiert war.

Als er den Bogen beiseitelegte, war Hope immer

noch mit demselben Brief beschäftigt. In der Stille entdeckte Tru in der Ferne einen Pelikan, der über das Wasser flog. Weiter draußen wurde das Meer immer dunkler, am Horizont war es schon beinahe schwarz. Zerbrochene Muscheln übersäten den glatten, harten Sand, zurückgelassen von der Ebbe. Hopes Haar flatterte sacht in der Brise, im grauen Licht schien sie der einzige Farbfleck zu sein.

Jetzt bemerkte er, dass sie ihren Brief ein zweites Mal las, und hörte sie schniefen.

»Wow«, sagte sie schließlich, ehe sie ihn Tru reichte.

»Steht da was von Sternenkollisionen und Lichtschimmern in Seelen?«

»Nein. Und bei nochmaliger Überlegung hast du wahrscheinlich recht. Der andere Typ hatte eindeutig was Manisches.«

Er lachte. Statt nach einem weiteren Brief zu greifen, hielt sie den Blick auf Tru gerichtet.

»Du willst mir doch nicht beim Lesen zusehen, oder?«, fragte er.

»Ich habe noch eine bessere Idee. Lies ihn doch laut vor.«

Mit diesem Vorschlag hatte er nicht gerechnet. Wie entspannt sie bereits im Umgang miteinander waren, dachte er, und wie leicht es wäre, sich in jemanden wie sie zu verlieben. Oder vielleicht war er längst dabei, sich zu verlieben, und konnte nichts dagegen tun.

Jetzt spürte er sie näher rücken, roch ihr Haar, einen sauberen, süßen Geruch, wie frische Blumen, und widerstand dem Drang, den Arm um sie zu legen. Stattdessen atmete er tief durch und begann vorzulesen, was dort mit zittriger Schrift geschrieben stand.

Liebe Lena,

der Sand meines Lebens ist erbarmungslos durch das Stundenglas gerieselt, aber ich versuche, mich an unsere gesegneten gemeinsamen Jahre zu erinnern. Besonders jetzt, wo ich in Fluten von Trauer und Verlust ertrinke.

Ich frage mich, wer ich ohne dich bin. Selbst als ich schon alt und müde war, warst du es, die mir durch den Tag half. Manchmal hatte ich das Gefühl, du könntest meine Gedanken lesen. Immer schienst du zu wissen, was ich wollte und brauchte. Auch wenn wir hin und wieder Probleme hatten, kann ich doch auf mehr als ein halbes mit dir verbrachtes Jahrhundert zurückblicken und weiß, dass ich der Glückspilz in unserer Beziehung war. Du fasziniertest und inspiriertest mich, und mit dir an meiner Seite ging ich ein wenig aufrechter. Wenn ich dich im Arm hielt, fehlte mir nichts. Ich würde alles dafür geben, dich nur noch ein Mal im Arm zu halten.

Ich möchte dein Haar riechen und mit dir am Tisch sitzen. Ich möchte dich beobachten, wenn du das Brathähnchen zubereitest, bei dem mir immer das Wasser im Mund zusammenlief und das zu essen der Arzt mir eigentlich verboten hat. Ich möchte dich die Arme in den blauen Pulli stecken sehen, den ich dir zum Geburtstag geschenkt habe und den du meistens abends anzogst, wenn du dich im Wohnzimmer neben mich setztest. Ich möchte mit dir unsere Kinder und Enkel besuchen und Emma, unser einziges Urenkelkind. Wie kann ich schon so alt sein?, denke ich, wenn ich sie umarme, aber wenn ich dann darauf warte, dass du mich damit neckst, höre ich deine Stimme nicht. Und es bricht mir jedes Mal das Herz.

Ich kann das nicht gut, die Tage allein verbringen. Mir fehlt dein wissendes Lächeln, mir fehlt der Klang deiner Stimme. Manchmal stelle ich mir vor, dich aus dem Garten nach mir rufen zu hören, doch wenn ich mich ans Fenster stelle, sind dort nur die Kardinäle, für die ich damals das Vogelhäuschen aufhängen musste.

Deinetwegen fülle ich immer das Futter auf. Ich weiß, dass du das wollen würdest. Du hast immer so gern diese Vögel beobachtet. Warum, habe ich nicht verstanden, bis der Mann in der Zoohandlung einmal erwähnte, dass Kardinäle ein Leben lang bei ihrem Partner bleiben.

Ich weiß nicht, ob das stimmt, aber ich möchte es glauben. Und wenn ich ihnen zusehe, so wie du früher, denke ich, dass du immer mein Kardinal warst und ich immer deiner. Ich vermisse dich so sehr.

Alles Liebe zum Hochzeitstag,
Joe

Als er geendet hatte, starrte Tru weiterhin auf das Blatt, stärker berührt von den Worten, als er zugeben wollte. Er wusste, dass Hope ihn beobachtete, und als er sich ihr zuwandte, erstaunte ihn ihre natürliche, offene Miene.

»Dieser Brief«, sagte sie leise, »ist der Grund, warum ich gern hierherkomme.«

Tru faltete das Blatt, steckte es in den Umschlag zurück und legte ihn neben sich. Schon als Hope die Hand nach dem ungelesenen Stapel ausstreckte, ahnte er, dass die übrigen Briefe im Verhältnis zu diesem nicht so ergreifend sein würden, und so war es auch. Noch während sie aufstanden und die Umschläge zurück in den Briefkasten steckten, dachte er über diesen Joe nach: wo er wohnte, was er machte und, in Anbetracht seines offenbar hohen Alters, wie er den Weg hierher bewältigt hatte.

Sie machten sich auf den Rückweg, hin und wieder unterhielten sie sich, hauptsächlich aber schwiegen sie. Ihre Ungezwungenheit miteinander erinnerte Tru an Joe und Lena und deren Beziehung, die auf Geborgenheit und Vertrauen und dem Wunsch nach Zusammensein beruhte. Er fragte sich, ob Hope das genauso empfand.

Vor ihnen rannte Scottie im Zickzack zwischen den Dünen und dem Wasser hin und her. Die Wolken verdunkelten sich immer weiter und verformten sich im Wind, und ein paar Minuten später begann es zu nieseln. Die Flut hatte eingesetzt, und sie mussten auf die Düne steigen, um nicht von den Wellen überspült zu werden. Innerhalb weniger Minuten erkannte Tru, dass es sinnlos war, trocken bleiben zu wollen. Auf zwei Blitze folgte krachender Donner, und plötzlich trübte sich die Welt. Das Nieseln verwandelte sich in Regen und wurde schon bald zu einem Wolkenbruch.

Hope quiekte und rannte los. Da der Pier allerdings noch in weiter Ferne lag, wurde sie nach einer Weile wieder langsamer. Mit in die Luft gereckten Händen drehte sie sich um.

»Ich hab mich wohl dabei geirrt, wie viel Zeit uns noch bleibt, was?«, rief sie. »Tut mir leid!«

»Macht nichts.« Er ging auf sie zu. »Es ist nass, aber nicht sehr kalt.«

»Nicht nur nass. Klatschnass. Und es war ein Abenteuer!«

Er entdeckte einen Wimperntuschefleck auf ihrer Wange, verursacht durch den Regen – ein Hauch von Unvollkommenheit bei einer Frau, die ihm ansonsten nahezu vollkommen erschien. Er fragte sich, warum sie in sein Leben getreten war, er fragte sich, wie sie ihm jetzt bereits so viel bedeuten konnte. All seine Gedanken kreisten um sie. Er dachte nicht über sein Leben in Simbabwe nach oder den Grund, aus dem er nach North Carolina gekommen war, sondern er bestaunte ihre Schönheit und hatte immer wieder in leuchtenden Bildern ihre bisherigen Begegnungen vor Augen. Es war eine Sturmflut von Gefühlen, und unvermittelt hatte er den Eindruck, dass jeder seiner Schritte auf sie zugeführt hatte, als sei sie das Ziel seines Lebensweges.

Hope beobachtete seinen Gesichtsausdruck und wirkte wie erstarrt. Er vermutete, dass sie sah, was er empfand, und hätte gern gewusst, ob es ihr genauso ging. Ihre Miene verriet es nicht, aber sie wich nicht zurück, als er ihr schließlich eine Hand auf die Hüfte legte.

Lange Zeit standen sie so da, während die Energie über diese sanfte Berührung zwischen ihnen hin- und herfloss. Tru betrachtete Hope und sie ihn, und der Moment dauerte eine gefühlte Ewigkeit. Endlich legte er den Kopf zur Seite und näherte sein Gesicht ihrem, bis er Hopes Hand auf der Brust spürte.

»Tru …«, flüsterte sie.

Ihre Stimme reichte aus, um ihn aufzuhalten. Er wusste, dass er einen Schritt zurück machen, Abstand zwischen sie bringen sollte, fühlte sich aber nicht in der Lage dazu.

Und auch sie rührte sich nicht. So standen sie einander im strömenden Regen gegenüber, und Tru spürte die alten Instinkte wach werden, Instinkte, die er nicht kontrollieren konnte. Mit plötzlicher Klarheit begriff er, dass er sich verliebt hatte und dass er vielleicht sogar sein ganzes Leben lang auf jemanden wie sie gewartet hatte.

❃

Hope schwirrte der Kopf, sie versuchte, die Wärme und Kraft, die sie in seiner Hand spürte, zu ignorieren. Das Verlangen und Begehren zu ignorieren, die sie in seiner Berührung ahnte. Sie wollte ihn küssen und kämpfte gleichzeitig dagegen an, weshalb sie eine Hand zwischen sie beide legte.

Sie war nicht bereit dafür …

Schließlich wandte sie widerstrebend den Blick ab und merkte, dass er enttäuscht war, es aber auch akzeptierte. Als er zurücktrat, konnte sie endlich wieder atmen, obwohl seine Hand weiterhin auf ihrer Hüfte lag.

»Wir gehen wohl besser nach Hause«, murmelte sie.

Mit einem Nicken ließ er sie schließlich los, und Hope griff nach seiner Hand, um sie zu drücken. Im selben Moment verschränkten sich ihre Finger, und so blieben sie auch, als sie nebeneinander weiterliefen.

Die Empfindung hatte etwas Berauschendes, obwohl Hope wusste, dass Händchenhalten im Grunde nichts bedeutete. Sie erinnerte sich dunkel, mit Tony, dem Jungen, den sie damals im Cottage geküsst hatte, am nächsten Tag im Kino Händchen gehalten zu haben. Vermutlich deutete sie diese schlichte Berührung als Zeichen von Reife, als würden sie endlich erwachsen – hier und jetzt hingegen empfand sie sie als das Intimste, was sie je erlebt hatte, als Verheißung für später, und Hope konzentrierte sich ganz auf Scottie, um solche Gedanken in Schach zu halten.

Nach einer Weile kamen sie am Clancy's vorbei, dann am Pier, und nicht lange danach erreichten sie die Treppe zum Cottage. Erst als Hope stehen blieb, ließ Tru ihre Hand los. Sie sah ihn an, und ihr wurde klar, dass sie ihre gemeinsame Zeit noch nicht enden lassen wollte.

»Sollen wir heute Abend zusammen essen? Bei mir? Ich hab frischen Fisch gekauft.«

»Ja«, sagte er. »Sehr gern.«

Augenblicke der Wahrheit

Sobald Hope die Tür öffnete, raste Scottie ins Haus, blieb stehen und schüttelte sich so heftig, dass die Wassertropfen flogen. Hastig holte sie ein Handtuch, doch Scottie schüttelte sich erneut, bevor sie bei ihm war. Sie zog eine Grimasse. Wenn ihr wieder warm war, musste sie die Möbel abwischen. Aber erst ein Bad.

Sie und Tru hatten vereinbart, dass er in eineinhalb Stunden kommen würde, daher blieb ihr reichlich Zeit. Hope drehte das Wasser auf, schälte sich aus ihren nassen Kleidern und brachte sie zum Trockner. Als sie zurückkam, war die Wanne halb voll, und Hope goss ein wenig Schaumbad dazu. Etwas fehlte allerdings noch, also wickelte sie sich in ein Handtuch, ging in die Küche und holte sich ein Glas Wein. Auf dem Rückweg ins Bad nahm sie noch Kerzen und Streichhölzer vom Schrank mit.

Sie zündete die Kerzen an, stieg in das heiße Wasser und trank einen großen Schluck Wein. Während sie sich entspannte, rief sie sich noch einmal den Moment am Strand ins Gedächtnis, in dem Tru sie beinahe geküsst hätte. Das Ganze hatte etwas Traumähnliches gehabt, das sie im Geiste gern noch einmal durchleben wollte. Es ging nicht nur darum, sich wieder attraktiv zu fühlen; Hope empfand ihre Verbindung zu Tru als friedlich und ungezwungen. Bevor sie sich über den Weg gelaufen waren, hatte sie keine Ahnung gehabt, wie sehr sie sich nach genau so etwas sehnte.

Allerdings wusste sie nicht, ob dieses Gefühl neu war oder schon immer in ihrem Unterbewusstsein geschlummert hatte, verschüttet unter den Sorgen und Enttäuschungen und der Wut, die sie Josh gegenüber empfand. Sie wusste nur, dass sie vor lauter emotionalen Turbulenzen in den letzten Monaten kaum Kraft gehabt hatte, sich um sich selbst zu kümmern. Phasen inneren Friedens oder echter Entspannung waren derzeit selten, und leider musste sie auch feststellen, dass sie sich im Grunde nicht mehr darauf freute, ihre Freundinnen an diesem Wochenende zu sehen. Der Funke war erloschen.

Die Begegnung mit Tru hatte ihr bewusst gemacht, dass sie der Mensch, zu dem sie geworden war, nicht sein wollte. Sie wollte wieder sein wie früher, jemand, der gern lebte, der sich sowohl für das Gewöhnliche als auch das Ungewöhnliche begeisterte. Und zwar nicht irgendwann, sondern ab sofort.

Sie rasierte sich die Beine und blieb noch ein Weilchen liegen, bis das Wasser allmählich abkühlte. Nachdem sie sich abgetrocknet hatte, cremte sie sich mit einer Lotion Beine, Brüste und Bauch ein, genoss das seidige Gefühl, als ihre Haut zum Leben erwachte.

Dann schlüpfte sie in das neue Sommerkleid und in

die neuen Sandalen. Sie überlegte, einen BH anzuziehen, befand aber, dass das nicht nötig war. Und da sie sich gerade verwegen fühlte, verzichtete sie auch auf einen Slip, ohne darüber nachdenken zu wollen, was das für später bedeuten mochte.

Sie föhnte sich die Haare, wie sie es bei Claire beobachtet hatte, und schminkte sich. Als Lidschatten wählte sie einen Türkiston, in der Hoffnung, er würde ihre Augenfarbe betonen. Sie tupfte sich etwas Parfüm auf und legte ein Paar Kristall-Ohrhänger an, die Robin ihr zum Geburtstag geschenkt hatte.

Zum Schluss stellte sie sich vor den Spiegel. Sie zupfte die Träger des Kleides zurecht und stylte ihre Haare, bis sie schließlich zufrieden war. Oft genug war sie ziemlich kritisch mit ihrem Aussehen, aber heute gefiel sie sich.

Sie nahm den Rest des Weines mit in die Küche. Draußen verdunkelte sich die Welt. Statt gleich das Essen vorzubereiten, wischte sie zunächst Scotties Wasserspritzer ab und räumte schnell das Wohnzimmer auf, rückte Kissen gerade und stellte den Krimi zurück ins Regal. Sie knipste eine Stehlampe an und sorgte mittels Dimmer für die passende Atmosphäre. Im Radio suchte sie einen Sender, der klassischen Jazz spielte. Perfekt.

Sie öffnete eine neue Flasche Wein, ließ ihn aber im Kühlschrank, damit er nicht warm wurde. Dann würfelte sie etwas Kürbis, Zucchini und Zwiebeln und stellte sie beiseite. Als Nächstes kam der Salat an die Reihe, Tomaten, Gurken, Möhren und Romanasalat, den sie gerade in eine Holzschüssel gegeben hatte, als es an der Tür klopfte.

Bei dem Geräusch bekam sie Schmetterlinge im Bauch.

»Herein!«, rief sie und ging zum Spülbecken. »Es ist offen!«

Einen Moment lang hörte man den Regen lauter prasseln, weil die Tür geöffnet wurde, dann wurde es wieder leiser.

»Ich brauche noch eine Minute, ja?«

»Lass dir Zeit«, hallte seine Stimme aus dem Flur.

Sie wusch sich die Hände und holte den Wein aus dem Kühlschrank. Als sie ihn in die Gläser goss, fiel ihr ein, dass sie vermutlich etwas zum Knabbern servieren sollte. In den Schränken war nichts, aber im Kühlschrank fand sie Kalamata-Oliven. Das musste reichen. Sie kippte eine Handvoll in ein Keramikschüsselchen und stellte es auf den Esstisch. Schließlich schaltete sie das Licht über dem Herd und die Deckenlampe aus und nahm die Gläser. Tief durchatmend ging sie um die Ecke ins Wohnzimmer.

Tru war in die Hocke gegangen, um Scottie zu begrüßen, mit dem Rücken zu ihr. Die Jeans, die er zu einem langärmeligen blauen Hemd trug, spannte sich um seine Oberschenkel und den Po. Hope blieb wie angewurzelt stehen. Das war so ungefähr das Sexyste, was sie je gesehen hatte.

Er musste sie gehört haben, denn er stand auf und drehte sich lächelnd um. Als er sie allerdings sah, riss er die Augen auf. Wie erstarrt stand er da und rang nach Worten.

»Du bist … unbeschreiblich schön«, hauchte er schließlich. »Ehrlich.«

Er liebte sie, erkannte sie schlagartig. Und sie stellte fest, dass sie das Gefühl genoss, in dem festen Bewusstsein, dass sie beide von Anfang an auf diesen Moment zugesteuert waren. Mehr noch, Hope wusste jetzt, dass sie es so gewollt hatte, weil sie ohne jeden Zweifel auch in ihn verliebt war.

*

Als Tru endlich den Blick senkte, stellte Hope sich neben ihn und reichte ihm ein Weinglas.

»Danke.« Wieder musterte er sie. »Ich hätte ein Jackett angezogen, wenn ich das gewusst hätte. Und wenn ich eins dabeihätte.«

»Du siehst gut aus.« Anders wollte sie ihn gar nicht haben. »Es ist ein anderer Wein als gestern. Ich hoffe, das ist okay.«

»Ich bin nicht wählerisch«, sagte er. »Der schmeckt bestimmt.«

»Mit dem Kochen hab ich noch nicht angefangen, weil ich nicht wusste, ob du schon essen möchtest.«

»Ich richte mich gern nach dir.«

»Auf dem Tisch stehen ein paar Oliven, falls du was knabbern willst.«

»Danke.«

Beide wichen sie dem eigentlichen Thema aus, das

war ihr klar, doch so aufgewühlt, wie Hope war, hatte sie schon Mühe, ihren Wein nicht zu verschütten. Sie riss sich zusammen und ging zum Esstisch. Draußen flackerte der Horizont, als hätte er in seinen Tiefen ein Stroboskop versteckt.

Sie setzte sich. Tru nahm ebenfalls Platz, wie sie mit dem Gesicht zum Fenster. Weil ihre Kehle so trocken war, trank sie einen Schluck Wein, und er hob genau gleichzeitig sein Glas zum Mund. Als er es wieder auf dem Tisch abstellte, ließ er beide Hände an dem Stiel liegen. Dass er offensichtlich genauso nervös war wie sie, empfand sie als seltsam tröstlich.

»Ich bin froh, dass du heute Nachmittag mitgekommen bist.«

»Ich auch«, sagte er.

»Ich bin auch froh, dass du jetzt hier bist.«

»Wo sollte ich sonst sein?«

Das Telefon klingelte.

Der Apparat hing neben Tru an der Wand, dennoch verharrten sie ein paar Sekunden lang und sahen sich an. Erst als er zum vierten Mal klingelte, drehte Hope sich um. Am liebsten hätte sie den Anrufbeantworter anspringen lassen, dann aber dachte sie an ihre Eltern. Also stand sie auf und nahm den Hörer ab.

»Hallo«, sagte Josh. »Ich bin's.«

Hopes Magen zog sich zusammen. Sie hatte keine Lust, mit ihm zu reden. Nicht, wenn Tru bei ihr war, nicht jetzt.

»Hi«, sagte sie gepresst.

»Ich war mir nicht sicher, ob ich dich erwische. Ich dachte, du bist vielleicht unterwegs.«

Er lallte ein wenig, und sie begriff, dass er getrunken hatte.

»Nein, ich bin hier.«

»Ich komme gerade vom Pool. Ganz schön heiß draußen. Wie geht's dir?«

Tru saß regungslos und stumm am Tisch. Er war so nah …

Durch das eng anliegende Hemd konnte sie seine Muskeln unter dem Stoff erahnen und erinnerte sich an das Gefühl seiner Hand auf ihrer Hüfte.

»Mir geht's gut«, sagte sie bemüht locker. »Und dir?«

»Super. Gestern hab ich beim Blackjack bisschen Geld gewonnen.«

»Schön für dich.«

»Wie ist es im Cottage? Gutes Wetter?«

»Momentan regnet es, und so soll es auch das ganze Wochenende bleiben.«

»Da ist Ellen bestimmt fertig, oder?«

»Ja«, erwiderte Hope. Einen Moment lang herrschte unbehagliches Schweigen.

»Geht's dir wirklich gut?«, fragte er. Sie konnte sein Stirnrunzeln geradezu vor sich sehen. »Du wirkst so still.«

»Ich sag doch, alles okay.«

»Hört sich an, als wärst du noch sauer auf mich.«

»Was glaubst du denn?« Sie bemühte sich, ihre Verärgerung zu unterdrücken.

»Findest du nicht, dass du überreagierst?«

»Darüber würde ich lieber nicht am Telefon reden«, sagte sie.

»Warum nicht?«

»Weil wir das in einem persönlichen Gespräch klären sollten.«

»Ich weiß nicht, warum du dich so benimmst«, sagte er.

»Dann kennst du mich vielleicht überhaupt nicht.«

»Ach komm. Sei nicht so melodramatisch …« Sie hörte die Eiswürfel in seinem Glas klirren, als er einen Schluck trank.

»Ich lege jetzt lieber auf«, sagte sie. »Ciao.«

Noch während sie den Hörer ablegte, konnte sie Josh protestieren hören.

Hope starrte das Telefon an und ließ die Hand sinken. »Entschuldige bitte«, seufzte sie. »Wahrscheinlich hätte ich gar nicht drangehen sollen.«

»Möchtest du darüber reden?«

»Nein.«

Im Radio begann gerade ein neues Stück. Die Musik war wehmütig, rastlos. Langsam stand Tru auf. Er war jetzt sehr nah, Hope spürte die Wand an ihrem Rücken.

Sie wich seinem Blick nicht aus. Er kam noch näher.

Sie wusste, was geschehen würde. Worte waren nicht nötig. Wieder dachte sie, dass das nicht real sein konnte, aber als er sich an sie presste, fühlte es sich plötzlich realer an als alles, was sie je erlebt hatte.

Noch konnte sie aufhören. Vielleicht wäre das besser

gewesen. In ein paar Tagen war er am anderen Ende der Welt, und das körperliche und emotionale Band zwischen ihnen musste unweigerlich reißen. Er wurde verletzt, sie wurde verletzt, und doch …

Sie konnte nicht anders.

Regen klatschte an die Fenster, und die Wolken flackerten immer noch. Tru legte ihr den Arm um den Rücken, die Augen fest auf ihre gerichtet. Sie spürte seine Daumen kleine Kreise zeichnen, und der Stoff ihres Kleides war so dünn und leicht, dass sie das Gefühl hatte, gar nichts anzuhaben. Sie überlegte, ob er merken konnte, dass sie keinen Slip trug, und spürte, wie sie feucht wurde.

Er zog sie dicht an sich, die Hitze seines Körpers ging in ihren über. Mit einem leisen Seufzen legte sie die Arme um seinen Hals. Sie lauschte auf die Musik, und beide begannen, sich langsam und wiegend im Kreis zu drehen. Da lächelte er, als wolle er sie in seine Welt einladen, und Hope gab endgültig jeglichen Widerstand auf. Sie wusste, dass sie es wollte. Als sie seinen warmen Atem spürte, erbebte sie.

Er küsste sie sanft auf die Wange und den Hals, hinterließ eine zartfeuchte Spur, und als seine Lippen endlich auf ihre trafen, fühlte sie, dass er sich zurückhielt, als gäbe er ihr eine letzte Chance, es sich anders zu überlegen. Diese Erkenntnis hatte etwas Befreiendes, und als er die Hände in ihren Haaren vergrub, öffnete sie den Mund. Ihre Zungen begegneten sich, und Hope hörte ein leises Stöhnen, das sie kaum als ihr eigenes erkannte. Seine Hände auf ihrem Rücken, ihren Armen, ihrem Bauch versetzten ihr winzige Stromstöße. Mit einem Finger strich er unter ihren Brüsten entlang, und ihre Brustwarzen wurden hart.

Sie presste sich mit dem Oberkörper an ihn, streichelte die Bartstoppeln auf seiner Wange und dann seine Brust, während er zart an ihrem Hals knabberte. Schließlich nahm sie ihn bei der Hand und führte ihn ins Schlafzimmer.

Im Spiegel sah sie, dass er sie beobachtete, während sie die Kerzen holte, anzündete und je eine auf das Tischchen und die Kommode stellte. Das schwache Licht ließ Schatten über die Wände tanzen, und als sie sich umdrehte, nahmen sie begierig den Anblick des anderen in sich auf.

Sie spürte sein Begehren und schwelgte einen Moment lang darin, bevor sie schließlich einen Schritt auf ihn zumachte. Als sie sich erneut küssten, genoss sie die Feuchtigkeit und Wärme seiner Zunge. Langsam knöpfte sie sein Hemd auf und fuhr dann mit einem Fingernagel über seinen Bauch und seine Hüfte. Sein Körper war fest und geschmeidig, die Bauchmuskeln sichtbar, und sie streifte ihm das Hemd über die Schultern und ließ es zu Boden fallen.

Als Nächstes öffnete sie atemlos die Schnalle seines Gürtels und schob den Jeansknopf durch das Loch. Als sie den Reißverschluss herunterzog, spürte sie seine Hände auf ihren Brüsten und erschauerte vor Lust. Sie zupfte an seiner Hose, und Tru trat zurück, schnürte seine Schuhe auf und streifte sie ab, gefolgt von den Socken. Danach kamen die Hose und schließlich die Boxershorts.

Nun stand er nackt vor ihr, sein Körper perfekt wie eine Marmorstatue aus alter Zeit. Hope setzte erst einen Fuß aufs Bett, um die Sandale auszuziehen, dann den anderen. Tru kam wieder näher und nahm sie in die Arme. Mit der Zunge umspielte er ihr Ohrläppchen, während er die Träger ihres Kleides über ihre Schultern schob. Das Kleid glitt an ihr hinab bis auf ihre Füße, und ihre nackten Körper berührten sich. Seine Haut fühlte sich heiß an, als er ihr sanft mit dem Finger über die Wirbelsäule strich. Sie stieß hörbar die Luft aus, als seine Hand noch tiefer wanderte, und mit einer einzigen fließenden Bewegung hob er sie hoch und legte sie aufs Bett.

Er streichelte ihre Brüste und ihren Bauch. Sie fühlte sich schön im Kerzenlicht, fühlte sich begehrt in seinen Armen. Er fuhr mit der Zunge über ihren Körper, zwischen den Brüsten hindurch und über den Bauch, dann wieder nach oben. Beim nächsten Mal wanderte sein Mund sogar noch tiefer, und Hope vergrub die Finger in seinen Haaren, während seine Zunge sie liebkoste und erregte, weiter und weiter, bis sie es nicht mehr aushielt und ihn wieder zu sich hochzog, sich an ihn klammerte, ihn noch fester an sich presste.

Da legte er sich auf sie, griff nach ihrer Hand und küsste ihre Fingerspitzen eine nach der anderen. Er küsste sie auf die Wange und die Nase und dann wieder auf den Mund, und als er endlich in sie eindrang, bog sie den Rücken durch und stöhnte, wissend, dass sie ihn mehr begehrte als jemals einen anderen Mann.

Sie bewegten sich zusammen, jeder aufmerksam für die Bedürfnisse des anderen, jeder auf die Wünsche des anderen bedacht, und Hope spürte ihren Körper immer drängender erbeben. Als die gewaltige Woge der Lust über ihr zusammenschlug, schrie sie auf, doch sobald die Empfindung verebbte, baute sich eine weitere auf. Immer wieder kam sie, ein endloser Strom der Lust, und als schließlich auch Tru seinen Höhepunkt erlebte, war Hope nass geschwitzt. Schwer atmend und eng umschlungen lagen sie da. Tru streichelte weiter über ihre Haut, und im Schein der Kerzen kostete sie das wohlige Gefühl des gemeinsam Erlebten aus.

Später liebten sie sich noch einmal, dieses Mal langsamer, wenn auch mit der gleichen Eindringlichkeit. Hopes Höhepunkt war sogar noch kraftvoller als der erste, und hinterher zitterte sie vor Erschöpfung. Sie war völlig ermattet, doch während draußen das Gewitter weitertobte, spürte sie zu ihrem Erstaunen schon wieder Begierde in sich aufsteigen. Ein drittes Mal war unmöglich, dachte sie, doch sie hatte unrecht, und erst nachdem sie erneut gekommen war, sank sie endlich in einen traumlosen Schlaf.

*

Als Hope aufwachte, strömte graues Licht durch die Fenster, und aus der Küche wehte Kaffeeduft herein.

Sie holte sich den Morgenmantel aus dem Bad und tapste durch den Flur. Ihr Magen knurrte, und ihr fiel ein, dass sie am Abend gar nichts gegessen hatten.

Tru hatte sich schon angezogen. Auf dem Esstisch standen bereits Rühreier und aufgeschnittenes Obst. Als er sie bemerkte, erhob er sich und schlang die Arme um sie.

»Guten Morgen«, sagte er.

»Guten Morgen. Küss mich nicht, ich hab mir noch nicht die Zähne geputzt.«

»Ich hoffe, du hast nichts dagegen, dass ich Frühstück gemacht habe.«

»Nein, sieht super aus. Wie lange bist du denn schon wach?«

»Zwei Stunden.«

»Hast du gar nicht geschlafen?«

»Doch, genug.« Er zuckte die Achseln. »Und ich habe es geschafft, deine Kaffeemaschine anzuwerfen. Darf ich dir eine Tasse bringen?«

»Sehr gern.« Sie küsste ihn auf die Wange, setzte sich und löffelte sich etwas Eier und Obst auf den Teller. Mit einem Blick aus dem Fenster stellte sie fest, dass der Regen aufgehört hatte, dem Himmel nach zu urteilen war es allerdings nur eine kurze Pause.

Tru kehrte mit einer Tasse zurück und stellte sie vor Hope. »Milch und Zucker habe ich auch gefunden«, sagte er und wies auf die Gefäße auf dem Tisch. Dann setzte er sich neben sie. Hope dachte darüber nach, wie viel er ihr bedeutete und wie natürlich sich das Zusammensein mit ihm bereits anfühlte.

»Was hast du denn, abgesehen vom Frühstückmachen, schon getrieben?«

»Ich war nebenan und hab ein paar Handtücher geholt. Und noch ein paar andere Sachen.«

»Wozu brauchst du Handtücher?«

»Ich will die Terrassenstühle abtrocknen«, sagte er.

»Die werden doch nur wieder nass.«

»Das weiß ich, aber ich hoffe, dass mir vorher noch ein bisschen Zeit bleibt.«

Sie musterte ihn, während sie nach ihrem Kaffee griff. »Das klingt ja sehr geheimnisvoll. Was ist los?«

Er gab ihr einen Kuss auf den Handrücken. »Ich liebe dich«, sagte er schlicht.

Diese Worte laut zu hören machte sie schwindlig, und sie wusste, dass sie genauso empfand.

»Ich liebe dich auch«, murmelte sie.

»Würdest du mir dann einen Gefallen tun?«

»Welchen du willst.«

»Würdest du dich nach dem Frühstück nach draußen setzen?«

»Warum?«

»Weil ich dich zeichnen möchte«, antwortete er.

Erschrocken nickte Hope.

Nachdem sie gegessen hatten, ging sie voraus auf die Terrasse, und Tru deutete auf einen Stuhl. Seltsam befangen nahm Hope Platz, beide Hände um die Kaffeetasse gelegt.

»Soll ich die wegstellen?«, fragte sie.

»Das ist egal.«

»Und wie soll ich sitzen?«

Er klappte den Skizzenblock auf. »Sei einfach du selbst und tu so, als wäre ich gar nicht da.«

Das war nicht leicht. Noch nie war sie gezeichnet worden. Sie legte erst das eine Bein über das andere, dann wechselte sie. Und wohin mit dem Kaffee? Erneut überlegte sie, ihn wegzustellen, trank aber stattdessen einen Schluck. Sie beugte sich vor, lehnte sich wieder hinten an. Sie wandte das Gesicht dem Nachbarhaus zu, dann dem Meer, dann Tru. Nichts war richtig, und nach einer Weile bemerkte sie, dass er sie mit ruhiger Konzentration betrachtete.

»Wie soll ich tun, als wärst du nicht da, wenn du mich so ansiehst?«

»Weiß ich auch nicht«, sagte er lachend. »Ich war noch nie auf der anderen Seite.«

»Du bist mir ja eine Riesenhilfe.« Sie klemmte sich ein Bein unter, um bequemer zu sitzen. Schon besser, dachte sie. Zum Glück war Scottie ihnen nach draußen gefolgt und hatte sich unter dem Küchenfenster zusammengerollt, sodass sie ihn betrachten konnte.

Tru war verstummt und nahm jetzt seinen Bleistift zur Hand. Seine Augen huschten zwischen ihr und dem Block hin und her, und Hope fiel auf, wie sicher und routiniert er zeichnete und verwischte. Hin und wieder zog er die Stirn in Falten, offenbar unbewusst. Dieses Aufblitzen einer Blöße hinter seinem selbstsicheren Auftreten machte ihn für sie noch attraktiver.

Als die Wolken sich wieder verdunkelten, mussten sie aufhören.

»Möchtest du es sehen? Es ist noch nicht fertig, aber man sieht, in welche Richtung es geht.«

»Lieber nach dem Duschen.« Sie erhob sich. Tru sammelte seine Stifte zusammen und küsste Hope in der Tür zärtlich. Er zog sie fest an sich, und sie lehnte sich an ihn, atmete seinen Duft ein und staunte erneut über die rätselhaften Kräfte, die sie zusammengeführt hatten.

Zusammen

Nach dem Duschen saß Hope neben Tru auf der Couch und ließ sich die Zeichnung zeigen und auch die anderen in seinem Block. Sie bewunderte sie ausgiebig. Später, als der Regen nachließ, wagten sie sich zum Mittagessen in ein Café in Ocean Isle Beach, ehe draußen erneut ein Gewitter losging.

Als Hope sich schließlich für den Abend mit der Hochzeitsgesellschaft umziehen musste, setzte Tru sich auf die Bettkante und sah ihr zu. Frauen beim Schminken hatte er schon immer sexy gefunden, und er spürte, dass sie es genoss, ihn als Publikum zu haben.

An der Tür küssten sie sich lange. Er hielt sie ganz fest, drückte sich an sie, und als sie losfuhr, stand er auf der Terrasse und winkte. Sie hatte ihn gebeten, später noch mit Scottie spazieren zu gehen, und ihm angeboten, im Cottage zu bleiben, falls er wollte.

Er holte nur kurz ein Steak und ein paar Beilagen von nebenan und kochte in Hopes Küche. Beim Essen versuchte er, sie sich inmitten ihrer Freundinnen vorzustellen, und fragte sich, ob sie ihr all das, was in den vergangenen Tagen passiert war, ansehen konnten.

Später ergänzte er noch einige Details an der Zeichnung und hörte erst auf, als er voll und ganz zufrieden war. Da er allerdings noch keine Lust hatte, die Stifte wegzulegen, begann er ein Bild von Hope und sich am Strand, beide im Profil, einander zugewandt. Dazu brauchte sie nicht bei ihm zu sein, es reichte ihm, sich diese Szene vorzustellen, und die Arbeit ging ihm schnell von der Hand. Als er schließlich den Block zuklappte, waren Stunden vergangen, und er spürte Hopes Abwesenheit wie einen körperlichen Schmerz.

Gegen Mitternacht kam sie zurück. Sie liebten sich, aber Hope war erschöpft von der Nacht zuvor und von dem anstrengenden Tag, und schon bald hörte er ihrem Atem an, dass sie in seinen Armen eingeschlafen war. Tru hingegen blieb wach. Ihre gemeinsame Zeit ging dem Ende zu, und doch wusste er, dass sie die Frau war, mit der er den Rest seines Lebens verbringen wollte.

Er starrte zur Decke und dachte verzweifelt darüber nach, wie diese beiden Realitäten miteinander zu vereinbaren waren.

❃

Am nächsten Morgen war Tru stiller als sonst. Wortlos hielt er sie lange im Arm, und ihr gesamtes Wesen war ausgefüllt von der Tiefe ihrer Gefühle zu ihm.

Doch es machte ihr Angst, genau wie es vermutlich auch Tru Angst machte. Sie wünschte sich, dass diese Tage nie enden würden und die Zeit einfach stehenblieb. Doch die Uhr schien mit jeder Minute lauter zu ticken.

Es regnete immer noch schwach, als sie aufstanden,

dennoch beschlossen sie, einen Strandspaziergang zu machen. In den Schränken fand Hope Regenjacken, und sie nahmen Scottie mit. Sie gingen Hand in Hand, und ohne sich abzusprechen, hielten sie genau an der Stelle an, wo sie einander zum ersten Mal begegnet waren. Tru küsste sie, und als sie den Kopf zurückzog, nahm er ihre Hände.

»Ich glaube, ich wollte das alles vom ersten Moment an.«

»Was alles? Mit mir schlafen oder dich verlieben?«

»Beides«, gestand er. »Wann wusstest du es denn?«

»Ich glaube, an dem Abend, als wir auf der Terrasse noch Wein getrunken haben, wusste ich, dass wir miteinander schlafen würden. Dass ich mich verlieben würde, erst an dem Abend, als du zum Essen kamst.« Sie drückte seine Hand.

Sie kehrten um und machten einen Abstecher in das Haus, in dem Tru wohnte. Auf dem Anrufbeantworter war eine Nachricht seines Vaters; er hoffte, zwischen zwei und drei einzutreffen. Was perfekt passte, dachte Hope, denn um diese Zeit musste sie aufbrechen. Die Hochzeit begann zwar erst um sechs, aber wegen der Fotos musste sie schon früher da sein.

Tru zeigte ihr kurz das Haus, während Scottie es allein erforschen ging, und sie musste zugeben, dass es innen geschmackvoller war, als sie erwartet hatte. Trotz ihrer anfänglichen Vorurteile konnte sie sich gut vorstellen, es mit Freunden für eine Woche zu mieten und sich sehr wohlzufühlen. Im oberen Schlafzimmer deutete sie auf die riesige Whirlpool-Wanne.

»Sollen wir?«

Ohne zu zögern, zogen sie ihre Sachen aus und steckten sie in den Trockner. Als Hope in das schaumige Wasser gestiegen war, lehnte sie sich mit dem Rücken an Tru, der ihr sanft mit einem Waschlappen über Brüste und Bauch, über Arme und Beine strich.

Sie aßen im Bademantel zu Mittag, hinterher schlüpfte Hope in ihre vom Trockner noch warme Kleidung, und sie und Tru unterhielten sich am Tisch, bis es für sie Zeit wurde, sich für die Hochzeit umzuziehen.

✻

Wie am Tag zuvor beobachtete Tru vom Bett in Hopes Cottage aus, wie sie sich frisierte und schminkte. Anschließend zog sie das Brautjungfernkleid und die neuen Schuhe an, und als sie fertig war, drehte sie eine schnelle Pirouette für ihn.

»Okay so?«

»Umwerfend.« Sein bewundernder Blick unterstrich seine Aufrichtigkeit. »Ich hätte große Lust, dich zu küssen, aber ich will deinen Lippenstift nicht verschmieren.«

»Das Risiko gehe ich ein.« Sie beugte sich zu ihm. »Wenn du nicht heute mit deinem Vater verabredet wärst, würde ich dich bitten, mich zu begleiten.«

»Da hätte ich mir vorher etwas Passendes zum Anziehen besorgen müssen.«

»Ich wette, du siehst in einem Anzug wahnsinnig gut aus.« Sie tätschelte liebevoll seine Brust und hockte sich neben ihn aufs Bett. »Bist du nervös wegen deines Vaters?«

»Eigentlich nicht.«

»Was, wenn er sich gar nicht mehr gut an deine Mutter erinnert?«

»Dann wird unser Gespräch vermutlich ziemlich kurz.«

»Bist du wirklich nicht daran interessiert zu erfahren, wer er ist? *Wie* er ist? Wo er all die Jahre war?«

»Nicht besonders.«

»Ich verstehe nicht, wie du bei der ganzen Sache so unbeteiligt bleiben kannst. Mein Eindruck ist, dass er vielleicht irgendeine Art von Beziehung zu dir aufbauen möchte. Und wenn nur eine lockere.«

»Das habe ich auch überlegt, aber ich bezweifle es.«

»Trotzdem bist du extra angereist.«

»Und habe ich ihn noch nicht zu Gesicht bekommen. Wenn er eine Beziehung wollte, hätte er wohl auch früher kommen können.«

»Und warum, glaubst du, hat er dich dann hergebeten?«

»Ich glaube«, erwiderte Tru, »er will mir erzählen, warum er meine Mutter verlassen hat.«

*

Ein paar Minuten später begleitete Tru Hope mit zwei Regenschirmen zum Auto, damit sie nicht nass wurde.

»Ich weiß, das klingt albern, aber ich werde dich vermissen«, sagte sie.

»Ich dich auch.«

»Erzählst du mir hinterher, wie es mit deinem Vater war?«

»Natürlich. Und ich gehe auch mit Scottie raus.«

»Ich weiß noch nicht, wie lange die Feier dauert. Könnte spät werden. Du kannst gern im Cottage auf mich warten. Falls du schon schläfst, wenn ich komme, bin ich natürlich nicht beleidigt.«

Tru lachte und sagte dann: »Viel Spaß!«

»Danke.« Sie setzte sich ans Steuer.

Obwohl sie ihm fröhlich zuwinkte, hatte er eine seltsame Vorahnung, als sie losfuhr. Warum, konnte er sich nicht erklären.

Vater und Sohn

Da er vermutete, dass sich Scottie im Cottage wohler fühlte, nahm Tru nur seinen Block und die Stifte mit und ging ins Nachbarhaus, um auf seinen Vater zu warten.

Dort arbeitete er weiter an der Zeichnung von sich und Hope. Er kam gut voran und konzentrierte sich bald auf die Feinheiten, ein unbewusstes Signal, dass das Bild kurz vor dem Abschluss stand. Ganz versunken in sein Werk, brauchte er einen Moment, um zu bemerken, dass es klopfte.

Sein Vater.

Er stand auf und ging zur Tür. Bevor er sie öffnete, wappnete er sich für einen Moment innerlich, und dann sah er zum allerersten Mal das Gesicht seines Vaters. Zu seiner Überraschung entdeckte er ein paar Ähnlichkeiten zwischen sich und dem alten Mann, der da vor ihm stand; die gleichen dunkelblauen Augen, ein Grübchen im Kinn. Die Haare seines Vaters lichteten sich bereits und waren, abgesehen von wenigen grauen Strähnen, weiß. Er ging leicht gebeugt und wirkte blass und gebrechlich. Seine Jacke schlackerte an ihm, als sei sie für einen viel kräftigeren Menschen gekauft worden. Trotz des Gewitters konnte Tru ihn keuchen hören.

»Hallo, Tru«, stieß er hervor. In der einen Hand

hielt er einen Schirm, und auf der Veranda stand eine Aktentasche.

»Hallo, Harry.«

»Darf ich reinkommen?«

»Aber natürlich.«

Sein Vater bückte sich nach der Aktentasche, verzog das Gesicht und erstarrte.

»Kann ich dir behilflich sein?«, sagte Tru.

»Bitte. Je älter ich werde, desto weiter entfernt scheint der Boden.«

Tru hob die Tasche auf und schloss die Tür. Unterdessen schlurfte sein Vater langsam zum Fenster. Tru stellte sich neben ihn und beobachtete ihn aus dem Augenwinkel.

»Ganz schönes Gewitter hier«, sagte Harry. »Aber im Inland ist es noch schlimmer. Ich hab ewig gebraucht, weil so viel Wasser auf dem Highway stand. Mein Fahrer musste mehrere Umwege nehmen.«

Tru schwieg. Er musterte seinen Vater nur und hatte das dumpfe Gefühl, in die Zukunft zu blicken. *So*, dachte er sich, *werde ich eines Tages aussehen, wenn ich so lange lebe wie er.*

»Ist das Haus zu deiner Zufriedenheit?«

»Es ist groß«, gab Tru zurück und erinnerte sich an Hopes Kommentar. »Aber ja, es ist wirklich schön.«

»Ich habe es vor ein paar Jahren bauen lassen. Meine Frau hat sich ein Haus am Meer gewünscht, wir haben es allerdings nur selten genutzt.« Er machte zwei pfeifende Atemzüge, bevor er weitersprach. »War genug zu essen im Kühlschrank?«

»Zu viel. Wahrscheinlich bleibt einiges übrig, wenn ich wieder fahre.«

»Das macht nichts. Der Reinigungsservice wird sich darum kümmern. Ich bin nur froh, dass alles noch geklappt hat, denn ich hatte es ganz vergessen, bis du schon im Flieger saßest. Da konnte ich leider wenig machen, weil ich auf der Intensivstation lag und man dort nicht telefonieren darf, deshalb habe ich meine Tochter gebeten. Sie hat dann mit dem Hausmeister die Lieferung arrangiert.«

Hektisch kreisten die Worte seines Vaters durch Trus Kopf. *Meine Frau, Intensivstation, Tochter* … Er konnte sich schlecht konzentrieren. Hope hatte mit ihrer Vermutung, dass das Treffen etwas Surreales haben würde, recht gehabt.

»Verstehe«, war alles, was Tru dazu einfiel.

»Außerdem möchte ich mich dafür entschuldigen, dass ich dir keinen Mietwagen bereitgestellt habe, statt dich von einem Fahrer abholen zu lassen. Das wäre für dich vielleicht praktischer gewesen.«

»Mich hat es nicht gestört, ich hätte gar nicht gewusst, wo ich hinfahren soll. Du sagtest, du warst auf der Intensivstation?«

»Ich wurde gestern aus dem Krankenhaus entlassen. Meine Kinder haben versucht, mir die Fahrt hierher auszureden, aber ich wollte mir die Gelegenheit, dich kennenzulernen, nicht entgehen lassen.«

»Möchtest du dich setzen?«

»Das wäre sicher ganz gut«, erwiderte sein Vater.

Schwer ließ er sich auf einen Stuhl am Esstisch

fallen. Im grauen Licht, das durch die Fenster fiel, wirkte er noch erschöpfter.

Tru setzte sich neben ihn. »Darf ich fragen, warum du auf der Intensivstation warst?«

»Lungenkrebs, Stadium 4«, antwortete sein Vater.

»Ich weiß nicht viel über Krebs.«

»Das heißt Endstadium. Die Ärzte geben mir noch zwei Monate, vielleicht weniger, vielleicht auch ein bisschen mehr. Es liegt wohl in Gottes Hand. Ich weiß es seit dem Frühjahr.«

Das machte Tru traurig, aber so, wie man einem Fremden gegenüber empfand, nicht einem Angehörigen. »Tut mir leid zu hören.«

»Danke.« Trotz allem lächelte sein Vater. »Ich darf mich nicht beklagen. Ich hatte ein gutes Leben, und im Gegensatz zu vielen anderen habe ich die Chance, mich zu verabschieden. Beziehungsweise in deinem Fall sogar, dich zu begrüßen.« Er zog ein Taschentuch aus der Jacke und hustete hinein. Danach machte er ein paar mühsame Atemzüge. »Ich möchte mich bedanken, dass du gekommen bist«, sprach er weiter. »Als ich die Tickets geschickt habe, war ich mir nicht sicher, ob du einwilligst.«

»Ich anfangs auch nicht.«

»Aber du warst neugierig.«

»Stimmt«, sagte Tru.

»Ich auch. Seit ich von dir erfahren habe. Ich weiß es erst seit letztem Jahr.«

»Trotzdem hast du abgewartet.«

»Ja«, gab sein Vater zurück.

»Warum?«

»Ich wollte dein Leben nicht verkomplizieren. Oder auch meins.«

Es war eine ehrliche Antwort, aber Tru wusste nicht genau, was er davon halten sollte.

»Wie hast du von mir erfahren?«

»Das ist eine lange Geschichte, aber ich werde versuchen, mich kurz zu fassen. Frank Jessup, ein Mann, den ich schon seit Langem kenne, war zufällig in der Stadt. Ich hatte ihn seit fast vierzig Jahren nicht mehr gesehen, aber wir hatten immer minimalen Kontakt gehalten. Weihnachtskarten, alle paar Jahre mal einen Brief, mehr aber nicht. Jedenfalls, beim Mittagessen kam er auf deine Mutter zu sprechen und erwähnte, sie habe weniger als ein Jahr, nachdem ich das Land verlassen hatte, einen Sohn bekommen. Dass er von mir war, sagte er nicht, aber ich glaube, er hielt es für möglich. Nach dem Gespräch kam ich ins Grübeln, deshalb engagierte ich einen Privatdetektiv, der sich daraufhin an die Arbeit machte. Was seine Zeit dauerte. Es gibt immer noch viele Menschen, die Angst haben, über deinen Großvater zu sprechen, obwohl er nicht mehr lebt. Und wir beide wissen, dass das Land vor die Hunde gegangen ist, deshalb kommt man kaum an Unterlagen. Aber der langen Rede kurzer Sinn: Der Mann war gut, und irgendwann schickte ich jemanden in die Lodge in Hwange. Er machte Fotos, und als ich die sah, wusste ich sofort Bescheid. Du hast meine Augen, wenn du auch die Gesichtsform deiner Mutter geerbt hast.«

Sein Vater wandte sich dem Fenster zu und schwieg. Tru dachte über etwas nach, was sein Vater zu Beginn gesagt hatte.

»Was meintest du damit, dass du mein Leben nicht verkomplizieren willst?«

Die Antwort ließ ein paar Sekunden auf sich warten.

»Es wird gern so getan, als wäre die Wahrheit die Lösung für alle Probleme des Lebens. Ich bin lange genug auf der Welt, um zu wissen, dass das nicht stimmt und dass sie manchmal sogar mehr schadet als nutzt.«

Tru wartete ab, er ahnte, dass sein Vater auf etwas Bestimmtes hinauswollte.

»Seit ich erfahren habe, dass du kommst, frage ich mich, wie viel ich dir erzählen soll. Es gibt einige … Aspekte der Vergangenheit, die möglicherweise schmerzhaft für dich sind, und Dinge, die du im Nachhinein vielleicht lieber nicht gehört hättest. Deshalb liegt es an dir, was ich dir jetzt erzähle. Willst du die ganze Wahrheit kennen oder ausgewählte Teile? Bedenke bitte, dass ich nicht derjenige bin, der mit diesem Wissen noch jahrelang leben muss. Mein Bedauern wird viel kurzlebiger sein. Aus offensichtlichen Gründen.«

Nachdenklich legte Tru die Hände zusammen. Die vagen Andeutungen und sorgsamen Formulierungen machten ihn neugierig, gleichzeitig ließ die Warnung ihn zögern. Wie viel wollte er wirklich wissen? Statt sofort zu antworten, stand er auf.

»Ich hole mir ein Glas Wasser. Möchtest du auch eins?«

»Ich hätte lieber einen Tee, wenn es keine Umstände macht.«

»Überhaupt nicht«, sagte Tru. Er setzte Wasser auf und fand in einem Schrank Teebeutel. Dann holte er sich ein Glas Wasser, trank es leer und füllte es wieder auf. Es dauerte nicht lange, bis der Kessel pfiff, und er goss den Tee auf und stellte ihn auf den Tisch. Schließlich setzte er sich wieder.

Die ganze Zeit über war sein Vater stumm geblieben. Wie Tru schien er wenig geneigt, die Stille mit Small Talk zu überbrücken. Interessant.

»Hast du dich schon entschieden?«, fragte sein Vater schließlich.

»Nein.«

»Gibt es denn etwas, das du auf jeden Fall wissen möchtest?«

Ich will mehr über meine Mutter erfahren, dachte Tru wieder. Aber neben dem alten Mann am Tisch zu sitzen führte zu einer gänzlich anderen Frage.

»Erzähl mir erst mal von dir«, sagte er.

Sein Vater kratzte sich an der Wange. »Also gut. Ich wurde 1914 in Colorado geboren, in einem Grassodenhaus, das kann man heute kaum noch glauben. Drei ältere Schwestern. Als ich ein Jugendlicher war, kam die Wirtschaftskrise, und die Zeiten waren hart, aber meine Mutter war Lehrerin und legte immer viel Wert auf Bildung. Ich habe an der University of Colorado studiert und bin danach zur Armee gegangen. Ich glaube, in meinem Brief erwähnte ich, dass ich im Corps of Engineers war, oder?«

Tru nickte.

»Anfangs blieb ich größtenteils in den Staaten, dann brach der Krieg aus. Ich war in Nordafrika stationiert, später in Europa. Erst mehr Abrissarbeiten, ab Ende 1944 hauptsächlich Brückenbau unter Montgomery. Während dieser Zeit freundete ich mich mit einem der britischen Ingenieure an. Er war in Rhodesien aufgewachsen und hatte viele Kontakte. Er erzählte mir von den Mineralien, die nur darauf warteten, abgebaut zu werden, also folgte ich ihm nach dem Krieg dorthin. Er verhalf mir zu einer Stelle in der Bushtick-Mine. Da arbeitete ich ein paar Jahre lang und lernte deine Mutter kennen.«

Er trank einen Schluck Tee, aber Tru wusste, dass er gleichzeitig überlegte, wie viel er sagen sollte.

»Danach kehrte ich in die Staaten zurück. Ich nahm einen Job bei Exxon an und lernte auf der Firmenweihnachtsfeier meine Frau Lucy kennen. Sie war die Schwester eines der Chefs, und wir verstanden uns auf Anhieb gut. Heirateten und bekamen Kinder. Im Laufe der Jahre habe ich für Exxon in vielen Ländern gearbeitet, manche ungefährlich, andere nicht so. Lucy und die Kinder begleiteten mich entweder oder waren in der Zeit zu Hause in den USA. Die perfekte Familie sozusagen, was mir bei meiner Karriere sehr geholfen hat. Ich stieg immer weiter auf und blieb bis zur Rente dort. Am Ende war ich einer der Geschäftsführer und verdiente im Laufe der Zeit ein Vermögen. Vor elf Jahren zogen wir nach North Carolina, weil Lucy dort aufgewachsen ist und nach Hause wollte.«

Tru musterte ihn forschend, während er sich die neue Familie, das neue Leben vorstellte, das sein Vater sich nach seiner Zeit in Afrika aufgebaut hatte. »Wie viele Kinder hast du denn?«

»Drei. Zwei Jungen und ein Mädchen. Alle mittlerweile über dreißig. Meine Frau und ich feiern im November unseren vierzigsten Hochzeitstag. Falls ich so lange durchhalte.«

Tru nippte an seinem Wasser. »Möchtest du etwas über mich erfahren?«

»Ich glaube, ich weiß ganz gut Bescheid. Der Privatdetektiv hat mich informiert.«

»Dann weißt du, dass ich einen Sohn habe. Dein Enkel.«

»Ja.«

»Möchtest du ihn kennenlernen?«

»Eigentlich ja«, antwortete sein Vater. »Aber das ist wahrscheinlich keine gute Idee. Ich bin ein Wildfremder, und ich sterbe bald. Das kann eigentlich nicht gut für ihn sein.«

Damit hatte er wahrscheinlich recht. Dennoch …

»Mir gegenüber hast du das anders empfunden. Gleiche Realität, andere Schlussfolgerung.«

»Du bist mein Sohn.«

Tru schwieg für eine Weile. »Erzähl mir von meiner Mutter«, sagte er schließlich.

Sein Vater senkte das Kinn, seine Stimme klang jetzt weicher. »Sie war wunderschön. Eine der schönsten Frauen, die ich je gesehen habe. Sie war um einiges jünger als ich, aber intelligent und reif für ihr Alter.

Sie konnte leidenschaftlich und fachkundig über Lyrik und Kunst sprechen, Themen, von denen ich keine Ahnung hatte. Und sie hatte ein ganz wunderbares Lachen, das einen sofort ansteckte. Ich glaube, ich habe mich schon am ersten Abend in sie verliebt. Sie war wirklich außergewöhnlich.«

Erneut wischte er sich mit dem Taschentuch über den Mund. »Im folgenden Jahr waren wir viel zusammen – sie studierte an der Uni, und die Mine hatte dort ein Labor. Wir trafen uns, wann immer es ging. Ich musste natürlich viel arbeiten, aber wir nahmen uns die Zeit. Ich weiß noch, dass sie ständig einen Band Yeats dabeihatte, und ich kann dir nicht sagen, wie oft wir einander die Gedichte laut vorgelesen haben.« Er machte eine Pause, seine Atmung ging pfeifend. »Sie liebte Tomaten. Die gab es bei ihr zu jeder Mahlzeit. Immer mit einer Prise Zucker darauf. Sie fand Schmetterlinge toll, und Humphrey Bogart in ›Casablanca‹ war ihrer Meinung nach der attraktivste Mann, den sie je gesehen hatte. Ich hatte schon vor der Armee angefangen zu rauchen, aber nachdem sie mir von Bogart erzählt hatte, hielt ich die Zigarette genauso wie er in dem Film. Zwischen Daumen und Zeigefinger.«

Gedankenverloren drehte er die Teetasse im Kreis.

»Ich habe ihr übrigens das Autofahren beigebracht. Vorher konnte sie es nicht, was ich damals seltsam fand, besonders da sie auf einer Farm aufgewachsen war. Und noch etwas fiel mir nach und nach an ihr auf. So klug und erwachsen sie auch war – unter der Oberfläche bemerkte ich eine tief sitzende Unsicherheit, die für mich nicht nachvollziehbar war. In meinen Augen hatte sie alles und war alles, was ich je wollte. Aber je besser ich sie kennenlernte, desto klarer wurde mir, wie verschlossen sie eigentlich war. Lange wusste ich nur wenig über ihren Vater und die Macht, die er ausübte. Sie sprach selten von ihm. Aber selbst als unsere Beziehung schon auf das Ende zuging, musste ich ihr oft versprechen, sie mitzunehmen, wenn ich in die USA zurückkehrte, und die Art und Weise, wie sie mich anflehte, erweckte bei mir den Eindruck, als ginge es weniger um mich als vielmehr darum, ihren Umständen zu entfliehen. Und sie stellte mich ihrem Vater auch nicht vor, ließ mich nicht auf die Farm kommen. Immer mussten wir uns an abgelegenen Orten treffen. Seltsamerweise sprach sie auch nie von ihm als Vater oder Papa, sie sagte immer nur ›der Colonel‹. Das alles brachte mich ins Grübeln.«

»Worum ging es dir genau?«

»Du solltest dich wohl noch einmal fragen, wie viel du wirklich wissen willst. Letzte Gelegenheit, sozusagen.«

Tru presste die Lippen aufeinander und nickte. »Sprich weiter.«

»Als sie endlich mehr von deinem Großvater erzählte, beschrieb sie zwei vollkommen unterschiedliche Menschen. Einerseits liebte sie ihn abgöttisch und betonte, wie sehr sie einander brauchten, dann wieder behauptete sie, ihn zu hassen. Er sei grundböse, sie wolle so weit von ihm fort wie möglich und ihn nie wieder sehen. Was genau in diesem Haus vor sich ging, als sie aufwuchs, weiß ich nicht und will ich auch gar nicht wissen. Was ich aber weiß, ist, dass deine Mutter in Panik geriet, als ihr Vater von mir erfuhr. Völlig aufgelöst kam sie zu mir nach Hause, sagte, wir müssten sofort das Land verlassen, der Colonel tobe vor Wut, es bleibe nicht einmal Zeit, meine Sachen zu packen. Ich konnte sie nicht beruhigen, und als sie begriff, dass ich nicht mitmachte, lief sie einfach weg. Es war das letzte Mal, dass ich sie gesehen habe. Damals wusste ich nicht, dass sie schwanger war. Vielleicht wäre sonst alles anders gekommen. Ich bilde mir gern ein, dass ich ihr dann nachgelaufen wäre und ihr geholfen hätte zu fliehen. Dazu bekam ich leider nie die Gelegenheit.«

Er knetete seine Hände. »In der Nacht tauchten sie bei mir auf, gerade nachdem ich eingeschlafen war. Eine Gruppe von Männern. Sie verprügelten mich schlimm, zogen mir einen Sack über den Kopf und sperrten mich in einen Kofferraum. Ich wurde zu einem Gebäude gefahren, dort aus dem Auto gezerrt und eine Treppe in den Keller hinuntergeworfen. Dabei wurde ich bewusstlos, und als ich wieder zu mir kam, roch ich Moder und Feuchtigkeit. Ich war mit Handschellen an ein Rohr gefesselt. Was wahnsinnig wehtat, weil ich mir bei dem Sturz die Schulter ausgerenkt hatte.«

Er atmete mehrmals tief durch, als wolle er seine Kräfte für den Rest der Geschichte sammeln.

»Irgendwann wurde mir der Sack endlich abgenommen, und jemand leuchtete mir mit einer Taschenlampe in die Augen. Ich konnte nichts erkennen. Aber er war da. Der Colonel. Er erklärte mir, ich hätte die Wahl: Ich könne entweder Rhodesien am nächsten Morgen verlassen oder in dem Keller dort sterben, an das Rohr gefesselt, ohne Essen oder Wasser.«

Er wandte sich Tru zu. »Ich war im Krieg gewesen. Ich hatte schreckliche Dinge gesehen. Ich war angeschossen worden, bekam sogar ein Purple Heart verliehen, und in einigen Situationen wusste ich nicht, ob ich sie überleben würde. Aber nie hatte ich mehr Angst als in dem Moment in diesem Keller, weil ich wusste, dass der Colonel ein eiskalter Mörder war. Man hörte es an seiner Stimme. Am nächsten Tag stieg ich ins Auto und hielt nicht an, bis ich in Südafrika war. Von da aus flog ich zurück in die USA. Deine Mutter habe ich nie wieder gesehen oder gesprochen.«

Er schluckte.

»Mein ganzes Leben habe ich in dem Bewusstsein verbracht, dass ich damals ein Feigling war. Weil ich sie bei ihm zurückgelassen habe. Weil ich vollständig aus ihrem Leben verschwunden bin. Und seitdem ist kein einziger Tag vergangen, an dem ich das nicht bereut habe. Versteh mich nicht falsch, ich liebe meine Frau, aber für sie habe ich nie diese tiefe, brennende Leidenschaft empfunden wie für deine Mutter. Ich habe Evelyn bei diesem Mann gelassen, und das ist das Schlimmste, was ich je getan habe. Dennoch werde ich dich nicht um Verzeihung bitten. Manche Dinge kann man nicht verzeihen. Ich wollte dir nur sagen, dass es anders gekommen wäre, wenn ich von dir gewusst hätte. Mir ist klar, dass es dir schwerfallen wird, mir zu glauben, auch weil du mich nicht kennst, aber es ist die Wahrheit. Und es tut mir leid, wie sich alles entwickelt hat.«

Tru sagte nichts. Ohne Mühe konnte er die gerade gehörte Geschichte mit dem Großvater in Einklang bringen, den er gekannt hatte. Er war angewidert, vor allem aber stieg ein unendliches Mitleid mit seiner Mutter in ihm auf – und mit dem Mann, der neben ihm am Tisch saß.

Sein Vater deutete auf die Aktentasche. »Würdest du mir die bitte mal geben?«

Tru legte sie auf den Tisch, und sein Vater öffnete sie.

»Außerdem will ich dir einige Sachen geben. Als ich in den USA ankam, habe ich sie in eine Truhe gelegt, und im Laufe der Jahre hatte ich sie völlig vergessen. Als ich dann die Fotos von dir sah, ließ ich mir die Truhe von einem meiner Söhne vom Dachboden holen. Falls du nicht gekommen wärst, hätte ich dir alles geschickt.«

In der Aktentasche lag auf einem Stapel Zeichenpapier, das an den Rändern vergilbt war, ein Umschlag. Diesen gab ihm sein Vater nun.

»Einer meiner damaligen Freunde war Fotograf und hatte überall seine Kamera dabei. Es gibt ein paar Bilder von uns beiden, aber die meisten sind von deiner Mutter. Er wollte sie immer überreden, Model zu werden.«

Tru nahm die Bilder heraus. Es waren insgesamt

acht. Das erste zeigte seine Mutter und seinen Vater zusammen an einem Fluss sitzend, beide lachten. Auf dem zweiten waren sie von der Seite zu sehen, wie sie einander betrachteten. Es ähnelte der Zeichnung von Hope und ihm, an der er gerade arbeitete. Die anderen Fotos waren von seiner Mutter in unterschiedlichen Posen vor neutralem Hintergrund, einem in den späten 1940ern üblichen Fotografiestil. Es schnürte Tru die Kehle zu, und er spürte plötzlich eine tiefe Trauer, mit der er nicht gerechnet hatte.

Als Nächstes reichte Trus Vater ihm die Zeichnungen. Die erste war ein Selbstporträt seiner Mutter im Spiegel. Trotz ihrer Schönheit lag etwas Gequältes in ihrer Miene, wie ein dunkler Schatten. Auf der nächsten war sie von hinten zu sehen. Sie war in ein Laken gehüllt und blickte sich über die Schulter, weshalb Tru überlegte, ob sie sich von einem ähnlichen Foto hatte inspirieren lassen. Es gab noch drei weitere Selbstporträts und mehrere Landschaftsmotive, wie Tru sie gern für Andrew zeichnete. Und eines zeigte das Haupthaus vor dem Brand, mit den imposanten Säulen auf der Veranda. Tru stellte fest, dass er ganz vergessen hatte, wie es damals aussah.

Als er die Bilder schließlich zur Seite legte, räusperte sein Vater sich.

»Deine Mutter konnte so gut zeichnen, dass ich ihr riet, das zu ihrem Beruf zu machen, aber daran war sie nicht interessiert. Sie sagte, sie zeichne, um sich dabei zu verlieren. Damals wusste ich nicht genau, was sie damit meinte, aber ich habe ihr viele Nachmittage zugesehen. Sie hatte die charmante Angewohnheit, sich beim Arbeiten auf die Unterlippe zu beißen. Ganz zufrieden war sie allerdings nie mit ihren Bildern. In ihren Augen war keines davon je fertig.«

Tru trank einen weiteren Schluck Wasser und dachte nach. »War sie glücklich?«, fragte er nach einer Weile.

Sein Vater wich seinem Blick nicht aus. »Die Antwort darauf kenne ich nicht. Ich bilde mir gern ein, dass sie glücklich war, wenn wir zusammen waren. Aber …«

Er verstummte, und Trus Gedanken wanderten wieder zu den Andeutungen, die sein Vater zuvor gemacht hatte. Darüber, was wirklich in jenem Haus passiert war, in dem seine Mutter aufwuchs.

»Ich würde dir gern eine Frage stellen«, sagte sein Vater in dem Moment.

»Ja?«

»Was erwartest du jetzt von mir?«

»Die Frage verstehe ich nicht.«

»Möchtest du weiter Kontakt halten? Oder wäre es dir lieber, wenn ich mich nicht mehr bei dir melde? Ich habe dir ja schon erzählt, dass mir nicht mehr viel Zeit bleibt, aber nach all den Jahren halte ich es für das Beste, wenn *du* diese Entscheidung triffst.«

Tru betrachtete den alten Mann neben sich.

»Ja«, gab er schließlich zu seiner eigenen Überraschung zurück. »Ich fände es schön, wenn wir Kontakt halten und miteinander sprechen.«

»Gut.« Sein Vater nickte. »Was ist mit meinen Kindern? Oder meiner Frau? Möchtest du sie kennenlernen?«

Nachdem Tru eine Weile überlegt hatte, schüttelte er den Kopf. »Nein. Es sei denn, sie wollen mich kennenlernen. Mir geht es wie dir, ich möchte keinem von uns das Leben verkomplizieren.«

Sein Vater quittierte die Worte mit einem schiefen Lächeln. »Wie du meinst. Aber um einen Gefallen möchte ich dich noch bitten. Du kannst natürlich Nein sagen.«

»Was denn?«

»Hast du ein Foto von meinem Enkel dabei?«

✻

Harry blieb noch weitere vierzig Minuten. Er erzählte, seine Frau und Kinder hätten seinen Entschluss, Tru zu kontaktieren, unterstützt, trotz ihrer Verwirrung über einen Verwandten, von dem sie bis dahin nicht gewusst hatten, jemanden aus einer Zeit vor ihnen allen. Als er erwähnte, die Fahrt nach Charlotte sei weit und er wolle seine Familie nicht mehr als nötig beunruhigen, wusste Tru, dass es Zeit wurde, sich zu verabschieden. Er trug die Aktentasche und hielt den Schirm über seinen Vater, als sie zu dem in der Auffahrt wartenden Wagen gingen.

Nachdem sein Vater fort war, ging Tru zum Cottage hinüber und holte Scottie. Trotz des Regens wollte er am Strand spazieren gehen, er brauchte Luft und Zeit zum Nachdenken.

Es war, vorsichtig ausgedrückt, eine überraschende Begegnung gewesen. Niemals hatte er sich seinen

Vater als Familienmenschen vorgestellt, jemanden, der jahrzehntelang mit derselben Frau verheiratet war. Oder als jemanden, der aus Angst um sein Leben aus dem Land geflohen war. Während er durch den Sand stapfte, konnte Tru sich eines wachsenden Abscheus gegen die dominanteste Figur seiner Kindheit nicht erwehren.

Zudem gab es die Familie, von der er nichts gewusst hatte – Halbgeschwister, gleich drei davon –, und obwohl er ein Treffen mit ihnen abgelehnt hatte, war er doch neugierig. Wie waren sie wohl? Er bezweifelte, dass einer von ihnen wie er das Bedürfnis verspürt hatte, so schnell wie möglich von zu Hause auszuziehen. Eine Weile versuchte er, sich auszumalen, wie sein eigenes Leben verlaufen wäre, wenn sein Vater und seine Mutter eine Möglichkeit gefunden hätten zusammenzubleiben, doch es wollte ihm nicht gelingen.

Während er in die aufgewühlte Brandung starrte, stellte er fest, dass es immer noch zu viele unbeantwortete Fragen gab, zu vieles, was er nie erfahren würde. Vor allem über seine Mutter. Er wusste nur, dass ihr kurzes Leben noch tragischer gewesen war, als er geahnt hatte, und dass er dankbar dafür war, dass sein Vater ihr wenigstens etwas Freude gebracht hatte.

Unwillkürlich wünschte er sich, das Gespräch mit Harry hätte Jahre früher stattgefunden, als sie noch mehr Zeit gehabt hätten, einander kennenzulernen. Aber manche Dinge sollten einfach nicht sein.

Als es dunkel wurde, machte er kehrt. Er ging langsam und behielt dabei geistesabwesend Scottie im Auge. Die Enthüllungen dieses Nachmittags lasteten auf ihm und riefen ein unsagbares Bedauern hervor.

Zurück beim Cottage, ließ er Scottie auf der Terrasse, während er duschte und sich etwas Trockenes anzog. Dann setzte er sich mit den Fotos und Zeichnungen, die sein Vater ihm gebracht hatte, an Hopes Küchentisch. Er wünschte, sie wäre bei ihm, würde ihm helfen, alles zu verstehen. Ohne sie fühlte er sich rastlos. Um sich zu beruhigen, arbeitete er weiter an der Zeichnung von ihr und sich. Draußen gewitterte es wieder, die zuckenden Blitze spiegelten seine eigenen aufgewühlten Emotionen, und er dachte an die eigenartigen Parallelen zwischen sich und seinem Vater.

Sein Vater hatte seine Mutter in Afrika gelassen und war nach Amerika zurückgekehrt; er hingegen kehrte in ein paar Tagen nach Afrika zurück und ließ Hope in den USA. Sein Vater und seine Mutter hatten keinen Weg gefunden zusammenzubleiben, aber Tru wollte glauben, dass es bei ihm und Hope anders war. Er hoffte, sie könnten sich ein gemeinsames Leben aufbauen, und während er weiterzeichnete, dachte er darüber nach, wie das zu schaffen war.

✽

Vor Erschöpfung merkte Tru erst, dass Hope wieder da war, als sie zu ihm ins Bett kroch. Es war nach Mitternacht, und sie hatte sich bereits ausgezogen. Ihre Haut fühlte sich heiß an. Wortlos begann sie, ihn zu küssen. Er erwiderte ihre Zärtlichkeiten, und als sie einander liebten, schmeckte er das Salz ihrer Tränen, doch er sagte nichts. Bei dem Gedanken an das, was der nächste Tag bringen mochte, hatte er Mühe, nicht selbst zu weinen. Hinterher kuschelte sie sich an ihn, und er hielt sie im Arm, bis sie mit dem Kopf auf seiner Brust einschlief.

Tru lauschte ihrer Atmung, in der Hoffnung, es würde ihn beruhigen, aber vergeblich. Lange starrte er in der Dunkelheit an die Decke und fühlte sich seltsamerweise vollkommen allein.

Kein Morgen mehr

Im Morgengrauen, gerade als das erste Licht durch die Fenster fiel, erwachte Tru und tastete nach Hope, doch der Platz neben ihm war leer. Er stützte sich auf die Ellbogen und wischte sich den Schlaf aus den Augen, erstaunt und etwas enttäuscht. Er hatte den Vormittag gemütlich mit ihr im Bett verbringen wollen, miteinander reden und sich lieben, die Realität ihres letzten gemeinsamen Tages noch etwas aufschieben.

Seufzend stand er auf und zog die Jeans und das Hemd vom Vortag wieder an. Auf dem Kissen entdeckte er einen Wimperntuschefleck, Überbleibsel der Tränen der vergangenen Nacht, und bei der Vorstellung, Hope zu verlieren, wallte Panik in ihm auf. Er wollte noch einen Tag, noch eine Woche, noch ein Jahr mit ihr verbringen! Er wollte ein ganzes Leben, und er war bereit, alles zu tun, damit sie für immer zusammenbleiben konnten.

Auf dem Weg zur Küche übte er im Geiste, was er zu Hope sagen wollte. Er roch Kaffee, aber zu seiner Überraschung war sie nicht dort. Mit einer dampfenden Tasse in der Hand setzte er seine Suche fort, steckte den Kopf ins Bad, ins Wohnzimmer. Nichts. Schließlich entdeckte er sie durch das Fenster auf der

Terrasse in einem Schaukelstuhl. Es hatte aufgehört zu regnen, und sie sah aufs Meer. Wieder stellte Tru fest, dass sie die schönste Frau war, der er je begegnet war.

Er verharrte nur kurz, bevor er die Tür aufstieß.

Bei dem Geräusch drehte Hope sich um. Obwohl sie zaghaft lächelte, waren ihre Augen gerötet. Angesichts der tiefen Traurigkeit in ihrer Miene überlegte er, wie lange sie schon über seine und ihre unmögliche Situation nachgrübelte.

»Guten Morgen«, sagte sie leise.

»Guten Morgen.«

Als sie einander küssten, spürte er bei ihr eine Zögerlichkeit, mit der er nicht gerechnet hatte und die seine ganze einstudierte Rede müßig machte. Er merkte ihr an, dass sie nicht bereit war, seine Sätze anzuhören. Irgendetwas hatte sich verändert, erkannte er mit einer bösen Vorahnung.

»Ich hab dich doch nicht geweckt, oder?«, fragte sie.

»Nein, keine Sorge.«

»Ich habe mich bemüht, leise zu sein.« Die Worte klangen mechanisch.

»Mich erstaunt, dass du schon wach bist, wo du so spät zu Hause warst.«

»Das mit dem Schlafen hat leider nicht so gut geklappt.« Sie trank einen Schluck Kaffee. »Hast du gut geschlafen?«

»Nicht besonders.«

»Ich bin seit vier Uhr wach.« Sie deutete mit ihrer Tasse auf den Schaukelstuhl. »Ich hab ihn für dich abgetrocknet, aber vielleicht wischst du besser noch mal drüber.«

Mit dem Handtuch, das sie auf den Sitz gelegt hatte, rubbelte er das Holz erneut ab und hockte sich dann auf die Stuhlkante. Innerlich war er in Aufruhr. Zum ersten Mal seit Tagen war etwas Blau am Himmel zu sehen, wenn auch weiterhin eine weiße Wolkendecke über das Wasser zog. Stumm wandte Hope sich wieder dem Meer zu, als könne sie Tru nicht ansehen.

»Hat es noch geregnet, als du aufgewacht bist?«, fragte er in die Stille. Er betrieb Small Talk, das war ihm bewusst, aber er war unsicher, was er sonst tun sollte.

Sie schüttelte den Kopf. »Nein. Irgendwann nachts hat es aufgehört. Wahrscheinlich kurz nachdem ich zurückgekommen bin.«

Er drehte seinen Schaukelstuhl etwas zu ihr um und wartete, ob sie seinem Beispiel folgte. Sie tat es nicht. Und sie sprach auch nicht.

Tru räusperte sich. »Wie war die Hochzeit?«

»Wunderschön.« Immer noch weigerte sie sich, ihn anzusehen. »Ellen hat gestrahlt, sie war viel weniger gestresst, als ich gedacht hatte. Besonders nach dem Telefonat neulich.«

»War das Wetter kein Problem?«

»Letzten Endes hat die Trauung auf der Veranda stattgefunden. Es war zwar eng für die ganzen Leute, aber irgendwie wurde es dadurch auch intimer. Und das Fest lief absolut reibungslos. Das Essen, die Band, der Kuchen – alle haben sich großartig amüsiert.«

»Das freut mich.«

Einen Moment lang wirkte Hope abwesend, dann drehte sie sich endlich zu ihm um. »Wie war es mit deinem Vater? Daran muss ich denken, seit ich gestern losgefahren bin.«

»Es war …« Tru suchte nach dem passenden Wort. »Interessant.«

»Wie ist er?«

»Ganz anders, als ich ihn mir vorgestellt hatte.«

»Ach ja?«

»Ich hatte einen rücksichtsloseren Menschen erwartet. Aber so ist er gar nicht. Er ist Mitte siebzig und seit fast vierzig Jahren mit ein und derselben Frau verheiratet. Er hat drei erwachsene Kinder und früher für eine der großen Ölfirmen gearbeitet. Genau so sind viele Touristen, die zu uns in die Lodge kommen.«

»Hat er dir erzählt, was zwischen ihm und deiner Mutter passiert ist?«

Tru nickte und begann zu erzählen. Zum ersten Mal an diesem Morgen schien Hope aus ihrem Schneckenhaus zu kriechen, vorübergehend dem Gefängnis ihrer düsteren Gedanken zu entfliehen. Und sie konnte ihren Schock nicht verbergen, als er zum Ende kam.

»Er ist wirklich sicher, dass es dein Großvater war, der ihn verschleppt hat?«, fragte sie. »Er war ihm ja noch nie begegnet, deshalb konnte er die Stimme doch nicht kennen.«

»Das war mein Großvater«, sagte Tru. »Daran habe ich nicht den geringsten Zweifel. Genau wie er.«

»Das ist ja furchtbar!«

»Mein Großvater konnte furchtbar sein.«

»Wie geht es dir damit?«, fragte Hope sanft nach.

»Nun, es ist lange her.«

»Das ist keine richtige Antwort.«

»Aber die Wahrheit.«

»Denkst du jetzt anders über deinen Vater?«

»Ja, schon«, sagte er. »Bisher war ich davon ausgegangen, dass er einfach abgehauen ist, ohne sich um meine Mutter zu kümmern. Das stimmt aber nicht.«

»Darf ich vielleicht die Fotos und die Zeichnungen sehen?«

Tru ging hinein, um sie zu holen, und als er zurückkehrte, reichte er sie Hope. Dann setzte er sich wieder in den Schaukelstuhl und sah ihr beim Durchblättern zu.

»Deine Mutter war sehr schön«, bemerkte sie.

»Ja, das finde ich auch.«

»Man sieht ihr an, dass sie in ihn verliebt war. Und er auch in sie.«

Tru nickte zwar, war allerdings mehr auf Hope konzentriert als auf die Ereignisse des Vortags. Er versuchte, sich alles an ihr einzuprägen, jede Eigenart, jede Geste. Nach den Fotos wandte sie sich der ersten Zeichnung zu, dem Selbstporträt im Spiegel.

»Sie war sehr talentiert«, stellte Hope fest. »Aber deine sind noch besser, finde ich.«

»Sie war noch jung. Und hatte mehr natürliche Begabung als ich.«

Als sie alle Bilder begutachtet hatte, trank sie ihren Kaffee aus.

»Ich weiß, dass du gerade erst wach geworden bist, aber hättest du Lust auf einen Spaziergang am Strand?«, schlug sie vor. »Ich muss bald mit Scottie raus.«

»Klar«, sagte er. »Ich hole nur schnell meine Schuhe.«

Als er fertig war, stand Scottie bereits angeleint und schwanzwedelnd am Tor. Tru öffnete es und ließ Hope den Vortritt.

Am Strand raste Scottie sofort auf einen Vogelschwarm zu. Langsam folgten sie ihm. Es war kühler als in den vergangenen Tagen. Eine Zeit lang schien keiner von ihnen das Schweigen durchbrechen zu wollen. Als Tru seine Hand in Hopes schob, zögerte sie für einen Moment, bevor sie ihre Finger entspannte. Er merkte deutlich, dass sie sich innerlich zurückzog, und das versetzte ihm einen Stich.

Wortlos liefen sie weiter. Nur ab und zu warf Hope ihm einen Seitenblick zu, die meiste Zeit sah sie in die Ferne oder aufs Wasser. Wie bereits die ganze Woche war es leer und ruhig am Strand. Es waren keine Boote auf dem Meer, und selbst die Möwen und Seeschwalben schienen geflüchtet zu sein. Tru fühlte sich in seiner Angst bestätigt, dass etwas passiert sein musste, dass es etwas gab, was Hope sich nicht zu erzählen traute. Ihm wurde schwer ums Herz, weil er ahnte, dass es ihn sowohl überraschen als auch verletzen würde. Verzweifelt überlegte er erneut, was er ihr alles sagen wollte, doch bevor er es aussprechen konnte, wandte sie sich ihm zu.

»Entschuldige, dass ich so still bin.« Sie lächelte gezwungen. »Ich bin heute keine gute Gesellschaft.«

»Macht nichts. Du hast wenig geschlafen.«

»Das ist es nicht. Es ist …« Sie verstummte, und Tru fühlte etwas Gischt auf seine Haut spritzen. Sie hinterließ ein feuchtes, kaltes Gefühl.

Hope räusperte sich. »Du musst mir glauben, dass ich keine Ahnung hatte, was passieren würde.«

»Ich weiß nicht genau, wovon du sprichst.«

Ihre Stimme wurde weicher, ihr Griff um seine Finger fester. »Josh ist bei der Hochzeit aufgetaucht.«

Obwohl sich Tru der Magen zusammenzog, sagte er nichts. Hope fuhr fort: »Nach dem Telefonat neulich hat er einen Flug nach Wilmington gebucht. Offenbar war er über den Klang meiner Stimme doch ziemlich besorgt. Er kam kurz vor der Trauung an, stand plötzlich da und merkte mir natürlich an, dass ich nicht sehr glücklich darüber war.« Sie starrte auf den Sand vor ihren Füßen. »Anfangs war es nicht schwer, ihm aus dem Weg zu gehen. Erst wurden die ganzen Fotos von der Hochzeitsgesellschaft gemacht, und beim Essen saß ich an Ellens Tisch. Aber später bin ich nach draußen gegangen, um Luft zu schnappen, und er ist mir gefolgt.« Sie holte tief Luft. »Er hat sich entschuldigt und wollte reden und …«

Während sie sprach, hatte Tru das Gefühl, dass ihm alles entglitt. »Und?«, hakte er besorgt nach.

Sie blieb stehen und drehte sich zu ihm um. »Als ich ihn gesehen habe, konnte ich nur an die letzte Woche denken und wie viel sie mir bedeutet hat. Vor ein paar Tagen wusste ich noch nicht einmal, dass es dich gibt, deshalb frage ich mich die ganze Zeit, ob ich verrückt bin. Weil ich weiß, dass ich dich liebe.«

Tru schluckte, er sah, dass ihre Augen vor Tränen glänzten. »Auch jetzt, hier mit dir, denke ich immer nur, wie richtig es sich anfühlt. Und dass ich dich nicht verlassen will.«

»Dann bleib bei mir«, bat er eindringlich. »Wir finden einen Weg.«

»So einfach ist es nicht, Tru. Ich liebe Josh auch. Ich weiß, dass es für dich sicher schmerzlich zu hören ist, und die Wahrheit lautet, dass ich für ihn nicht das Gleiche empfinde wie für dich.« Sie musterte ihn flehentlich. »Ihr beide seid so verschieden.« Hope wirkte hilflos. »Ich fühle mich wie zerrissen, wie zwei unterschiedliche Menschen, die völlig Unterschiedliches wollen. Aber …«

Da sie offenbar nicht weitersprechen konnte, umfasste Tru ihre Arme.

»Ich kann mir ein Leben ohne dich nicht mehr vorstellen, Hope, und ich will es auch nicht. Ich will dich und nur dich, für immer. Kannst du das, was uns verbindet, wirklich aufgeben, ohne es zu bereuen?«

Sie stand da wie erstarrt, das Gesicht vor Qual verzerrt. »Nein. Ich weiß, dass ich es mein Leben lang bereuen werde.«

Forschend musterte er sie, obwohl er schon wusste, was sie ihm zu sagen versuchte. »Du wirst ihm nicht von uns erzählen, oder?«

»Ich will ihn nicht verletzen.«

»Und deshalb bist du bereit, Geheimnisse vor ihm

zu haben?« Im selben Moment taten ihm seine Worte schon leid.

»Das ist unfair!«, rief sie und schüttelte seine Hände ab. »Glaubst du, ich finde es schön, in dieser Lage zu sein? Ich bin doch nicht hergekommen, um mein Leben noch komplizierter zu machen, als es sowieso schon war! Aber egal, wie ich mich entscheide, jemand wird verletzt, und das wollte ich nie. Niemals.«

»Du hast recht«, murmelte er. »Das hätte ich nicht sagen dürfen. Es war unfair, bitte entschuldige.«

Ihre Schultern sackten herab, ihre Wut wich langsam wieder der Verwirrung. »Josh war so anders dieses Mal. Ängstlich. Und ernst«, sagte sie mehr zu sich selbst. »Ich weiß einfach nicht …«

Es hieß jetzt oder nie, begriff Tru plötzlich und nahm wieder ihre Hand. »Ich wollte schon eher mit dir darüber sprechen. Letzte Nacht, als ich nicht schlafen konnte, habe ich viel nachgedacht. Über dich und mich. Über uns. Und vielleicht findest du es übereilt, aber …« Er schluckte und sah ihr in die Augen. »Ich möchte, dass du mit mir nach Simbabwe kommst. Ich weiß, das ist viel verlangt, aber du könntest Andrew kennenlernen und wir könnten uns dort ein Leben aufbauen. Und wenn es dich stört, dass ich so viel im Busch bin, suche ich mir eine andere Arbeit.«

Hope blinzelte, versuchte aufzunehmen, was er da sagte. Sie öffnete den Mund, um zu antworten, schloss ihn dann wieder und ließ seine Hand los. Schließlich, nachdem sie sich zum Meer umgedreht hatte, schüttelte sie den Kopf.

»Ich möchte nicht, dass du meinetwegen jemand anderes wirst«, sagte sie. »Dein Beruf ist dir sehr wichtig …«

»Du bist mir wichtiger.« Er hörte selbst die Verzweiflung in seinem Tonfall. Spürte die Zukunft und all seine Hoffnungen zerbrechen. »Ich liebe dich. Liebst du mich denn nicht auch?«

»Doch, natürlich.«

»Kannst du dann nicht wenigstens darüber nachdenken, bevor du Nein sagst?«

»Habe ich schon«, sagte sie so leise, dass er ihre Stimme beim Rauschen der Brandung kaum hören konnte. »Gestern, als ich von der Hochzeit zurückkam, hatte ich genau diesen Gedanken. Einfach mit dir nach Afrika zu gehen. Hier wegzuziehen, ohne lange zu überlegen. Und einerseits sehne ich mich genau danach. Ich habe mir sogar schon ausgemalt, wie ich meinen Eltern die Situation erkläre, bestimmt würden sie mir ihren Segen geben. Aber …« Ihre Miene war tieftraurig. »Wie kann ich meinen Vater verlassen, wenn ich weiß, dass ihm nur noch wenige Jahre bleiben? Diese letzten Jahre muss ich in seiner Nähe verbringen, um seinetwillen wie um meinetwillen. Weil ich weiß, dass ich mir das sonst nie verzeihen würde. Und meine Mutter wird mich brauchen, auch wenn sie das nicht glaubt.«

»Du könntest so oft nach Hause fliegen, wie du willst. Einmal im Monat, oder noch öfter. Geld spielt keine Rolle.«

»Tru …«

Er spürte Panik aufsteigen. »Was, wenn ich hierherziehe?«, bot er an. »Nach North Carolina?«

»Und was ist mit Andrew?«

»Ich könnte ihn einmal im Monat besuchen. Dann würde ich ihn öfter sehen als jetzt. Egal, was du von mir verlangst, ich tue es.«

Gequält sah sie ihn an und ballte die Hand in seiner zur Faust.

»Aber was, wenn das nicht geht?« Es war beinahe ein Flüstern. »Was, wenn ich etwas brauche, das du mir niemals geben kannst?«

Bei diesen Worten zuckte er so heftig zusammen, als hätte sie ihn geohrfeigt. Schlagartig verstand er, was sie ihm bisher nicht hatte sagen können: dass mit ihm zusammen zu sein bedeuten würde, niemals eigene Kinder zu bekommen. Hatte sie ihm nicht von ihrem großen Wunsch erzählt? Von ihrem Traumbild, das Baby im Arm zu halten, das sie gerade geboren hatte? Davon, mit dem Mann, den sie liebte, neues Leben zu erschaffen? Mehr als alles andere wünschte sie sich, Mutter zu sein, und das war das eine, was er ihr nicht geben konnte. Die stumme Bitte um Vergebung in ihrer Miene war so unübersehbar wie ihr Schmerz.

Außerstande, sie anzusehen, wandte er sich ab. Er hatte immer geglaubt, dass in der Liebe alles möglich war, dass jedes Hindernis überwunden werden konnte. Hielt das nicht fast jeder für eine Selbstverständlichkeit? Während er noch mit der Unerbittlichkeit dessen kämpfte, was Hope gerade gesagt hatte, schlang sie die Arme um sich.

»Ich hasse mich dafür!«, rief sie mit brechender Stimme. »Dafür, dass ich unbedingt ein Kind haben möchte. Ich wünschte, ich könnte mir ein Leben ohne vorstellen, aber das gelingt mir nicht. Ich weiß, dass man auch adoptieren kann und dass es heute auch fantastische medizinische Verfahren gibt, aber …« Sie atmete tief aus. »Für mich wäre es einfach nicht dasselbe. Dass es so ist, finde ich schrecklich, aber ich kann es nicht ändern.«

Lange schwiegen sie beide und starrten in die Wellen. Endlich stieß Hope hervor: »Ich möchte nicht eines Tages denken, dass ich für dich meinen Traum aufgegeben habe. Ich möchte nie einen Grund haben, wütend auf dich zu sein, der Gedanke erschreckt mich zu Tode.« Sie schüttelte den Kopf. »Ich weiß, wie egoistisch ich klinge, wie sehr ich dich damit verletze. Aber bitte mich nicht noch einmal, mit dir zu gehen, sonst tue ich es …«

Er griff nach ihrer Hand und küsste sie. »Du bist nicht egoistisch«, sagte er.

»Aber du verachtest mich.«

»Natürlich nicht.«

Er zog sie fest in seine Arme. »Ich werde dich immer lieben. Nichts, was du sagst oder tust, kann daran etwas ändern.«

Vergeblich kämpfte Hope gegen die Tränen an. »Es gibt noch etwas.« Jetzt fing sie wirklich an zu weinen. »Was ich dir noch nicht erzählt habe.«

Innerlich wappnete er sich. Er ahnte schon, was jetzt kam.

»Josh hat mir gestern einen Heiratsantrag gemacht. Er hat gesagt, er ist jetzt bereit für eine Familie.«

Tru blieb stumm. Ihm war leicht schwindlig, und er sackte in sich zusammen, als hätten seine Gliedmaßen sich in Blei verwandelt.

»Es tut mir leid, Tru«, sagte sie. »Gestern Nacht wusste ich nicht, wie ich es dir sagen soll. Aber ich habe ihm noch keine Antwort gegeben, das sollst du wissen. Und ich hatte ehrlich keine Ahnung, dass er mich fragen würde.«

Tru schluckte, um seine Gefühle in den Griff zu bekommen. »Spielt es wirklich eine Rolle, dass du nicht damit gerechnet hast?«

»Weiß ich nicht. Im Moment habe ich das Gefühl, gar nichts mehr zu verstehen. Ich weiß nur, dass ich das so nicht wollte. Ich wollte dir nie wehtun.«

Ein körperlicher Schmerz durchströmte Tru, er begann in der Brust und setzte sich nach außen fort, bis sogar seine Fingerspitzen pochten.

»Ich kann dich nicht zwingen, bei mir zu bleiben«, flüsterte er. »Und ich will es auch gar nicht, selbst wenn das bedeutet, dich nie wiederzusehen. Aber um eines möchte ich dich bitten.«

»Um alles, was du willst«, wisperte sie.

»Würdest du versuchen, mich nicht zu vergessen?«

Sie machte ein ersticktes Geräusch. Mit zusammengepressten Lippen nickte sie. Als Tru sie erneut in den Arm nahm, spürte er sie an sich sinken, als trügen ihre Beine sie nicht länger. Sie begann zu schluchzen, was ihm schier das Herz zerriss. Hinter ihnen rollten die Wellen weiter an die Küste, sie kümmerten sich nicht darum, dass zwischen Tru und Hope die Welt zum Stillstand kam.

Er wollte sie und nur sie, für immer. Doch das war nicht möglich, denn trotz der Liebe, die sie füreinander empfanden, wusste er bereits, wie Hopes Antwort auf Joshs Frage lauten würde.

*

Im Cottage räumte Hope alle verderblichen Lebensmittel aus dem Kühlschrank in eine Mülltüte. Während sie ins Bad ging, brachte Tru die Tüte nach draußen zu den Tonnen. Er konnte keinen klaren Gedanken fassen. Als er zurückkam, hörte er das Wasser in der Dusche rauschen. Schnell suchte er die Schubladen ab, bis er Stift und Papier gefunden hatte, und versuchte, seine Gefühle zu ordnen, indem er sie niederschrieb. Es gab so vieles, was er sagen wollte.

Danach ging er ins Haus seines Vaters und holte zwei Zeichnungen. Mit dem Brief zusammen legte er sie in Hopes Auto ins Handschuhfach. Wenn sie die Seiten fand, war ihre gemeinsame Zeit bereits Vergangenheit.

Als Hope schließlich wieder auftauchte, hatte sie ihren Koffer in der Hand. In einer Jeans, einer weißen Bluse und den neuen Sandalen war sie herzzerreißend schön. Tru saß am Tisch, und nachdem sie alle Lichter ausgeknipst hatte, setzte sie sich auf seinen Schoß. Sie schlang die Arme um ihn, und lange hielten sie einander einfach nur fest. Als sie den Kopf zurückzog, war ihre Miene bedrückt.

»Ich sollte jetzt fahren«, sagte sie.

»Ich weiß«, flüsterte er.

Sie stand auf, leinte Scottie an und ging langsam zur Tür.

Es war Zeit. Tru nahm ihren Koffer und den Karton mit Andenken, den sie gepackt hatte. Er folgte ihr durch die Tür, wartete, bis sie abgeschlossen hatte, und atmete den Wildblumenduft ihres Shampoos ein.

Draußen stellte er ihr Gepäck in den Kofferraum, während sie Scottie auf den Rücksitz setzte. Dann kam sie langsam auf Tru zu. Wieder umarmte er sie, keiner von beiden vermochte etwas zu sagen. Als sie sich endlich von ihm löste, versuchte er zu lächeln, obwohl in seinem Inneren alles zerbrach.

»Falls du je vorhast, eine Safari zu machen, gib mir Bescheid. Ich kann dir sagen, welche Lodges gut sind. Es muss auch nicht in Simbabwe sein, ich habe Kontakte in der ganzen Region. Du kannst mich immer über die Lodge in Hwange erreichen.«

»Ist gut«, sagte sie mit zittriger Stimme.

»Und wenn du einfach nur mit mir reden oder mich sehen willst, ist das auch kein Problem. Fluglinien machen die Welt viel kleiner. Wenn du mich brauchst, komme ich. In Ordnung?«

Sie nickte, ohne ihn dabei anzusehen, und schob den Henkel der Handtasche auf ihre Schulter. Am liebsten hätte Tru sie noch einmal angefleht, mit ihm zu kommen. Am liebsten hätte er ihr gesagt, dass es eine Liebe wie ihre nicht noch einmal gäbe. Er spürte die Worte schon auf der Zunge, aber sie blieben in seinem Mund.

Also küsste er sie, sanft, weich, ein letztes Mal, dann öffnete er ihr die Fahrertür. Als sie am Steuer saß, schob er die Tür zu, und bei dem Geräusch zerbarsten all seine Hoffnungen und Träume. Er hörte den Motor anspringen und sah sie das Fenster herunterkurbeln.

Sie streckte die Hand aus dem Fenster und nahm seine.

»Ich werde dich nie vergessen«, sagte sie. Und dann ließ sie ihn unvermittelt los. Legte den Rückwärtsgang ein und setzte aus der Einfahrt. Tru folgte ihr wie in Trance.

In dem Moment brach ein Sonnenstrahl durch die Wolken und beleuchtete ihr Auto wie ein Scheinwerfer. Es rollte vorwärts. Fort von ihm.

Schon bald wurde der Wagen kleiner, und Hope war durch die Heckscheibe nicht mehr zu erkennen. Doch Tru blickte ihr weiter nach. Er fühlte sich ausgehöhlt, eine leere Hülle.

Da blitzten die Bremslichter einmal kurz rot auf, dann erneut und anhaltend. Das Auto kam zum Stehen, und die Fahrertür ging auf. Hope stieg aus und drehte sich zu ihm um. Sie wirkte so weit weg, und als sie ihm eine letzte Kusshand zuwarf, konnte er sich nicht überwinden, die Geste zu erwidern. Sie wartete einen Moment, stieg dann wieder ein und zog die Tür zu. Der Wagen setzte sich in Bewegung.

»Komm zu mir zurück«, flüsterte er, als sie die Ecke erreichte, an der sie auf die Hauptstraße abbog.

Sie konnte ihn natürlich nicht hören. Das Auto wurde langsamer, hielt aber nicht an. Jetzt vermochte er nicht länger hinzusehen, er beugte sich vor und stützte die Hände auf die Knie. Auf dem Asphalt bildeten seine Tränen tintenschwarze Flecke.

Als er den Kopf wieder hob, war der Wagen verschwunden und die Straße leer und verlassen.

Danach

An die Fahrt zurück nach Raleigh konnte Hope sich später nicht erinnern. Auch nicht an ihre Verabredung mit Josh an jenem Sonntag. Seit dem Mittag hatte er mehrfach angerufen, Nachrichten auf dem Anrufbeantworter hinterlassen, gebettelt, sie möge sich mit ihm treffen. Widerstrebend willigte sie ein, aber während sie mit Josh zusammensaß, konnte sie immer nur daran denken, wie Tru auf der Straße gestanden und ihr nachgesehen hatte. Unvermittelt teilte sie Josh mit, sie brauche ein paar Tage zum Nachdenken, und verließ das Restaurant, noch bevor das Essen kam. Sie spürte seinen ratlosen Blick auf sich, als sie hinauseilte.

Ein paar Stunden später stand er vor ihrer Wohnung, und sie sprachen ein paar Minuten lang an der Tür. Wieder bat er um Entschuldigung, und es gelang Hope, ihren inneren Aufruhr zu verbergen. Nachdem sie sich für den Donnerstag mit ihm verabredet hatte, schloss sie die Tür und lehnte sich erschöpft mit dem Rücken dagegen. Nach einer Weile legte sie sich auf das Sofa im Wohnzimmer. Eigentlich wollte sie nur kurz dösen, schlief dann aber bis zum nächsten Morgen. Ihr erster Gedanke beim Aufwachen war, dass

Tru bereits auf dem Weg nach Simbabwe sein musste und der Abstand zwischen ihnen sich von Minute zu Minute vergrößerte.

Es kostete sie all ihre Kraft, bei der Arbeit zu funktionieren. Abgesehen von einem halbwüchsigen Mädchen, das in einen furchtbaren Autounfall verwickelt gewesen war, konnte sie sich später an keinen Patienten erinnern. Falls ihre Kolleginnen bemerkten, wie abwesend sie war, ließen sie sich nichts anmerken.

Am Mittwoch wollte Hope nach der Arbeit ihre Eltern besuchen. Ihre Mutter hatte ihr eine Nachricht hinterlassen, sie koche Eintopf, und Hope beschloss, auf dem Weg einen Blaubeerkuchen zu besorgen. Das Problem war nur, dass die Bäckerei ausschließlich Bargeld annahm, und in ihrer Benommenheit während der vergangenen Tage hatte sie vergessen, zur Bank zu gehen. Da ihr einfiel, dass sie für Notfälle etwas Geld im Handschuhfach aufbewahrte, ging sie zurück zum Wagen. Noch ehe sie sich auf die Suche nach dem Geld machen konnte, fiel ihr ein Blatt Papier auf, und sie erkannte die Zeichnung von sich, die Tru angefertigt hatte.

Sie zu sehen verschlug Hope den Atem. Er musste sie vor ihrer Abreise in das Handschuhfach gelegt haben. Mit zitternden Händen starrte sie auf das Bild, bis ihr einfiel, dass sie noch den Kuchen zu bezahlen hatte. Sorgsam legte sie das Blatt auf den Beifahrersitz und eilte in den Laden.

Als sie wieder im Auto saß, nahm sie das Bild erneut in die Hand. Sie erkannte darauf eine Frau, die hoffnungslos verliebt war in den Mann, der sie gezeichnet hatte, und spürte ein fast unerträgliches Verlangen, noch ein Mal von ihm im Arm gehalten zu werden. Sie wollte seinen Duft einatmen, das Kratzen seiner Bartstoppeln spüren, dem Mann ins Gesicht sehen, der sie intuitiv verstand wie kein anderer. Wollte bei dem Mann sein, der ihr Herz gestohlen hatte.

Als sie die Zeichnung auf ihren Schoß sinken ließ, bemerkte sie ein weiteres Blatt Papier im offenen Handschuhfach. Es war ordentlich gefaltet, und darauf lag ein Umschlag mit ihrem Namen. Mit stockendem Atem griff sie nach beidem.

Die zweite Zeichnung zeigte sie und Tru im Profil am Strand stehend. Der Anblick erschütterte Hope so, dass sie kaum das Auto wahrnahm, das mit dröhnend lautem Radio neben ihr geparkt hatte. Tru zu sehen erfüllte sie mit unendlicher Sehnsucht. Sie zwang sich, das Blatt beiseitezulegen.

Der Umschlag fühlte sich schwer an. Eigentlich wollte Hope den Brief nicht hier lesen. Besser wäre es, es zu Hause zu tun, wenn sie allein war.

Doch er rief nach ihr, also öffnete sie ihn.

Liebe Hope,

ich bin nicht sicher, ob du das hier lesen möchtest, aber in meiner Verwirrung klammere ich mich an jeden Strohhalm. Außer diesem Brief wirst du zwei Zeichnungen finden. Die erste erkennst du möglicherweise. An der zweiten habe ich gearbeitet, während du bei dem Abendessen und bei der Hochzeit warst. Ich glaube, dass ich noch mehr Zeichnungen von dir anfertigen werde, wenn ich zu Hause bin, aber die würde ich gern behalten, wenn du nichts dagegen hast. Falls doch, lass es mich bitte wissen. Entweder schicke ich sie dir dann oder werfe sie weg. Ich hoffe, du weißt, dass du mir vertrauen kannst.

Ich möchte dir sagen, dass ich – obwohl es unerträglich für mich ist, mir ein Leben ohne dich vorzustellen – die Gründe für deine Entscheidung verstehe. Deine strahlende Miene, als du von eigenen Kindern sprachst, werde ich niemals vergessen. Ich weiß, wie schwer dir diese Entscheidung gefallen ist. Für mich war sie niederschmetternd, aber ich kann dir keinen Vorwurf machen. Immerhin habe ich einen Sohn und möchte mir ein Leben ohne ihn nicht vorstellen.

Wenn du weg bist, werde ich vermutlich am Strand spazieren gehen, wie jeden Tag seit meiner Ankunft, aber nichts wird so sein wie vorher. Denn bei jedem Schritt werde ich an dich denken müssen. Ich werde dich neben mir spüren, und in mir. Du bist ja jetzt schon ein Teil von mir geworden, und ich weiß ganz sicher, dass sich das niemals ändern wird.

Nie hätte ich damit gerechnet, einmal so zu empfinden. Wie auch? Den Großteil meines Lebens, mal abgesehen von der Zeit mit meinem Sohn, hatte ich das Gefühl, zum Alleinsein bestimmt zu sein. Damit will ich nicht sagen, ich hätte ein Eremitenleben geführt, weil das nicht stimmt und du bereits weißt, dass mein Beruf ein gewisses Maß an sozialen Kontakten erfordert. Aber ich war nie ein Mensch, der sich ohne jemanden neben sich im Bett unvollständig vorkam; ich habe mich nie gefühlt wie die Hälfte eines Ganzen. Bis du kamst. Da begriff ich, dass ich mir etwas vorgemacht hatte und mir in Wirklichkeit all diese langen Jahre du gefehlt hast.

Ich weiß nicht, was das für meine Zukunft bedeutet, nur, dass ich nicht mehr derselbe Mensch sein werde wie früher, weil das nicht möglich ist. Und ich bin nicht so naiv zu glauben, dass Erinnerungen ausreichen werden, deshalb werde ich in stillen Momenten nach dem Zeichenpapier greifen und versuchen festzuhalten, was noch geblieben ist. Ich hoffe, du verwehrst mir das nicht.

Ich wünschte, wir hätten zusammenbleiben können, aber das Schicksal hat offenbar andere Pläne. Dennoch musst du wissen: Die Liebe, die ich für dich empfinde, ist echt, und all die Traurigkeit, die nun damit einhergeht, ist ein Preis, den ich noch tausendmal zahlen würde. Denn dich zu erleben und zu lieben, selbst für kurze Zeit, hat meinem Dasein eine ganz andere Bedeutung verliehen, und zwar für immer.

Ich verlange nicht das Gleiche von dir. Vor dir liegt jetzt ein neues Leben, und darin ist kein Platz für einen Dritten. Das akzeptiere ich. Der chinesische Philosoph Laotse hat gesagt, geliebt zu werden gibt dir Kraft, und jemanden zu lieben gibt dir Mut. Jetzt verstehe ich, was er meinte. Weil du in mein Leben getreten bist, kann ich mich den kommenden Jahren mit einem

Mut stellen, den ich bis dahin nicht von mir kannte. Dich zu lieben hat mehr aus mir gemacht, als ich vorher war.

Du weißt, wo ich bin, falls du mich jemals kontaktieren möchtest. Es könnte etwas dauern, ich erwähnte ja, dass sich die Welt im Busch langsamer dreht. Und manches gelangt auch nie an seinen Bestimmungsort. Aber ich glaube fest daran, dass dich und mich etwas ganz Besonderes verbunden hat und dass, wenn du mich erreichen möchtest, das Schicksal es mir irgendwie mitteilen wird. Immerhin glaube ich deinetwegen jetzt an Wunder. Bei uns wird immer alles möglich sein, auch daran möchte ich glauben.

In Liebe,
Tru

Hope las den Brief ein zweites und ein drittes Mal, bevor sie ihn schließlich wieder in den Umschlag steckte. Sie stellte sich vor, wie Tru ihn in ihrer Küche geschrieben hatte, und so gern sie ihn erneut gelesen hätte, sie befürchtete, dass sie es dann nicht mehr zu ihren Eltern geschafft hätte.

Also verstaute sie die Zeichnungen und den Umschlag im Handschuhfach, startete den Wagen aber noch nicht sofort. Vielmehr lehnte sie den Kopf an den Sitz und versuchte, ihre aufgewühlten Emotionen in den Griff zu bekommen. Endlich, nach einer gefühlten Ewigkeit, zwang sie sich weiterzufahren.

Ihre Beine fühlten sich wackelig an, als sie zur Tür ihres Elternhauses lief. Mit einem künstlichen Lächeln trat sie ein und sah ihren Vater mühsam vom Sessel aufstehen, um sie zu begrüßen. Der Duft aus der Küche erfüllte das Haus, aber Hope hatte keinen Appetit.

Am Tisch erzählte sie von der Hochzeit. Die Begegnung mit Tru verschwieg sie. Und auch Joshs Heiratsantrag behielt sie für sich.

Nach dem Dessert zog sie sich auf die Veranda zurück, sie brauchte frische Luft. Mittlerweile war der Himmel voller Sterne, und als die Fliegengittertür quietschte, sah Hope ihren Vater im Schein des Wohnzimmerlichts nach draußen treten. Er lächelte und strich ihr über die Schulter, ehe er vorsichtig zu dem Stuhl neben ihr schlurfte. In der Hand hielt er eine Tasse entkoffeinierten Kaffee, und als er sich niedergelassen hatte, trank er einen Schluck.

»Deine Mutter macht immer noch den besten Rindfleischeintopf, den ich kenne.«

»Er war sehr lecker«, pflichtete Hope ihm bei.

»Geht's dir gut? Du warst ein bisschen still beim Essen.«

Sie klemmte ein Bein unter. »Ja. Ich muss mich noch vom Wochenende erholen.«

Ihr Vater stellte die Tasse auf den Tisch. In der Ecke tanzte eine Motte ums Licht, und die Grillen hatten ihr Abendlied begonnen.

»Ich hörte, Josh ist bei der Hochzeit aufgetaucht.« Auf ihren fragenden Blick hin zuckte er die Achseln. »Hat mir deine Mutter erzählt.«

»Woher weiß sie das denn?«

»Da bin ich mir nicht sicher. Irgendjemand muss es ihr gesagt haben.«

»Ja«, bestätigte Hope. »Er war da.«

»Und habt ihr miteinander geredet?«

»Ein bisschen.« Vor Kurzem noch hätte Hope sich nicht vorstellen können, ihrem Vater nicht von dem Heiratsantrag zu erzählen, aber in der schwülen, drückenden Luft jenes Septemberabends wollten ihr die Worte nicht über die Lippen kommen. Stattdessen sagte sie: »Wir gehen morgen zusammen essen.«

Forschend musterte er seine Tochter mit seinen sanften Augen. »Ich hoffe, es läuft gut. Was auch immer das für dich bedeutet.«

»Ich auch.«

»Wenn du mich fragst, hat er einiges zu erklären.«

»Das stimmt.« Hope hörte die Standuhr im Haus schlagen. Vorhin hatte sie ihren verstaubten Schulatlas aus dem Regal geholt und die Zeitverschiebung im Verhältnis zu Simbabwe ausgerechnet. Jetzt musste es dort mitten in der Nacht sein. Sie nahm an, dass Tru bei Andrew in Bulawayo war, und fragte sich, was die beiden wohl am nächsten Tag vorhatten. Zusammen in den Busch gehen, um Tiere zu sehen, oder Fußball spielen oder einfach einen Spaziergang machen? Gern hätte sie gewusst, ob Tru an sie dachte, so wie sie nicht aufhören konnte, an ihn zu denken. In der Stille drängten die Sätze aus seinem Brief gewaltsam an die Oberfläche.

Ihr Vater wartete darauf, dass sie sprach, das wusste

sie. Früher war sie mit ihren Problemen oder Sorgen immer zu ihm gegangen. Seine Art zuzuhören hatte sie getröstet. Er war ein sehr empathischer Mensch und gab selten Ratschläge. Eher fragte er sie, was sie ihrer eigenen Meinung nach tun sollte, und ermutigte sie dadurch dazu, sich auf ihren Instinkt zu verlassen.

Jetzt aber, nach Trus Brief, konnte sie das Gefühl nicht abschütteln, einen schrecklichen Fehler gemacht zu haben. Vor ihrem geistigen Auge lief noch einmal in Zeitlupe ihr letzter gemeinsamer Vormittag ab. Sie sah Tru auf die Terrasse treten, spürte seine Hand in ihrer, während sie am Strand spazieren gingen. Sah seine verzweifelte Miene, als sie ihm von Joshs Antrag erzählte.

Doch das waren nicht die schmerzlichsten Erinnerungen. Schlimmer war, wie er sie angefleht hatte, mit ihm nach Simbabwe zu gehen; wie er sich gekrümmt hatte, als sie mit dem Auto um die Kurve bog, fort von einem gemeinsamen Leben.

Sie wusste, dass es noch möglich war, etwas zu ändern. Es war nicht zu spät. Sie konnte morgen einen Flug nach Simbabwe buchen und zu ihm fliegen, konnte ihm sagen, sie wisse jetzt, dass sie beide dazu bestimmt seien, zusammen alt zu werden. Er und sie würden sich an einem ihr fremden Ort lieben, und Hope würde ein neuer Mensch werden, von dessen Leben sie bisher nur geträumt hatte.

Das alles hätte sie gern ihrem Vater erzählt. Sie wollte von ihm hören, dass ihr Glück das Einzige war, was für ihn zählte, doch ehe sie sprechen konnte, spürte sie einen Windhauch. Sie stellte sich unwillkürlich Tru neben dem Briefkasten am Strand vor, das dichte Haar von der Brise zerzaust.

Sie hatte doch das Richtige getan, oder?

Oder?

Die Grillen zirpten weiter, der Abend sank schwer, mit einem fast erstickenden Gewicht herab. Mondlicht fiel durch die Baumkronen. Auf der Straße fuhr ein Auto vorbei, mit offenen Fenstern und lauter Musik. Sie erinnerte sich an den Jazz, den sie im Radio gehört hatten, als Tru sie in der Küche im Arm hielt.

»Was ich noch fragen wollte«, begann ihr Vater schließlich, »hast du es mal zu ›Seelenverwandte‹ geschafft, obwohl es fast die ganze Woche gewittert hat?«

Bei diesen Worten brachen urplötzlich alle Dämme, und Hope stieß einen leisen Schrei aus, der sich schnell in ein Schluchzen verwandelte.

»Habe ich etwas Falsches gesagt?«, fragte ihr Vater in Panik, aber sie hörte ihn kaum. »Was ist los? Rede mit mir, Schätzchen.«

Außerstande zu antworten, schüttelte sie den Kopf. Sie spürte die Hand ihres Vaters auf dem Knie. Selbst ohne die Augen aufzuschlagen, wusste sie, dass er sie besorgt ansah. Aber sie konnte nur an Tru denken und die Tränen nicht länger zurückhalten.

Teil 2

Das Rieseln der Sanduhr

Oktober 2014

Erinnerungen sind ein Tor zur Vergangenheit, und je mehr einem eine Erinnerung bedeutet, desto weiter öffnet sich das Tor. Jedenfalls hatte das Hopes Vater immer gesagt, und wie vieles von dem, was sie von ihm gelernt hatte, schienen diese Worte mit der Zeit noch wahrer zu werden.

Andererseits änderte sich eben alles mit der Zeit, dachte sie. Wenn sie über ihr Leben nachdachte, konnte sie kaum glauben, dass nahezu ein Vierteljahrhundert seit jenen Tagen in Sunset Beach vergangen war. So viel war seitdem passiert, und oft hatte sie das Gefühl, ein völlig anderer Mensch geworden zu sein.

Jetzt war sie allein. Es war früher Abend, in der kühlen Luft lag eine Andeutung von Winter, und Hope saß auf der Terrasse ihres Hauses in Raleigh, North Carolina. Das Mondlicht warf ein unheimliches Schimmern auf den Rasen und färbte das von der Brise bewegte Laub silbern. Das Rascheln klang wie Stimmen der Vergangenheit, die nach ihr riefen, was in letzter Zeit häufig geschah. Während sie langsam vor- und zurückschaukelte, dachte sie an ihre Kinder, und die Erinnerungen bewegten sich durch ihren Kopf wie ein Kaleidoskop von Bildern. Die Ehrfurcht, die sie jedes Mal empfunden hatte, wenn sie das Baby im Krankenhaus in den Arm gelegt bekam. Der Anblick, wenn sie als Kleinkinder nach dem Baden nackt durch den Flur rannten. Das zahnlückige Grinsen, wenn die Milchzähne ausfielen. Und die Mischung aus Stolz und Sorge, die Hope empfunden hatte, als sie sich durch die Pubertät kämpften. Es waren liebe Kinder. Großartige Kinder. Zu ihrer Überraschung stellte sie fest, dass sie sich sogar an Josh inzwischen mit Zuneigung erinnern konnte, was früher unmöglich gewesen wäre. Acht Jahre zuvor hatten sie sich scheiden lassen, aber mit ihren sechzig Jahren hatte Hope offenbar einen Punkt erreicht, an dem Verzeihen leichtfiel.

Jacob war am Freitagabend vorbeigekommen, Rachel hatte am Sonntagmorgen Bagels gebracht. Keiner der beiden hatte neugierig nachgefragt, als Hope ankündigte, sich wie im vergangenen Jahr ein Cottage am Meer zu mieten. Ihr mangelndes Interesse war nicht ungewöhnlich. Die jungen Leute waren mit ihrem eigenen Leben beschäftigt. Rachel hatte im Mai ihren Abschluss gemacht, Jacob ein Jahr zuvor, und beide hatten schon vor der Zeugnisvergabe Jobs gefunden. Jacob verkaufte Werbezeit bei einem lokalen Radiosender, während Rachel für eine Internetmarketingfirma arbeitete. Beide hatten eine eigene Wohnung und bezahlten ihre Rechnungen selbst, was heutzutage eine Seltenheit war, wie Hope wusste. Die meisten Freunde ihrer Kinder waren nach dem College zunächst wieder zu den Eltern gezogen, und insgeheim hielt Hope die Unabhängigkeit ihrer Kinder für bemerkenswerter als ihre Diplome.

Bevor sie an diesem Tag ihren Koffer gepackt hatte, war sie beim Friseur gewesen. Seit ihrer Pensionierung zwei Jahre zuvor ging sie regelmäßig in einen schicken Salon in der Nähe einiger Nobelkaufhäuser. Es war zurzeit ihr einziger Luxus. Während sie auf dem Frisierstuhl saß, hörte sie die Gespräche der anderen Kundinnen über Ehemänner und Kinder bis hin zu Sommerurlauben an. Die lockere Unterhaltung war wie Balsam für Hope, und oft wanderten ihre Gedanken dabei zu ihren Eltern.

Sie waren schon lange tot. Ihr Vater war vor achtzehn Jahren an ALS gestorben, und ihre Mutter hatte ihn um vier traurige Jahre überlebt. Hope vermisste sie immer noch, aber der Schmerz des Verlusts war im Laufe der Jahre erträglicher geworden – ein dumpfes Ziehen, das nur auftrat, wenn sie besonders melancholisch war.

Als Hope den Salon verlassen hatte, waren ihr die BMW und Mercedes aufgefallen und die Frauen, die mit prallen Tüten aus den Geschäften kamen. Sie fragte sich, wie viel von diesen Einkäufen wirklich nötig war oder ob Shoppen nicht zu einer Art Sucht geworden war und vorübergehend einen Ausweg aus Angstzuständen oder Depressionen bot. Es hatte in Hopes Leben eine Zeit gegeben, in der sie aus den gleichen Gründen einkaufen ging, aber das war lange vorbei, und sie konnte sich des Gedankens nicht erwehren, dass die Welt sich in den vergangenen Jahrzehnten verändert hatte. Die Menschen schienen materialistischer geworden zu sein, stets darauf bedacht, mit den anderen mitzuhalten, aber Hope hatte gelernt, dass es in einem ausgefüllten Leben selten um so etwas ging. Es ging vielmehr um Erfahrungen und Beziehungen, um Gesundheit und Familie und die Liebe zu jemandem, der diese Liebe erwiderte. Sie hatte sich alle Mühe gegeben, ihren Kindern das zu vermitteln, aber wer wusste schon, ob es ihr gelungen war?

In letzter Zeit fand sie häufig keine Antworten auf die Fragen des Lebens. Und obwohl es Leute gab, die behaupteten, alle Antworten zu kennen – die Talkshows waren voll von solchen Experten –, war Hope selten überzeugt. Dürfte sie sich die Antwort auf nur eine Frage wünschen, wäre es schlicht diese: Warum kann es keine Liebe ohne Opfer geben?

Sie wusste es nicht. Sie wusste nur, was sie in ihrer Ehe, als Mutter und als erwachsenes Kind eines Vaters beobachtet hatte, der dazu verdammt gewesen war, langsam dahinzusiechen. Doch so intensiv sie sich auch mit dieser Frage beschäftigte, der Grund wollte sich ihr nicht erschließen. Waren Opfer wirklich ein notwendiger Bestandteil der Liebe? Waren die Worte in Wirklichkeit gleichbedeutend? War das eine Beweis für das andere und umgekehrt? Eigentlich wollte sie nicht glauben, dass Liebe stets einen hohen Preis forderte, dass sie Enttäuschung oder Schmerz oder Angst nach sich zog, aber es gab Momente, in denen sich dieser Gedanke aufdrängte.

Trotz der unvorhergesehenen Ereignisse in ihrem Leben war Hope nicht unglücklich. Niemand hatte es leicht, das wusste sie und war sich gleichzeitig sicher, ihr Bestes gegeben zu haben. Doch wie jeder Mensch bereute sie natürlich so manches, und in den letzten Jahren war dies präsenter geworden. Immer wieder kamen Dinge hoch, wenn sie nicht damit rechnete, häufig an den seltsamsten Orten: zum Beispiel, wenn sie gerade in der Kirche Geld in den Korb legte oder wenn sie verschütteten Zucker vom Boden aufputzte. In solchen Momenten erinnerte sie sich unwillkürlich an das, was sie gern rückwirkend ändern würde, an Streitigkeiten, die hätten vermieden werden können, an Worte des Vergebens, die unausgesprochen geblieben waren. Einerseits hätte sie am liebsten die Zeit zurückgedreht und andere Entscheidungen getroffen, andererseits fragte sie sich, was wirklich zu ändern gewesen wäre. Fehler waren unausweichlich, und Hope war zu dem Schluss gekommen, dass man aus ihnen Wichtiges fürs Leben lernen konnte, wenn man bereit dazu war. Und in diesem Sinne hatte ihr Vater, stellte sie fest, nur halb recht gehabt mit seiner Bemerkung zu den Erinnerungen. Sie waren eben doch nicht nur ein Tor zur Vergangenheit. Sondern Hope wollte glauben, dass sie auch ein Tor in eine neue und andere Zukunft darstellen konnten.

*

Ein kühler Windstoß ließ Hope frösteln. Sie ging wohl besser hinein.

Seit über zwanzig Jahren wohnte sie in diesem Haus. Josh und sie hatten es kurz nach der Hochzeit gekauft, und während sie jetzt die vertraute Umgebung betrachtete, dachte sie wieder, wie sehr sie es immer gemocht hatte. Es war im georgianischen Stil gebaut, mit hohen Säulen vorn und mit Holzvertäfelung in den meisten Räumen im Erdgeschoss. Dennoch wurde es wahrscheinlich Zeit, es zu verkaufen. Es war zu groß für sie, und sämtliche Räume sauber zu halten war eine Sisyphusarbeit. Auch die Treppe wurde allmählich zum Problem, allerdings hatten Jacob und Rachel protestiert, als Hope einen Verkauf des Hauses angesprochen hatte.

So oder so musste es renoviert werden. Die Holzböden waren zerkratzt und abgenutzt, im Esszimmer war die Tapete verblasst und musste ersetzt werden. Die Küche und die Bäder waren noch funktionsfähig, aber ziemlich altmodisch. Es gab viel zu tun, und Hope wusste nicht, wann oder auch nur ob sie dazu in der Lage war.

Sie ging durchs Haus und knipste überall das Licht aus. Ihr Koffer wartete neben der Holztruhe, die sie vom Dachboden geholt hatte. Beides erinnerte sie an Tru, aber eigentlich dachte sie sowieso ständig an ihn, ihr Leben lang. Er musste mittlerweile sechsundsechzig sein. Sie überlegte, ob er aufgehört hatte zu arbeiten und ob er noch in Simbabwe wohnte. Vielleicht war er ja nach Europa oder Australien oder einen noch exotischeren Ort gezogen. Vielleicht lebte er auch in Andrews Nähe und war inzwischen Großvater? Gern hätte sie gewusst, ob er noch einmal geheiratet hatte, mit wem er zusammen war oder ob er sich an sie erinnerte. Lebte er überhaupt noch? Sie bildete sich ein, dass sie gespürt hätte, wenn er aus dieser Welt schied, dass zwischen ihnen eine Verbindung bestand, aber sie musste zugeben, dass das Wunschdenken war. Hauptsächlich jedoch fragte sie sich, ob die letzten Worte seines damaligen Briefs stimmen konnten – dass nämlich für sie beide immer alles möglich wäre.

Im Schlafzimmer zog sie den Pyjama an, den Rachel ihr zu Weihnachten geschenkt hatte. Er war weich und warm, genau wie Hope es mochte. Dann legte sie sich ins Bett, deckte sich zu und hoffte auf den Schlaf, der sich in letzter Zeit so häufig nicht einstellen wollte.

Letztes Jahr am Meer hatte sie nachts wach gelegen und an Tru gedacht. Sie hatte sich inständig gewünscht, er käme zu ihr zurück, und sich mit lebhafter Eindringlichkeit ihre gemeinsamen Tage damals ins Gedächtnis gerufen. Ihre erste Begegnung am Strand und den Kaffee, den sie zusammen getrunken hatten, und immer wieder das Abendessen bei Clancy's und den Spaziergang zurück. Sie hatte seinen Blick auf sich gespürt, als sie auf der Terrasse Wein tranken, und seine Stimme gehört, als er ihr den Brief aus »Seelenverwandte« vorlas. Vor allem aber hatte sie sich an die zärtliche und sinnliche Art und Weise erinnert, in der sie sich liebten, an seine ausdrucksvolle Miene, die Worte, die er ihr zugeflüstert hatte.

Sie staunte, wie unmittelbar sich all das immer noch anfühlte, wie greifbar seine Liebe zu ihr; selbst die nicht nachlassenden Schuldgefühle waren stets präsent. An jenem Tag damals war in Hopes Innerem etwas zerbrochen, doch sie glaubte, dass dadurch etwas Stärkeres entstanden war. Wann immer sie danach ihr Leben als unerträglich schwierig empfunden hatte, dachte sie an Tru und tröstete sich damit, dass er kommen würde, sollte sie jemals einen Punkt erreichen, an dem sie ihn brauchte. Das hatte er ihr an ihrem letzten gemeinsamen Morgen versprochen, und dieses Versprechen reichte für sie aus, um weiterzumachen.

In jener Nacht am Meer, als sie nicht schlafen konnte, hatte sie versucht, die Geschichte so umzuschreiben, dass sie Frieden fand. Sie malte sich aus, an der Ecke umzukehren und zu ihm zurückzufahren, stellte sich vor, Josh gegenüberzusitzen und ihm mitzuteilen, dass sie jemand anderen kennengelernt hatte. Traumbilder eines späteren Wiedersehens am Flughafen, wo sie Tru von seinem Flug aus Simbabwe abholte, tauchten vor ihrem geistigen Auge auf. Sie umarmten sich am Gepäckband, küssten sich inmitten der Menschenmenge. Er legte den Arm um sie, als sie zum Auto liefen, und sie sah ihn lässig seine Tasche in den Kofferraum werfen. Hinterher liebten sie sich in dem Cottage, in dem sie vor all den Jahren gelebt hatte.

Doch ab da verschwammen die Bilder. Das Haus, das sie gemeinsam bezogen hätten, blieb vage, und wenn sie sich und Tru in der Küche sah, war es entweder die im Cottage ihrer Eltern oder die in dem Haus, das sie mit Josh gekauft hatte. Auch, welchen Beruf Tru ausgeübt hätte, konnte sie sich nicht vorstellen. Wenn sie es versuchte, kehrte er in ihrer Fantasie abends in derselben Kleidung zurück, die er in ihrer gemeinsamen Woche getragen hatte, als käme er gerade von einer Safari. Sie wusste, dass er regelmäßig nach Bulawayo gefahren wäre, um Andrew zu besuchen, doch ihr fehlten Informationen, um sich sein Haus oder das Stadtviertel auszumalen. Und immer blieb Andrew ein Zehnjähriger, seine Gesichtszüge eingefroren, genau wie Tru auf ewig zweiundvierzig war.

Seltsamerweise waren in Hopes Tagträumen von einem Leben mit Tru auch Jacob und Rachel dabei. Sie saßen alle am Esstisch, und Jacob weigerte sich, seine Pommes mit seiner Schwester zu teilen. Während Tru auf der Terrasse des Cottage zeichnete, malte Rachel am Klapptisch mit Fingerfarben. Hope saß neben Tru, wenn ihre Kinder mit dem Schulchor eine Aufführung hatten, und an Halloween liefen sie und Tru hinter den beiden her, die als Woody und Jesse aus *Toy Story 2* verkleidet waren. Immer, immer gehörten Jacob und Rachel zu dem Leben, das sie sich mit Tru vorstellte, und obwohl es sie störte, war auch Josh gegenwärtig. Vor allem Jacob ähnelte seinem Vater äußerlich stark, und Rachel hatte als Kind Ärztin werden wollen.

Irgendwann war Hope damals aus dem Bett aufgestanden. Am Strand war es kühl gewesen, und sie hatte sich eine Jacke angezogen, bevor sie sich mit dem Brief, den Tru ihr vor so langer Zeit geschrieben hatte, auf die Terrasse setzte. Sie hatte ihn lesen wollen, sich aber nicht dazu überwinden können. Stattdessen hatte sie in der Dunkelheit aufs Meer gestarrt, den abgegriffenen Umschlag fest umklammert, überwältigt von einer Woge der Einsamkeit.

Sie war allein am Strand, weit weg von allen, die sie kannte. Nur Tru war bei ihr gewesen – nur dass er natürlich nie wirklich da war.

*

Mit einer Mischung aus Hoffnung und Angst war Hope damals von ihrer Woche am Meer zurückgekehrt. Dieses Jahr, sagte sie sich, würde es anders sein. Sie hatte beschlossen, dass dies ihre letzte Fahrt zum Cottage war, und am Morgen rollte sie ihren Koffer mit entschlossenen Schritten zum Auto. Ihr Nachbar Ben rechte gerade den Rasen und half ihr, das Gepäck zu verstauen. Sie war ihm dankbar, denn in ihrem Alter schmerzten einem schnell die Gelenke und Knochen. Im vergangenen Jahr war sie in der Küche ausgerutscht, und obwohl sie sich gerade noch fangen konnte, hatte ihre Schulter danach wochenlang wehgetan.

Im Geiste ging sie ihre Checkliste durch: Die Türen waren abgeschlossen, das Licht war ausgeschaltet, die

Mülltonnen standen am Bordstein, und Ben hatte sich bereit erklärt, sich um die Post und die Zeitungen zu kümmern. Die Fahrt dauerte fast drei Stunden, aber es bestand kein Grund zur Eile. Denn erst morgen war ja der wichtige Tag. Allein daran zu denken machte sie nervös.

Zum Glück herrschte auf dem Großteil der Strecke wenig Verkehr. In gleichmäßigem Tempo fuhr Hope an Äckern und Kleinstädten vorbei, bis sie den Rand von Wilmington erreichte, wo sie in einem Bistro zu Mittag aß, an das sie sich vom Vorjahr erinnerte. Hinterher kaufte sie in einem Supermarkt Vorräte ein, holte den Hausschlüssel bei der Agentur ab und trat die letzte Etappe ihrer Reise an. Sie fand die richtige Querstraße, bog ein paarmal ab und parkte schließlich in der Einfahrt.

Das Cottage ähnelte mit seiner verblassten Farbe, der kurzen Treppe zur Tür und der verwitterten Veranda dem, das ihre Eltern einst besessen hatten. Bei seinem Anblick vermisste sie das alte Häuschen schmerzlich. Wie erwartet hatten die neuen Eigentümer es damals sofort abgerissen und ein neues, größeres Haus gebaut, im Stil wie das, in dem Tru gewohnt hatte.

Seit damals war Hope nur selten in Sunset Beach gewesen, da sie dort kein Heimatgefühl mehr empfand. Wie viele der Städtchen an der Küste hatte es sich zudem mit der Zeit verändert. Die Ponton-Brücke war durch eine modernere ersetzt worden, größere Häuser waren jetzt die Norm, und auch das

Clancy's gab es seit Anfang des neuen Jahrtausends nicht mehr. Es war Hopes Schwester gewesen, die ihr von der Schließung des Restaurants erzählt hatte, denn auf einer Fahrt nach Myrtle Beach zehn Jahre zuvor hatten sie und ihr Mann einen Abstecher dorthin gemacht, weil auch sie neugierig gewesen waren, was sich wohl verändert hatte.

Inzwischen zog Hope Carolina Beach vor, einen Ort etwas weiter nördlich und näher an Wilmington. Zum ersten Mal war sie auf Anraten ihrer Therapeutin im Dezember 2005 dort gewesen, als das Scheidungsverfahren mit Josh seinen Tiefpunkt erreicht hatte. Josh wollte in jenen Weihnachtsferien mit Jacob und Rachel nach Westen fahren. Die beiden befanden sich in der Pubertät, waren ohnehin launisch, und das Ende der Ehe ihrer Eltern hatte den Stress, unter dem sie litten, noch verstärkt. Zwar leuchtete Hope ein, dass der Urlaub eine wohltuende Ablenkung für ihre Kinder wäre, gleichzeitig warnte ihre Therapeutin sie selbst, dass es nicht gut für ihren mentalen Zustand wäre, die Feiertage allein zu Hause zu verbringen. Sie empfahl Hope damals Carolina Beach, da es im Winter friedlich und entspannend sei.

Hope mietete ohne Besichtigung eine Unterkunft, und das Strandhäuschen stellte sich als genau das heraus, was sie brauchte. Dort fing ihr Genesungsprozess an; dort meisterte sie die geistige Umstellung auf die nächste Phase ihres Lebens.

Sie wusste da schon, dass sie sich mit Josh nicht versöhnen würde. Jahrelang hatte sie seinetwegen geweint, und auch wenn seine letzte Affäre der berühmte Tropfen gewesen war, tat die erste immer noch am meisten weh. Damals waren die Kinder noch nicht in der Schule und brauchten Hope ständig, gleichzeitig verschlechterte sich der Zustand ihres Vaters. Als Hope von der Affäre erfuhr, bat Josh sie um Verzeihung und versprach, sie zu beenden. Dennoch blieb er in Kontakt mit der Frau. Monatelang hatte Hope das Gefühl, kurz vor einer Panikattacke zu stehen, und zu der Zeit überlegte sie zum ersten Mal, sich zu trennen. Weil jedoch die Aussicht auf die damit einhergehenden Veränderungen sie überforderte und sie Angst vor den Auswirkungen einer Scheidung auf ihre Kinder hatte, hielt sie durch und versuchte zu verzeihen. Aber andere Seitensprünge folgten. Es gab immer mehr Tränen und endlosen Streit, und als sie Josh endlich mitteilte, sie wolle die Scheidung, schliefen sie bereits seit fast einem Jahr in getrennten Zimmern. An dem Tag, an dem er auszog, sagte er, sie mache den größten Fehler ihres Lebens.

Trotz bester Absichten von Hopes Seite traten während der Scheidung Verbitterung und Groll zutage. Sie war erschrocken über ihre eigene Wut und Traurigkeit, und Josh war gleichermaßen zornig und gekränkt. Die Sorgerechtsvereinbarung ging zwar einigermaßen glatt vonstatten, das finanzielle Gerangel hingegen war ein Albtraum. Hope war zu Hause geblieben, solange die Kinder klein waren, und erst als beide in der Schule waren, ging sie wieder arbeiten, allerdings nicht mehr in der Notaufnahme. Sie suchte sich stattdessen eine Teilzeitstelle in einer hausärztlichen Gemeinschaftspraxis, um nachmittags für die Kinder da sein zu können. Dadurch verdiente sie weniger, und Joshs Anwalt vertrat energisch die Ansicht, dass jegliche Unterhaltungszahlungen stark gekürzt werden sollten, da sie die nötige Qualifikation für eine höhere Position besaß. Zudem hielt Josh, wie so viele Männer, nichts von einer gleichberechtigten Aufteilung des gemeinsamen Eigentums. Zu dem Zeitpunkt kommunizierten Josh und Hope praktisch nur noch über ihre Anwälte.

Obwohl sie sich an jenem Weihnachten von Emotionen zermürbt fühlte – Versagens- und Verlustängste, Wut, Entschlossenheit –, sorgte Hope sich, wenn sie am Strand spazieren ging, hauptsächlich um ihre Kinder. Sie wollte ihnen die bestmögliche Mutter sein, war aber von ihrer Therapeutin immer wieder daran erinnert worden, dass sie sich zuerst um sich selbst kümmern müsse, weil sie sonst nicht in der Lage sei, den beiden die nötige Unterstützung zu geben.

Tief im Inneren wusste Hope, dass sie recht hatte, dennoch kam ihr der Gedanke beinahe frevelhaft vor. Sie war schon so lange Mutter, dass sie gar nicht mehr genau wusste, wer sie selbst eigentlich war. In Carolina Beach jedoch akzeptierte sie nach und nach, dass ihre emotionale Gesundheit einen genauso hohen Stellenwert hatte wie die ihrer Kinder.

Außerdem begriff sie, wie schnell es ihr noch schlechter gehen konnte, wenn sie den Rat ihrer Therapeutin nicht befolgte. Sie hatte Frauen während einer Scheidung stark ab- oder zunehmen sehen. Sie hatte sie über Samstagabende in Bars und One-Night-Stands mit Fremden reden hören. Manche heirateten schnell wieder, was fast immer ein Fehler war. Selbst jene, die nicht über die Stränge schlugen, entwickelten häufig selbstzerstörerische Angewohnheiten. Hope hatte schon erlebt, dass bei geschiedenen Frauen aus zwei Gläsern Wein am Wochenende drei oder vier mehrmals die Woche wurden. Eine dieser Frauen hatte sogar freiheraus gestanden, dass sie nur durch das Trinken ihre Scheidung überlebt hatte.

Hope wollte nicht in die gleiche Falle tappen, und nach ihrer Rückkehr nach Raleigh meldete sie sich in einem Fitnessstudio an und belegte einen Spinning-Kurs. Zusätzlich fing sie mit Yoga an, kochte gesunde Mahlzeiten für sich und die Kinder und zwang sich auch in Nächten, in denen sie nicht schlafen konnte, im Bett zu bleiben, tief zu atmen und ihre Gedanken nicht außer Kontrolle kreiseln zu lassen. Sie lernte zu meditieren und bemühte sich, im Laufe der Jahre eingeschlafene Freundschaften wiederaufleben zu lassen.

Außerdem hatte sie gelobt, nie schlecht über Josh zu reden, was zwar nicht leicht gewesen war, aber wahrscheinlich die Grundlage für ihre jetzige Beziehung geschaffen hatte. Die meisten ihrer Freundinnen konnten nicht verstehen, warum sie Josh immer noch Platz in ihrem Leben einräumte, in Anbetracht all des Kummers, den er verursacht hatte. Die Gründe dafür waren vielfältig und Hopes Geheimnis. Auf

Nachfragen erklärte sie schlicht, dass er zwar ein schrecklicher Ehemann, jedoch immer ein guter Vater gewesen sei. Josh hatte sich viel mit den Kindern beschäftigt, als sie klein waren, hatte sich an außerschulischen Aktivitäten beteiligt und ihre Jugendmannschaften trainiert, und er hatte die Wochenenden bei der Familie statt mit Freunden verbracht. Letzteres war eine von Hopes Forderungen gewesen, bevor sie einwilligte, ihn zu heiraten.

Allerdings hatte sie Joshs Antrag damals nicht sofort angenommen. *Warten wir erst ein Weilchen ab, wie es läuft,* hatte sie gesagt. Als er ging, war er kurz in der Tür stehen geblieben.

»Irgendwie wirkst du anders«, hatte er festgestellt.

»Du hast recht«, sagte sie. »Das bin ich auch.«

Acht Wochen vergingen, bevor sie Ja sagte, und im Gegensatz zu all ihren Freundinnen bestand sie auf einer schlichten Hochzeit zwei Monate später, nur im engsten Freundes- und Familienkreis. Es gab ein Buffet, zu dem jeder etwas beitrug, einer ihrer Schwager machte die Fotos, und die Gäste beendeten den Abend tanzend in einer Disco. Die kurze Verlobungszeit und die einfach gehaltene Hochzeit überraschten Josh. Er begriff nicht, warum sie nicht eine ebenso große Feier wie ihre Freundinnen wollte. Hope antwortete, sie wolle kein Geld verschwenden, in Wahrheit allerdings hatte sie bereits den Verdacht, schwanger zu sein. Was auch stimmte – mit Jacob nämlich –, und kurz dachte sie, das Kind sei vielleicht von Tru, aber das war unmöglich. Der Zeitraum passte nicht, außerdem konnte Tru kein Kind zeugen, doch in diesem Augenblick wurde Hope klar, dass sie keine Lust hatte, sich durch eine scheinbar romantische Märchenhochzeit zu lächeln. Denn zu dem Zeitpunkt hatte sie das wahre Wesen von Romantik bereits erkannt und wusste, dass sie wenig damit zu tun hatte, sich eine Fantasiewelt zu erschaffen. Echte Romantik war spontan, unberechenbar und konnte zum Beispiel einfach darin bestehen, einem Mann zuzuhören, wenn er an einem stürmischen Septembernachmittag einen in einem Briefkasten gefundenen Brief vorlas.

*

Hope richtete sich in dem Cottage ein. Sie stellte die Holztruhe auf den Küchentisch, räumte die Lebensmittel ein, legte ihre Kleidung in die Kommode, um nicht die ganze Woche aus dem Koffer leben zu müssen, und schrieb ihren Kindern eine Nachricht, dass sie gut angekommen war. Danach zog sie sich eine Jacke an und ging langsam über die Terrasse zum Strand hinunter. Ihr Rücken und ihre Beine waren steif von der Fahrt, und obwohl sie sich auf einen Spaziergang freute, hatte sie nicht vor, weit zu gehen. Sie wollte sich ihre Kraft für den nächsten Tag aufsparen.

Der Himmel hatte die Farbe von Kobalt, aber der Wind war kühl, und sie steckte die Hände in die Taschen. Es roch nach Salz, ursprünglich und frisch. Bei einem nah am Wasser geparkten Pick-up saß ein Mann auf einem Klappstuhl neben einer Reihe von

Angelruten, deren Schnüre in den Wellen verschwanden. Hope fragte sich, ob er wohl etwas fing. Noch nie hatte sie jemanden tatsächlich vom Strand aus einen Fisch aus dem seichten Wasser einholen sehen, dennoch schien es eine beliebte Freizeitbeschäftigung.

In ihrer Jackentasche vibrierte das Handy. In der Hoffnung, es sei eines der Kinder, warf sie einen Blick darauf und stellte fest, dass es ein verpasster Anruf von Josh war. Im Gegensatz zu Jacob und Rachel war er sehr wohl interessiert gewesen an ihren Gründen, ans Meer zu fahren. Er glaubte, dass sie die Küste hasste, weil sie während ihrer Ehe nie dort hatte Urlaub machen wollen. Immer wenn Josh vorgeschlagen hatte, ein Häuschen am Strand zu mieten, hatte Hope eine Alternative bereitgehabt: Disney World, Williamsburg, Zelten in den Bergen. Sie fuhren Ski in West Virginia und Colorado und besuchten New York, Yellowstone und den Grand Canyon. Irgendwann kauften sie eine Hütte in der Nähe von Asheville, die Josh nach der Scheidung behielt. Jahrelang war die Vorstellung, am Meer zu sein, für Hope einfach zu schmerzlich. In ihrem Kopf waren Strand und Tru auf ewig miteinander verknüpft.

Trotzdem schickte sie die Kinder ins Sommerlager bei Myrtle Beach und zum Surfcamp in Nags Head. Sowohl Jacob als auch Rachel waren Naturtalente im Surfen, und wie es das Schicksal wollte, begannen Joshs und Hopes Wunden ihrer Scheidung ausgerechnet nach einem von Rachels Aufenthalten in einem solchen Camp zu heilen. Denn auf dieser Fahrt klagte

Rachel über Atemnot und Herzrasen, und zu Hause gingen sie mit ihr gleich zu einem Kinderkardiologen. Innerhalb eines Tages wurde ein bislang unentdeckter Geburtsfehler diagnostiziert, der eine Operation am offenen Herzen erforderte.

Zu dem Zeitpunkt hatten Hope und Josh seit fast vier Monaten nicht miteinander gesprochen, doch zum Wohle ihrer Tochter schoben sie ihre Differenzen beiseite. Abwechselnd übernachteten sie im Krankenhaus, und es gab nie Streit. Die Eintracht in ihrem gemeinsamen Leid war zwar vorbei, sobald Rachel entlassen wurde, aber die Zeit hatte gereicht, um eine Beziehung aufzubauen, die ihnen gestattete, in einem verbindlichen Ton über ihre Kinder zu sprechen. Nach einer Weile heiratete Josh eine Frau namens Denise, und zu Hopes Überraschung entwickelte sich wieder eine Art Freundschaft zwischen ihm und ihr.

Zum Teil hatte es mit Denise zu tun. Als es in der Ehe zwischen ihr und Josh kriselte, rief er hin und wieder Hope an. Sie bemühte sich, ihn so gut wie möglich zu unterstützen, letzten Endes allerdings verlief Joshs Scheidung von Denise noch erbitterter als die von Hope.

Der Stress dieser Trennung setzte Josh heftig zu, er hatte keine Ähnlichkeit mehr mit dem Mann, den sie einst geheiratet hatte. Er nahm zu, seine Haut war bleich und fleckig, er hatte einen Großteil seiner Haare verloren, und seine einst sportliche Statur war mittlerweile gebeugt. Einmal brauchte Hope, nachdem sie ihn ein paar Monate lang nicht gesehen hatte, mehrere Sekunden, um ihn zu erkennen, als er ihr quer durch den Speisesaal ihres Country Clubs zuwinkte. Sie fand ihn nicht mehr attraktiv, und in mehr als einer Hinsicht tat er ihr leid.

Kurz vor seiner Pensionierung dann tauchte er frisch geduscht, in Sakko und gebügelter Hose vor ihrer Tür auf. Sein Erscheinungsbild verriet, dass es kein normaler Besuch war, und sie bat ihn auf die Couch. Sie selbst setzte sich ganz ans andere Ende.

Es dauerte, bis er zum Punkt kam. Er begann zunächst mit Small Talk, sprach über die Kinder und ein wenig über seine Arbeit. Er fragte, ob sie immer noch die Kreuzworträtsel in der *New York Times* löse, ein Hobby, das sie sich, kurz nachdem die Kinder in die Schule gekommen waren, zugelegt und das sich langsam, aber sicher zu einer Sucht entwickelt hatte. Sie habe gerade ein paar Stunden vorher eines fertiggestellt, gab sie zurück, und als er die Hände zusammenlegte, fragte sie ihn schließlich, was er auf dem Herzen habe.

»Neulich ging mir durch den Kopf, dass du die einzige echte Freundin bist, die ich noch habe«, sagte er. »Ich habe meine Kollegen, aber mit denen kann ich nicht so reden wie mit dir.«

Sie schwieg. Wartete.

»Wir sind doch Freunde, oder?«

»Ja«, sagte sie. »Ich denke schon.«

»Wir haben einiges zusammen durchgemacht, stimmt's?«

»Ja.«

»Darüber habe ich in letzter Zeit viel nachgedacht … über dich und mich. Über die Vergangenheit. Wie lange wir uns kennen. Ist dir klar, dass es schon dreißig Jahre sind?«

»Damit habe ich mich nicht so viel befasst.«

»Ah, okay.« Obwohl er nickte, merkte Hope ihm an, dass er auf eine andere Antwort gehofft hatte. »Was ich eigentlich sagen möchte, ist: Ich weiß, dass ich in Bezug auf uns viele Fehler gemacht habe. Mir tut es leid, wie ich mich verhalten habe. Keine Ahnung, was ich mir damals dabei gedacht habe.«

»Du hast dich schon entschuldigt«, sagte sie. »Außerdem ist das ja alles längst vorbei. Wir sind geschieden.«

»Aber wir waren glücklich, oder? Als wir verheiratet waren.«

»Manchmal«, räumte sie ein. »Nicht immer.«

Wieder nickte er, es hatte etwas Flehentliches. »Glaubst du, wir könnten es noch mal miteinander probieren? Einen zweiten Versuch starten?«

Sie war nicht sicher, ob sie ihn richtig verstanden hatte. »Du meinst, heiraten?«

Er hob die Hände. »Nein, nein, das nicht. Eher … Nun, darf ich dich für Samstag zum Essen einladen? Nur mal sehen, wie es läuft. Vielleicht führt es ja nirgendwohin, aber wie gesagt, du bist in letzter Zeit meine engste Freundin und –«

»Das ist keine gute Idee, glaube ich«, schnitt sie ihm das Wort ab.

»Warum nicht?«

»Dir geht's momentan nicht so gut«, sagte sie.

»Und wenn man in einer solchen Phase ist, erscheinen einem schlechte Ideen manchmal ganz toll. Für die Kinder ist es wichtig, dass wir uns immer noch verstehen, und das möchte ich nicht gefährden.«

»Ich doch auch nicht! Ich möchte nur wissen, ob du bereit wärst, uns noch eine Chance zu geben. *Mir* eine Chance zu geben.«

In dem Moment fragte sie sich, wie gut sie ihn eigentlich jemals gekannt hatte.

»Das kann ich nicht«, sagte sie schließlich.

»Warum nicht?«

»Weil ich einen anderen liebe«, erklärte sie.

*

Jetzt am Strand begann ihre Lunge wegen der feuchten, kalten Luft zu schmerzen, deshalb beschloss Hope umzukehren. Beim Anblick des Cottage in der Ferne blitzte ein Bild von Scottie vor ihrem geistigen Auge auf. Wäre er dabei gewesen, er wäre mit Sicherheit enttäuscht und hätte sie mit seinen lieben, traurigen Augen angesehen.

Die Kinder erinnerten sich kaum an Scottie. Zwar hatte er noch gelebt, als sie klein waren, doch Hope hatte einmal gelesen, dass der für das Langzeitgedächtnis zuständige Teil der Gehirns bei einem Kind erst mit ungefähr sieben Jahren vollständig entwickelt ist, und zu dem Zeitpunkt war Scottie schon nicht mehr da. An Junior erinnerten sie sich hingegen noch, den Scottish Terrier, der zu ihrem Leben gehört hatte, bis Jacob und Rachel aufs College gingen. Hope hatte Junior sehr gemocht, insgeheim aber war Scottie immer ihr Liebling geblieben.

Zum zweiten Mal während ihres Spaziergangs vibrierte ihr Handy. Rachels Antwort: *viel Spaß! irgendwelche süßen Kerle da? XOXO*, plus ein Smiley. Hope wusste, dass die jungen Leute heutzutage ihre eigenen Schreibgewohnheiten hatten, kurz und knapp, ohne korrekte Rechtschreibung und mit möglichst vielen Emojis. Hope bevorzugte immer noch die altmodischen Kommunikationsformen, persönlich oder telefonisch oder brieflich, aber ihre Kinder gehörten zu einer anderen Generation, und sie hatte gelernt, ihnen entgegenzukommen.

Was die beiden wohl denken würden, wenn sie den echten Grund für Hopes Fahrt nach Carolina Beach erführen? Sie hatte oft das Gefühl, dass ihre Kinder sich nicht vorzustellen vermochten, was sie sich mehr vom Leben wünschen könnte als Kreuzworträtsel, Friseurtermine und Besuch von den beiden. Andererseits kannten sie Hopes wahres Ich gar nicht, die Frau, die sie vor so langer Zeit in Sunset Beach gewesen war.

Ihre Beziehung zu Rachel war anders als die zu Jacob. Er hatte Hopes Einschätzung nach mehr mit seinem Vater gemeinsam. Die beiden konnten ganze Samstage lang Footballspiele ansehen, sie gingen zusammen angeln, mochten Actionfilme und Scheibenschießen und unterhielten sich stundenlang über die Börse und Aktien. Mit Hope sprach Jacob hauptsächlich über seine Freundin, sonst fiel ihm oft nichts mehr ein.

Zu Rachel hatte sie ein engeres Verhältnis, besonders seit deren Herzoperation. Obwohl der Kardiologe ihnen damals versichert hatte, dass der Eingriff nicht sonderlich riskant sei, hatte Rachel furchtbare Angst gehabt. Hope natürlich auch, doch sie gab sich alle Mühe, vor ihrer Tochter Zuversicht auszustrahlen. In den Tagen vor der OP weinte Rachel oft bei dem Gedanken, sterben zu müssen, beziehungsweise noch bitterlicher darüber, eine entstellende Narbe auf der Brust zurückzubehalten, sollte sie überleben. Vor lauter Nervosität plapperte Rachel wie im Beichtstuhl. Sie vertraute Hope an, ihr Freund, mit dem sie seit drei Monaten zusammen war, setze sie allmählich wegen Sex unter Druck, und sie werde vermutlich bald einwilligen, obwohl sie eigentlich noch nicht wolle. Sie beschäftige sich auch unentwegt mit ihrem Gewicht und leide seit mehreren Monaten an bulimischen Attacken. Andauernd mache sie sich Sorgen über fast alles, sagte sie, ihr Aussehen, ihre Noten und ob sie einen Platz an ihrem Wunsch-College bekomme, obwohl diese Entscheidung noch in weiter Ferne lag. Ständig zupfe sie an ihrer Nagelhaut, bis sie blute. Hin und wieder habe sie sogar an Selbstmord gedacht.

Auch wenn Hope gewusst hatte, dass Jugendliche geschickt darin waren, ihren Eltern Dinge zu verheimlichen, beunruhigte sie zutiefst, was sie in den Tagen vor und nach der Operation erfuhr. Nach Rachels Entlassung suchte sie eine gute Therapeutin für ihre Tochter und schließlich einen Psychiater, der Antidepressiva verschrieb. Nach und nach fühlte Rachel sich wieder wohler mit sich selbst, und ihre akuten Ängste und Depressionen ließen nach.

Diese schrecklichen Tage hatten eine neue Phase in ihrer Beziehung eingeläutet, eine Phase, in der Rachel lernte, dass sie ehrlich zu Hope sein konnte, ohne ständig Kritik oder Überreaktionen befürchten zu müssen. Und spätestens seit dem College hatte sie offenbar das Gefühl, ihrer Mutter fast alles erzählen zu können. Obwohl Hope dankbar für ihre Offenheit war, musste sie zugeben, dass es gewisse Themen gab – vor allem den Alkoholkonsum von College-Studenten an den Wochenenden –, bei denen etwas weniger Aufrichtigkeit ihr ruhigere Nächte beschert hätte.

Vielleicht war ihr enges Verhältnis der Grund für Rachels Nachricht jetzt. Wie üblich unter Freundinnen kam in Rachels Frage nach den »süßen Kerlen« ihr Interesse an Hopes Beziehungsstatus zum Ausdruck.

»Hast du schon mal darüber nachgedacht, wieder eine Beziehung einzugehen?«, hatte Rachel sie vor etwas über einem Jahr gefragt.

»Eigentlich nicht.«

»Warum denn nicht? Weil niemand dich um ein Date bittet?«

»Ich wurde von mehreren Männern um Dates gebeten. Ich habe allerdings immer Nein gesagt.«

»Weil sie blöd waren?«

»Nicht alle. Ein paar machten einen sehr netten Eindruck.«

Daraufhin hatte Rachel die Stirn gerunzelt. »Warum dann? Liegt es daran, dass du Angst hast? Wegen dem, was du mit Dad erlebt hast?«

»Ich hatte euch beide und meinen Beruf, und damit war ich zufrieden.«

»Aber jetzt bist du in Rente, wir wohnen nicht mehr zu Hause, und ich finde es nicht gut, dass du immer allein bist. Ich meine, was, wenn der perfekte Mann irgendwo auf dich wartet?«

Hope hatte melancholisch gelächelt. »Dann muss ich wohl versuchen, ihn zu finden, was?«

*

So grauenhaft Rachels Herzoperation für Hope auch gewesen war, der Zeitlupentod ihres Vaters war in mancherlei Hinsicht noch schwerer zu ertragen gewesen.

Die ersten Jahre nach Sunset Beach waren nicht so schlimm. Ihr Vater konnte sich noch selbstständig bewegen, und mit jedem Monat, der verstrich, wuchs Hopes Überzeugung, dass er unter einer eher langsam fortschreitenden Form von ALS litt. Es gab sogar Phasen, in denen es ihm besser zu gehen schien, irgendwann allerdings war es, als sei ein Schalter umgelegt worden: Innerhalb von sechs oder sieben Wochen wurde das Gehen schwierig für ihren Vater, dann ohne Hilfe eingeschränkt und schließlich unmöglich.

Gemeinsam mit ihren Schwestern half Hope, so viel sie konnte. Sie installierten Handläufe in der Badewanne und den Fluren und fanden einen gebrauchten Transporter mit Rollstuhlhebebühne. Sie hofften, damit wäre ihr Vater in der Stadt mobil, aber er konnte nur noch knapp sieben Monate selbst fahren, und ihre Mutter traute sich nicht, den Transporter zu steuern. Also verkauften sie den Wagen mit Verlust, und in seinem letzten Lebensjahr wagte sich ihr Vater nicht mehr weiter als bis auf die Veranda oder Terrasse, es sei denn, er hatte einen Arzttermin.

Allein war er dennoch nicht. Da er von seiner Familie geliebt und von ehemaligen Schülern und Kollegen verehrt wurde, war immer Besuch im Haus. Wie es in den Südstaaten Brauch war, brachten alle etwas zu essen mit, und an jedem Wochenende bat Hopes Mutter ihre Töchter, die Reste mitzunehmen, da der Kühlschrank sonst aus allen Nähten platzte.

Leider war selbst diese relativ friedliche Zeit von kurzer Dauer und fand ein Ende, als ihr Vater die Fähigkeit zu sprechen verlor. In den letzten Monaten war er auf eine Sauerstoffflasche angewiesen und litt unter heftigen Hustenanfällen, weil seine Muskeln zu schwach waren, den Schleim zu lösen. Hope wusste noch, wie oft sie ihm sanft auf den Rücken geklopft hatte, während er nach Luft rang.

Die letzten Wochen erschienen wie ein einziger allzu langer Fiebertraum, Hauspflegerinnen wurden eingestellt, anfangs für den halben Tag, dann rund um die Uhr. Ihr Vater musste flüssig durch Strohhalme ernährt werden. Er wurde so schwach, dass schon ein halbes Glas auszutrinken fast eine Stunde dauerte.

In jener Zeit besuchte Hope ihn täglich. Da ihm das Sprechen fast unmöglich geworden war, übernahm sie es weitgehend. Sie erzählte von ihren Kindern und vertraute ihm ihre Probleme mit Josh an. Dass eine Nachbarin Josh mit einer Immobilienmaklerin in einem Hotel gesehen hatte, dass Josh die Affäre mittlerweile zugegeben, aber immer noch Kontakt mit der Frau hatte und dass Hope nicht wusste, was sie tun sollte.

Schließlich, in einem seiner letzten klaren Momente, sechs Jahre nach Sunset Beach, erzählte Hope ihrem Vater von Tru. Während sie sprach, sah ihr Vater ihr in die Augen, und als sie zum Schluss kam, bewegte er zum ersten Mal seit Wochen seine Hand. Sie nahm sie in ihre.

Er atmete aus, lang und heiser, Laute drangen tief aus seiner Kehle. Sie waren unverständlich, aber Hope kannte ihn gut genug, um zu deuten, was er zu sagen versuchte.

»Bist du sicher, dass es zu spät ist?«

*

Sechs Tage später starb er.

Hunderte von Menschen kamen zur Beerdigung. Abends, als alle gegangen waren, wurde das Haus still, als sei es ebenfalls gestorben. Hope wusste, dass Menschen auf Trauer und Stress ganz unterschiedlich reagierten, dennoch war die Abwärtsspirale ihrer Mutter in ihrer Heftigkeit und Unaufhaltsamkeit ein Schock für sie. Ihre Mutter bekam unkontrollierbare Weinanfälle und begann zu trinken. Sie putzte nicht mehr und kümmerte sich nicht um die schmutzige Kleidung. Überall lag Staub, und das Geschirr stapelte sich, bis Hope zum Saubermachen kam. Lebensmittel verdarben im Kühlschrank, und der Fernseher dröhnte pausenlos. Dann klagte ihre Mutter über diverse Beschwerden: Lichtempfindlichkeit, schmerzende Gelenke, Bauchweh und Schluckschwierigkeiten. Wann immer Hope zu Besuch kam, war sie zappelig und oft nicht in der Lage, ihre Gedanken zu Ende zu führen. An anderen Tagen zog sie sich in ihr abgedunkeltes Schlafzimmer zurück und sperrte die Tür ab. Die Stille im Raum war oft zermürbender als das Weinen.

Mit der Zeit wurde es immer schlimmer. Irgendwann war ihre Mutter so ans Haus gefesselt wie ihr Vater früher. Sie verließ es nur, um zum Arzt zu gehen. Vier Jahre nach seinem Tod wurde ein Termin für eine Leistenbruchoperation angesetzt. Es sollte eigentlich kein großer Eingriff werden, und dem Vernehmen nach verlief er glatt. Doch ihre Mutter wachte nicht mehr aus der Narkose auf. Zwei Tage später starb sie.

Hope kannte den Arzt, den Anästhesisten und die Schwestern. Alle nahmen an jenem Tag noch an weiteren OPs teil, sowohl vor als auch nach der von Hopes Mutter, ohne Komplikationen für die Patienten. Hope kannte sich in der medizinischen Welt gut genug aus, um zu wissen, dass manchmal Schlimmes passierte und es keine einfache Erklärung dafür gab. Insgeheim fragte sie sich, ob ihre Mutter in Wahrheit hatte sterben wollen.

Die folgenden Wochen vergingen wie im Nebel. Hope erinnerte sich in ihrer Benommenheit kaum an die Beerdigung. Anfangs fehlte ihr und ihren Schwestern die Kraft, die Habseligkeiten ihrer Mutter durchzusehen. Stattdessen wanderte Hope manchmal durch das Haus, in dem sie aufgewachsen war, und versuchte vergeblich, sich ein Leben ohne ihre Eltern vorzustellen. Obwohl sie erwachsen war, sollte es Jahre dauern, bis sie nicht mehr dachte, sie könnte nach dem Hörer greifen und einen von beiden anrufen.

Der Verlust und die Melancholie verblassten nach und nach und wurden durch schöne Erinnerungen ersetzt. Sie dachte an die Familienurlaube und die Spaziergänge mit ihrem Vater. Sie rief sich Abendessen und Geburtstagsfeiern ins Gedächtnis, Lauftreffen und Schulprojekte mit ihrer Mutter. Ihre Lieblingserinnerungen waren die an ihre Eltern als Paar, an ihr Flirten, wenn sie glaubten, die Kinder bekämen es nicht mit. Doch Hopes Lächeln verschwand oft ebenso schnell, wie es gekommen war, denn sie dachte dann automatisch auch an Tru und daran, dass sie die Chance auf ein gemeinsames Leben verpasst hatte.

✻

Als sie zurück ins Cottage kam, wärmte sie sich ein paar Minuten lang die Hände über einer Flamme des Gasherds. Deutlich zu kalt für Oktober, dachte sie. Da sie wusste, dass die Temperatur noch weiter absinken würde, wenn die Sonne unterging, überlegte sie kurz, den Kamin anzuzünden – ein mit Gas betriebener, sodass ein Knopfdruck reichte, um ihn zu starten –, entschied sich dann aber dafür, den Thermostat höher zu drehen und sich eine heiße Schokolade zu kochen. Als Kind hatte es für sie nichts Besseres gegeben, wenn sie durchgefroren war, irgendwann in der Pubertät hatte sie dann damit aufgehört. Zu viele Kalorien, hatte sie damals befürchtet. Heute kümmerte sie das nicht mehr.

Das erinnerte sie an ihr Alter, worüber sie in der Regel lieber nicht nachdachte. Die Gesellschaft, in der sie lebten, legte bei Frauen nun mal Wert auf Jugend und Schönheit. Auch wenn Hope sich einbildete, jünger auszusehen, als sie war, musste sie zugeben, dass sie sich vielleicht etwas vormachte.

Aber jetzt war das gleichgültig. Während sie an ihrer heißen Schokolade nippte, beobachtete sie das Spiel der letzten Sonnenstrahlen auf dem Wasser und dachte über die vergangenen vierundzwanzig Jahre nach. Hatte Josh früher je geahnt, dass sie Gefühle für einen anderen Mann hegte? Sosehr sie sich auch bemüht hatte, sie zu verbergen, es war nicht auszuschließen, dass ihre heimliche Liebe in gewisser Weise ihre Ehe untergraben hatte. Ob Josh gespürt hatte, dass Hope sich manchmal, wenn sie miteinander schliefen,

Tru vorstellte? Hatte er bemerkt, dass ein Teil von ihr ihm immer verschlossen blieb?

Sie hoffte nicht, aber konnte es ein Faktor bei seinen zahlreichen Affären gewesen sein? Nicht, dass sie bereit war, die volle Schuld für sein Verhalten auf sich zu nehmen oder auch nur einen Großteil. Josh war erwachsen und konnte selbst bestimmen, was er tat, aber *was, wenn?*

Diese Fragen quälten sie, seit sie von seinem ersten Seitensprung erfahren hatte. Von Anfang an war ihr bewusst gewesen, dass sie sich nicht ganz und gar auf ihren Mann eingelassen hatte, so wie ihr mittlerweile bewusst war, dass ihre Ehe von dem Moment an, in dem sie Joshs Antrag annahm, zum Scheitern verurteilt gewesen war. Sie versuchte heute, es mit Freundschaft zu kompensieren. Für sie war es eine Wiedergutmachung, eine Buße, auch wenn Josh das möglicherweise nie wirklich verstehen würde.

Offenbaren würde sie Josh ihre Schuldgefühle nicht – nie wieder wollte sie jemanden verletzen. Aber kein Geständnis bedeutete auch keine Chance auf Vergebung. Das akzeptierte sie, genau wie sie die Verantwortung für andere Fehler akzeptierte, die sie im Leben begangen hatte. In stillen Momenten sagte sie sich, dass die meisten davon im Vergleich zu dem, was sie ihrem Ehemann verheimlichte, unbedeutend waren, aber eine Sache ließ sie einfach nicht los.

Sie war auch der Grund, warum Hope an den Strand gefahren war, und die Spiegelbildlichkeit ihrer beiden großen Lebensfehler kam ihr bedeutsam vor.

Josh hatte sie nichts von Tru erzählt, um ihn nicht zu verletzen.

Tru hatte sie die Wahrheit über Josh erzählt, obwohl sie wusste, dass es ihm das Herz brach.

Die Truhe

Als Hope aufwachte, sah sie einen türkisblauen Himmel durch die dünnen weißen Vorhänge blitzen. In der Sonne schimmerte der Strand beinahe weiß. Es wurde sicher ein wunderschöner Tag, abgesehen von der Temperatur. Eine aus dem Ohio-Tal heranrückende Kaltfront sollte das Wetter noch mehrere Tage bestimmen, mit böigen Winden, die Hope vermutlich den Atem raubten, wenn sie am Strand entlanglief. Seit ein paar Jahren konnte sie allmählich nachvollziehen, warum Florida und Arizona als Alterswohnsitze so beliebt waren.

Sie streckte ihre steifen Beine, stand auf und stellte die Kaffeemaschine an, dann duschte sie und zog sich an. Obwohl sie keinen Hunger hatte, briet sie sich ein Spiegelei und zwang sich, es zu essen. In Jacke und Handschuhen setzte sie sich schließlich mit ihrer zweiten Tasse Kaffee auf die Terrasse und sah zu, wie die Welt zum Leben erwachte.

Es waren nur wenige Menschen am Strand. Ein Mann, der genau wie sie früher seinem Hund hinterherlief, und eine Joggerin, die unten am Wasser ihre Fußabdrücke hinterließ. Der federnde Schritt der Frau brachte ihren Pferdeschwanz rhythmisch zum Schwingen und erinnerte Hope daran, wie gern auch sie früher gelaufen war. Als die Kinder klein waren, hatte sie pausiert und, aus welchen Gründen auch immer, nie wieder damit angefangen. Jetzt fand sie, dass es ein Fehler gewesen war. Heutzutage beschäftigte sie sich ständig mit ihrer physischen Verfassung, und manchmal wünschte sie sich die Achtlosigkeit zurück, mit der sie früher ihren Körper bedacht hatte. Das Alter offenbarte einem viel über sich selbst, sinnierte sie.

Sie trank einen Schluck Kaffee und fragte sich, wie der Tag sich wohl entwickeln würde. Sie war jetzt schon nervös, obwohl sie sich bemühte, sich nicht allzu große Hoffnungen zu machen. Im letzten Jahr hatten ihr ihre aufregenden Pläne bei ihrem Aufenthalt am Meer Schwung verliehen, trotz der geringen Erfolgsaussichten. Doch das war der Anfang gewesen, und heute kam das Ende … die unumstößliche Antwort auf die Frage, ob Wunder wirklich passieren konnten.

*

Nachdem sie ihren Kaffee ausgetrunken hatte, ging sie ins Haus und sah auf die Uhr. Es wurde Zeit.

Auf dem Schrank stand ein Radio, das sie anschaltete. Musik gehörte immer zum Ritual, und sie drehte am Knopf, bis sie einen Sender mit sanfter Musik fand. Sie stellte lauter und dachte daran, dass sie und Tru an dem Abend, an dem sie sich zum ersten Mal geliebt hatten, auch Radio gehört hatten.

Aus dem Kühlschrank holte sie die Flasche Wein,

die sie am Abend zuvor geöffnet hatte, und goss sich ein winziges Glas ein, nicht viel mehr als einen Schluck. Wie die Musik gehörte der Wein immer dazu, wenn sie die Truhe öffnete; weil sie aber noch fahren musste, bezweifelte sie, dass sie selbst diese kleine Menge austrinken würde.

Mit dem Glas setzte sie sich an den Tisch. Die Truhe stand noch von gestern dort, und Hope zog sie näher heran. Sie war schwer, aus massivem, schokoladen- und karamellfarbenem Holz und mit übergroßen Messingscharnieren. Wie üblich nahm Hope sich die Zeit, die aufwendigen Schnitzereien auf dem Deckel und den Seiten zu bewundern, fantasievolle, stilisierte Elefanten und Löwen, Zebras und Nashörner, Giraffen und Geparden. Die Truhe hatte sie auf einem Straßenfest in Raleigh an einem Stand entdeckt, und als sie hörte, dass sie aus Simbabwe war, hatte sie sie einfach kaufen müssen.

Josh hingegen war weniger begeistert gewesen. »Warum um Himmels willen willst du so etwas kaufen?«, hatte er mit einem Schnauben gefragt. Er aß gerade einen Hotdog, während Rachel und Jacob in einer Hüpfburg spielten. »Und wo willst du das Ding hinstellen?«

»Das weiß ich noch nicht«, antwortete sie. Zu Hause schob sie die Truhe unter das Bett, bis er am Montag zur Arbeit ging. Dann, nachdem sie die Sachen hineingelegt hatte, verstaute sie sie ganz unten in einer großen Kiste mit Babykleidung auf dem Dachboden, einem Ort, an dem Josh sie sicherlich nicht fände.

Seit ihrer Zeit in Sunset Beach hatte Tru nie versucht, sie zu kontaktieren. In den ersten ein oder zwei Jahren hatte sie befürchtet, einen Brief von ihm zu bekommen oder seine Stimme auf dem Anrufbeantworter zu hören. Wenn abends das Telefon klingelte, verspannte sie sich manchmal und wappnete sich. Seltsamerweise wurde ihre Erleichterung, dass er es nicht war, immer von einer Welle der Enttäuschung begleitet. Doch er hatte ihr ja geschrieben, dass es in ihrem Leben keinen Platz für drei Menschen gab, und so schmerzvoll das war, er hatte natürlich recht gehabt.

Selbst in den schlimmsten Momenten ihrer Ehe mit Josh hatte auch sie nie probiert, mit Tru in Verbindung zu treten. Sie hatte darüber nachgedacht, und ein paarmal war sie nahe daran gewesen, war aber der Versuchung nie erlegen. Es wäre einfach gewesen, zu ihm zu laufen – nur, was dann? Die Vorstellung, sich ein zweites Mal von ihm zu verabschieden, konnte sie nicht ertragen, außerdem war sie nicht bereit, die Zerstörung ihrer Familie zu riskieren. Trotz Joshs Unzulänglichkeiten standen ihre Kinder immer an erster Stelle, und sie brauchten ihre ungeteilte Aufmerksamkeit.

Also hielt sie ihn auf die einzige Art und Weise, die ihr zur Verfügung stand, lebendig: in ihren Erinnerungen. Sie bewahrte ihre Andenken in der Truhe auf, und wenn sie wusste, dass sie nicht gestört werden konnte, holte sie sie heraus. Wann immer im Fernsehen ein Beitrag über die majestätischen Wildtiere Afrikas gesendet wurde, schaltete sie ein. In den späten 1990ern stieß sie zufällig auf die Romane von Alexander McCall Smith und war sofort fasziniert, da viele der Geschichten in Botswana spielten. Es war zwar nicht Simbabwe selbst, aber nah genug, und die Geschichten schenkten Hope Einblicke in eine Welt, die sie nicht kannte. Im Laufe der Jahre erschienen auch immer wieder Artikel über Simbabwe in den großen Nachrichtenmagazinen und der *Raleigh News and Observer*. Sie erfuhr von der staatlichen Beschlagnahmung von Ländereien und fragte sich, was wohl mit der Farm geschehen war, auf der Tru aufgewachsen war. Sie las auch von der Hyperinflation, und ihr erster Gedanke war, inwieweit sich das auf den Tourismus auswirken würde und ob Tru trotzdem weiter als Guide arbeiten konnte. Ab und an erhielt sie per Post Reisekataloge und blätterte gleich zu den diversen Safaris. Obwohl die meisten davon in Südafrika durchgeführt wurden, las sie einige Male auch von der Lodge in Hwange. Dann betrachtete sie die Fotos, um eine klarere Vorstellung von der Welt zu bekommen, die sein Zuhause war. Und wenn sie später im Bett lag, gestand sie sich ein, dass ihre Gefühle für ihn so echt und stark waren wie damals vor langer Zeit, als sie ihm zum ersten Mal zugeflüstert hatte, sie liebe ihn.

2006, als die Scheidung rechtskräftig wurde, musste Tru achtundfünfzig Jahre alt sein. Hope war zweiundfünfzig, Jacob und Rachel waren Teenager und Josh bereits mit Denise zusammen. Obwohl sechzehn Jahre vergangen waren, hoffte sie, es bliebe noch genug Zeit, um die Situation in Ordnung zu bringen. Zu dem Zeitpunkt konnte man schon praktisch alles im Internet finden, aber die Seiten über Hwange enthielten keine Information über die Guides, nur, dass sie zu den erfahrensten in ganz Simbabwe gehörten. Allerdings gab es eine E-Mail-Adresse, doch die Frau, die auf Hopes Anfrage antwortete, teilte ihr mit, sie kenne Tru nicht und er arbeite schon seit Jahren nicht mehr dort. Gleiches galt für Romy, den Freund, von dem Tru gesprochen hatte. Immerhin nannte sie Hope den Namen des ehemaligen Leiters, der ein paar Jahre zuvor in ein anderes Camp gewechselt hatte, und dazu eine weitere E-Mail-Adresse. Hope schrieb ihn an, und er kannte zwar Trus Aufenthaltsort nicht, dafür aber den Namen eines weiteren Campleiters, der in den 1990ern in Hwange gearbeitet hatte. Eine Telefonnummer oder Mail-Adresse wusste er nicht, er gab Hope allerdings eine Postadresse, ohne Gewähr, dass sie noch aktuell war.

Hope schrieb dem Mann und wartete ungeduldig auf eine Antwort. Tru hatte sie gewarnt, dass die Zeit im Busch langsamer verging und der Postdienst nicht immer zuverlässig war. Wochen vergingen ohne Reaktion, dann Monate, bis Hope aufgab. Ungefähr um diese Zeit lag plötzlich ein Umschlag in ihrem Briefkasten.

Die Kinder waren noch in der Schule, daher riss sie ihn sofort auf und las begierig. In dem Brief stand, dass Tru Hwange verlassen hatte und Gerüchten zufolge eine Stelle in Botswana angenommen hatte. In welchem Camp genau, wisse er leider nicht. Der Mann ergänzte noch, er sei sich ziemlich sicher, dass Tru das Haus in Bulawayo verkauft habe, als sein Sohn zum Studium nach Europa gegangen sei. Den Namen der Universität oder auch nur das Land wisse er nicht.

Mit diesen wenigen Anhaltspunkten recherchierte Hope Lodges in Botswana. Es gab Dutzende davon. Sie schickte E-Mail auf E-Mail, bekam aber keine Informationen über Tru. Universitäten in Europa zu kontaktieren hatte keinen Zweck, das wäre gewesen, wie eine Nadel im Heuhaufen zu suchen. Da ihr sonst nicht mehr viel einfiel, wandte sie sich an Air Zimbabwe, in der Hoffnung, jemanden aufzutun, dessen Frau Kim hieß. Über seine Exfrau konnte sie vielleicht erfahren, wo Tru war. Auch das war leider eine Sackgasse. Bis 2001 oder 2002 hatte dort zwar ein Ken gearbeitet, aber er hatte gekündigt, und niemand hatte seitdem von ihm gehört.

Danach sah Hope nur noch eine Chance. Sie erkundigte sich bei verschiedenen simbabwischen Behörden nach einer riesigen Farm, die einer Familie namens Walls gehört hatte. Diese Option hatte sie sich bis zum Schluss aufgehoben, da sie annahm, dass Tru den Kontakt zu seiner Familie noch weiter eingeschränkt hatte nach dem, was er von seinem leiblichen Vater erfahren hatte. Die Beamten waren nicht sonderlich hilfsbereit, nach mehreren Gesprächen aber mutmaßte sie, dass der Grund und Boden von der

Regierung konfisziert und umverteilt worden war. Über die Familie selbst gab es überhaupt keine Informationen.

Da sie keine weitere Idee hatte, wie sie ihn finden konnte, beschloss Hope, es für Tru leichter zu machen, *sie* zu finden, für den unwahrscheinlichen Fall, dass er nach ihr suchte. 2009 meldete sie sich bei Facebook an, und lange Zeit sah sie täglich auf ihrer Seite nach. Sie hörte von alten und neuen Freunden, Verwandten, Kollegen. Aber nicht ein Mal versuchte Tru, sie zu kontaktieren.

Als sie begriff, dass Tru offenbar einfach verschwunden war – und dass sie einander nie wiedersehen würden –, fiel sie in ein tiefes Loch. Monatelang dachte sie über all die Verluste nach, die sie im Laufe der Jahre erlitten hatte. Doch dies war eine andere Art von Trauer, eine, die mit jedem Jahr schlimmer wurde. Jetzt, wo die Kinder erwachsen waren, verbrachte sie ihre Tage und Nächte allein. Das Leben verstrich und wäre allzu bald vorbei, und Hope fragte sich allmählich, ob sie wohl allein wäre, wenn sie ihren letzten Atemzug machte.

Ihr Haus, dachte sie manchmal, wurde langsam, aber sicher zu ihrem Sarg.

✻

Jetzt trank Hope einen kleinen Schluck Wein. Obwohl er leicht und süß war, schmeckte er am Morgen merkwürdig. Noch nie hatte sie so früh am Tag Wein getrunken, und vermutlich blieb es das einzige Mal. Aber heute, dachte sie, durfte sie das.

So wunderbar die Erinnerungen waren, sosehr sie ihr auch geholfen hatten, sie hatte es satt, sich davon eingesperrt zu fühlen. Sie wollte in ihren verbleibenden Jahren morgens aufwachen, ohne sich zu fragen, ob Tru sie wohl irgendwie finden würde; sie wollte so viel Zeit mit Jacob und Rachel verbringen wie möglich. Doch mehr als alles andere sehnte sie sich nach Seelenfrieden. Sie wollte einmal einen Monat lang nicht den Drang verspüren, den Inhalt der Truhe, die dort vor ihr auf dem Tisch stand, zu untersuchen, und sich stattdessen darauf konzentrieren, einige Dinge von ihrer Wunschliste abzuarbeiten. Bei der Aufzeichnung einer Sendung von Ellen DeGeneres im Publikum sitzen. Biltmore Estate an Weihnachten besichtigen. Beim Kentucky Derby auf ein Pferd wetten. Das Basketballteam der University of North Carolina im Cameron Indoor Stadium gegen das der Duke University spielen sehen. Letzteres würde ziemlich schwer werden, denn Karten zu bekommen war fast unmöglich. Aber die Herausforderung war ja der halbe Spaß, oder?

Nicht lange nach der Fahrt zum Meer im letzten Jahr, an einem Tag, an dem sie besonders niedergeschlagen war, hatte sie ihr Facebook-Konto gelöscht. Seitdem hatte sie auch die Truhe auf dem Dachboden gelassen, egal, wie stark der Sog war. Jetzt aber rief die Kiste nach ihr, und endlich klappte sie den Deckel auf.

Ganz oben lag Ellens verblasste Hochzeitseinladung. Hope betrachtete den Schriftzug und erinnerte sich, wie sie damals gewesen war, welche Sorgen sie geplagt hatten, als sie in jener Woche im Cottage ankam. Manchmal wünschte sie, mit dieser Frau von früher sprechen zu können, auch wenn sie nicht ganz sicher war, was sie sagen würde. Immerhin könnte sie ihrer jüngeren Version versichern, dass sie Kinder bekäme, aber würde sie auch hinzufügen, dass ihre Erziehung vollkommen anders verlaufen würde als das Ideal, das sie sich ausgemalt hatte? Dass es, sosehr sie die beiden liebte, zahllose Momente gegeben hatte, in denen sie Hope geärgert oder enttäuscht hatten? Dass ihre mütterlichen Sorgen sie manchmal überforderten? Oder würde sie vielleicht diesem jüngeren Ich sagen, dass es Zeiten gebe, in denen sie sich wünschte, wieder wirklich frei zu sein?

Und was um alles in der Welt konnte sie über Josh erzählen?

Es spielte wohl jetzt keine Rolle mehr und lohnte kaum, über diese Fragen nachzugrübeln. Dennoch brachte die Hochzeitseinladung Hope auf den Gedanken, dass das Leben einer unendlichen Anzahl von Dominosteinen glich, aufgestellt auf der größten Fläche der Welt, und dass das Umkippen eines Steins unweigerlich zu dem des nächsten führte. Ohne diese Einladung hätte Hope vielleicht gar nicht mit Josh gestritten oder die Woche allein in Sunset Beach verbracht oder Tru überhaupt kennengelernt. Die Ankündigung dieser Hochzeit war also, überlegte sie, der Dominostein gewesen, der den Rest ihres Lebens angestoßen hatte. Die Abläufe, durch die sie zu ihrer tiefsten Liebeserfahrung gefunden hatte, erschienen ihr plötzlich wie choreografiert.

Nun griff Hope nach der ersten Zeichnung. Sie stammte von dem Morgen, nachdem sie sich geliebt hatten, und Hope wusste, dass sie nicht mehr die Frau auf der Skizze war. Damals war ihre Haut glatt und hatte noch das letzte Leuchten der Jugend. In ihrem dicken Haar schimmerten in der Sonne hellere Strähnen, ihre Brüste waren fest und hoch, ihre Beine straff und makellos. Tru hatte sie abgebildet wie kein Fotograf jemals, und sie stellte fest, dass sie nie hübscher gewesen war. Weil er sie gezeichnet hatte, wie er sie sah.

Sie legte das erste Blatt auf die Einladung und nahm das zweite in die Hand. Diese Skizze hatte Tru angefertigt, während sie bei der Hochzeit war, und in den vergangenen Jahren hatte Hope sie immer besonders lange betrachtet. Sie zeigte sie beide am Strand, nahe am Wasser. Im Hintergrund war der Pier, und Sonnenlicht glitzerte auf dem Meer. Sie sahen einander an, Hope hatte die Arme um seinen Hals gelegt und er die Hände auf ihre Taille. Wieder dachte sie, dass er sie schöner gemacht hatte, als sie eigentlich war, doch es war das Bild von ihm, das sie fesselte. Die Fältchen in seinen Augenwinkeln und das Grübchen im Kinn, die Form der Schultern unter dem locker sitzenden Hemd. Vor allem aber staunte sie über den Augenausdruck, den er sich gezeichnet hatte – es war der eines Mannes, der die Frau vor sich liebte. Hope hielt sich das Blatt dichter vor das Gesicht und fragte sich, ob er jemals wieder eine Frau so angesehen hatte. Sie würde es nie erfahren, und obwohl sie ihm einerseits wünschte, glücklich zu sein, wollte sie andererseits auch glauben, dass ihre Gefühle zueinander einzigartig gewesen waren.

Auch diese Zeichnung legte sie schließlich beiseite. Als Nächstes kam der Brief, den Tru ihr geschrieben und den sie im Handschuhfach gefunden hatte. Das Papier war mittlerweile am Rand vergilbt, und in den Falzen befanden sich kleine Risse; der Brief war so mürbe geworden wie sie. Bei diesem Gedanken spürte sie einen Kloß im Hals. Sie zeichnete eine Linie zwischen ihrem Namen oben und seinem unten auf der Seite, stellte einmal mehr eine Verbindung her. Dann las sie die Sätze, die sie bereits auswendig kannte, deren Macht jedoch nie verblasste.

Schließlich stand Hope auf und trat ans Küchenfenster. Während sie ihre Gedanken schweifen ließ, sah sie Tru vor ihrem inneren Auge mit einer Angelrute über der Schulter und einer Köderbox in der Hand am Cottage vorbeilaufen. Er wandte ihr das Gesicht zu und winkte, und als Reaktion darauf berührte sie die Scheibe.

»Ich habe nie aufgehört, dich zu lieben«, flüsterte sie, doch das Glas war kalt und die Küche still, und als sie blinzelte, sah sie, dass der Strand völlig verlassen dalag.

*

Noch zwanzig Minuten, und ein Gegenstand war noch übrig. Es war die Kopie eines Briefs, den sie im letzten Jahr geschrieben hatte. Das Original hatte sie damals in den Briefkasten »Seelenverwandte« gelegt, und als sie ihn jetzt aufklappte, warf sie sich vor, wie albern das gewesen war. Ein Brief war sinnlos, wenn der Adressat ihn nicht erhielt, und Tru würde nie davon erfahren. Doch Hope hatte sich darin ein Versprechen gegeben, das sie einzuhalten gedachte. Sie hoffte, dass er ihr zumindest die Kraft gäbe, die sie brauchte, um sich endgültig zu verabschieden.

Dies ist ein Brief an Gott und das Universum,

ich brauche Hilfe bei meinem aller Voraussicht nach letzten Versuch, mich für eine Entscheidung zu entschuldigen, die ich vor langer Zeit traf. Meine Geschichte ist einfach und kompliziert zugleich. Alles, was passiert ist, exakt zu schildern, würde ein Buch erfordern, daher werde ich nur das Wesentliche erzählen:

Im September 1990 traf ich in Sunset Beach einen Mann aus Simbabwe namens Tru Walls. Damals arbeitete er als Safari-Guide im Hwange-Nationalpark. Er besaß außerdem ein Haus in Bulawayo, war aber auf einer Farm in der Nähe von Harare aufgewachsen. Er war zweiundvierzig, geschieden und hatte einen zehnjährigen Sohn namens Andrew. Wir begegneten uns an einem Mittwochmorgen, und am Donnerstagabend war ich bereits in ihn verliebt.

Sie mögen das für unmöglich halten, mögen glauben, ich verwechsle Schwärmerei mit Liebe. Auch ich habe über diese Möglichkeit tausendmal nachgedacht – und sie verworfen. Wenn Sie ihn kennenlernen würden, verstünden Sie, warum er mein Herz erobert hat, und wenn Sie uns beide zusammen erlebt hätten, wüssten Sie, dass unsere Gefühle füreinander echt waren. In der kurzen Zeit, die wir zusammen waren, wurden wir Seelenverwandte, auf immer verbunden. Und ich war diejenige, die es beendete, aus Gründen, die ich mir seit Jahrzehnten vorwerfe.

Damals war es die richtige Entscheidung – und es war auch die falsche Entscheidung. Ich würde es wieder genauso machen – ich würde alles anders machen. Diese Verwirrung lässt mich bis heute nicht los, aber ich habe zu akzeptieren gelernt, dass ich mich von diesen Fragen niemals befreien werde.

Es versteht sich, dass meine Entscheidung ihn niederschmetterte. Meine Schuldgefühle deswegen verfolgen mich heute noch. Ich habe jetzt einen Punkt im Leben erreicht, an dem mir Wiedergutmachung, wo immer möglich, wichtig erscheint. Und an dieser Stelle können Gott und das Universum, können Sie helfen, denn meine Bitte ist ganz einfach.

Ich möchte Tru wiedersehen, damit ich ihn um Verzeihung bitten kann. Ich wünsche mir seine Vergebung, wenn so etwas überhaupt möglich ist. In meinen Träumen bin ich hoffnungsvoll, dass ich dadurch inneren Frieden erlange. Ich muss ihm begreiflich machen, wie sehr ich ihn damals geliebt habe und immer noch liebe. Und ich möchte ihn wissen lassen, wie leid es mir tut.

Vielleicht fragen Sie sich, warum ich nicht versucht habe, ihn auf konventionelleren Wegen zu kontaktieren. Das habe ich durchaus getan. Jahrelang habe ich probiert, ihn zu finden, ohne Erfolg. Ich glaube auch nicht unbedingt, dass dieser Brief ihn erreichen wird, aber falls doch, frage ich, ob er sich an den Ort erinnert, an dem wir am Donnerstagnachmittag waren, kurz bevor es zu regnen begann.

Dort werde ich am 16. Oktober 2014 sein. Falls er sich mit der gleichen Innigkeit daran erinnert wie ich, wird er auch wissen, um welche Uhrzeit ich dort bin.

Hope

Hope linste zur Uhr – »Seelenverwandte« wartete. Sie legte die Blätter zurück in die Truhe und klappte den Deckel entschlossen zu. Sie würde nicht wieder auf den Dachboden kommen, sondern hier im Cottage auf dem Kaminsims ihren Platz finden. Der Eigentümer konnte damit machen, was er wollte. Den Inhalt wollte sie, abgesehen von der Hochzeitseinladung, noch in dieser Woche in den Briefkasten am Strand bringen. Sie brauchte eine Weile, um ihre Namen unkenntlich zu machen, aber sie hoffte, dass andere sich an ihrer Geschichte erfreuen würden, so wie Tru und sie sich einst an Joes Brief an Lena. Die Menschen sollten wissen, dass die Liebe oft um die Ecke lauerte, bereit zu erblühen, wenn man am wenigsten damit rechnete.

Die Fahrt verlief reibungslos, die Strecke kannte sie wie ihre Westentasche. Bei Sunset Beach überquerte sie die neue Brücke, fuhr am Pier vorbei zur Westseite der Insel und fand einen Parkplatz.

Dick angezogen stapfte sie langsam durch die flachen Dünen, erleichtert, dass der Strand, sosehr sich die Insel auch verändert hatte, noch genau wie früher war. Stürme und Hurrikane wie auch die Meeresströmungen formten die Barriereinseln entlang der Küste North Carolinas ständig um, doch Sunset Beach schien relativ immun dagegen. Wobei Hope im letzten Jahr gehört hatte, das Naturschutzgebiet auf Bird Island könne nun nicht nur bei Ebbe zu Fuß erreicht werden.

Im weichen Sandboden zu gehen war anstrengend, und Hopes Beine fühlten sich bleiern an. Nach einer Weile sah sie über die Schulter zurück. Es war niemand zu entdecken, der in dieselbe Richtung lief. Ein Braunpelikan flog dicht über die Schaumkronen, und sie beobachtete ihn, bis er nur noch ein Pünktchen in der Ferne war.

Hope holte tief Luft und überquerte den feuchten, festen Sand der Senke, die noch Stunden zuvor unter Wasser gestanden hatte. Sobald sie in dem Naturschutzgebiet ankam, hörte der bislang stetig wehende Wind auf, als hieße die Gegend sie willkommen. Die Luft fühlte sich hier dünner und zarter an, und Hope musste blinzeln, weil die Sonne auf dem Meer glitzerte.

In der plötzlichen Stille begriff sie, dass sie sich seit ihrer Ankunft belogen hatte. Sie war nicht hier, um sich zu verabschieden, sondern weil sie immer noch an das Unmögliche glaubte. Weil sie sich tief im Inneren immer noch daran klammerte, dass »Seelenverwandte« den Schlüssel für ihre Zukunft barg. Sie war heute hierhergekommen, weil sie mit jeder Faser ihres Körpers hoffte, dass Tru irgendwie von ihrem Brief erfahren hatte und dort auf sie wartete.

Mit Vernunft betrachtet, wusste sie, wie verrückt es war, sich so etwas zu wünschen, dennoch konnte sie das Gefühl nicht abschütteln, dass Tru dort sein würde. Mit jedem Schritt spürte sie seine Gegenwart stärker. Sie hörte seine Stimme im unablässigen Donnern des Meeres, und trotz der Kälte wurde ihr wärmer. Obwohl es beschwerlich war, im Sand zu laufen, beschleunigte sie ihren Schritt. Ihr Atem ging stoßweise, ihr Herz klopfte immer schneller, aber sie hielt nicht an. Seeschwalben und Möwen hockten in Grüppchen zusammen, Strandläufer flitzten durch die kleinen Wellen. Hope fühlte sich ihnen auf einmal verbunden, denn sie wären die einzigen Zeugen einer Begegnung, auf die sie seit vierundzwanzig Jahren wartete. Sie würden zusehen, wenn Hope in seine Arme sank; sie würden ihn sagen hören, dass seine Liebe zu ihr nie geendet hatte. Tru würde sie herumwirbeln und küssen, und sie würden zum Cottage zurückeilen, um die verlorene Zeit nachzuholen …

Ein plötzlicher Windstoß riss sie aus ihren Träumereien. Ein Windstoß, der so heftig war, dass sie kurz schwankte, und sie dachte: *Du machst dir was vor.*

Sie glaubte an Märchen, war eine Sklavin von Erinnerungen, die sie inzwischen nur noch behinderten. Niemand stand am Wasser oder lief ihr entgegen. Sie war allein, und die Gewissheit, dass Tru in der Nähe war, verschwand, so schnell sie gekommen war. *Er wird nicht da sein,* sagte sie sich. Er *konnte* nicht da sein, weil er nichts von dem Brief wusste.

Außer Atem ging Hope nun langsamer, konzentrierte sich darauf, einen Fuß vor den anderen zu setzen. Minuten vergingen. Zehn, fünfzehn. Mittlerweile hatte sie das Gefühl, mit jedem Schritt nur noch Zentimeter voranzukommen. Endlich entdeckte sie die im Wind flatternde amerikanische Flagge und bog in Richtung der Dünen ab.

Und dann sah sie den Briefkasten vor sich, so einsam und verlassen wie eh und je. Hope schleppte sich die letzten Schritte dorthin und ließ sich schwer auf die Bank fallen.

Von Tru keine Spur.

Es hellte sich immer weiter auf, und Hope schirmte ihre Augen gegen das grelle Licht ab. Im letzten Jahr war es bewölkt gewesen, ähnlich wie an dem Tag, an dem sie mit Tru hier gewesen war. Da hatte sie ein Déjà-vu gehabt, jetzt allerdings schien die strahlende Sonne sie für ihre Albernheit zu verspotten.

Da eine Düne ihr den Blick auf den Strandabschnitt versperrte, über den sie gekommen war, wandte sie sich in die entgegengesetzte Richtung. Die Flagge. Die

Wellen. Watvögel und das sich sanft wiegende Gras. Sie staunte, wie wenig sich die Landschaft verändert hatte, seit ihr Vater zum ersten Mal mit ihr hergekommen war, im Gegensatz dazu, wie viel sich in ihrem Inneren verändert hatte. Fast ein ganzes Leben hatte sie geführt, ohne etwas Außergewöhnliches zu leisten. Sie hatte der Welt nicht ihren Stempel aufgedrückt und würde es auch nicht mehr tun, aber wenn die Liebe das Einzige war, was wirklich zählte, dann hatte sie außerordentliches Glück gehabt, das war ihr bewusst.

Sie beschloss, sich vor dem Rückweg noch etwas auszuruhen und in den Briefkasten zu sehen. Mit kribbelnden Fingern zog sie die Klappe auf, nahm den Stapel Post mit auf die Bank und legte zum Beschweren ihren Schal darauf.

In der nächsten halben Stunde vertiefte sie sich in die Briefe, die andere hinterlegt hatten. In beinahe allen ging es um Verlust, als hielten sie sich an ein vorgegebenes Thema. Zwei Texte stammten von einem Vater und seiner Tochter und waren an ihre Frau und Mutter gerichtet, die vier Monate zuvor an Eierstockkrebs gestorben war. Ein anderer war von einer Frau namens Valentina, die um den Mann trauerte, den sie verloren hatte. Der nächste drehte sich um den Tod eines Enkelkinds, das an einer Drogenüberdosis gestorben war. Ein besonders gut formulierter Brief beschrieb die Ängste, die mit dem Verlust eines Jobs und in der Folge des Hauses des Betroffenen durch Zwangsversteigerung einhergingen. Drei weitere hatten kürzlich verwitwete Frauen geschrieben. Und obwohl Hope sich wünschte, es wäre anders, fühlte sie sich von allen daran erinnert, dass Tru ebenfalls für immer fort war.

Nur noch zwei Briefe waren übrig. Die konnte sie auch noch lesen, dachte sie. Der erste war bereits geöffnet, und Hope entfaltete ihn im Sonnenschein. Er war auf ein gelbes DIN-A4-Blatt geschrieben, und sie riss fassungslos die Augen auf, als sie den Namen oben auf der Seite las.

Hope.

Blinzelnd starrte sie das Wort an.

Hope.

Es konnte nicht sein, aber … *es war so*. Ihr wurde schwindlig. Sie kannte die Handschrift, hatte sie morgens erst gesehen, auf dem Brief, den Tru ihr vor langer Zeit geschrieben hatte. Nur, wenn das der Fall war, wo war er?

Warum war er nicht hier?

Die Gedanken rasten durch ihren Kopf, nichts passte zusammen, außer dem Brief, den sie in der Hand hielt. Es stand ein Datum darauf, 2. Oktober, das war zwölf Tage her.

Zwölf Tage?

War er zwölf Tage zu früh gekommen?

Sie begriff nicht, und ihre Verwirrung erzeugte noch mehr Fragen. Hatte er sich im Datum geirrt? Hatte er von ihrem Brief erfahren, oder war es reiner Zufall? War der Brief überhaupt für sie? Hatte sie die Handschrift wirklich erkannt? Und wenn ja …

Wo war er?

Wo war er?

Wo war er?

Ihre Hände begannen zu zittern, und sie schloss die Augen, um die auf sie einstürmende Flut von Fragen im Kopf zu ordnen. Mehrmals atmete sie tief ein und aus und sagte sich, dass sie sich das alles nur einbildete. Wenn sie die Augen aufschlüge, stünde ein anderer Name über dem Brief, und wenn sie ihn gründlich begutachtete, würde sie feststellen, dass die Schrift nicht die von Tru war.

Als sie sich wieder einigermaßen im Griff hatte, senkte sie den Blick auf das Papier.

Hope.

Und auch mit der Schrift hatte sie sich nicht getäuscht. Es war seine, eindeutig seine, und ihre Kehle zog sich zusammen, als sie endlich zu lesen begann.

Hope,

am meisten wird das Leben eines Menschen durch die Liebe bestimmt.

Ich schreibe diese Worte in einem Zimmer, in dem ich seit über einem Monat wohne. Es ist eine Pension mit Namen Stanley House, und sie liegt in der Altstadt von Wilmington. Die Inhaber sind sehr nett, es ist meistens ruhig und das Essen gut.

Ich weiß, dass diese Details irrelevant klingen, aber ich bin nervös. Trotzdem will ich mit dem Wesentlichen weitermachen: Ich erfuhr am 23. August von deinem

Brief und flog zwei Tage später nach North Carolina. Ich wusste, wo du mich treffen wolltest, und dachte mir, dass du wahrscheinlich bei Ebbe gehst, aber aus bestimmten Gründen kannte ich das genaue Datum nicht, an dem du dort sein wolltest. Ich konnte mich nur an vagen Angaben orientieren, weshalb ich auch in einer Pension abgestiegen bin. Falls ich länger in North Carolina bleiben musste, sollte es gemütlicher sein als in einem Hotel, aber eine Wohnung zu mieten war mir zu umständlich. Um ehrlich zu sein, war ich mir nicht einmal sicher, wie man so etwas in einem fremden Land anstellt. Ich wusste nur, dass ich kommen musste, weil ich dir das damals versprochen habe.

Trotz des Mangels an genauen Informationen nahm ich an, dass du ein Datum im September ausgesucht hattest. Immerhin war das der Monat, in dem wir uns kennengelernt haben. Daher war ich im vergangenen Monat jeden Tag am Briefkasten. Ich hielt vergeblich nach dir Ausschau und fragte mich die ganze Zeit, ob ich dich verpasst hatte oder du es dir anders überlegt hattest. Oder ob das Schicksal sich gegen uns verschworen hat. Als der September vorbei war und der Oktober begann, entschloss ich mich, dir einen Brief zu hinterlegen, in der Hoffnung, dass du eines Tages auf die gleiche unfassbare Art und Weise davon erfährst wie ich von deinem.

Mir wurde auch erzählt, dass du dich für das, was zwischen uns vorgefallen war, entschuldigen möchtest, für die Entscheidung, die du vor so langer Zeit trafst. Damals wie heute bin ich der Ansicht, dass keine

Entschuldigung nötig ist. Dich kennenzulernen und mich in dich zu verlieben war eine Erfahrung, die ich eintausend Mal in eintausend unterschiedlichen Leben wieder erleben wollte, wenn ich die Chance erhielte.

Dir ist – und war von Anfang an – verziehen.

Tru

Als sie zu Ende gelesen hatte, starrte Hope auf das Blatt, und ihr Herz pochte wild. Die Welt schien sich um sie herum zu verengen. Der Brief enthielt keinen Hinweis darauf, ob Tru noch geblieben war, keine Möglichkeit, ihn zu kontaktieren, falls er nach Afrika zurückgekehrt war.

»Bist du nach Hause gefahren?«, rief sie laut. »Bitte sag nicht, dass du schon weg bist.«

In dem Moment hob sie den Blick von dem Blatt Papier und entdeckte einen Mann, der noch so weit entfernt stand, dass seine Züge schlecht zu erkennen waren. Aber im Laufe der Jahre hatte sie ihn sich so viele Tausend Male vorgestellt, dass sie ihn trotzdem sofort erkannte. Sie öffnete den Mund, und als er einen zögerlichen Schritt auf sie zumachte, bemerkte sie, dass er die Lippen zu einem Lächeln verzog.

»Ich bin nicht weggefahren«, sagte Tru. »Ich bin noch hier.«

Wieder vereint

Hope vermochte sich nicht vom Fleck zu rühren. Das konnte nicht wahr sein, unmöglich, dass Tru tatsächlich hier war – und doch ließ sich die Gefühlslawine, die sie überrollte, nicht zurückhalten. Freude und Staunen vermischten sich mit Schock, sodass sie nicht sprechen konnte und auch nicht wollte, aus Angst, das Trugbild würde dadurch zerplatzen.

Er war hier. Sie sah ihn. Sie hörte ihn sprechen, und mit dem Klang seiner Stimme stürmten die Erinnerungen an ihre gemeinsame Zeit lebhaft auf sie ein. Ihr erster Gedanke war, dass er sich nur wenig verändert hatte. Er war immer noch schlank, die breiten Schultern ungebeugt vom Alter, und obwohl seine Haare inzwischen dünner und silbergrau waren, sahen sie immer noch so strubbelig und zwanglos aus, wie es ihr von Anfang an gut gefallen hatte. Er war gekleidet wie damals, in ein Hemd, das er ordentlich in die Jeans gesteckt hatte, und Stiefel. Früher war er unempfindlich gegen Kälte gewesen, heute allerdings trug er eine Jacke, wenn er auch den Reißverschluss nicht zugezogen hatte.

Er war noch nicht näher gekommen, offenbar war er so verblüfft wie sie. Nach einer Weile brach er den Bann.

»Hallo, Hope.«

Ihren Namen aus seinem Mund zu hören verstärkte ihr Herzklopfen noch. »Tru?«, hauchte sie.

Jetzt kam er auf sie zu. »Wie ich sehe, hast du meinen Brief gefunden.«

Erst da bemerkte sie, dass sie ihn immer noch in der Hand hielt.

»Ja.« Geistesabwesend faltete sie ihn zusammen und steckte ihn in die Jackentasche. In ihrem Kopf purzelten die unterschiedlichsten Bilder durcheinander, vergangene und gegenwärtige. »Warst du am Strand hinter mir? Ich hab dich gar nicht gesehen.«

Er deutete mit dem Daumen über die Schulter. »Ich bin von Sunset Beach aus gekommen, habe dich aber auch nicht bemerkt. Erst hier am Briefkasten. Tut mir leid, wenn ich dich erschreckt habe.«

Kopfschüttelnd stand sie auf. »Ich kann es immer noch nicht fassen, dass du hier bist. Es kommt mir vor, als würde ich träumen.«

»Du träumst nicht.«

»Woher weißt du das?«

»Weil wir«, erwiderte er mit genau dem Akzent, an den sie sich erinnerte, »nicht beide gleichzeitig dasselbe träumen können.«

Nach einer kurzen Pause sagte er: »Es ist lange her.«

»O ja.«

»Du bist immer noch wunderschön.« In seiner Stimme schwang Bewunderung mit.

Hope spürte das Blut in ihre Wangen steigen, eine

Empfindung, die sie schon lange nicht mehr gehabt hatte. »Na ja.« Sie strich sich eine Strähne aus dem Gesicht. »Aber danke.«

Jetzt war er bei ihr und nahm sanft ihre Hand. Die Wärme seiner Finger durchströmte sie, doch obwohl er nah genug war, um sie zu küssen, tat er es nicht. Er fuhr nur langsam mit dem Daumen über ihre Haut.

»Wie geht es dir?«, fragte er.

Jede einzelne ihrer Körperzellen schien unter seiner Berührung zu vibrieren. »Ich …« Sie presste die Lippen aufeinander. »Ehrlich gesagt, weiß ich das nicht genau. Abgesehen davon, dass ich unter Schock stehe.«

Er sah ihr in die Augen, und die verlorenen Jahre schmolzen dahin. »Es gibt so vieles, was ich dich fragen möchte.«

»Ich dich auch«, flüsterte sie.

»Und es tut so gut, dich zu sehen.«

Als er sprach, verengte sich ihr Blick, die Welt schrumpfte auf diesen einen Moment zusammen: Tru vor ihr, nach all den Jahren der Trennung, und ohne ein weiteres Wort traten sie dicht voreinander. Er schlang die Arme um sie, zog sie fest an sich, und schlagartig fühlte sie sich wieder wie sechsunddreißig, schmiegte sich in die Geborgenheit seines Körpers, während die Herbstsonne sie beide mit ihren Strahlen umhüllte.

So blieben sie lange stehen, bis Hope sich schließlich von Tru löste, um ihn anzusehen. Richtig anzusehen. Zwar waren die Falten in seinem Gesicht tiefer geworden, doch das Grübchen im Kinn und die Augenfarbe waren genau wie in ihrer Erinnerung. Der Zusammenprall von Erinnerung und unmittelbarer Empfindung versetzte sie innerlich in Aufruhr, und unerklärlicherweise füllten sich ihre Augen mit Tränen. Verlegen wischte sie sie fort.

»Geht es dir gut?«, fragte er.

»Alles gut«, schniefte sie. »Entschuldige, dass ich weine, aber ich … ich hab nur … ich hab nur nicht wirklich damit gerechnet, dass du kommst.«

Er grinste. »Ich muss zugeben, dass es eine ziemlich ungewöhnliche Abfolge von Ereignissen war, die mich hergeführt hat.«

Trotz ihrer Tränen musste sie über seine Formulierung lachen. Er klang wie früher, was es ihr etwas leichter machte, sich zu fassen.

»Wie hast du denn meinen Brief gefunden?«, fragte sie jetzt. »Warst du im letzten Jahr hier?«

»Nein. Und genau genommen habe ich ihn nicht gefunden oder gar gelesen. Mir wurde davon erzählt. Aber wichtiger ist doch, wie es dir geht. Was hast du in all den Jahren erlebt?«

»Mir geht's gut«, antwortete sie automatisch. »Ich …« Sie verstummte. Was sagte man nach vierundzwanzig Jahren zu einem ehemaligen Geliebten? In diesem Moment, von dem sie seit ihrem Abschied geträumt hatte?

»Es ist viel passiert«, war das Einzige, was ihr einfiel.

»Ach ja?« Scherzhaft zog er eine Augenbraue hoch,

und sie lächelte. Von Anfang an hatte zwischen ihnen eine Ungezwungenheit geherrscht, und das zumindest war unverändert.

»Ich wüsste gar nicht, wo ich anfangen soll«, sagte sie.

»Wie wäre es da, wo wir beim letzten Mal aufgehört haben?«

»Was genau bedeutet das?«

»Ich nehme mal an, du hast geheiratet?«

In seinem Tonfall lag keine Traurigkeit oder Bitterkeit, nur Neugier.

»Ja. Josh und ich haben geheiratet, aber …« Sie war noch nicht bereit, ins Detail zu gehen. »Es hat nicht geklappt. Vor acht Jahren haben wir uns scheiden lassen.«

Tru senkte den Blick zu Boden, dann hob er ihn wieder. »Das war bestimmt schwer für dich. Tut mir leid.«

»Ach, das muss es nicht. Unsere Zeit war einfach vorbei. Aber was ist mit dir? Hast du noch mal geheiratet?«

»Nein«, erwiderte er. »Es hat sich nie ergeben. Ich lebe allein.«

Obwohl es egoistisch war, empfand sie Erleichterung. »Du hast aber immer noch Andrew, oder? Er muss ja schon über dreißig sein.«

»Vierunddreißig. Ich sehe ihn ein paarmal im Jahr. Mittlerweile wohnt er in Antwerpen.«

»Ist er verheiratet?

»Ja«, sagte Tru. »Seit drei Jahren.«

Erstaunlich, dachte sie. Es war schwer vorstellbar. »Hat er schon Kinder?«

»Seine Frau Anette ist gerade mit dem ersten schwanger.«

»Dann bist du also bald Opa.«

»Sieht so aus«, meinte er. »Und was ist mit dir? Hast du Kinder bekommen, wie du es dir gewünscht hast?«

»Zwei.« Sie nickte. »Einen Jungen und ein Mädchen. Na ja, eigentlich sind sie jetzt wohl ein Mann und eine Frau, sie sind über zwanzig. Jacob und Rachel.«

Er drückte ihr sanft die Hand. »Das freut mich für dich.«

»Danke. Das ist das, worauf ich am stolzesten bin. Arbeitest du noch als Guide?«

»Nein, ich bin vor drei Jahren in Rente gegangen.«

»Fehlt es dir?«

»Überhaupt nicht«, sagte er. »Inzwischen genieße ich es, länger als bis zum Morgengrauen zu schlafen, ohne mich fragen zu müssen, ob Löwen vor meiner Tür liegen.«

Natürlich war das nur Small Talk, ein flüchtiges Streifen der Oberfläche, das wusste Hope, aber es war angenehm und unbefangen, wie die Gespräche, die sie mit ihren engsten Freunden führte. Manchmal unterhielten sie sich Monate nicht miteinander und nahmen den Faden dann genau an der Stelle wieder auf, an der sie unterbrochen hatten. Hope hatte nicht damit gerechnet, dass es mit Tru genauso wäre.

Leider wurde die erfreuliche Erkenntnis von einem arktischen Windstoß gestört. Er pfiff durch ihre Jacke und wirbelte den Sand auf den Dünen auf. Über Trus Schulter sah sie auf der Bank ihren Schal und die darunterliegenden Zettel flattern. »Warte mal kurz. Ich lege die Briefe wieder in den Kasten, bevor sie noch wegfliegen.«

Schnell eilte sie hinüber. Bei ihrer Ankunft hatte sie noch Beine wie Pudding gehabt, jetzt fühlte sie sich verjüngt, als liefe die Zeit rückwärts. Was ja in gewissem Sinne auch so war.

Als sie die Klappe schloss, bemerkte sie, dass Tru ihr gefolgt war.

»Den Brief von dir behalte ich«, sagte sie. »Falls du nichts dagegen hast.«

»Warum sollte ich? Er war ja für dich gedacht.«

Sie schlang sich den Schal um den Hals. »Warum stand in dem Brief nicht, dass du noch da bist? Du hättest einfach schreiben können ›Warte auf mich‹.«

»Ich war nicht ganz sicher, wie lange ich in der Gegend bleiben würde, weil ich nicht wusste, welches Datum du genannt hattest. Dein Brief war ja nicht mehr im Kasten, als ich ankam.«

Sie legte den Kopf schief. »Und wie lange wolltest du ungefähr bleiben?«

»Bis zum neuen Jahr.«

Zuerst konnte sie gar nicht reagieren, weil sie glaubte, sich verhört zu haben. Schließlich sagte sie: »Du hattest vor, bis Januar jeden Tag hierherzukommen? Und dann zurück nach Afrika zu fliegen?«

»Nicht ganz. Das mit Januar stimmt. Aber nein, auch danach wollte ich nicht zurückfliegen. Nicht sofort zumindest.«

»Was hast du dir vorgestellt?«

»Ich wollte in den Staaten bleiben.«

»Warum?«

Die Frage schien ihn zu verwundern. »Um nach dir zu suchen«, antwortete er.

Probehalber öffnete sie den Mund, aber erneut fehlten ihr die Worte. Das war überhaupt nicht nachvollziehbar, dachte sie. Solche Hingabe war sie nicht wert. Sie hatte ihn verlassen. Sie hatte ihn zusammenbrechen sehen und war trotzdem weitergefahren, sie hatte willentlich seine Hoffnungen zerstört und sich ein Leben mit Josh aufgebaut.

Und doch begriff sie, als er sie ansah, dass seine Liebe ungetrübt geblieben war, obwohl er noch gar nicht wusste, wie sehr sie ihn vermisst hatte. Oder wie viel er ihr immer noch bedeutete. Eine Stimme in ihrem Kopf warnte sie, vorsichtig zu sein, vollkommen ehrlich zu sein, um ihn nicht noch einmal zu verletzen. Doch im Aufruhr ihres Wiedersehens klang sie fern, ein Echo, das zu einem Raunen verebbte.

»Was hast du heute noch vor?«, fragte sie.

»Nichts. Und du?«

Statt zu antworten lächelte sie. Sie wusste genau, was.

✽

Sie machten sich auf den Rückweg. Nach einer Weile konnten sie den Pier erkennen, wenn auch wegen des funkelnden Meeres nur verschwommen. Die Wellen waren lang und sanft und schlugen in einem stetigen Rhythmus an die Küste. Hope stellte fest, dass inzwischen mehr Menschen am Strand waren, winzige Gestalten, die am Wasser entlangspazierten. Die Luft war frisch und roch nach Kiefern und Wind, und in der Kälte kribbelten ihre Finger.

Ihr Tempo war gemächlich, was Tru offenbar nicht störte. Hope bemerkte ein ganz leichtes Humpeln in seinem Gang und fragte sich, was wohl passiert war. Vielleicht gar nichts Besonderes, ein Anflug von Arthritis oder einfach nur die Folge eines sehr aktiven Lebens, aber es erinnerte sie daran, dass sie trotz ihrer gemeinsamen Geschichte in vielerlei Hinsicht Fremde waren. Hope hatte sich an eine Erinnerung geklammert, die nicht unbedingt dem Mann entsprechen musste, der er heute war.

Oder doch?

Das war schwer zu beurteilen. Sie wusste nur, dass sie sich bei ihm noch genauso wohlfühlte wie damals, und mit einem Seitenblick auf ihn mutmaßte sie, dass es ihm ähnlich ging. Wie sie hatte er die Hände in die Hosentaschen gesteckt, seine Wangen waren rosig von der Kälte, und er strahlte Zufriedenheit aus, wie ein Mann, der gerade von einer langen Reise nach Hause gekommen war. Da die Flut bereits einsetzte, liefen sie dicht am Rand des harten, feuchten Sands und passten auf, nicht von einer Welle erwischt zu werden.

Ihre Unterhaltung floss angenehm dahin, wie eine wiederentdeckte alte Gewohnheit. Meistens sprach Hope. Sie erzählte ihm vom Tod ihrer Eltern, ein wenig von ihrer Arbeit, der Ehe mit Josh und der Scheidung, vor allem aber von Jacob und Rachel. Unzählige Anekdoten aus ihrer Kindheit und Pubertät schilderte sie ihm, auch von ihrer Angst, als Rachel am Herzen operiert werden musste. Oft verriet Trus Miene Wärme oder Besorgnis, sein Mitgefühl war unübersehbar. Sie spürte, dass Tru instinktiv verstand, wie ihr Leben verlaufen war. Als sie am Pier ankamen, wusste er bereits praktisch alles, was es von ihrem Dasein als Mutter zu wissen gab, mutmaßte sie.

Als sie allmählich Richtung Dünen abbogen, ging Hope voraus und merkte dabei, dass sie, im Gegensatz zu ihrem beschwerlichen Hinweg zum Briefkasten, die Wanderung zurück kaum wahrgenommen hatte. Ihre Finger waren warm und überhaupt nicht steif, und obwohl sie so viel erzählt hatte, war sie nicht außer Atem.

Auf der Straße entdeckte Hope ein Auto, das genau neben ihrem parkte.

»Deins?« Sie zeigte darauf.

»Ein Mietwagen«, sagte er.

Das lag natürlich nahe, dennoch dachte sie unwillkürlich, dass selbst ihre Autos einander gefunden hatten, als wären sie von denselben Zauberkräften zueinandergezogen worden, die Hope und Tru ein Wiedersehen ermöglicht hatten. Es war seltsam berührend, fand sie.

»Am besten fahre ich voraus«, schlug sie vor. »Es ist ein Stück entfernt.«

»Ich folge dir einfach.«

Sie schloss auf und setzte sich ans Steuer. Das Auto war kalt, und nachdem sie den Motor angelassen hatte, drehte sie die Heizung auf höchste Stufe. Sie setzte zurück, hielt auf der Straße an und wartete auf ihn. Als er hinter ihr stand, nahm sie den Fuß von der Bremse, und der Wagen rollte los, einem unvorhersehbaren Nachmittag entgegen, und einer Zukunft, die sie sich nicht ausmalen konnte.

Sie ließ ihre Gedanken schweifen und spähte immer wieder in den Rückspiegel, ob Tru auch nicht verschwunden war. Ob sie nicht nur halluziniert hatte, denn in Wahrheit konnte sie immer noch nicht glauben, dass er von ihrem Brief erfahren hatte.

Doch, das hat er, dachte sie.

Er ist hier. Er ist gekommen, weil ich es mir gewünscht habe. Und ich bedeute ihm noch etwas.

Sie atmete tief durch. Sein Wagen folgte ihrem um die Kurven und über die Brücke. Auf den Highway, wo zum Glück die meisten Ampeln grün waren, und schließlich auf die Abzweigung, die nach Carolina Beach führte. Noch eine kleine Brücke, und ein paar Ecken weiter bog sie in die Einfahrt des Cottage.

Sie ließ Platz für Tru und wartete, bis er angehalten hatte. Dann stieg sie aus und lauschte dem Rasseln des abkühlenden Motors. Tru griff gerade nach etwas auf dem Rücksitz, seine Haare schimmerten durch die Scheibe silbern.

Am Himmel zogen dünne Federwolken vorüber, die das grelle Licht abmilderten. Die Brise wehte stetig, und nach der Wärme im Auto fröstelte Hope plötzlich und verschränkte die Arme. In den Bäumen sang ein Kardinal, und als sie ihn entdeckte, musste sie wieder an Joes Brief an Lena denken, den Tru ihr damals vorgelesen hatte. *Kardinäle,* dachte sie, *bleiben ein Leben lang bei ihrem Partner.* Sie musste lächeln.

So geschmeidig wie früher stieg Tru aus dem Auto. In der Hand hielt er eine Leinentasche. Er deutete mit dem Kopf auf das Cottage.

»Hier wohnst du?«

»Ich habe es für eine Woche gemietet.«

Erneut musterte er das Häuschen, dann drehte er sich wieder zu Hope um. »Erinnert mich an das Cottage deiner Eltern.«

Sie hatte ein Gefühl von Déjà-vu. »Genau das dachte ich auch, als ich es zum ersten Mal gesehen habe.«

❋

Die Herbstsonne schickte schräg ihre Strahlen vom Himmel, während Tru Hope zur Tür folgte. Im Haus legte sie ihre Mütze, Handschuhe und den Schal auf das Beistelltischchen und räumte ihre Jacke in den Schrank. Tru hängte seine daneben. Die Leinentasche landete bei ihren Sachen auf dem Tisch. Die Selbstverständlichkeit, mit der sie sich zusammen bewegten, hatte etwas wohlig Häusliches, fand Hope, als würden sie das schon ihr ganzes Leben lang machen.

Durch die Fenster zog es. Obwohl Hope vorher den Thermostat eingestellt hatte, kam das Haus gegen die Elemente nicht an, und sie rubbelte sich über die Arme, um die Durchblutung anzuregen. Unterdessen sah Tru sich aufmerksam um.

»Ich kann nicht fassen, dass du wirklich hier bist«, sagte sie. »Nicht in einer Million Jahren hätte ich damit gerechnet.«

»Trotzdem hast du am Briefkasten auf mich gewartet.«

Diese Beobachtung quittierte sie mit einem schüchternen Lächeln, dann fuhr sie sich mit den Fingern durch die vom Wind zerzausten Haare. »Bisher habe fast nur ich geredet, jetzt will ich gern von dir hören.«

»Mein Leben war nicht besonders interessant.«

»Das sagst du.« Ihr Gesichtsausdruck war skeptisch. Sie legte ihm die Hand auf den Arm. »Hast du Hunger? Kann ich dir was zu essen machen?«

»Nur, wenn du auch was möchtest. Ich habe spät gefrühstückt.«

»Wie wäre es dann mit einem Glas Wein? Das muss doch gefeiert werden.«

»Da hast du völlig recht«, sagte er. »Soll ich dir helfen?«

»Nein danke, aber es wäre toll, wenn du den Kamin anzündest. Einfach nur den Knopf neben dem Sims drücken. Und dann mach es dir bitte gemütlich. Ich bin gleich wieder da.«

In der Küche nahm Hope die Weinflasche aus dem Kühlschrank, goss zwei Gläser ein und ging zurück ins Wohnzimmer. Mittlerweile brannte der Kamin, und Tru saß auf der Couch. Sie reichte ihm ein Glas und stellte ihres auf den Tisch.

»Brauchst du eine Decke? Mir ist trotz Feuer noch ein bisschen kalt.«

»Nein danke«, sagte er.

Sie holte sich einen Bettüberwurf aus dem Schlafzimmer, setzte sich damit auf das Sofa und deckte sich zu, bevor sie nach ihrem Wein griff. Die Hitze des Kamins breitete sich schon im Raum aus.

»Wie schön das ist«, stellte sie fest und dachte dabei, dass er noch genauso gut aussah wie bei ihrer ersten Begegnung. »Völlig unglaublich, aber schön.«

Er lachte, ein vertrautes Dröhnen. »Mehr als schön. Es ist ein Wunder.« Er erhob sein Glas. »Auf ›Seelenverwandte‹.«

Nach dem Anstoßen tranken beide einen Schluck. Dann lächelte Tru schwach.

»Ich bin überrascht, dass du nicht in Sunset Beach wohnst.«

»Es ist nicht mehr das Gleiche.« Nur im Geiste fügte sie hinzu: *Und zwar, seit ich dich kenne.*

»Warst du hier schon mal?«

Sie nickte. »Zum ersten Mal nach der Trennung von Josh.« Sie erzählte ihm, was sie damals durchgemacht und wie sehr die Fahrt ans Meer ihr geholfen hatte, ihre Gedanken zu sortieren. »Ich hatte sehr mit meinen Emotionen zu kämpfen. Aber die Zeit allein hat mir auch klargemacht, wie schlimm die Scheidung für die Kinder war, auch wenn sie es nicht gezeigt haben. Sie brauchten mich wirklich, und hier zu sein hat mir geholfen, mich wieder darauf zu konzentrieren.«

»Es hört sich ganz so an, als wärst du eine großartige Mutter.«

»Ich habe mich bemüht.« Sie zuckte die Achseln. »Aber ich habe auch Fehler gemacht.«

»Das ist doch unvermeidbar, als Eltern. Ich grüble immer noch, ob ich mehr Zeit mit Andrew hätte verbringen müssen.«

»Hat er mal etwas gesagt?«

»Nein, das würde er auch nie tun. Trotzdem, die Jahre sind so schnell vergangen. Gerade noch war er ein kleiner Junge, und dann war er auf dem Weg nach Oxford.«

»Bist du so lange in Hwange geblieben?«

»Ja.«

»Aber dann bist du weggegangen.«

»Woher weißt du das?«

»Ich habe dich gesucht«, sagte sie. »Bevor ich den Brief in ›Seelenverwandte‹ gelegt habe.«

»Wann?«

»2006. Nach der Scheidung von Josh, ungefähr ein Jahr nach meinem ersten Urlaub hier in Carolina Beach. Ich wusste noch, wo du gearbeitet hattest, und habe mich an die Lodge gewandt. Auch an andere Stellen. Aber ich konnte dich nicht finden.«

Darüber schien er nachzudenken, sein Blick wurde kurz abwesend. Sie spürte, dass er etwas sagen wollte, aber nicht konnte. Nach ein paar Sekunden lächelte er sanft. »Ich wünschte, ich hätte davon gewusst«, sagte er schließlich. »Und ich wünschte, du hättest mich gefunden.«

Ich auch, dachte sie. »Was ist passiert? Ich dachte, du arbeitest gern in Hwange.«

»Stimmt auch. Aber ich war lange dort gewesen, und es war Zeit für eine Veränderung.«

»Warum?«

»Damals wechselte die Leitung des Camps, und viele meiner Kollegen waren schon fort, auch mein Freund Romy. Er war ein paar Jahre vorher in Rente gegangen. Die Lodge befand sich in einer Übergangsphase, und da Andrew schon in der Uni war, hielt mich eigentlich nichts mehr in der Gegend. Ich dachte, wenn ich noch mal woanders neu anfangen will, dann lieber früher als später. Also habe ich mein Haus in Bulawayo verkauft und bin nach Botswana gezogen. Da hatte ich eine Stelle gefunden, die interessant klang.«

Also ist er wirklich nach Botswana gegangen, dachte sie.

»Für mich klingen sie alle interessant.«

»Viele sind es auch«, bestätigte er. »Hast du je eine Safari gemacht? Du meintest damals, du würdest es gern tun.«

»Bisher nicht. Aber ich habe die Hoffnung noch nicht aufgegeben.« Um wieder auf das zurückzukommen, was er vorher gesagt hatte, und weil sie an die vielen Camps dachte, die sie angeschrieben hatte, fragte sie: »Was war so interessant an der Lodge in Botswana? War sie bekannt?«

»Überhaupt nicht, eher so in der mittleren Liga. Die Unterkünfte sind etwas rustikal. Abgepacktes Essen statt frisch gekochtem, solche Dinge. Und die Wildtiere lassen sich auch nicht immer blicken. Aber ich hatte von den Löwen in der Gegend gehört. Besser gesagt von einem bestimmten Rudel.«

»Ich dachte, Löwen siehst du ständig.«

»Ja, schon. Aber nicht solche. Es gab Gerüchte, dass die Löwen gelernt hatten, Elefanten zu erlegen.«

»Wie sollen denn Löwen einen Elefanten erlegen?«

»Das war mir auch ein Rätsel, und ich habe es zuerst nicht geglaubt, dann aber einen Guide kennengelernt, der mal dort gearbeitet hatte. Er hatte zwar nicht selbst einen Angriff miterlebt, aber am nächsten Tag einen Elefantenkadaver gesehen. Und es war für ihn eindeutig, dass die Löwen während der Nacht davon gefressen hatten.«

Hope kniff skeptisch die Augen zusammen. »Vielleicht war das Tier krank, und die Löwen haben es zufällig gefunden?«

»Das dachte ich anfangs auch. Es heißt ja immer, der Löwe sei der König des Dschungels, selbst in diesem Disneyfilm ›König der Löwen‹ wird auf den Mythos angespielt, aber ich wusste aus Erfahrung, dass das nicht stimmt. Eigentlich sind es die Elefanten. Sie sind riesengroß und furchteinflößend. Bei den Hunderten von Malen, die ich einen Elefanten auf Löwen habe zugehen sehen, sind immer die Löwen zurückgewichen. Aber wenn dieser Guide recht hatte, wollte ich das unbedingt mit eigenen Augen sehen. Es wurde eine Art fixe Idee von mir. Und wie gesagt, weil Andrew nicht mehr da war, dachte ich, warum nicht?«

Er trank einen Schluck Wein, bevor er weitersprach. »Als ich dort anfing, erfuhr ich, dass keiner der Guides es je beobachtet hatte, aber alle es glaubten. Denn immer mal wieder tauchte ein Kadaver auf. Doch selbst wenn ein Löwenrudel einen Elefanten erlegen konnte, bevorzugte es mit Sicherheit leichtere Beute. Und während meiner ersten Jahre dort erlebte ich auch nichts anderes. Die Hauptnahrungsquelle des Rudels waren die üblichen Tiere, Impalas, Warzenschweine, Zebras und Giraffen. Nicht einen einzigen Elefantenkadaver habe ich gefunden. In meinem dritten Jahr gab es allerdings eine Dürre. Eine schlimme. Sie dauerte Monate, und viel Wild verendete entweder oder wanderte Richtung Okavango Delta ab. Die Löwen waren aber noch da und wurden immer unruhiger. Und dann habe ich es eines Nachmittags gesehen.«

»Wirklich?«

Er nickte und versetzte sich offenbar in Gedanken in die Vergangenheit. Als er weitersprach, ließ er währenddessen den Wein in seinem Glas kreisen. »Es war ein kleinerer Elefant, kein großer Bulle. Die Löwen haben ihn von der Herde getrennt und sich an die Arbeit gemacht. Einer nach dem anderen, fast wie eine militärische Operation. Einer hat ihm ins Bein gebissen, ein anderer ist ihm auf den Rücken gesprungen, alle anderen haben ihn umzingelt. Sie haben ihn einfach mürbegemacht. Es wirkte auch nicht sonderlich brutal, eher sehr methodisch. Und dann, als der Elefant geschwächt war, haben ihn mehrere gleichzeitig attackiert. Er ist zu Boden gegangen, und dann hat es nicht mehr lange gedauert.«

Trus Stimme wurde weicher. »Ich weiß, dass dir wahrscheinlich der Elefant leidtut. Aber am Ende hatte ich wirklich Hochachtung vor den Löwen. Es war garantiert eine der denkwürdigsten Erfahrungen meines Berufslebens.«

»Unfassbar. Warst du allein?«

»Nein, ich hatte sechs Gäste im Jeep. Ich glaube, einer von ihnen hat die Videoaufnahmen hinterher an CNN verkauft. Selbst gesehen habe ich sie nicht, aber im Laufe der Jahre habe ich von vielen Leuten gehört, die sie kannten. Die Lodge, in der ich damals arbeitete, wurde eine Zeit lang sehr populär. Irgendwann kam dann der Regen, und die Dürre war vorbei. Das Wild kehrte zurück, und die Löwen haben sich wieder leichtere Beute gesucht. Ich habe so was nicht noch einmal erlebt und auch keine weiteren Kadaver gefunden. Angeblich gab es ein paar Jahre später noch mal einen Vorfall, zu dem Zeitpunkt war ich aber schon weg.«

Hope grinste. »Du hast eindeutig den interessantesten Job von allen Menschen, denen ich je begegnet bin.«

»Nun, es gab tatsächlich Highlights.« Er zuckte die Achseln.

Hope neigte den Kopf zur Seite. »Und du hast erwähnt, dass Andrew in Oxford war?«

»Ja, er war mit Sicherheit besser in der Schule als ich jemals. Unglaublich klug. Besonders in den Naturwissenschaften.«

»Du musst stolz auf ihn sein.«

»Das bin ich auch. Aber offen gestanden lag das mehr an ihm und natürlich an Kim als an mir.«

»Wie geht es ihr? Ist sie noch verheiratet?«

»Ja. Ihre anderen Kinder sind mittlerweile auch erwachsen. Lustigerweise wohnt sie wieder in meiner Nähe. Nachdem ich mich in Bantry Bay niedergelassen hatte, sind sie und ihr Mann ebenfalls vor ein paar Jahren nach Kapstadt gezogen.«

»Dort soll es ja wunderschön sein.«

»Ist es auch. Die Küste ist traumhaft. Fantastische Sonnenuntergänge.«

Hope starrte in ihr Glas. »Ich kann dir gar nicht sagen, wie oft ich in all den Jahren an dich gedacht habe. Wie du wohl deine Tage verbringst, was du erlebst, wie es Andrew geht.«

»Lange Zeit war mein Leben ziemlich ähnlich wie vorher. Es drehte sich hauptsächlich um die Arbeit und um Andrew. Im Busch bin ich zwei- bis dreimal am Tag mit dem Jeep losgefahren, abends habe ich Gitarre gespielt oder gezeichnet. Und in Bulawayo habe ich meinem Sohn dabei zugesehen, wie er erwachsen wurde. Ein Jahr lang hat er sich für Modelleisenbahnen interessiert, dann für Skateboards, danach E-Gitarre, Chemie, Mädchen. In der Reihenfolge.«

Hope nickte und dachte dabei an die Phasen, die Jacob und Rachel durchlaufen hatten.

»Wie war seine Pubertät?«

»Wie die meisten hatte er zu dem Zeitpunkt schon sein eigenes soziales Umfeld. Freunde, ein Jahr lang auch eine Freundin. Für eine Weile habe ich mich mehr wie ein Hotelier gefühlt, wenn er da war, aber ich konnte seinen Wunsch nach Unabhängigkeit nachvollziehen und besser akzeptieren als Kim. Für sie war es schwieriger, den kleinen Jungen loszulassen, der er mal war, glaube ich.«

»Bei mir war es genauso«, gestand Hope. »Ich glaube, das ist ein Mütterding.«

»Die härteste Zeit für mich war, als er zum Studium fortgegangen ist. Er war weit weg, und ich konnte ihn nicht oft besuchen. Was er auch nicht wollte. Also habe ich ihn nur in den Semesterferien gesehen. Aber es war nicht mehr das Gleiche, vor allem, wenn ich aus dem Busch kam. In Bulawayo war ich rastlos. Ich wusste nichts mit mir anzufangen, deshalb habe ich, als ich das Gerücht von den Löwen hörte, einfach meine Sachen gepackt und bin nach Botswana gegangen.«

»Hat Andrew dich dort besucht?«

»Ja, aber nicht so häufig. Manchmal denke ich, dass ich das Haus in Bulawayo nicht hätte verkaufen sollen. Er kannte ja niemanden in Gaborone – da hatte ich eine Wohnung –, und wenn er Ferien hatte, wollte er seine Freunde sehen. Kim wollte natürlich auch etwas von ihm haben. Deshalb bin ich ab und zu nach Bulawayo gefahren und habe in einem Hotel gewohnt, aber das war auch nicht so toll. Er war ja inzwischen ein Erwachsener. Ein junger Erwachsener, aber doch einer mit einem eigenen Leben.«

»Was hat er studiert?«

»Letzten Endes Chemie im Hauptfach, er wollte Ingenieur werden. Nach dem Abschluss fing er aber an, sich für Edelsteine zu interessieren, vor allem farbige Diamanten. Jetzt ist er Diamantenhändler, was bedeutet, dass er regelmäßig nach New York und Peking reist. Er war ein guter Junge, der sich zu einem anständigen Mann entwickelt hat.«

»Ich würde ihn gern mal kennenlernen.«

»Das fände ich auch schön«, sagte er.

»Fährt er noch nach Simbabwe?«

»Nicht oft. Kim und ich auch nicht. Simbabwe erlebt gerade schwierige Zeiten.«

»Ich habe von den Beschlagnahmungen gelesen. Hat das auch eure Farm betroffen?«

Tru nickte. »Ja. Man darf dabei natürlich nicht vergessen, dass in diesem Land in der Vergangenheit viel Unrecht von Menschen wie meinem Großvater begangen wurde. Trotzdem war der Übergang brutal. Mein Stiefvater kannte viele Leute in der Regierung, deshalb glaubte er, geschützt zu sein. Aber eines Morgens tauchte eine Gruppe von Soldaten und Beamten auf und umstellte das Anwesen. Die Beamten hatten legale Dokumente dabei, dass die Farm und sämtliches Vermögen beschlagnahmt seien. Alles. Mein Stiefvater und meine Halbbrüder hatten zwanzig Minuten Zeit, um ihre persönlichen Sachen zu packen, und wurden mit vorgehaltener Waffe vom

Grundstück eskortiert. Ein paar unserer Arbeiter haben protestiert und wurden auf der Stelle erschossen. Und von einem Moment zum anderen gehörte das ganze Land nicht mehr ihnen. Sie konnten nichts dagegen unternehmen. Das war 2002. Damals war ich schon in Botswana, und mir wurde erzählt, dass es mit meinem Stiefvater ziemlich schnell bergab ging. Er fing an zu trinken, und ungefähr ein Jahr später beging er Selbstmord.«

Trus Familiengeschichte erschien Hope dunkel und gewaltig, wie ein Shakespearedrama. »Wie furchtbar.«

»Ja, das war es. Und ist es noch, selbst für die Leute, die das Land bekommen haben. Sie wussten nichts damit anzufangen, kannten sich nicht mit den Geräten und den Bewässerungsmethoden und der Fruchtfolge aus. Jetzt wird gar nichts mehr angepflanzt. Unsere Farm ist zu einem Slum geworden, und das Gleiche ist im ganzen Land passiert. Dazu noch der Zusammenbruch der Währung und …«

Als er verstummte, versuchte Hope, sich das vorzustellen. »Klingt, als wärst du gerade noch rechtzeitig fortgegangen.«

»Trotzdem macht es mich traurig. Simbabwe wird immer meine Heimat bleiben.«

»Was ist mit deinen Halbbrüdern?«

Tru leerte sein Glas und stellte es auf dem Tisch ab. »Die sind beide in Tansania. Sie betreiben wieder Landwirtschaft, aber ganz anders als vorher. Sie haben nicht viel Ackerfläche, und was sie haben, ist nicht annähernd so fruchtbar wie ihr altes Land. Das weiß ich nur, weil sie sich Geld von mir leihen mussten und es nicht immer schaffen, die Raten zu zahlen.«

»Das war nett von dir. Ihnen zu helfen, meine ich.«

»Sie konnten sich die Familie, in die sie geboren wurden, genauso wenig aussuchen wie ich. Außerdem hätte meine Mutter das sicherlich gewollt.«

»Und dein leiblicher Vater? Hast du ihn je wiedergesehen?«

»Nein«, antwortete Tru. »Ein paar Wochen nach meiner Rückkehr nach Simbabwe haben wir miteinander telefoniert, aber bald danach ist er gestorben.«

»Und was ist mit seinen Kindern? Hast du es dir anders überlegt und sie doch kennengelernt?«

»Nein, und ich bin mir ziemlich sicher, dass sie das auch nicht wollten. Der Brief von einem Anwalt, durch den ich vom Tod meines Vaters erfahren habe, hat das deutlich gemacht. Warum, weiß ich nicht, vielleicht weil ich sie daran erinnert habe, dass ihre Mutter nicht die einzige Frau war, die unser Vater geliebt hat. Oder vielleicht hatten sie Angst um ihr Erbe. So oder so sah ich keinen Grund, ihren Wunsch nicht zu respektieren. Wie mein Vater waren sie Fremde für mich.«

»Trotzdem bin ich froh, dass du ihn kennenlernen konntest.«

Tru wandte den Blick dem Kamin zu. »Ja, ich auch. Ich habe immer noch die Fotos und Zeichnungen, die er mir damals geschenkt hat. Es kommt mir so lange her vor …«

»Es *ist* lange her«, sagte sie leise.

»Zu lange.« Er nahm ihre Hand, und sie wusste, dass er von ihr sprach. Sie errötete, als er mit dem Daumen über ihre Haut strich. Die Berührung fühlte sich schmerzlich vertraut an. Wie war es nur möglich, dass sie einander wiedergefunden hatten? Und was geschah jetzt mit ihnen? Tru wirkte noch genau wie der Mann, in den sie sich verliebt hatte, doch sie selbst hatte sich sehr verändert. Während er so gut aussah wie früher, spürte sie ihr Alter, und während er sich in ihrer Gegenwart einfach wohlzufühlen schien, löste seine Berührung bei ihr eine Flut von Emotionen aus. Es war überwältigend, und sie drückte seine Hand kurz und ließ sie dann los. Sie war noch nicht bereit für so viel Intimität, lächelte aber aufmunternd, bevor sie sich aufrecht hinsetzte.

»Also, lass mich das noch mal sortieren. Du warst in Hwange bis … 1999 oder 2000? Und von da bist du nach Botswana gezogen?«

»Genau. 1999. In Botswana war ich fünf Jahre.«

»Und dann?«

»Um das gut erzählen zu können, brauche ich wahrscheinlich noch ein Glas Wein.«

»Warte, ich hol dir eins.« Eine Minute später kam sie mit dem gefüllten Glas zurück und machte es sich wieder unter der Decke bequem. Inzwischen war der Raum angenehm warm. Gemütlich. In vielerlei Hinsicht war es schon jetzt ein perfekter Nachmittag.

»Gut«, sagte sie. »Das war dann wann?«

»2004.«

»Was ist passiert?«

»Ich hatte einen Unfall«, sagte er. »Einen ziemlich schlimmen.«

»Was genau meinst du mit schlimm?«

Er sah ihr fest in die Augen und trank einen Schluck Wein. »Ich bin gestorben.«

Sterben

Als er im Straßengraben lag, spürte Tru das Leben aus sich weichen. Nur vage nahm er seinen auf dem Dach liegenden Pick-up mit der zerbeulten Motorhaube und den langsam zum Stillstand kommenden Reifen wahr, die auf ihn zulaufenden Menschen. Er war nicht sicher, wo er sich befand oder was passiert war oder warum die Welt so unscharf wirkte. Er begriff nicht, warum er seine Beine nicht bewegen konnte oder was den unerbittlichen Schmerz in seinem gesamten Körper verursachte.

Auch später noch, als er schließlich in einem fremden Krankenhaus in einem völlig anderen Land aufwachte, erinnerte er sich nicht an den Unfall. Er wusste noch, dass er nach ein paar Tagen Urlaub in Gaborone auf dem Rückweg in die Lodge gewesen war, erfuhr aber erst von der Krankenschwester, dass ein entgegenkommender Lkw plötzlich auf seine Spur geraten war. Tru war nicht angeschnallt gewesen, beim Aufprall durch die Windschutzscheibe geschleudert worden und zehn Meter durch die Luft geflogen. Dabei hatte er sich einen Schädelbruch und noch weitere achtzehn Brüche zugezogen, einschließlich beider Oberschenkelknochen, sämtlicher

Knochen im rechten Arm, drei Wirbeln und fünf Rippen.

Er wurde von Fremden auf einen Gemüsekarren geladen und eiligst zu einer von einer NGO betriebenen Impfstation in einem nahe gelegenen Dorf gebracht. Dort gab es weder die Ausrüstung noch die Medikamente, die Tru benötigte, es war nicht einmal ein Arzt vor Ort. Der Fußboden bestand aus festgetretener Erde, und der Raum war voller Kinder, um deren Gesichter unzählige Fliegen schwirrten. Die Schwester stammte aus Schweden, war jung und überfordert und hatte keine Ahnung, was sie tun sollte, als Tru in ihr Wartezimmer gerollt wurde. Also fühlte sie zunächst mal nach seinem Puls. Da war nichts. Sie überprüfte die Halsschlagader. Auch nichts. Sie legte das Ohr an Trus Mund. Weil sie nichts hörte, holte sie hastig ihr Stethoskop, legte es ihm auf den Brustkorb und horchte nach dem leisesten Murmeln, ohne Ergebnis. Dann erst gab sie auf. Tru war tot.

Der Besitzer des Gemüsekarrens bat darum, dass die Leiche von seinem Karren gehoben wurde, damit er zurückgehen und seine Waren holen konnte, bevor alles gestohlen wurde. Es gab eine Auseinandersetzung, ob er auf die Polizei zu warten hatte, aber er brüllte am lautesten und setzte sich durch. Er und der Vater eines der Kinder hoben Tru von dem Karren, legten ihn in einer Ecke auf den Boden, und die Schwester deckte ihn zu. Der Gemüsehändler verschwand, und die Schwester verabreichte weiter Spritzen.

Etwas später hustete Tru.

Auf der Ladefläche eines Pick-ups wurde er nach Gabarone ins Krankenhaus gefahren. Das dauerte über eine Stunde. Als er dort ankam, konnte der Notarzt seiner Meinung nach nicht mehr viel für ihn tun. Es war ein Wunder, dass Tru überhaupt noch am Leben war. Man ließ die Krankentrage in einem überfüllten Flur stehen, während das Klinikpersonal darauf wartete, dass er starb. Minuten vielleicht, dachten sie, nicht länger als eine halbe Stunde. Mittlerweile ging die Sonne unter.

Tru starb nicht. Er überlebte die Nacht, allerdings setzte bald darauf eine Infektion ein. Antibiotika waren sehr knapp in der Klinik, man wollte sie nicht verschwenden. Trus Fieber stieg, und sein Gehirn schwoll an. Zwei Tage vergingen, dann drei, und immer noch befand er sich in einem Schwebezustand zwischen Leben und Tod. Inzwischen war sein Sohn Andrew kontaktiert worden und aus England angereist. Da sie von ihm informiert worden war, kam auch Kim aus Johannesburg, wo sie damals wohnte. Ein Krankentransport wurde organisiert und Tru in eine Unfallklinik in Südafrika geflogen. Irgendwie überlebte er auch diesen Flug und bekam sofort Antibiotikainfusionen, während die Ärzte die Flüssigkeit aus seinem Gehirn drainierten. Noch acht Tage lang blieb er bewusstlos. Am neunten Tag ging das Fieber zurück, und er wachte auf. Andrew saß an seinem Bett.

Er blieb sieben weitere Wochen in dem Krankenhaus, wo seine Knochen gerichtet wurden und heilten. Als er im Anschluss in eine Rehaklinik verlegt wurde, konnte er nicht laufen und litt an Doppeltsehen und ständigem Schwindel.

Drei Jahre verbrachte er in dieser Einrichtung.

✻

Das Kaminfeuer flackerte in Hopes Augen wie Kerzenlicht, und Tru stellte erneut fest, dass sie so schön war wie damals. Vielleicht sogar noch schöner. In den zarten Fältchen um ihre Augen entdeckte er Weisheit und eine hart erkämpfte Abgeklärtheit. Ihr Gesicht war voller Anmut.

Er wusste, dass die vergangenen Jahre nicht leicht für sie gewesen waren. Von ihrer Ehe mit Josh hatte sie bisher nicht viel gesprochen, und er nahm an, dass sie das Thema nicht nur um Trus, sondern auch um ihrer selbst willen mied.

Unterdessen musterte sie ihn, als sähe sie ihn zum ersten Mal.

»O mein Gott«, sagte sie jetzt. »Das ist das Schrecklichste, was ich je gehört habe. Wie hast du das bloß überlebt?«

»Keine Ahnung.«

»Warst du wirklich schon tot?«

»Das hat man mir erzählt. Circa ein Jahr nach dem Unfall habe ich die Schwester von der Impfstation angerufen, und sie hat steif und fest behauptet, ich hätte keine Vitalfunktionen gehabt. Sie meinte, als ich gehustet hätte, habe die Hälfte der Leute im Raum aufgeschrien. Damals musste ich darüber lachen.«

»Du versuchst, einen Witz daraus zu machen, aber das Ganze ist echt nicht witzig.«

»Nein, stimmt. Ist es nicht.« Er fasste sich an die Schläfe, wo die Haare weiß geworden waren. »Ich hatte ein Schädel-Hirn-Trauma. Fragmente meines Schädels waren ins Gehirn eingedrungen, und eine ganze Weile lang waren die Verknüpfungen da oben völlig durcheinander. Als ich endlich wieder wach war, wollte ich zu Andrew oder den Ärzten etwas Bestimmtes sagen, aber es kam etwas ganz anderes heraus. Zum Beispiel dachte ich, ich sage ›Guten Morgen‹, und die Ärzte hörten ›Pflaumen weinen auf Booten‹. Es war wahnsinnig frustrierend, und weil mein rechter Arm verletzt war, konnte ich auch nicht schreiben. Doch irgendwann haben sich die Synapsen allmählich regeneriert. Es war ein sehr zäher Prozess, und selbst als ich wieder sinnvolle Sätze bilden konnte, hatte ich absurde Gedächtnislücken. Wortfindungsstörungen, meistens bei den einfachsten Sachen. Dann musste ich beispielsweise sagen, ›das silberne Ding, mit dem man sein Essen aufspießt‹ statt ›Gabel‹. Gleichzeitig waren die Ärzte auch nicht sicher, ob meine Lähmung nur vorübergehend oder dauerhaft war. Die Schwellung im Rückgrat wegen der gebrochenen Wirbel wollte lange nicht zurückgehen, selbst nachdem sie Schrauben eingesetzt hatten.«

»Ach, Tru, ich wünschte, ich hätte davon gewusst.« Hopes Stimme brach.

»Du hättest nichts tun können.«

»Trotzdem.« Sie zog die Knie unter der Decke an. »Genau um die Zeit habe ich dich gesucht. Auf die Idee, in Krankenhäusern nachzufragen, bin ich nicht gekommen.«

»Natürlich nicht.«

»Ich wäre so gern für dich da gewesen!«

»Ich war ja nicht allein. Andrew hat mich besucht, wann immer es ging. Kim war auch ab und zu da. Und Romy hat irgendwie erfahren, was passiert ist. Er ist fünf Tage im Bus angereist und ist eine Woche lang geblieben. Allerdings waren diese Besuche schwer für mich. Vor allem im ersten Jahr. Ich hatte starke Schmerzen, konnte nicht richtig kommunizieren und wusste, dass die anderen genauso viel Angst hatten wie ich. Dass sie dieselben Fragen hatten wie ich: Werde ich wieder laufen können? Werde ich wieder normal sprechen können? Werde ich jemals wieder allein leben können? Es war schon schwer genug, ohne auch noch ihre Sorgen mitzubekommen.«

»Wie lange hat es gedauert, bis es dir langsam wieder besser ging?«

»Das Doppeltsehen hat sich innerhalb eines Monats gelegt, aber alles war noch ungefähr ein halbes Jahr lang elend unscharf. Nach drei oder vier Monaten konnte ich mich im Bett aufsetzen. Als Nächstes konnte ich die Zehen bewegen, aber ein paar Knochen in meinen Beinen waren nicht vernünftig gerichtet worden, weshalb sie neu gebrochen werden mussten. Dann kamen die Gehirnoperationen und die an der

Wirbelsäule und … Es war eine Erfahrung, die ich nicht noch einmal erleben möchte.«

»Und wann war dir klar, dass du wieder gehen können wirst?«

»Die Zehen waren schon mal ein guter Anfang, aber es dauerte ewig, bis ich die Füße bewegen konnte. Und Gehen war anfangs völlig unmöglich. Ich musste erst wieder Stehen lernen, die Beinmuskeln waren verkümmert, und die Nerven gaben immer noch falsche Befehle ab. Manchmal hatte ich extreme, stechende Schmerzen bis runter zum Ischias. Oder ich bin an Stangen gelaufen, konnte aber plötzlich das hintere Bein überhaupt nicht bewegen. Als sei die Verbindung zwischen Gehirn und Beinen schlagartig unterbrochen. Ungefähr nach einem Jahr war ich endlich imstande, ohne Hilfe durch den Raum zu gehen. Es waren nur drei Meter, und mein linkes Bein hing ein bisschen hinterher, aber ich habe tatsächlich geweint. Es war das erste Mal, dass ich Licht am Ende des Tunnels sah. Da wusste ich, wenn ich dranbleibe, kann ich vielleicht eines Tages die Klinik verlassen.«

»Das muss ein Albtraum für dich gewesen sein.«

»Ehrlich gesagt kann ich mich nur schlecht an alle Details erinnern. Es kommt mir so weit weg vor, die Tage und Wochen und Monate und Jahre verschwimmen irgendwie.«

Hope musterte ihn. »Das hätte ich dir nie angemerkt, wenn du es mir nicht erzählt hättest. Du wirkst genauso wie damals. Das Humpeln ist mir zwar aufgefallen, aber es ist ja nur ganz leicht.«

»Ich muss aktiv bleiben, was bedeutet, dass ich ein ziemlich striktes Sportprogramm durchziehe. Ich laufe viel. Das hilft gegen die Schmerzen.«

»Tut es noch oft weh?«

»Manchmal schon, aber die Bewegung hilft sehr.«

»Für Andrew muss es hart gewesen sein, dich so zu erleben.«

»Es fällt ihm immer noch schwer, darüber zu reden, wie ich in dem Krankenhaus in Botswana aussah. Oder was für Sorgen er sich auf dem Flug gemacht hat und in der südafrikanischen Klinik, als er darauf wartete, dass ich aufwache. Er ist während meines gesamten Aufenthalts dort bei mir geblieben. Er und Kim haben damals zum Glück einen klaren Kopf behalten. Hätten sie nicht den Krankentransport organisiert, hätte ich wohl nicht überlebt. Aber seit die Reha losging, war Andrew immer optimistischer als ich. Weil er mich nur alle zwei oder drei Monate sah, verlief meine Genesung in seinen Augen in großen Sprüngen. Ich habe das natürlich völlig anders empfunden.«

»Und du sagtest, du warst drei Jahre dort?«

»Das letzte Jahr nicht mehr stationär. Ich hatte trotzdem noch jeden Tag mehrere Stunden Therapie, aber es fühlte sich an, wie aus dem Gefängnis entlassen zu werden. In den ersten zwei Jahren war ich kaum mal vor die Tür gegangen. Ich will nie im Leben wieder eine Neonröhre sehen.«

»Das tut mir so leid für dich.«

»Ach was«, sagte er. »Jetzt geht es mir gut. Und ob du es glaubst oder nicht, ich habe einige wunderbare

Menschen kennengelernt. Der Physiotherapeut, der Logopäde, meine Ärzte und Schwestern … Das waren fantastische Leute. Aber es ist seltsam, sich an diese Zeit zu erinnern, weil es mir manchmal vorkommt, als hätte ich mir drei Jahre Pause von meinem Leben genommen. Was ja irgendwie auch so ist.«

Hope atmete langsam ein, als wolle sie die Wärme des Kamins in sich aufsaugen. »Du bist viel stärker, als ich in solch einer Situation wahrscheinlich gewesen wäre.«

»Das stimmt gar nicht. Ich habe ein Jahr lang Antidepressiva geschluckt.«

»Das finde ich verständlich«, sagte sie. »Du warst schließlich in jeder Hinsicht traumatisiert.«

Eine Zeit lang starrten sie beide ins Feuer. Hope hatte die Füße unter der Decke dicht an seine Beine geschmiegt. Tru hatte das Gefühl, dass sie immer noch verarbeiten musste, was er ihr erzählt hatte – wie nah dran sie gewesen war, ihn für immer zu verlieren.

In dem Moment gab Trus Magen ein deutliches Knurren von sich.

Hope lachte. »Du musst inzwischen halb verhungert sein.« Sie warf die Decke zur Seite. »Ich könnte auch etwas essen. Hast du Lust auf Hühnchensalat? Ansonsten hätte ich auch Lachs oder Krabben.«

»Hühnchen hört sich gut an«, sagte er.

Sie stand auf. »Dann bereite ich es rasch vor.«

»Kann ich was helfen?« Tru reckte sich.

»Es ist nicht viel Arbeit, aber gegen Gesellschaft habe ich natürlich nichts einzuwenden.«

Hope legte die Decke auf der Couch zusammen, und sie trugen ihre Weingläser in die Küche. Während Hope Kopfsalat, Kirschtomaten und Paprika aus dem Kühlschrank holte, lehnte sich Tru an die Arbeitsplatte und dachte über das nach, was sie ihm erzählt hatte. Durch die Enttäuschungen, die sie erlebt hatte, war sie nicht verbittert geworden, sondern hatte vielmehr akzeptiert, dass das Leben sich selten so entwickelte, wie man es sich ausmalte.

Offenbar ahnte sie, was er dachte, denn sie lächelte. Aus einer Schublade nahm sie ein scharfes Messer und ein Schneidebrett.

»Bist du sicher, dass ich dir nichts helfen kann?«, fragte er.

»Nein danke, es dauert nicht lange. Willst du schon mal Teller und Besteck holen? Die sind in dem Schrank neben der Spüle.«

Auf ihre Bitte hin stellte er die Teller neben das Brettchen und sah ihr beim Schneiden zu. Im Anschluss machte sie den Salat mit etwas Zitronensaft und Olivenöl an und häufte je eine Portion auf die Teller. Am Schluss kam noch ein Klacks Hühnchensalat darauf. Genau so hatte er sich in den vergangenen vierundzwanzig Jahren tausendmal vorgestellt, mit ihr in der Küche zu stehen.

»Voilà.«

»Sieht köstlich aus.«

Beide brachten ihre Teller zum Tisch, und Hope zeigte auf den Kühlschrank. »Möchtest du noch etwas Wein?«

»Nein danke. Mehr als zwei Gläser vertrage ich nicht mehr.«

»Bei mir ist es eher eins.« Sie griff nach ihrer Gabel. »Erinnerst du dich noch an das Abendessen bei Clancy's? Und danach das Glas Wein im Cottage meiner Eltern?«

»Wie könnte ich das vergessen? Das war der Abend, an dem wir einander kennengelernt haben. Ich war völlig hingerissen von dir.«

Als sie nickte, waren ihre Wangen leicht gerötet. Sie beugte sich über ihren Salat.

Tru deutete mit dem Kopf auf die Holztruhe auf dem Tisch. »Was ist da drin?«

»Erinnerungen«, sagte sie in einem geheimnisvollen Tonfall. »Zeige ich dir später, aber lass uns erst noch ein Weilchen über dich sprechen. Ich glaube, wir sind ungefähr im Jahr 2007 angekommen, oder? Wie ging es nach deiner Reha weiter?«

Er zögerte, als wüsste er nicht genau, was er sagen sollte. »Ich habe einen Job in Namibia gefunden. Ordentlich geführte Lodge und riesiges Naturschutzgebiet, es gibt dort mit die höchste Gepardendichte auf dem ganzen Kontinent. Und Namibia ist ein wunderschönes Land. Die Skelettküste und das Sossusvlei gehören zu den außergewöhnlichsten Orten der Welt. Wenn ich nicht arbeitete oder zu Besuch bei Andrew war, spielte ich den Touristen. In dem Camp war ich bis zur Rente, danach bin ich nach Kapstadt gezogen. Besser gesagt, nach Bantry Bay. Das liegt am Rand, direkt an der Küste. Ich habe dort ein kleines Häuschen mit spektakulärem Ausblick. Und in Laufweite Cafés, Buchläden und der Markt. Mir gefällt's.«

»Hast du je daran gedacht, näher zu Andrew zu ziehen?«

Er schüttelte den Kopf. »Ich fahre ab und zu hin, und ihn führt sein Beruf regelmäßig nach Kapstadt. Wenn er könnte, würde er dorthin ziehen, aber Anette ist strikt dagegen. Der Großteil ihrer Verwandtschaft wohnt in Belgien. Ihn dagegen lässt Afrika einfach nicht los, genau wie mich. Wenn man nicht dort aufgewachsen ist, kann man das schwer verstehen.«

In Hopes Blick lag Erstaunen. »Dein Leben hört sich für mich wahnsinnig romantisch an. Abgesehen von den schrecklichen drei Jahren, meine ich.«

»Ich habe das Leben geführt, das ich wollte. Die meiste Zeit jedenfalls.« Er strich sich mit der Hand durchs Haar. »Hast du je mit dem Gedanken gespielt, noch mal zu heiraten?«

»Nein. Ich hatte nicht mal Lust, mich überhaupt mit Männern zu treffen. Ich habe mir eingeredet, dass es wegen der Kinder war, aber …«

»Aber was?«

Statt einer Antwort schüttelte sie den Kopf. »Das ist unwichtig. Sprich du erst mal zu Ende. Was machst du denn den ganzen Tag, seit du in Rente bist?«

»Nicht viel. Aber ich genieße es, ohne Gewehr spazieren gehen zu können.«

Hope lächelte. »Hast du Hobbys?« Sie stützte mädchenhaft das Kinn auf die Hand und sah ihn eindringlich an. »Abgesehen von Zeichnen und Gitarre?«

»An den meisten Tagen gehe ich vormittags eine Stunde ins Fitnessstudio, und danach mache ich einen langen Spaziergang oder eine Wanderung. Ich lese auch viel. Wahrscheinlich habe ich in den letzten drei Jahren mehr Bücher gelesen als in den dreiundsechzig davor. Allerdings bin ich noch nicht eingeknickt und habe mir einen Computer gekauft, obwohl Andrew immer drängelt, ich müsse mit der Zeit gehen.«

»Du hast echt keinen Computer?«

»Was sollte ich damit?« Das war eine aufrichtige Frage.

»Weiß ich nicht, Onlinezeitungen lesen oder was bestellen, was du brauchst. Mails schreiben. In Verbindung mit der Welt bleiben …«

»Eines Tages vielleicht. Momentan ziehe ich es noch vor, eine normale Zeitung zu lesen, ich habe alles, was ich brauche, und es gibt niemanden, dem ich mailen möchte.«

»Weißt du, was Facebook ist?«

»Ich hab davon gehört. Wie gesagt, ich lese Zeitung.«

»Ich hatte ein paar Jahre lang ein Facebook-Konto. Für den Fall, dass du mich kontaktieren wolltest.«

Darauf entgegnete er nicht sofort etwas, sondern musterte sie, überlegte, wie viel er sagen sollte, und erkannte dann, dass er noch nicht bereit war, ihr alles zu erzählen.

»Ich habe darüber nachgedacht, mich bei dir zu melden«, sagte er schließlich. »Öfter, als du dir vorstellen kannst. Aber ich wusste ja nicht, ob du noch verheiratet oder wieder verheiratet bist oder überhaupt Interesse daran hast, von mir zu hören. Ich wollte dein Leben nicht stören. Und was den Computer angeht: Offen gestanden weiß ich nicht, wie gut ich damit zurechtkäme. Oder mit Facebook. Wie sagt ihr Amerikaner? ›Einem alten Hund bringt man keine neuen Tricks mehr bei?‹« Er grinste. »Für mich war es schon ein Riesenschritt, mir ein Handy zuzulegen. Und das auch nur, damit Andrew mich erreichen kann, wenn nötig.«

»Vorher hattest du keins?«

»Bis vor Kurzem hatte ich nicht das Gefühl, eins zu brauchen. Im Busch ist kein Empfang, außerdem hätte sowieso nur Andrew angerufen.«

»Was ist mit Kim? Habt ihr noch Kontakt?«

»Mittlerweile nicht mehr sehr oft. Andrew ist erwachsen, deshalb gibt es wenig Grund für uns, miteinander zu sprechen. Und du? Redest du noch mit Josh?«

»Manchmal«, sagte sie. »Vielleicht war es zu oft.«

Tru sah sie fragend an.

»Vor ein paar Monaten hat er vorgeschlagen, ob wir es nicht noch mal miteinander probieren sollen.«

»Und das wolltest du nicht?«

»Absolut nicht. Und ich war auch ziemlich schockiert, dass er die Stirn hatte, es anzusprechen.«

»Warum?«

Während sie ihren Salat aßen, erzählte Hope ausführlicher von Josh. Von seinen Affären und der Trennungsschlacht, von seiner nächsten Ehe und Scheidung und den Spuren, die sein Lebenswandel bei ihm hinterlassen hatte. Aus alldem hörte Tru nur andeutungsweise heraus, wie sie unter Joshs Verhalten gelitten hatte, und dachte bei sich, wie dumm dieser Mann doch war. Dass Hope irgendwie in der Lage war, ihm zu verzeihen, fand Tru bewundernswert.

Sie blieben am Küchentisch sitzen, erzählten und beantworteten Fragen über die Vergangenheit des anderen. Als sie schließlich gemeinsam den Tisch abgeräumt hatten, schaltete Hope das Radio ein. Danach zogen sie sich wieder auf das Sofa zurück. Der Kamin brannte noch und tauchte den Raum in ein gelbliches Schimmern. Tru beobachtete, wie Hope sich setzte und zudeckte, und wünschte sich, dieser Tag würde niemals enden.

*

Bis er erfahren hatte, dass Hope einen Brief in »Seelenverwandte« gelegt hatte, war Tru manchmal der Ansicht gewesen, dass er bereits zweimal gestorben war.

Bei seiner Rückkehr nach Simbabwe 1990 fühlte er sich innerlich wie betäubt, er nahm die Welt um sich herum kaum wahr, selbst wenn er mit seinem Sohn Fußball spielte oder kochte oder fernsah. Im Busch lenkte ihn die Arbeit mit den Gästen ab, doch ganz konnte er den Gedanken an sie nie entfliehen. Wenn er den Jeep anhielt, damit die Touristen Tiere fotografieren konnten, malte er sich manchmal aus, dass sie neben ihm auf dem Beifahrersitz saß und seine Welt bestaunte, so wie er weiterhin die Welt bestaunte, in der sie sich kurz zusammen aufgehalten hatten.

Am schlimmsten waren die Abende. Weder auf das

Zeichnen noch auf die Gitarre vermochte er sich zu konzentrieren. Er gesellte sich auch nicht zu seinen Kollegen, sondern lag im Bett und starrte die Decke an. Nach einer Weile sprach sein Freund Romy ihn darauf an, weil er sich Sorgen machte, aber Tru brauchte lange, bis er sich auch nur überwinden konnte, Hopes Namen auszusprechen.

Es dauerte Monate, bis er seine normalen Gewohnheiten wieder aufnahm, und selbst dann noch merkte er, dass er nicht mehr richtig er selbst war. Bevor er Hope begegnet war, hatte er hin und wieder Beziehungen zu Frauen gehabt; hinterher verlor er jedes Interesse daran. Und das änderte sich auch nicht mehr. Es war, als hätte er diesen Teil von sich, den Wunsch nach weiblicher Gesellschaft oder jeden Funken Leidenschaft, am Strand von Sunset Beach, North Carolina, zurückgelassen.

Andrew war es, der ihn schließlich wieder zum Zeichnen bewegte. Während eines seiner Besuche in Bulawayo fragte sein Sohn ihn, ob er böse auf ihn sei. Als Tru vor ihm in die Hocke ging und sich erkundigte, wie er auf eine solche Idee komme, murmelte Andrew, er habe seit Monaten kein Bild für ihn gemalt. Tru versprach, wieder damit anzufangen, doch oft war es Hope, die er aus der Erinnerung zeichnete: ihren Blick, als er an jenem Tag mit Scottie auf dem Arm auf sie zukam, oder wie umwerfend sie am Abend der Hochzeit ausgesehen hatte. Erst wenn er eine Zeit lang an einem dieser Bilder gearbeitet hatte, wandte er sich einem Motiv zu, das Andrew gefiel.

Die Zeichnungen von Hope kosteten ihn nicht Tage, sondern Wochen. Tru hatte das Bedürfnis, sie genau mit seinen Erinnerungen in Einklang zu bringen, sie mit Präzision und Sorgfalt festzuhalten. Wenn er endlich zufrieden war, legte er das Bild vorsichtig zu den anderen und begann mit dem nächsten. Im Laufe der Jahre wurde das Projekt zu einer Art innerem Zwang, einer unbewussten Überzeugung vielleicht, dass eine perfekte Abbildung von Hope sie irgendwie zu ihm zurückbrächte. Mehr als fünfzig genau ausgearbeitete Zeichnungen fertigte er an, und jede davon dokumentierte eine andere Erinnerung. Er brachte sie in eine Reihenfolge, eine Chronik ihrer gemeinsamen Zeit, und im Anschluss begann er, sich selbst zu zeichnen, beziehungsweise wie er sich vorstellte, in ebenjenen Momenten in ihren Augen ausgesehen zu haben. Am Schluss ließ er alles zu einem Buch binden, die Bilder von sich jeweils auf der linken Seite und die von Hope auf der rechten, zeigte es aber nie jemandem. Etwa ein Jahr, nachdem Andrew mit dem Studium angefangen hatte, war das Buch fertig. Tru hatte fast neun Jahre dafür gebraucht.

Das war ein weiterer Grund, warum er sich so ziellos fühlte, als das Jahrhundert sich dem Ende zuneigte. Er hatte nichts zu tun, und so tigerte er durch das Haus, blätterte jeden Abend in dem Buch und grübelte endlos darüber nach, dass jeder, der ihm etwas bedeutet hatte, nicht mehr da war. Seine Mutter. Sein Großvater. Kim, und jetzt Andrew. Und Hope. Er war allein und würde immer allein bleiben.

Botswana und das Löwenprojekt, wie er es damals nannte, taten ihm gut. Dennoch achtete er immer darauf, sein Skizzenbuch greifbar zu haben, eins seiner kostbarsten Besitztümer. Nach dem Unfall war es das Einzige, wonach er sich sehnte, aber er wollte Andrew nicht bitten, es ihm zu bringen. Er hatte seinem Sohn nie davon erzählt und wollte weder ihn noch Kim belügen. Also bat er seine Exfrau, all seine Sachen in Botswana in Kartons zu verpacken und einzulagern. Trotzdem machte er sich während der nächsten zwei Jahre unentwegt Sorgen, das Buch wäre irgendwie verloren gegangen oder beschädigt worden. Seine erste Handlung, nachdem er aus der Rehaklinik entlassen wurde, war ein kurzer Ausflug nach Botswana. Er bezahlte ein paar Jugendliche dafür, die Kartons einen nach dem anderen zu öffnen, bis das Buch gefunden war.

Doch nicht lange danach ließ der Zwang, in Bildern die gemeinsam verbrachten Tage immer wieder zu durchleben, allmählich nach. Er wusste, dass er um seiner selbst willen nicht ewig weiter davon träumen durfte, eines Tages wieder mit Hope zusammen zu sein. Er ahnte ja nicht, dass ungefähr um diese Zeit Hope ihn zu finden versuchte.

Hätte er es gewusst, sagte er sich, hätte er trotz seiner noch nicht gänzlich verheilten Verletzungen Himmel und Hölle in Bewegung gesetzt, um zu ihr zu fliegen. Und es hatte einen Moment gegeben, in dem er kurz davor stand, genau das zu tun.

*

Die Dämmerung sank sanft auf Carolina Beach herab.

Hin und wieder streiften sich ihre Hände oder Arme, während Tru und Hope auf der Couch saßen und sich weiter unterhielten, ohne sich um das schwindende Licht zu kümmern. Immer tiefer tauchten sie in das Leben des anderen ein. Die Weingläser waren von Teetassen abgelöst worden, und auf die allgemeinen Berichte folgten intimere Details. Als Tru im Zwielicht Hopes Profil betrachtete, konnte er immer noch kaum fassen, dass sie tatsächlich bei ihm war.

»Ich muss dir etwas beichten«, setzte er schließlich an. »Eines habe ich dir noch nicht erzählt. Es geht um die Zeit, bevor ich die Stelle in Namibia angenommen habe. Ich wollte es dir vorhin schon sagen, als du von deiner Suche nach mir gesprochen hast.«

»Was denn?«

Er starrte in seinen Becher. »Ich wäre beinahe nach North Carolina gekommen. Um dich zu finden. Das war kurz nach meiner Reha, und ich hatte ein Ticket gekauft und meine Tasche gepackt und stand sogar schon am Flughafen. Aber als ich durch die Sicherheitskontrolle gehen sollte … konnte ich es nicht.« Er schluckte, als erinnerte er sich an seine Lähmung damals. »Zu meiner Schande muss ich gestehen, dass ich einfach zu meinem Auto zurückgegangen bin.«

Es dauerte einen Moment, bevor sie begriff. »Du meinst, genau als ich dich gesucht habe, wolltest du mich auch suchen?«

Seine Kehle war trocken, er wusste, dass sie an die

Jahre dachte, die er und sie verloren hatten – nicht ein, sondern zwei Mal.

»Ich weiß nicht, was ich sagen soll«, murmelte sie.

»Ich glaube, es gibt nichts dazu zu sagen, außer dass es mir das Herz bricht.«

»Ach, Tru.« Ihre Augen wurden feucht. »Warum bist du nicht in das Flugzeug gestiegen?«

»Ich hatte keine Ahnung, ob ich dich finden würde.« Er schüttelte den Kopf. »Aber ehrlich gesagt hatte ich Angst, was passieren würde, wenn doch. Immer wieder sah ich vor meinem geistigen Auge, wie ich dich endlich in einem Restaurant entdecke oder auf der Straße oder vielleicht in deinem Garten, und du mit einem anderen Mann Händchen hältst oder mit deinen Kindern lachst, und nach allem, was ich da gerade durchgemacht hatte, hätte ich das sicher nicht ertragen. Nicht, dass ich dir nicht wünschte, glücklich zu sein. Das habe ich mir jeden Tag in den vergangenen vierundzwanzig Jahren gewünscht, und wenn nur, weil ich wusste, dass *ich* nicht glücklich war. Es war, als fehlte ein Teil von mir. Aber damals habe ich mich einfach nicht getraut, etwas zu unternehmen, und jetzt, wo ich so viel über dein Leben weiß, kann ich nur denken, dass ich im entscheidenden Moment mehr Mut hätte haben müssen. Denn dann hätte ich die letzten acht Jahre nicht vergeudet.«

Als er geendet hatte, wandte Hope sich kurz ab und schob die Decke fort. Sie stand auf und trat ans Fenster. Tru sah ihre nassen Wangen im Mondlicht schimmern.

»Warum hat sich das Schicksal immer gegen uns verschworen?« Sie sah ihn über die Schulter hinweg an. »Glaubst du, es gibt einen größeren Plan, den wir nur nicht begreifen?«

»Ich weiß es nicht«, sagte er heiser.

Ihre Schultern sackten kaum merklich herab, und sie drehte sich wieder um. Schweigend starrte sie aus dem Fenster, bis sie schließlich tief einatmete und sich erneut neben ihn auf die Couch setzte.

Von Nahem, dachte er, sah ihr Gesicht genauso aus wie auf all den Zeichnungen, die er von ihr gemacht hatte. »Es tut mir leid, Hope. Mehr, als du dir vorstellen kannst.«

Sie wischte sich die Tränen fort. »Mir auch.«

»Was sollen wir jetzt tun? Brauchst du ein bisschen Zeit für dich?«

»Nein, das ist das Letzte, was ich jetzt möchte.«

»Was dann?«

Statt zu antworten, rutschte sie dichter zu ihm und deckte sich wieder die Beine zu. Sie legte ihre Hand in seine, und er umschloss sie, genoss die Weichheit ihrer Haut. Während er die zarten Knochen ihrer Finger streichelte, staunte er insgeheim darüber, dass die letzte Frauenhand, die er gehalten hatte, vor vielen Jahren ihre gewesen war.

»Erzähl mir bitte, wie du von meinem Brief erfahren hast«, sagte sie. »Dem, der uns endlich wieder zusammengeführt hat.«

Tru schloss kurz die Augen. »Das ist schwer so zu erklären, dass es nachvollziehbar ist, selbst für mich.«

»Warum?«

»Weil es mit einem Traum begann.«

»Du hast von dem Brief geträumt?«

»Nein. Ich habe von einem Café geträumt, einem realen Ort, gleich am Fuße des Berges, wo ich wohne.« Er lächelte wehmütig. »Da gehe ich hin, wenn ich Lust auf Menschen habe, und man hat von dort einen fantastischen Blick auf die Küste. Normalerweise nehme ich ein Buch mit. Der Betreiber kennt mich und hat nichts dagegen, wenn ich länger bleibe.« Er beugte sich vor und stützte die Ellbogen auf die Knie. »Jedenfalls bin ich eines Morgens aufgewacht und wusste, dass ich gerade von dem Café geträumt hatte, aber im Gegensatz zu vielen anderen Träumen hat sich dieser nicht einfach aufgelöst. Immer wieder sah ich mich an einem Tisch sitzen, wie durch eine Kamera. Ich hatte ein Buch dabei, und auf dem Tisch stand ein Glas Eistee, wie so oft. Es war Nachmittag, und die Sonne schien, auch das ist nichts Besonderes. Aber in dem Traum fiel mir ein Paar auf, das sich an einen Tisch in meiner Nähe setzte. Die beiden waren seltsam unscharf, und ich konnte ihr Gespräch nicht verstehen, trotzdem hatte ich den starken Drang, mit ihnen zu reden. Ich wusste einfach, dass sie mir etwas Wichtiges mitzuteilen hatten, also stand ich auf, aber mit jedem Schritt schien ihr Tisch sich weiter und weiter zu entfernen. Ich weiß noch, dass ich dabei eine wachsende Panik empfand, ich musste doch mit ihnen sprechen, und in dem Moment wachte ich auf. Es war nicht unbedingt ein Albtraum, aber ich war den ganzen Tag ein bisschen durcheinander. Eine Woche später ging ich in das Café.«

»Wegen des Traums?«

»Nein, den hatte ich da schon fast vergessen. Wie gesagt, ich gehe relativ häufig dorthin. Ich hatte etwas gegessen, trank gerade ein Glas Eistee und las ein Buch über die Burenkriege. Da kam ein Pärchen herein. Es waren fast alle Tische frei, aber sie setzten sich ganz nah zu mir.«

»Ähnlich wie in dem Traum«, sagte Hope.

»Nicht ähnlich.« Er schüttelte den Kopf. »Bis zu dem Punkt war alles *exakt* wie in dem Traum.«

Sie beugte sich vor, ihre Gesichtszüge vom Kaminschein weich. Draußen ballte sich die dunkle Nacht zusammen, während Tru mit seiner Geschichte fortfuhr.

*

Wie jeder Mensch hatte auch Tru schon Déjà-vus erlebt, aber als er den Blick hob, fühlte er sich regelrecht in den Traum zurückversetzt. Einen Moment lang nahm er alles ganz verschwommen wahr.

Im Gegensatz zu seinem Traum allerdings konnte er die beiden klar und deutlich erkennen. Die Frau war blond und schlank, attraktiv und zwischen vierzig und fünfzig. Der Mann ihr gegenüber war ein paar Jahre älter, groß, mit dunklen Haaren und einer in der Sonne funkelnden goldenen Uhr. Tru stellte fest, dass er sie auch hören konnte, und schloss daraus, dass er unterbewusst Fetzen ihres Gesprächs aufgeschnappt haben musste, weshalb er wohl überhaupt von seinem Buch aufgesehen hatte. Sie sprachen über eine baldige Safari, sie hatten vor, nicht nur den südafrikanischen Kruger-Nationalpark zu besuchen, sondern auch Mombo Camp und Jack's Camp, die beide in Botswana lagen. Sie unterhielten sich über die Unterkünfte und die Tiere, die sie möglicherweise sehen würden, Themen, die Tru aus seinem vierzigjährigen Berufsleben in- und auswendig kannte.

Er hatte dieses Paar noch nie gesehen. Er hatte schon immer ein gutes Personengedächtnis gehabt, und diese beiden waren ihm noch nie begegnet. Es gab keinen weiteren Grund, sich für sie zu interessieren, dennoch konnte er den Blick nicht abwenden. Nicht wegen des Traums. Es lag an etwas anderem, und erst als ihm der weiche Akzent der Frau bewusst wurde, spürte er einen inneren Ruck, ein neuerliches Déjà-vu, das sich mit Erinnerungen an eine andere Zeit und einen anderen Ort mischte.

Hope, dachte er unvermittelt. Die Frau klang genau wie Hope.

In den Jahren seit seinem Aufenthalt in Sunset Beach hatte er Tausende von Touristen kennengelernt. Ein paar waren aus North Carolina gewesen, und dieser Akzent unterschied sich von dem anderer Südstaaten, die Vokale klangen irgendwie weicher.

Sie hatten ihm etwas Wichtiges mitzuteilen.

Bevor er selbst merkte, dass er seinen Platz verlassen hatte, stand er schon an ihrem Tisch. Normalerweise wäre er niemals auf die Idee gekommen, Fremde beim

Essen zu stören, aber er fühlte sich wie eine Marionette, als hätte er keine andere Wahl.

»Entschuldigen Sie bitte, ich unterbreche Sie nur ungern, aber sind Sie zufällig aus North Carolina?«, fragte er.

Falls die beiden sich von seinem plötzlichen Auftauchen gestört fühlten, ließen sie sich nichts anmerken.

»Ja, das sind wir tatsächlich«, antwortete die Frau. Sie lächelte erwartungsvoll. »Kennen wir uns?«

»Das glaube ich nicht.«

»Woher um alles in der Welt wissen Sie dann, woher wir kommen?«

»Ich habe den Akzent erkannt«, sagte Tru.

»Aber Sie sind eindeutig kein Südstaatler.«

»Nein, ich stamme ursprünglich aus Simbabwe. Aber ich war einmal in Sunset Beach.«

»Wie klein die Welt doch ist!«, rief sie. »Da haben wir ein Haus. Wann waren Sie denn dort?«

»1990«, gab Tru zurück.

»Das war lange vor unserer Zeit. Wir haben das Strandhaus erst vor zwei Jahren gekauft. Ich bin übrigens Sharon Weddon. Und das ist mein Mann Bill.«

Bill streckte ihm die Hand hin, und Tru schüttelte sie.

»Tru Walls. Ich habe zufällig gehört, dass Sie über Mombo Camp und Jack's Camp gesprochen haben. Ich war früher Safari-Guide und kann Ihnen versichern, dass beide hervorragend sind. In Mombo werden Sie viele Tiere sehen. Aber die Camps sind unterschiedlich. Jack's liegt in der Kalahari und ist einer der besten Orte auf der Welt, um Erdmännchen zu beobachten.«

Während er sprach, musterte die Frau ihn mit leicht schief gelegtem Kopf und gerunzelter Stirn. Sie öffnete den Mund, schloss ihn wieder und beugte sich dann über den Tisch.

»Sagten Sie gerade, Ihr Name ist Tru Walls? Und Sie sind aus Simbabwe und haben früher als Guide gearbeitet?«

»Ja.«

Sharon wandte sich Bill zu. »Weißt du noch, was wir im letzten Frühling gefunden haben? Als wir den langen Spaziergang am Strand entlang gemacht haben? Ich hab doch noch einen Witz darüber gemacht, weil wir nach Afrika fahren wollten.«

Bill nickte langsam. »Jetzt fällt es mir wieder ein.«

Sharon strahlte Tru entzückt an.

»Haben Sie schon mal von ›Seelenverwandte‹ gehört?«

Bei diesem Wort wurde Tru schwindlig. Wie lange war es her, dass er den Namen dieses Briefkastens zuletzt gehört hatte? Bis jetzt hatte er immer irgendwie das Gefühl gehabt, nur er und Hope wüssten davon.

»Sie meinen den Briefkasten?«, krächzte er.

»Ja!«, rief Sharon. »Das glaube ich jetzt nicht. Schatz, kannst du das glauben?«

Bill schüttelte den Kopf, offenbar genauso erstaunt wie sie. Sie klatschte in die Hände.

»In Sunset Beach haben Sie eine Frau kennengelernt, namens ... Helen? Hannah?« Sie kniff die Augen zusammen. »Nein, Hope, so hieß sie, stimmt's?«

Jetzt drehte sich alles um ihn herum, und der Boden fühlte sich nicht mehr fest an. »Ja, stimmt«, stammelte er endlich. »Aber ich fürchte, ich kann Ihnen nicht ganz folgen.«

»Vielleicht setzen Sie sich besser«, sagte Sharon. »Es lag ein Brief in dem Kasten, von dem ich Ihnen erzählen muss.«

*

Mittlerweile war der Kamin die einzige Lichtquelle. Tru konnte nur schwach die Musik aus dem Küchenradio hören. Hopes Augen glänzten im Feuerschein.

»Zwei Tage später war ich hier. Natürlich erinnerten sie sich nicht an jedes Detail, vor allem nicht an das Datum oder auch nur den Monat, in dem du kommen wolltest. Aber der grobe Rahmen stimmte.«

»Warum hast du nicht nach mir gesucht, sobald du in North Carolina warst?«

Er schwieg für einen Moment. »Ist dir klar, dass du mir in unserer gemeinsamen Woche nie Joshs Nachnamen gesagt hast?«

»Doch«, sagte sie. »Habe ich bestimmt.«

»Nein«, sagte er mit einem fast traurigen Lächeln. »Und ich habe nie danach gefragt. Oder nach denen deiner Schwestern. Das fiel mir erst auf, als ich wieder in Simbabwe war, wobei es damals natürlich keine Rolle spielte. Und nach vierundzwanzig Jahren ohne Nachnamen hatte ich nicht viele Anhaltspunkte. Ich kannte deinen Mädchennamen, aber Andersons gibt es ziemlich viele, habe ich schnell herausgefunden, sogar in North Carolina. Außerdem hatte ich keine Ahnung, wo du wohnst, ob du überhaupt in diesem Staat geblieben bist. Was ich noch wusste, war, dass Josh Orthopäde war, und ich habe garantiert jede orthopädische Praxis von hier bis Greensboro angerufen und nach Ärzten namens Josh gefragt. Ohne Ergebnis.«

Hope presste die Lippen aufeinander. »Wie wolltest du mich denn dann damals finden? Als du fast ins Flugzeug gestiegen wärest?«

»So weit hatte ich da gar nicht vorausgedacht. Wahrscheinlich hätte ich aber einen Privatdetektiv engagiert. Und falls du jetzt bis Jahresende nicht aufgetaucht wärst, wollte ich das auch tun. Aber …« Er grinste. »Ich wusste, dass du kommst. Ich wusste, dass ich dich beim Briefkasten finde, weil du geschrieben hattest, dass du herkommen wirst. Jeden Tag im September bin ich aufgewacht und dachte, heute ist der Tag.«

»Und jeden Tag wurdest du enttäuscht.«

»Ja«, sagte er. »Andererseits stieg dadurch die Wahrscheinlichkeit, dass der nächste Tag der richtige wäre.«

»Was, wenn ich im Juli oder August gekommen wäre? Hattest du keine Angst, mich verpasst zu haben?«

»Eigentlich nicht. Ich dachte nicht, dass du dir den Sommer aussuchst, wegen der ganzen Urlauber. Deshalb habe ich eher auf einen Tag getippt, der dem ähnelt, an dem wir zusammen beim Briefkasten waren und an dem man etwas Privatsphäre hat. Herbst oder Winter kamen mir passender vor.«

Hope lächelte kläglich. »Du kennst mich gut, oder?«

Als Antwort küsste Tru ihre Hand. »Ich habe an uns geglaubt.«

Wieder fühlte sie sich erröten. »Möchtest du den Brief gern lesen?«

»Den hast du noch?«

»Eine Kopie«, sagte sie. »In der Truhe auf dem Tisch.«

Als sie Anstalten machte aufzustehen, hielt er sie zurück. Er holte die geschnitzte Kiste aus der Küche und wollte sie gerade auf den Beistelltisch stellen, als Hope den Kopf schüttelte.

»Stell sie bitte auf die Couch. Zwischen uns.«

»Die ist hübsch«, stellte er fest, als er sich wieder setzte.

»Sie ist aus Simbabwe. Mach sie auf. Der Brief liegt ganz unten.«

Tru klappte den Deckel hoch. Obenauf sah er die Hochzeitseinladung und fasste sie mit einem fragenden Blick an. Darunter befanden sich die Zeichnungen und der Brief, den er ihr ins Handschuhfach gelegt hatte. Ganz unten entdeckte er einen unbeschrifteten Umschlag. Der Anblick seiner Zeichnungen und seines Briefs berührte ihn auf eine seltsame Weise.

»Du hast sie behalten«, murmelte er beinahe ungläubig.

»Natürlich.«

»Warum?«

»Weißt du das denn nicht?« Sanft berührte sie seinen Arm. »Selbst bei der Hochzeit mit Josh war ich noch in dich verliebt. Meine Gefühle für dich waren leidenschaftlich, aber … voller Frieden. Denn das habe ich in der Woche, die wir zusammen verbracht haben, empfunden. Frieden. Bei dir zu sein war, wie nach Hause zu kommen.«

Tru schluckte einen Kloß im Hals herunter. »Für mich war es genauso.« Er senkte den Blick. »Dich zu verlieren war, als würde mir der Boden unter den Füßen weggezogen.«

»Lies bitte.« Sie deutete mit dem Kopf auf den Brief. »Er ist nicht lang.«

Tru legte erst die anderen Papiere in die Truhe zurück, dann holte er den Brief aus dem Umschlag. Er las ihn langsam, ließ die Worte auf sich wirken, hörte Hopes Stimme aus jeder Zeile. Seine Brust barst beinahe vor unausgesprochenen Emotionen. In dem Moment hätte er sie gern geküsst, doch stattdessen sagte er: »Ich habe was für dich.«

Aus seiner Reisetasche holte er das Skizzenbuch und gab es ihr. *Seelenverwandte* stand in goldgeprägter Schrift auf dem Deckel.

Neugierig blickte Hope zwischen ihm und dem Buch hin und her. Tru setzte sich wieder neben sie, während sie mit dem Finger über den Titel strich.

»Ich habe fast Angst, es aufzuschlagen«, sagte sie.

»Das brauchst du nicht«, gab er zurück, und sie blätterte schließlich zur ersten Seite. Es war ein Porträt von Hope auf dem Pier, einer Stelle, an der Tru sie nie gesehen hatte. In seinen Augen fing das Bild alles, was sie ausmachte, ein, doch da es eigentlich in ihrer gemeinsamen Geschichte nicht vorkam, hatte er es als Titelblatt gewählt.

Schweigend wartete er ab, während Hope ein Bild von ihm betrachtete, auf dem er am Strand spazieren ging. Rechts sah man Hope mit etwas Abstand hinter ihm herlaufen. Scottie raste Richtung Düne.

Die nächsten Seiten zeigten sie und Tru an dem Morgen, als sie zum ersten Mal miteinander gesprochen hatten. Er hielt Scottie auf dem Arm, und sie hatte eine besorgte Miene. Auf den folgenden Skizzen sah man sie zurück zum Cottage laufen, dann beim Kaffeetrinken auf der Terrasse.

Die Bilder gingen ineinander über wie in einem Film. Hope ließ sich viel Zeit, und als sie endlich das Ende des Buchs erreicht hatte, bemerkte Tru eine Tränenspur auf ihrer Wange.

»Du hast alles festgehalten«, sagte sie.

»Jedenfalls habe ich es versucht. Es ist für dich.«

»Nein. Das ist ein Kunstwerk.«

»Das sind wir«, sagte er.

»Wann hast du …?«

»Das hat Jahre gedauert.«

Wieder strich sie über den Deckel. »Ich weiß gar nicht, was ich sagen soll. Aber du kannst mir das unmöglich schenken. Das ist ein Kleinod.«

»Ich kann ja jederzeit noch eins machen. Und seit ich damit fertig bin, träume ich von dem Tag, an dem ich dich wiedersehe, um dir zu zeigen, wie du in meiner Seele weitergelebt hast.«

Sie umklammerte das Buch auf ihrem Schoß, als wollte sie es nie wieder loslassen. »Du hast sogar den Moment am Strand gezeichnet, an dem ich dir von Joshs Antrag erzählt habe, als du mich in den Arm genommen hast und …«

Er wartete ab, während sie nach den passenden Worten suchte.

»Ich kann dir gar nicht sagen, wie oft ich daran gedacht habe.« Jetzt sprach sie leiser. »Die ganze Zeit, während wir damals spazieren gingen, habe ich krampfhaft überlegt, wie ich es dir sagen kann, ich war so verwirrt und verängstigt. Ich spürte da schon eine Leere in mir entstehen, weil ich wusste, dass es unser Abschied war. Aber ich wollte ihn zu unseren Bedingungen, was auch immer das bedeutete, und es kam mir vor, als hätte Josh mir das weggenommen.«

Tru hörte das Flehen in ihrem Tonfall. »Ich habe immer angenommen, ich wüsste, wie sehr ich dich an dem Tag verletzte, aber das Bild von diesem Moment zu sehen ist entsetzlich. Der Ausdruck auf deinem Gesicht, wie du dich gezeichnet hast …«

Mit bebender Stimme brach sie ab. Tru musste schlucken, weil es die Wahrheit war. Es war eine der schmerzlichsten Darstellungen im ganzen Buch gewesen.

»Und weißt du noch, was du dann gemacht hast? Du bist nicht etwa wütend geworden oder hast Forderungen gestellt. Sondern dein erster Impuls war, mich einfach in den Arm zu nehmen. Mich zu trösten, obwohl es eigentlich umgekehrt hätte sein müssen. Weil du wusstest, dass ich das brauche.« Sie rang um Fassung. »Das ist es, was mir in meiner Ehe mit Josh gefehlt hat: jemanden zu haben, der mich tröstet, wenn alles ganz schrecklich ist. Und dann heute, am Briefkasten, als ich vor Schreck keine Ahnung hatte, was ich sagen oder tun sollte, hast du mich wieder in den Arm genommen. Weil du wusstest, dass ich gerade in einen Abgrund stürzte und von dir aufgefangen werden musste.« Traurig schüttelte sie den Kopf. »Ich weiß nicht, ob Josh mich jemals so im Arm gehalten hat, so voller Mitgefühl. Da wurde mir wieder bewusst, wie viel ich damals aufgegeben habe.«

Eine Weile lang betrachtete er sie reglos, dann stellte er schließlich die Truhe auf den Tisch. Mit sanftem Nachdruck nahm er ihr das Skizzenbuch ab und legte es neben die Kiste, dann schlang er die Arme um sie. Hope lehnte sich an ihn. Er küsste sie sanft aufs Haar, wie er es vor so langer Zeit getan hatte.

»Jetzt bin ich doch hier«, flüsterte er. »Wir haben uns geliebt, aber es war der falsche Zeitpunkt. Und am falschen Zeitpunkt kann auch alle Liebe der Welt nichts ändern.«

»Ich weiß, aber ich glaube, wir hätten gut zusammengepasst. Wir hätten einander glücklich machen können.« Sie schloss die Augen und schlug sie dann langsam wieder auf. »Und jetzt ist es zu spät.« Ihre Stimme klang trostlos.

Mit einem Finger hob Tru sachte ihr Kinn. Sie sah

ihn an, die schönste Frau, der er je begegnet war. Er beugte sich etwas vor, und ihre Lippen trafen aufeinander. Hopes Mund war warm und willig.

»Es ist nie zu spät, dich im Arm zu halten«, raunte er.

Er stand auf und nahm ihre Hand. Der Mond war inzwischen aufgegangen und warf einen silbernen Strahl durch das Fenster, der mit dem goldgelben Schein des Feuers wetteiferte. Hope erhob sich, und langsam zog Tru sie an sich, schlang die Arme um sie und spürte, wie sie ihre Hände hinter seinem Hals verschränkte. Sie legte den Kopf an seine Schulter, ihr Atem strich über sein Schlüsselbein, und er stellte fest, dass das alles war, was er sich je gewünscht hatte. *Sie* war alles, was er sich je gewünscht hatte. Vom ersten Moment an hatte er gewusst, dass sie die Eine war, dass es nie mehr eine andere gäbe.

Auf der Terrasse klirrte leise ein Windspiel. Hope schmiegte sich an ihn, verlockend und warm, und er gab seinen Gefühlen nach.

Ihr Mund öffnete sich unter seinem. Ihre Zunge war heiß und feucht, eine Empfindung, die sich in all der Zeit nicht verändert hatte, alterslos und elementar. Tru presste sie fester an sich, und ihre Körper verschmolzen miteinander. So lange hatte er darauf gewartet, in so vielen einsamen Nächten davon geträumt. Als sie sich schließlich voneinander lösten, sank Hopes Kopf erneut an seine Brust, und ihre Schultern begannen zu zittern.

Da hörte er sie schniefen und begriff erschrocken,

dass sie weinte. Er zog den Kopf etwas zurück, doch sie wich seinem Blick aus und vergrub das Gesicht in seinem Hemd.

»Was ist denn?«, fragte er.

»Es tut mir leid«, sagte sie. »Es tut mir so unendlich leid. Ich wünschte, ich hätte dich nie verlassen. Ich wünschte, ich hätte dich früher gefunden, ich wünschte, du wärst in das Flugzeug gestiegen …«

In ihrem Tonfall lag etwas Beunruhigendes, eine Angst, mit der er nicht gerechnet hatte. »Aber ich bin doch jetzt hier«, sagte er. »Und ich bleibe auch.«

»Es ist zu spät.« Ihre Stimme brach. »Es tut mir leid, aber jetzt ist es zu spät. Ich kann dir das nicht antun.«

»Ist ja schon gut.« Panik flackerte in ihm auf. Er wusste nicht, was los war, wusste nicht, was sie so aufgewühlt hatte. »Ich verstehe doch, warum du gehen musstest. Und du hast zwei wunderbare Kinder, Hope. Ich kann deine Entscheidung nachvollziehen.«

»Darum geht es nicht.« Sie schüttelte den Kopf, ihre Worte klangen erschöpft. »Es ist trotzdem zu spät.«

»Wovon redest du?«, rief er und hielt sie an den Armen etwas von sich fort. »Was willst du mir sagen? Bitte sprich mit mir, Hope.« Verzweifelt versuchte er, ihr in die Augen zu sehen.

»Ich habe Angst … und ich habe keine Ahnung, was ich meinen Kindern sagen soll …«

»Du brauchst keine Angst zu haben. Sie werden es sicher verstehen.«

»Nein. Ich weiß noch genau, wie schwer es für mich war.«

Tru erschauerte und zwang sich, tief Luft zu holen. »Was ist los?«

Jetzt weinte Hope noch stärker, sie schluchzte und hielt sich an ihm fest. »Ich sterbe«, stieß sie endlich hervor. »Ich habe ALS, genau wie mein Vater, und ich werde bald sterben.«

Schlagartig war Trus Kopf völlig leer, sein einziger Gedanke war, dass die Schatten, die das Kaminfeuer warf, beinahe lebendig schienen. Hopes Worte hallten in seinem Inneren wider. *Ich habe ALS, und ich werde bald sterben.*

Er schloss die Augen, versuchte, Kraft anzubieten, aber sein Körper war wie erschlafft. Hope drückte ihn fest, flüsterte: »Oh, Tru, es tut mir so leid. Das ist alles meine Schuld ...«

Als er ihre Stimme wieder hörte, spürte er einen Druck hinter den Augen.

Ich werde bald sterben ...

Sie hatte ihm erzählt, wie furchtbar der Verfall ihres Vaters gewesen war. In den letzten Monaten war er so abgemagert, dass Hope ihn ins Bett tragen konnte. Es war eine erbarmungslose und unaufhaltsame Krankheit, die ihm am Ende sogar den Atem selbst raubte. Tru wusste nicht, was er der schluchzenden Hope sagen sollte, er konnte sich kaum selbst auf den Beinen halten.

Die Welt um das Haus herum war schwarz. Eine kalte Nacht, aber in Trus Innerem war es noch kälter. Ein halbes Leben hatte er auf Hope gewartet, bis er sie endlich fand, und jetzt würde sie ihm viel zu bald wieder genommen. In seinem Kopf drehte sich alles, in seiner Brust spürte er ein schmerzhaftes Ziehen, und er erinnerte sich an den letzten Satz der Antwort, die er ihr geschrieben hatte, nachdem sie ihn damals eingeladen hatte, sie zum Briefkasten zu begleiten.

Mit dir als Führerin mache ich mich auf Überraschungen gefasst.

Warum ihm diese Worte einfielen oder was sie in diesem Augenblick bedeuten sollten, wusste er nicht, und sie schienen ihm auch unlogisch. Hope war sein Traum, das Einzige, was er sich je gewünscht hatte, und sie hatte ihm gerade erzählt, dass sie todkrank war. Tru hatte das Gefühl, fast zu zerspringen, als sie sich aneinanderklammerten und weinten, im Kokon des stummen Hauses.

Tag für Tag

»Ich wusste, dass ich die Krankheit habe, schon vor meiner ersten Untersuchung«, sagte Hope.

Es hatte eine Weile gedauert, bis sie zu weinen aufhörte, und als ihre Tränen schließlich versiegt waren, hatte auch Tru sich über das Gesicht wischen müssen. Er war in die Küche gegangen, um frischen Tee zu kochen, und brachte ihr eine Tasse auf die Couch. Sie hatte die Knie angezogen und sich wieder in die Decke gekuschelt.

Als sie nun mit beiden Händen den Becher umfasste, sagte sie: »Ich wusste noch, was mein Vater mir über die ersten Anzeichen erzählt hatte. Eine generelle Schlappheit, wie eine Erkältung, die nicht besser werden will. Ich war diejenige, die meiner Ärztin gegenüber den Verdacht geäußert hat, aber sie war skeptisch. Denn normalerweise ist ALS nicht vererbbar. Nur in einem von zehn Fällen kommt so was vor. Als ich dann trotzdem die Tests machen ließ und die Ergebnisse so lange dauerten, war alles klar.«

»Wann hast du es erfahren?«

»Vorletzten Juli. Also vor knapp eineinhalb Jahren. Ich war gerade erst seit sechs Monaten in Rente und freute mich auf ein neues Leben.« Da sie seine nächste

Frage ahnte, ergänzte sie: »Bei meinem Vater hat es etwas weniger als sieben Jahre gedauert. Und ich glaube, dass es mir besser geht als ihm, vorerst zumindest. Damit meine ich, dass die Krankheit langsamer voranschreitet. Aber ich merke jetzt schon, dass es sich verschlechtert hat. Der Weg zum Briefkasten heute Vormittag war mühsam.«

»Ich kann mir gar nicht vorstellen, wie es ist, mit so etwas konfrontiert zu werden, Hope.«

»Es ist schrecklich«, gestand sie. »Und ich weiß immer noch nicht, wie ich es den Kindern beibringen soll. Sie waren so klein, als mein Vater starb, dass sie sich nicht richtig an ihn erinnern. Und auch nicht daran, wie schwer es für die Familie war. Wenn ich es ihnen endlich erzähle, werden sie mit Sicherheit genauso reagieren wie ich damals. Sie werden furchtbare Angst bekommen und mir nicht mehr von der Seite weichen, aber ich will nicht, dass sie meinetwegen ihr eigenes Leben vernachlässigen. Ich war sechsunddreißig, als ich es erfahren habe, aber Rachel und Jacob stehen doch gerade erst am Anfang. Sie sollen ihr eigenes Leben haben. Nur, sobald sie Bescheid wissen, wird das unmöglich für sie. Aber ich habe dir ja erzählt, wie es war ... wie schwer es war, ihm beim Sterben zuzusehen.«

Tru nickte.

»Das war auch ein Grund, warum ich letztes Jahr den Brief in ›Seelenverwandte‹ gelegt habe. Weil mir klar wurde, dass ...«

Als sie verstummte, griff Tru nach ihrer Hand. »Dir klar wurde?«

»Dass es für uns zwar zu spät war, aber vielleicht nicht zu spät, um mich bei dir zu entschuldigen, und das war mir wichtig. Weil ich damals einfach weitergefahren bin. Damit musste ich leben, was möglicherweise Strafe genug war. Trotzdem habe ich mir auch Vergebung gewünscht.«

»Die hattest du immer.« Jetzt legte er auch seine andere Hand um ihre, hielt sie wie ein krankes Vögelchen. »Ich habe es dir ja in dem Brief geschrieben, die Begegnung mit dir hätte ich tausendmal wiederholt, wenn ich gekonnt hätte, selbst wenn ich gewusst hätte, dass es wieder genauso endet. Ich war nie wütend auf dich.«

»Aber ich habe dich verletzt.«

Er beugte sich vor und legte ihr eine Hand auf die Wange.

»Kummer ist immer der Preis, den man für die Liebe bezahlt«, sagte er. »Das habe ich bei meiner Mutter gelernt und auch, als Andrew wegzog. Es liegt in der Natur der Sache.«

Hope schwieg, während sie über seine Worte nachzudenken schien. Dann sah sie zu ihm auf. »Weißt du, was das Schlimmste daran ist, wenn man erfährt, dass man sterben muss?«, fragte sie gedrückt.

»Ich habe keine Ahnung.«

»Deine Träume sterben auch. Als ich die Diagnose erhielt, war das Erste, was mir durch den Kopf ging, dass ich wahrscheinlich nie Großmutter sein werde. Kein Enkelkind in den Schlaf wiegen werde oder es baden oder mit ihm malen. Kleinigkeiten, Dinge, die noch nicht passiert sind und womöglich nie passieren werden, fehlen mir am meisten. Was, zugegeben, unsinnig ist, aber ich kann nicht anders.«

Tru dachte für einen Moment nach. »Als ich im Krankenhaus lag«, erwiderte er schließlich, »ging es mir genauso. Ich träumte davon, in Europa wandern zu gehen oder mit dem Malen anzufangen, und ich war wahnsinnig deprimiert, wenn mir bewusst wurde, dass ich das möglicherweise nie schaffen würde. Aber das Verrückte daran ist, als es mir besser ging, wollte ich diese Dinge gar nicht mehr. Ich glaube, es liegt in der menschlichen Natur, sich zu wünschen, was man vielleicht nicht haben kann.«

»Da hast du bestimmt recht, aber trotzdem. Ich habe mich wirklich darauf gefreut, Großmutter zu werden.« Sie rang sich ein kurzes Lachen ab. »Vorausgesetzt natürlich, dass Jacob und Rachel heiraten. Was vermutlich nicht so bald passieren wird. Sie scheinen ihre Unabhängigkeit zu genießen.«

Tru lächelte. »Du hast gesagt, es war anstrengend, heute zum Briefkasten zu laufen, aber auf dem Rückweg wirktest du ganz normal.«

»Da habe ich mich auch gut gefühlt. Das ist manchmal so. Körperlich geht es mir meistens einigermaßen gut, solange ich es nicht übertreibe. In letzter Zeit hat sich, glaube ich, nicht viel verändert. Ich bilde mir ein, dass ich mich damit abgefunden habe. Es hat auch einen positiven Aspekt, weil es mir die Entscheidung erleichtert, was wichtig für mich ist und was nicht. Ich weiß, wie ich meine Zeit verbringen und was ich lieber vermeiden möchte. Trotzdem gibt es Tage, an denen ich Angst habe oder traurig bin. Besonders meiner Kinder wegen.«

»Das kann ich gut nachvollziehen. Als ich im Krankenhaus lag, hat mir Andrews verängstigte Miene fast das Herz gebrochen.«

»Weshalb ich es auch bisher verheimlicht habe«, sagte Hope. »Nicht mal meine Schwestern wissen es. Oder meine Freunde.«

Tru beugte sich vor und lehnte seine Stirn an ihre. »Ich fühle mich geehrt, dass du es mir erzählt hast«, flüsterte er.

»Eigentlich wollte ich es schon früher sagen. Als du von deinem Unfall gesprochen hast. Aber ich habe mich mit dir so wohlgefühlt und wollte nicht, dass es aufhört.«

»Es hat ja nicht aufgehört. Ich bin lieber mit dir hier als irgendwo sonst. Und trotz allem, was du mir gerade erzählt hast, ist es einer der schönsten Tage meines Lebens.«

»Du bist lieb, Tru.« Hope lächelte traurig. »Das warst du immer.« Sie legte den Kopf leicht zur Seite, um ihm einen sanften Kuss zu geben. »Du hast zwar vorhin gesagt, mehr als zwei Gläser Wein verträgst du nicht mehr, aber ich möchte jetzt doch noch eins. Du vielleicht auch? Es steht noch eine Flasche im Kühlschrank.«

»Ich hole sie«, sagte er.

Während er in der Küche war, rieb sich Hope müde das Gesicht. Sie konnte kaum fassen, dass ihr Geheimnis endlich gelüftet war. Es war furchtbar gewesen, es Tru zu erzählen, aber jetzt, da sie es einmal ausgesprochen hatte, war sie gewiss in der Lage, es auch anderen zu sagen. Rachel und Jacob und ihren Schwestern. Ihren Freunden. Sogar Josh. Keiner jedoch würde wie Tru reagieren, der es irgendwie geschafft hatte, ihre Ängste zu lindern, wenn auch nur einen Moment lang.

Mit zwei Gläsern kam Tru zurück und reichte ihr eins. Als er saß, hob er den Arm, und sie kuschelte sich an ihn. Eine Zeit lang sahen sie wortlos ins Feuer. In Hopes Kopf kreiselten die Ereignisse des Tages: Trus Rückkehr, das Skizzenbuch, ihr Geheimnis. Es war kaum zu verarbeiten.

»Ich hätte damals ins Flugzeug steigen sollen«, sagte Tru nun in die Stille. »Ich hätte mir mehr Mühe geben sollen, dich zu finden.«

»Ich auch. Aber zu wissen, dass du all die Jahre an mich gedacht hast, bedeutet mir sehr viel.«

»Mir geht es genauso. Und der heutige Tag ist alles, wovon ich je geträumt habe.«

»Aber ich sterbe.«

»Nein, du lebst«, sagte er mit überraschendem Nachdruck. »Tag für Tag, und mehr als das kann niemand tun. Ich kann nicht garantieren, dass ich in einem Jahr noch am Leben bin oder in einem Monat. Oder auch nur morgen.«

Sie ließ den Kopf an seinen Arm sinken. »Das sagt man immer so, und es ist etwas Wahres daran. Trotzdem ist es anders, wenn man sicher weiß, dass einem nur noch eine bestimmte Zeit bleibt. Wenn es bei mir verläuft wie bei meinem Vater, habe ich noch fünf, vielleicht fünfeinhalb Jahre. Und das letzte davon wird schrecklich.«

»In viereinhalb Jahren bin ich siebzig.«

»Na und?«

»Weiß nicht. Alles kann passieren, darum geht es. Was ich aber weiß, ist, dass ich die letzten vierundzwanzig Jahre von dir geträumt habe. Dass ich deine Hand halten und reden und zuhören und kochen und nachts neben dir liegen wollte. Ich hatte nicht solch ein Leben wie du. Ich war allein, und als ich von deinem Brief erfahren habe, wurde mir klar, dass ich nur deshalb allein war, weil ich auf dich gewartet habe. Ich liebe dich, Hope.«

»Ich liebe dich auch.«

»Dann lass uns nicht noch mehr Zeit verschwenden. Jetzt ist endlich unser Moment. Deiner und meiner. Was auch immer die Zukunft für uns bereithält.«

»Was willst du damit sagen?«

Er küsste sie zärtlich auf den Hals, und sie spürte das Blut in ihren Adern rauschen, wie damals vor all den Jahren. Er strich ihr eine Strähne hinters Ohr und murmelte: »Heirate mich. Oder heirate mich nicht und sei einfach mit mir zusammen. Ich ziehe nach North Carolina, und wir können wohnen, wo du willst. Wir können auch reisen, müssen wir aber nicht. Wir können zusammen kochen oder jeden Tag ins Restaurant gehen. Mir ist das alles egal. Ich will dich einfach nur im Arm halten und dich mit jedem Atemzug lieben, den du oder ich jemals machen. Es spielt keine Rolle, wie lange es dauert oder wie krank du wirst. Ich will einfach nur dich. Ist das zu viel verlangt?«

Völlig verblüfft starrte Hope ihn an, dann lächelte sie. »Meinst du das ernst?«

»Ich tue alles, was du willst«, wiederholte er. »Hauptsache, wir sind zusammen.«

Ohne ein weiteres Wort nahm sie seine Hand. Sie stand auf und zog ihn ins Schlafzimmer, und in jener Nacht entdeckten sie einander neu, bewegten ihre Körper in der Erinnerung an eine andere Zeit, vertraut und behutsam, doch auch unfassbar neu. Hinterher lag Hope neben Tru und betrachtete ihn mit der gleichen tiefen Zufriedenheit, die sie in seinen Augen las. Es war ein Blick, den sie ihr halbes Leben lang vermisst hatte.

»Sehr gern«, raunte sie schließlich.

»Sehr gern was?«

Sie rutschte näher, küsste ihn auf die Nase, dann auf die Lippen. »Sehr gern möchte ich dich heiraten.«

Epilog

Das Ende von Trus und Hopes Geschichte bereitete mir einiges Kopfzerbrechen. Ich wollte nicht Hopes langwierigen Kampf gegen ALS schildern oder Trus zahllose Bemühungen, ihren Verfall zu lindern. Allerdings habe ich ein zusätzliches Kapitel über die Woche, die die beiden in Carolina Beach verbrachten, geschrieben, wie auch über Hopes Gespräche mit ihren Kindern, ihre Hochzeit im folgenden Februar und die Safari, auf der sie ihre Flitterwochen verbrachten. Das Kapitel schloss mit einer Beschreibung ihrer jährlichen Ausflüge zu »Seelenverwandte«, wo sie einen Umschlag hinterlegten, damit andere an ihrer Geschichte teilhaben konnten. Letzten Endes jedoch verwarf ich diese Seiten, denn in meinen Unterhaltungen mit ihnen kam deutlich zum Ausdruck, dass sie nur eine schlichte Botschaft vermitteln wollten: Sie verliebten sich, waren jahrelang getrennt, fanden aber wieder zusammen, zum Teil wegen der Magie dieses Briefkastens. Ich wollte nicht von dem fast märchenhaften Charakter ihrer Geschichte ablenken.

Dennoch hatte ich den Eindruck, es fehlte noch etwas. Der Schriftsteller in mir konnte das Gefühl nicht abschütteln, dass es eine Lücke in Trus Leben gab, seine

Jahre vor dem Wiedersehen mit Hope betreffend. Aus diesem Grund rief ich ihn einige Monate vor der Veröffentlichung an, um mir seine Einwilligung für eine weitere Reise nach Simbabwe einzuholen. Ich wollte Romy kennenlernen, einen Mann, der eine beinahe unbedeutende Rolle in Trus und Hopes Liebesgeschichte gespielt hatte.

Romy hatte sich in einem kleinen Dorf im Raum Chegutu im Norden Simbabwes zur Ruhe gesetzt, und die Reise dorthin war eine ganz eigene Geschichte. In diesem Teil des Landes wimmelte es von Waffen, und ich hatte Angst, entführt zu werden, aber mein Fahrer hatte zufälligerweise gute Beziehungen zu den Gruppen, die das Gebiet kontrollierten, und sorgte für meine Sicherheit. Das erwähne ich nur, weil es mich noch einmal an die Gesetzlosigkeit erinnerte, die derzeit in einem Land herrscht, das ich trotz allem als einen der bemerkenswertesten Flecken der Welt betrachte.

Romy war dünn und grauhaarig, seine Haut dunkler als die der meisten anderen Dorfbewohner. Ihm fehlte ein Schneidezahn, aber wie Tru war er noch erstaunlich agil. Wir unterhielten uns auf einer Bank, die aus Ziegelsteinen und der Ladefläche eines Pick-ups gebaut war. Nachdem ich mich vorgestellt hatte, erzählte ich ihm von dem Buch, das ich geschrieben hatte, und erklärte, ich hoffte auf mehr Informationen über seinen Freund Tru Walls.

Er verzog das Gesicht zu einem Grinsen. »Dann hat er sie also gefunden?«

»Ich glaube, sie haben einander gefunden.«

Romy hob einen Stock vom Boden auf.

»Wie oft waren Sie schon in Simbabwe?«

»Das ist mein zweites Mal.«

»Wissen Sie, was mit den Bäumen passiert, wenn sie von Elefanten umgestoßen werden? Warum man nicht überall welche rumliegen sieht?«

Fasziniert schüttelte ich den Kopf.

»Termiten«, sagte er. »Die fressen alles komplett auf. Gut für den Busch, schlecht für alles, was aus Holz ist. Deshalb ist diese Bank aus Ziegeln und Metall. Weil Termiten einfach fressen und fressen und nie aufhören.«

»Ich weiß nicht genau, was Sie mir damit sagen wollen.«

Romy stützte die Ellbogen auf die knochigen Knie und beugte sich zu mir, immer noch den Stock in der Hand. »So war Tru, nachdem er aus Amerika zurückgekommen war. Als würde er von innen aufgefressen. Er war schon immer gern für sich gewesen, aber danach war es extremer, er war immer allein. Er blieb in seinem Zimmer und zeichnete, aber mir hat er keine Bilder mehr gezeigt. Lange wusste ich nicht, was los war, nur, dass er jeden September wieder besonders traurig wurde.«

Romy zerbrach den Stock und ließ die Hälften zu Boden fallen.

»Eines Abends im September, ungefähr fünf oder sechs Jahre nach der Fahrt nach Amerika, sah ich ihn draußen sitzen. Er trank. Ich rauchte gerade eine Zigarette und ging zu ihm. Er drehte sich zu mir um, und sein Gesicht … so hatte ich ihn noch nie erlebt. Ich fragte

ihn, wie es ihm gehe, aber er sagte nichts. Er schickte mich nicht fort, also setzte ich mich neben ihn. Nach einer Weile bot er mir was zu trinken an. Er hatte immer guten Whiskey. Seine Familie war reich, müssen Sie wissen.«

Ich nickte.

»Dann fragte er mich, was das Schwierigste sei, was ich je gemacht hätte. Ich erwiderte, keine Ahnung, das Leben steckt voller Schwierigkeiten. Warum er das wissen wolle. Er hat gesagt, dass er weiß, was das Schwierigste für ihn war, und nichts jemals schlimmer sein konnte.«

Romy stieß einen pfeifenden Atemzug aus, bevor er fortfuhr. »Es waren nicht die Worte an sich, sondern wie er es gesagt hat. So viel Traurigkeit, so viel Schmerz, als hätten die Termiten seine Seele gefressen. Und dann hat er mir von seiner Reise nach Amerika erzählt und von der Frau. Hope.«

Jetzt sah Romy mich an.

»Ich habe in meinem Leben ein paar Frauen geliebt«, sagte er mit einem Grinsen, das aber gleich wieder verschwand. »Doch bei diesem Gespräch mit Tru erkannte ich, dass ich noch nie so geliebt hatte. Und als er mir von dem Abschied erzählt hat …« Romy starrte zu Boden. »Da hat er geweint, wie ein gebrochener Mensch. Und ich habe seinen Schmerz auch in mir gespürt.« Er schüttelte den Kopf. »Danach dachte ich mir jedes Mal, wenn ich ihn sah, dass er immer noch leidet, dass er es nur versteckt.«

Romy verstummte, und eine Zeit lang saßen wir ein-

fach nebeneinander und beobachteten, wie die Dämmerung über das Dorf herabsank. »Er hat nie wieder darüber gesprochen. Irgendwann bin ich in Rente gegangen und habe Tru lange nicht gesehen, erst wieder, als er den schlimmen Unfall hatte. Ich habe ihn im Krankenhaus besucht. Wussten Sie das?«

»Ja.«

»Er sah furchtbar aus, wirklich. Aber die Ärzte meinten, es sei schon viel besser als vorher! Ganz oft hat er Worte verwechselt, deshalb habe hauptsächlich ich geredet. Und ich habe versucht, fröhlich zu sein, Witze zu reißen, hab ihn gefragt, ob er Jesus oder Gott gesehen hat, als er gestorben ist. Er hat nur traurig gelächelt, sodass es mir fast das Herz brach. ›Nein‹, hat er gesagt. ›Ich habe Hope gesehen.‹«

✻

Nach meiner Rückkehr aus Simbabwe fuhr ich zu dem Strand, an dem Hope und Tru jetzt wohnen. Es hatte mich fast ein Jahr gekostet, zu recherchieren und das Buch zu schreiben, und ich wollte mich nicht weiter aufdrängen. Dennoch spazierte ich, ohne nachzudenken, am Wasser an ihrem Cottage vorbei. Ich sah sie nicht.

Es war Nachmittag. Ich lief weiter bis zum Pier und schlenderte bis zu seinem Ende. Dort standen einige Angler, aber ich fand eine freie Ecke. Ich sah aufs Meer hinaus, spürte die Brise in meinen Haaren und dachte darüber nach, dass das Schreiben dieser Geschichte mich verändert hatte.

Ich hatte Tru und Hope seit Monaten nicht gesehen und vermisste sie. Was mich tröstete, war, dass sie zusammen waren, so wie es sein sollte. Später, als ich auf dem Rückweg zum zweiten Mal an ihrem Häuschen vorbeilief, wurde mein Blick automatisch davon angezogen. Immer noch keine Spur von ihnen.

Mittlerweile war es spät, der Himmel eine Mischung aus Lila, Blau und Grau, und am Horizont stieg gerade der Mond aus dem Wasser auf, als hätte er sich den Tag über auf dem Meeresgrund versteckt.

Es wurde dunkler, und ich lief weiter. Dennoch suchte ich unwillkürlich den inzwischen beinahe leeren Strand ab und sah plötzlich, dass die beiden herausgekommen waren, um den Abend zu genießen. Bei ihrem Anblick machte mein Herz einen Satz, wieder musste ich an die Jahre denken, die sie getrennt verbracht hatten, und an ihre Zukunft, die Spaziergänge, die sie nicht mehr machen, die Abenteuer, die sie nicht erleben würden. Ich sinnierte über Opfer und Wunder und über die Liebe, die sie die ganzen Jahre füreinander empfunden hatten – wie Sterne am Tageshimmel: unsichtbar, aber immer gegenwärtig.

Sie befanden sich am Fuße der Rampe, die Tru damals bei unserer ersten Begegnung gerade baute. Hope saß in ihrem Rollstuhl, eine Decke über den Beinen. Tru stand neben ihr, die Hand sanft auf ihre Schulter gelegt. In dieser schlichten Geste lag ein ganzes Leben voller Liebe, und es schnürte mir die Kehle zu. Irgendwann muss er meine Anwesenheit gespürt haben, denn er wandte sich in meine Richtung.

Er winkte mir zum Gruß. Ich winkte zwar zurück, wusste aber, dass es eine Art Abschied war. Denn obwohl ich sie als Freunde betrachtete, bezweifelte ich, dass wir jemals wieder miteinander sprechen würden.

Es war ihr Moment, endlich.

Anmerkung des Autors

Liebe Leserinnen und Leser,

auch wenn meine Romane im Allgemeinen gewisse erwartbare Kriterien erfüllen (sie spielen normalerweise in North Carolina, beinhalten eine Liebesgeschichte etc.), bemühe ich mich doch, die Themen, Figuren oder Stilmittel bei jedem Buch auf interessante Art und Weise zu variieren. Besonders gern mochte ich schon immer den Kunstgriff, den Autor selbst in einem fiktionalen Werk auftreten zu lassen, manchmal als kaum verhüllten autobiografischen Erzähler, wie Vonnegut in *Schlachthof 5*, oder nur beiläufig, wie die Figur des Stephen King im *Dunklen Turm* (Band 6), dessen erfundenes Tagebuch in der Handlung eine Rolle spielt (und als dessen Todesjahr im Roman 1999 erwähnt wird). Einer meiner Lieblingsschriftsteller, Herman Wouk, verfasste mit siebenundneunzig Jahren einen Text, *The Lawgiver*, in dem er sich fiktional an einem katastrophalen Versuch beteiligt, einen Film in Hollywood zu drehen, trotz der Bedenken seiner echten Frau Betty. Diese den Autor mit einbeziehende »Geschichte in der Geschichte« fand ich immer fesselnd, das schriftstellerische Pendant zu Renaissance-Malern, die sich selbst in ihre Bilder einarbeiteten. Ich hoffe, Sie stimmen mit mir überein, dass die in meiner eigenen Stimme geschriebene Rahmenhandlung einer abgesehen davon klassischen Liebesgeschichte eine interessante Dimension hinzufügt.

Obwohl meine »Entdeckung« von Hopes und Trus Geschichte erfunden ist, ließ ich mich bei den Schauplätzen von meinen eigenen Erfahrungen inspirieren. Zum ersten Mal fuhr ich im Jahr 2010 nach Afrika und verliebte mich dabei Hals über Kopf in die Länder, die zu bereisen ich das Glück hatte – spektakuläre Landschaft, faszinierende und verschiedenartige Kulturen, turbulente politische Geschichte und ein eigenartiges Gefühl von Zeitlosigkeit, das ich dort erlebte. Seitdem war ich noch mehrmals in Afrika, und jedes Mal erforschte ich andere Regionen und sah rasch verschwindende natürliche Lebensräume. Die Reisen veränderten mein Leben und erweiterten meine Kenntnisse dieser Orte, die von meinem beschaulichen Dasein im kleinstädtischen North Carolina so weit entfernt sind. Auf jeder dieser Fahrten lernte ich Dutzende von Safari-Guides kennen, deren umfassendes Wissen und spannende Lebensgeschichten Wasser auf meine kreativen Mühlen waren und mich letztlich dazu anregten, eine Figur zu erschaffen, deren Schicksal von ihrem Aufwachsen auf dem afrikanischen Kontinent geprägt war.

Carolina Beach mit seinen schlichten, erholsamen Freuden liegt mir ebenfalls sehr am Herzen, da ich mich schon mehrmals dorthin zurückgezogen habe, um nachzudenken oder mich zu regenerieren. Vor allem in der Nebensaison bieten die windgepeitschten Strände und die entspannten Bewohner das perfekte Gegenmittel zum Stress des Lebens: lange Spaziergänge an leeren Küstenabschnitten, einfache Mahlzeiten in hübschen Lokalen und das unablässige Donnern der Wellen. Jedem, der sich eine ruhigere Alternative zu typischen Ferienorten wünscht, kann ich es wärmstens empfehlen.

Und schließlich »Seelenverwandte«: »Kindred Spirits« gibt es wirklich, im Naturschutzgebiet Bird Island in der Nähe von Sunset Beach, North Carolina. Da ich ein erfahrener Briefeschreiber bin, übte der einsame Kasten, der in meinem Buch einen zentralen Schauplatz darstellt, natürlich einen großen Reiz auf mich aus. Vielleicht werden auch Sie eines Tages eine Möglichkeit finden, diese malerische Stelle aufzusuchen und Ihre eigenen Gedanken und Geschichten dort zu hinterlegen …

Nicholas Sparks

Danksagung

Für mich ist das Schreiben eines Romans ähnlich, wie ich mir eine Geburt vorstelle: ein Prozess von Vorfreude, Angst, zermürbender Erschöpfung und am Ende ein Hochgefühl … eine Erfahrung, die ich zum Glück nicht allein durchstehen muss. An meiner Seite habe ich, von der Zeugung bis zur Geburt, meine langjährige literarische Agentin Theresa Park, die nicht nur unglaublich talentiert und intelligent ist, sondern auch seit einem Vierteljahrhundert meine engste Freundin. Das Team von Park Literary & Media ist mit Sicherheit das sachkundigste und visionärste der ganzen Branche: Abigail Koons und Blair Wilson sind die Architektinnen meiner internationalen Karriere, Andrea Mai findet innovative Wege für meine Partnerschaft mit Einzelhändlern wie Target, Walmart, Amazon und Barnes & Noble, Emily Sweet kümmert sich um meine vielen Social-Media-Accounts, Lizenzen und Markenpatenschaften, Alexandra Greene stellt unverzichtbare juristische und strategische Unterstützung bereit, und Pete Knapp und Emily Clagett sorgen dafür, dass meine Arbeit für eine sich ständig entwickelnde Leserschaft relevant bleibt.

Bei dem Verlag, der seit *Wie ein einziger Tag* jedes meiner Bücher veröffentlicht hat, gab es im Laufe der Jahrzehnte viele Veränderungen, aber in den letzten Jahren setzte sich der Leiter der Hachette Book Group, Michael Pitsch, für meine Werke ein. Der Verleger von Grand Central Publishing, Ben Sevier, und Cheflektorin Karen Kosztolnyik waren jüngere, aber sehr willkommene Neuzugänge mit frischen Ideen und neuer Energie. Ich werde Dave Epstein aus dem Vertrieb vermissen, der – gemeinsam mit seinem Chef Chris Murphy und Andrea Mai von PLM – die Verkaufsstrategie für meine letzten Bücher gestaltet hat. Dave, ich wünsche Ihnen viele friedliche Rentnertage beim Angeln. Flag und Anne Twomey, Sie schenken jedem meiner Buchumschläge Magie und Klasse, Jahr für Jahr. Brian McLendon und meiner extrem geduldigen Presseagentin Caitlyn Mulrooney-Lyski danke ich dafür, dass sie die Marketing- und Pressekampagnen für meine Bücher mit solcher Sorgfalt betreuen. Und Amanda Pritzker – ihre Gründlichkeit und effiziente Zusammenarbeit mit den Mitarbeitern von Park Literary weiß ich sehr zu schätzen.

Meine langjährige Presseagentin bei PMK-BNC, Catherine Olim, ist meine furchtlose Beschützerin, und ich bin sehr froh über ihre offenen und ehrlichen Ratschläge. Die Social-Media-Cracks Laquishe »Q« Wright und Mollie Smith helfen mir, täglich in Kontakt zu meinen Fans zu bleiben, und haben mich dazu ermutigt, meine eigene Stimme in dieser sich stetig verändernden Welt virtueller Kommunikation zu finden. Danke für eure Loyalität und die guten Tipps.

Bei meinen Film- und Fernsehunternehmungen werde ich seit über zwanzig Jahren von denselben großartigen Leuten vertreten: Howie Sanders (jetzt bei Anonymous Content), Key Khayatian bei UTA sowie meinem engagierten Medienanwalt Scott Schwimer (Scottie, ich hoffe, dir gefällt dein Namensvetter in diesem Buch!). Jeder Autor und jede Autorin könnten sich glücklich schätzen, ihre Hollywood-Projekte von diesem Dreamteam betreuen zu lassen.

Und schließlich noch Dank an meine Heimmannschaft: Jeannie Armentrout, meine Assistentin Tia Scott, Michael Smith, mein Bruder Micah Sparks, Christie Bonacci, Eric Collins, Todd Lanman, Jonathan und Stephanie Arnold, Austin und Holly Butler, Micah Simon, Gray Zurbruegg, David Stroud, Dwight Carlblom, David Wang, meine Buchhalterinnen Pam Pope und Oscara Stevick, Andy Sommers, Hannah Mensch, David Geffen, Jeff Van Wie, Jim Tyler, David Shara, Pat und Billy Mills, Mike und Kristie McAden, langjährige Freunde, darunter Chris Matteo, Paul DuVair, Bob Jacob, Rick Muench, Pete DeCler und Joe Westermeyer, meine Großfamilie mit Monty, Gail, Dianne, Chuck, Dan, Sandy, Jack, Mike, Parnell und all meine Cousins und Cousinen, Neffen und Nichten und schließlich meine Kinder Miles, Ryan, Landon, Lexie und Savannah.

Jeden Tag und mit jedem Atemzug spreche ich ein Dankesgebet für eure Anwesenheit in meinem Leben.

Der Autor

1. Biografie
2. Leser fragen –
   Nicholas Sparks antwortet

Das Werk

›Bonusmaterial

© Brad Styron

HEYNE‹

1. Biografie

Nicholas Sparks, in der Silvesternacht des Jahres 1965 in Nebraska geboren, lebt in North Carolina. Er hatte eine glückliche Kindheit, auch wenn die Familie bis zu seinem neunten Lebensjahr weit unterhalb der Armutsgrenze lebte. Das fiel ihm damals gar nicht auf, meint er. Er war ein guter Schüler und ein guter Leichtathlet, der über ein Sportstipendium studieren konnte.

Das Schreiben war schon immer seine Leidenschaft, doch ehe es auch zu seinem Beruf wurde, versuchte er sich unter anderem als Immobilienmakler, Hausrestaurator und Kellner. Sein Debütroman *Wie ein einziger Tag* wurde zum sensationellen Bestseller. Heute gilt Nicholas Sparks als einer der meistgelesenen Autoren der Welt. Seine Romane eroberten ausnahmslos die internationalen Bestsellerlisten und erscheinen in über 50 Sprachen. Viele seiner Bestseller wurden erfolgreich verfilmt.

Wenn Nicholas Sparks nicht gerade für seinen neuesten Roman recherchiert, widmet er sich vor allem seinen fünf Kindern. Auch Sport ist ihm sehr wichtig. Er besitzt den Schwarzen Gürtel in Taekwondo, läuft und trainiert jeden Tag und leitete mit großem Erfolg ein Jugend-Laufteam. Zudem fördert er Jugendliche durch großzügige Ausbildungsstipendien und hat sogar eine eigene Privatschule gegründet. Die wenige Zeit, die ihm daneben noch bleibt, nutzt er – zum Lesen: Rund 125 Bücher verschlingt der Erfolgsautor im Jahr.

2. Leser fragen – Nicholas Sparks antwortet

Immer wieder ereilen die Helden Ihrer Romane tragische Schicksalsschläge. Halten Sie ein ungetrübtes Glück für unmöglich? Und wie ist es am ehesten möglich, einen derartigen Schlag zu überwinden?
Es gibt Momente puren Glücks, aber niemand geht unversehrt durchs Leben. Das spiegeln meine Romane einfach wider. Es gibt keinen »richtigen« Weg, mit Schicksalsschlägen umzugehen. Ich würde nur sagen, dass jede Gefühlsregung normal ist und man sie als solche versuchen sollte zu akzeptieren. Man kann seine Gefühle nicht beherrschen, letztlich kann man nur sein Verhalten beherrschen.

Ihr Leben mit fünf Kindern muss oft auch anstrengend sein. Wie schaffen Sie es, daneben noch laufend Bestseller zu schreiben?
Sagen wir so: Mein täglicher Zeitplan ist ziemlich voll, aber ich versuche trotzdem, jeden Tag auch die Dinge unterzubringen, auf die es wirklich ankommt. Ich verbringe Zeit mit meinen Kindern, lese, schreibe, treibe Sport und entspanne. Richtige Faulenzertage ohne jede Arbeit sind da nicht drin, aber das macht mir nichts aus.

Woher haben Sie die Ideen zu Ihren Romanen?
Schwer zu sagen. Ganz von selber kommen die Ideen nie. Da meine Romane sich mit universellen Themen und Charakteren beschäftigen, ist es schwierig, eine Geschichte zu erfinden, die unterhaltsam, interessant und originell ist und gleichzeitig noch nie erzählt wurde, weder als Buch noch als Film. Üblicherweise arbeite ich mich durch Hunderte von Ideen und Figuren – ein Prozess, der Monate dauern kann –, bevor ich mich endlich entscheide und mit dem Schreiben beginne.

Was ist der allererste Schritt, wenn Sie einen neuen Roman in Angriff nehmen?
Als Allererstes muss ich ein großes neues Thema finden, das dann alles Weitere prägt: den Schreibstil, die Erzählperspektive, die Figuren, das Setting und die Länge des Buches.

Wie weit kennen Sie eine Geschichte, wenn Sie mit dem Schreiben beginnen? Wissen Sie zum Beispiel das Ende im Voraus?
Wenn ich mich einmal für ein Thema entschieden habe, arbeite ich die Geschichte in Gedanken aus und spiele alle möglichen Ideen durch. Noch vor dem Schreiben kenne ich den Anfang und das Ende der Story ebenso wie die fünf oder sechs wichtigen Ereignisse dazwischen, die Wendepunkte in der Geschichte sind. Wenn diese Dinge feststehen, kann ich loslegen. Die Handlung zwischen diesen fünf bis sechs Höhepunkten entwickle ich dann beim Schreiben.

Arbeiten Sie mit einem Exposé?
Manchmal ja, manchmal nein. *Wie ein einziger Tag* habe ich beispielsweise ohne jede schriftliche Gliederung geschrieben. Für *Weit wie das Meer* hatte ich keinerlei Exposé für die ersten 120 Seiten – aber dafür ein sehr detailliertes für die letzten 120. *Du bist nie allein* entstand auf Basis einer genauen Gliederung, *Ein Tag wie ein Leben* wiederum nur in der zweiten Hälfte. Kurz: Ich handhabe es von Roman zu Roman unterschiedlich.

Verfassen Sie Ihre Romane handschriftlich oder am Computer?
Am Computer.

Stimmt es, dass Ihre Romane auf Ihrem eigenen Leben basieren?
Sie basieren nicht direkt auf meinem Leben, aber sie sind inspiriert von wahren Begebenheiten daraus – zumindest die meisten, allerdings nicht alle. *Das Lächeln der Sterne* beispielsweise ist komplett erfunden.

Was lesen Sie selbst?
Ich lese durchschnittlich 125 Bücher im Jahr, schon seit Jugendzeiten. Darunter kommerzielle Romane ebenso wie ausgewählte moderne Literatur, die »Penguin Classics« – allerdings die unbekannteren, die großen Namen und Bücher habe ich alle schon gelesen –, historische Sachbücher und Biografien.

Wer ist Ihr Lieblingsautor?
Ich lese so viele Bücher, dass es unmöglich ist, mich auf einen Lieblingsautor festzulegen. Aber es gibt nur einen zeitgenössischen Schriftsteller, dessen Werk meiner Meinung nach noch in hundert Jahren gelesen wird: Stephen King. Ich bewundere ihn sehr.

Warum spielen alle Ihre Romane in North Carolina?
Zum einen lebe ich mit meiner Familie in der Gegend, zum anderen sind dort nur wenige andere Romane angesiedelt. Und nicht zuletzt mag ich den Lesern ein Gefühl der Vertrautheit vermitteln, wenn sie ein neues Buch beginnen.

Was würden Sie sich wünschen, dass Leser aus Ihren Romanen mitnehmen?
Generell würde ich sagen: Mein Ziel ist, eine gut lesbare, unterhaltsame und originelle Liebesgeschichte zu schreiben, die ein mitreißendes Ende hat – ein Ende, das richtig große Gefühle hervorruft. Das würde ich gerne bei meinen Lesern erreichen. Stilistisch versuche ich effizient, auf den Punkt und originell zu schreiben, in klarer, unverschwurbelter Sprache.

Das Werk

Wie ein einziger Tag

The Notebook

Nach vierzehn Jahren kehrt Allie an den Ort zurück, an dem sie die schönsten Ferien ihres Lebens verbracht hat: Sie war erst siebzehn, als sie dort Noah begegnete. Die beiden verliebten sich ineinander und waren den Rest des Sommers unzertrennlich. Danach sah Allie ihn nie wieder. Doch kurz vor ihrer Hochzeit beschließt Allie, Noah zu besuchen. Das Wiedersehen ändert ihr Leben auf immer … Gleichnamig verfilmt mit Ryan Gosling, Rachel McAdams und James Garner.

Weit wie das Meer

Message in a Bottle

Seit der Scheidung von ihrem Mann hat die Journalistin Theresa Osborne nicht wieder richtig in den Alltag zurückgefunden. Bis sie eines Tages bei einem Strandspaziergang auf eine Flaschenpost stößt: Der Absender des Briefs, ein gewisser Garrett, beschreibt darin in so anrührenden Worten den Verlust seiner großen Liebe, dass Theresa sofort ergriffen ist. Sie fasst den folgenschweren Entschluss, Garrett aufzuspüren. Verfilmt mit Kevin Costner und Robin Wright unter dem Titel »Message in a Bottle«.

Zeit im Wind

A Walk to Remember

Die beiden Teenager Landon Carter und Jamie Sullivan scheinen keine Gemeinsamkeiten zu haben: Landon gehört zu den beliebtesten Schülern der Highschool, Jamie dagegen gilt als Außenseiterin. Doch das Schicksal führt die beiden beim Schulball zusammen. Beide sind überrascht, wie gut sie sich verstehen. Gemeinsame Proben für das Weihnachtsstück der Schule bringen sie einander noch näher. Aber erst als ein Schicksalsschlag sie für immer zu trennen droht, erkennt Landon, wie viel Jamie ihm wirklich bedeutet. Er kämpft um sie – und um seine zart erwachende Liebe zu ihr.
Verfilmt mit Mandy Moore und Shane West unter dem Titel »Nur mit Dir«.

Das Schweigen des Glücks

The Rescue

Denises Leben dreht sich einzig und allein um ihren vierjährigen Sohn Kyle, der unter einer unbekannten Form des Autismus leidet. Als Kyle nach einem Autounfall in einer dramatischen Aktion vom Feuerwehrmann Taylor gerettet wird, scheint zum ersten Mal ein Fremder Zugang zur Welt der beiden zu bekommen. Doch bevor Denise ihr Glück richtig fassen kann, ziehen neue Wolken am Himmel auf: Irgendetwas hält Taylor davon ab, sich ganz auf Denise und ihre Liebe einzulassen.

Die Suche nach dem verborgenen Glück (zusammen mit Billy Mills)

Wokini: A Lakota Journey to Happiness and Self-Understanding

Die Suche nach dem verborgenen Glück erzählt die Geschichte des Lakota-Jungen David. Zutiefst unglücklich über den Tod seiner älteren Schwester, begibt er sich auf eine Reise, um einen Weisen zu finden, der ihm erklären kann, wie das verlorene Glück zurückzugewinnen ist. David taucht in die Welt der Indianer ein und findet auf ihren uralten Wegen der Meditation und der Träume zu seiner inneren Ruhe.

Weg der Träume

A Bend in the Road

Abgesehen von seinem kleinen Sohn Jonah gibt es wenig Licht im Leben von Miles Ryan, Deputy-Sheriff in einem kleinen Ort in North Carolina. Seine geliebte Frau Missy kam bei einem Verkehrsunfall ums Leben, seit zwei Jahren ist er auf der Suche nach dem flüchtigen Fahrer. Als eine neue Lehrerin in die Schule kommt und Jonahs Klasse übernimmt, stellt sie fest, dass der Junge kaum lesen und schreiben kann. Kurz entschlossen nimmt sie Kontakt mit Jonahs Vater auf. Was dann passiert, hätten sich weder Miles noch Sarah, die selbst eine schwere Enttäuschung hinter sich hat, je träumen lassen: Auf den ersten Blick verlieben sie sich ineinander.

Das Lächeln der Sterne

Nights in Rodanthe

Adrienne ist 42, als ihre Welt aus den Fugen gerät: Ihr Mann verlässt sie wegen einer jüngeren Geliebten. Da bittet eine Freundin sie, für ein paar Tage ihre kleine Pension zu hüten. Nur ein einziger Gast, Paul Flanner, hat sich für das Wochenende angemeldet. Kurz nach seiner Ankunft zieht ein fürchterlicher Sturm auf. Mehrere Tage lang wird das Unwetter Paul und Adrienne in der Pension einsperren, und diese Tage werden ihr Leben für immer verändern …
Gleichnamig verfilmt mit Richard Gere und Diane Lane.

Du bist nie allein

The Guardian

Noch vier Jahre nach dem Tod ihres Mannes trägt Julie schwer an ihrer Trauer. Doch als der attraktive, weltgewandte Richard sie zu umwerben beginnt, zeigt Julie erstmals wieder so etwas wie Interesse am anderen Geschlecht. Richard liest ihr jeden Wunsch von den Lippen ab. Julie ist wie verzaubert – und merkt lange nicht, dass ihr bester Freund Mike ebenfalls in sie verliebt ist. Sie muss sich zwischen den beiden Männern entscheiden. Doch als sie ihre Wahl getroffen hat, schlägt die Leidenschaft eines ihrer Verehrer in Besessenheit um, und Julie gerät in größte Gefahr.

Ein Tag wie ein Leben

The Wedding

Seit fast dreißig Jahren sind Wilson und Jane verheiratet. Nach außen hin scheint alles perfekt. Doch als Wilson ihren 29. Hochzeitstag vergisst, ist Janes Enttäuschung so maßlos, dass Wilson beginnt, an ihrer Ehe zu zweifeln. Empfindet Jane für ihn, den unromantisch veranlagten Anwalt, überhaupt noch etwas? Wilson sucht Rat bei Janes Vater Noah, dessen einzigartige, fünfzig Jahre währende Liebe zu seiner Frau Allie jedem in der Familie als Vorbild gilt. Dank seiner Hilfe versteht Wilson, dass er alles tun muss, um Janes Herz zurückzugewinnen.

Nah und fern (zusammen mit Micah Sparks)

Three Weeks with my Brother

Als Nicholas Sparks und sein Bruder Micah im Januar 2003 eine Weltreise antreten, sind sie voll der Erwartung. Ihre Reise zu den Wundern der Welt gerät gleichzeitig zu einer Reise in die Erinnerung, und ihr Bericht spiegelt auch die bewegende Geschichte ihrer Familie wider, die eine tragische Serie von Schicksalsschlägen verkraften musste. Ein Buch, so dramatisch und anrührend wie Nicholas Sparks' beste Romane.

Die Nähe des Himmels

True Believer

Jeremy Marsh ist ein Wissenschaftsjournalist, der sich auf die Entlarvung angeblich übernatürlicher Phänomene spezialisiert hat. Nun lockt ihn ein neuer Fall nach North Carolina. Entgegen all seiner wohlgeordneten Pläne verliebt er sich gleich Hals über Kopf in Lexie – die Enkelin einer Hellseherin. Lexies Verhalten verstärkt seinen Gefühlstumult nur noch. Sie scheint durchaus etwas für Jeremy zu empfinden, doch dann begegnet sie ihm wieder schroff und abweisend.

Das Wunder eines Augenblicks

At First Sight

Für seine große Liebe ist der New Yorker Journalist Jeremy ins Örtchen Boone Creek gezogen. Alles scheint perfekt – wären da nur nicht die Zweifel, die an Jeremy nagen: Für ihn war es Liebe auf den ersten Blick, aber kennt er Lexie wirklich? Kann er sich ihrer Gefühle auch im grauen Alltag sicher sein? Als er eine anonyme Nachricht erhält, ist ihm, als würde ihm der Boden unter den Füßen weggezogen. Sein ganzes Glück steht mit einem Mal auf dem Spiel.

Das Leuchten der Stille

Dear John

Als John Tyree Savannah begegnet, weiß er, dass er die Frau seines Lebens gefunden hat. Zum ersten Mal hat er ein klares Ziel vor Augen: so schnell wie möglich seinen Militärdienst beenden und dann mit Savannah eine Familie gründen. Aber alles läuft anders als geplant, und immer wieder verzögert sich seine Rückkehr. Dann erhält er einen Brief von Savannah: Sie will nicht mehr länger auf ihn warten – denn sie hat sich in einen anderen verliebt. Doch John kann sie nicht vergessen.
Gleichnamig verfilmt mit Channing Tatum und Amanda Seyfried.

Bis zum letzten Tag

The Choice

Travis Parker lebt in einem Haus mit wunderbarer Aussicht, verbringt traumhafte Wochenenden mit seinen Freunden beim Wassersport oder Grillen und liebt seine Arbeit als Tierarzt. Für eine Frau ist in seinem Leben kein Platz mehr, meint er und scheut jede feste Bindung. Doch dann tritt Gabby Holland in sein Leben, seine neue Nachbarin, zu der er sich sofort hingezogen fühlt. Gegen viele Widerstände gelingt es ihm, sie für sich zu gewinnen. Travis ahnt nicht, dass seine größte Prüfung noch bevorsteht.
Verfilmt mit Benjamin Walker und Teresa Palmer.

Für immer der Deine

The Lucky One

Kann es wirklich so etwas wie einen Glücksbringer geben? Logan Thibault würde so einen Gedanken weit von sich weisen – bis er selbst in höchster Gefahr das Foto einer schönen Frau findet. Er nimmt es an sich und fühlt sich ab diesem Moment auf wunderbare Weise beschützt. Quer durch ganz Amerika sucht er die Frau. Und als er sie schließlich findet, nimmt sein Leben eine ebenso wunderbare wie dramatische Wendung.
Verfilmt unter dem Originaltitel »The Lucky One« mit Zac Efron und Taylor Schilling.

Mit dir an meiner Seite

The Last Song

Ronnie ist entsetzt: Sie soll die gesamten Sommerferien bei ihrem Vater verbringen, der von der Familie getrennt im langweiligen North Carolina lebt. Die 17-Jährige ist wild entschlossen, ihrem Vater das Leben zur Hölle zu machen. Bis der junge Will in ihr Leben tritt, der alles verändert: Zum ersten Mal verliebt Ronnie sich wirklich und wahrhaftig. Die beiden verleben eine wunderbare Zeit. Gleichzeitig nähert Ronnie sich auch wieder ihrem Vater an. Doch dann droht ein schreckliches Geheimnis alles zu zerstören.
Verfilmt mit Miley Cyrus (»Hannah Montana«) und Greg Kinnear.

Wie ein Licht in der Nacht

Safe Haven

Niemand im Küstenort Southport weiß, wer die neue Einwohnerin Katie ist und woher sie kommt. Sie lebt völlig zurückgezogen und vermeidet jeden Kontakt mit anderen. Erst dem jungen Witwer Alex, der zwei kleine Kinder hat, gelingt es langsam, ihr näherzukommen. Doch Katie hütet ein dunkles Geheimnis. Wird sie für die Liebe alles aufs Spiel setzen?
Verfilmt von Lasse Hallström unter dem Originaltitel »Safe Haven« mit Josh Duhamel und Julianne Hough.

Mein Weg zu dir

The Best of Me

Amanda und Dawson sind erst siebzehn, als sie sich unsterblich ineinander verlieben. Doch ihre Familien bekämpfen die Beziehung, und widrige Umstände trennen sie schließlich endgültig. Fünfundzwanzig Jahre später kehren die beiden in ihr Heimatstädtchen zurück. Sie empfinden noch genauso tief füreinander wie damals. Aber beide sind von Schicksalsschlägen gezeichnet, und die Kluft zwischen ihnen scheint größer denn je zu sein …
Verfilmt von Michael Hoffman unter dem Originaltitel »The Best of Me« mit James Marsden und Michelle Monaghan.

Kein Ort ohne dich

The Longest Ride

Der 91-jährige Ira steht nach einem schweren Unfall an der Schwelle des Todes. Nur die Erinnerungen an seine verstorbene Frau Ruth halten ihn am Leben. Währenddessen kämpfen Luke und Sophia, ein junges Paar, um ihre Liebe: Sie sind so verschieden, dass eine gemeinsame Zukunft kaum vorstellbar ist. Können sich die beiden Generationen gegenseitig retten?
Verfilmt mit Britt Robertson, Scott Eastwood und Alan Alda.

Wenn du mich siehst

See Me

Mitten auf einer einsamen nächtlichen Landstraße bleibt Marias Auto liegen. Ein Wagen hält, ein bedrohlich aussehender, muskelbepackter Mann steigt aus – und wechselt ihr freundlich den Reifen. Der vorbestrafte Colin und die zielstrebige Maria scheinen überhaupt nicht zusammenzupassen. Dennoch verlieben sie sich rettungslos ineinander. Aber ihnen droht größte Gefahr, denn ein finsteres Kapitel aus Marias Vergangenheit holt sie ein. Kann ihre Liebe Colin und Maria in der dunkelsten Stunde retten?

Seit du bei mir bist

Two By Two

Mit 34 glaubt Russell auf der absoluten Glücksseite des Lebens zu stehen: Er hat eine umwerfende Frau, eine süße kleine Tochter und beruflichen Erfolg. Aber dann zerbricht sein Traum binnen kürzester Zeit: Er verliert seinen Job, und in seiner Ehe zeigen sich gefährliche Risse. Plötzlich steht er als beinahe alleinerziehender Vater da und fühlt sich vollkommen überfordert. Doch noch größere Herausforderungen warten auf ihn – und mit ihnen die Chance auf ein neues Glück.

Wo wir uns finden

Every Breath

Die 36-jährige Hope steckt in einer tiefen persönlichen Krise. Im idyllischen Strandhaus der Familie hofft sie, ihr Leben wieder in den Griff zu bekommen. Doch dann trifft sie den sympathischen Abenteurer Tru, der alles durcheinanderwirbelt. Für beide ist es Liebe auf den ersten Blick, sie verbringen herrliche romantische Tage miteinander. Aber beide spüren auch den Druck familiärer Verpflichtungen, die ihrer Beziehung entgegenstehen. Und so drohen Hope und Tru sich zu verlieren, bevor sie sich überhaupt richtig gefunden haben ...